Sonny Scafi

Parangon Zero

Tome 2/2

« Et dans ce clair-obscur naissent les monstres. »

Loi n°49-956 du 16 juillet 1949 sur les publications destinées à la jeunesse, modifiée par la loi n°2011-525 du 17 mai 2011.

© Sonny Scafi, 2024

Édition : BoD · Books on Demand GmbH,
In de Tarpen 42, 22848 Norderstedt (Allemagne)
Impression : Libri Plureos GmbH, Friedensallee 273,
22763 Hamburg (Allemagne)

ISBN : 978-2-3225-4316-8
Dépôt légal : Novembre 2024

Merci à Mark Erksine pour sa couverture :
https://www.artstation.com/erskinedesigns

Merci à Justine, Constance et Martine
pour leur aide précieuse.

À mes parents,

Proche est l'hiver et haute la montagne
Mon périple commence à travers fagne
Foulant cette terre ayant vu grandir
Le moins que rien qui brûle de saisir

D'où me vient la sourde impression
Que m'est dissimulée la trame
Que le récit est incomplet
Que l'insondable parangon,
Dieu, ne pourrait soigner nos âmes
Même si un jour il essayait ?

Personne ne détient la Vérité
Dans un Livre ou dans le creux de sa main
Qui suis-je pour les dieux venir défier ?
Le néant qui écrira son destin.

Arc I

Anghewyr

Il se réveilla en sursaut alors que le soleil se levait à l'horizon. Ses vêtements étaient déchirés et même si l'hiver n'était pas particulièrement rude, il était transi de froid. Il avait dormi au pied d'un arbre, au milieu de... nulle part. Il se redressa : chacun de ses membres le faisait souffrir. Son regard parcourut la végétation autour de lui : il n'y trouvait que des arbres et, un peu plus loin, un étroit chemin de terre. Rien ne lui semblait un tant soit peu familier.

En se redressant, il s'aperçut que ses bras et ses mains étaient couverts de... protubérances, d'environ un pouce de long. Il plissa les yeux : on aurait dit des insectes. Leur carapace ovale était striée d'un vert qui tirait sur le bleu, hérissée de petites pointes et tachetée de jaune. Un peu à la façon des escargots, ils étaient accrochés à sa peau et l'on ne pouvait voir ni leur tête ni leurs pattes. Il serra le poing puis secoua le bras : ils restaient accrochés de manière indolore, comme des coquillages à leur rocher. Il appuya alors sur l'un des insectes, qui tomba comme un fruit mûr. Il ne restait plus, à son emplacement, qu'un petit hématome. Au sol, la carapace se déchira sous la pression des nouveau-nés et plusieurs petites phalènes s'extirpèrent péniblement de leur chrysalide. Leurs ailes, étroites et longues, avaient le dos d'un jaune très pâle, orné de lignes sombres et marqué d'une petite tache rouge vif. Elles s'envolèrent pour aller se cacher dans un recoin de la forêt, à l'abri de la lumière.

Il détacha une seconde chrysalide, qui cette fois-ci lui résista un peu, et eut confirmation de ses soupçons. En plus de l'hématome à son emplacement, il y avait une petite piqûre de laquelle s'échappait un mince filet carmin : les phalènes se nourrissaient de son sang pour se reproduire. Elles devaient en même temps avoir des vertus analgésiques, car il continuait à ne ressentir aucune douleur. Saisi de dégoût, il arracha les chrysalides par de grands gestes et vérifia s'il en était libéré sur chaque parcelle de son corps.

Si ces papillons suceurs de sang avaient pu se reproduire, depuis combien de temps était-il là ? Depuis combien de temps vivait-il dans ce bois ? Son corps était couvert de crasse et ses vêtements n'étaient plus que des guenilles. Annwyl et l'abbaye Angana ne semblaient plus qu'un lointain souvenir. Il tenta de se rappeler les jours précédents, mais la confusion régnait dans son esprit. Peu à peu, des éclats du passé récent refirent surface. Il voyait des gens s'enfuir. Les couleurs étaient ternes et sombres... Non, en fait, il ne parvenait plus à distinguer les couleurs. Faisait-il nuit ?

Il passa sa main sur son front : sa tête le faisait souffrir. Soudain, des sensations jaillirent de son esprit : des odeurs, de lointains échos, un plaisir brûlant... Quand ces sensations se dissipèrent, il ne restait plus qu'un immense abîme de ténèbres. L'existence tout entière avait été vidée de son sens ; son âme, si jamais il en avait eu une, lui avait été arrachée. Ce néant, sans début ni fin, semblait d'une manière ou d'une autre le fixer. Une terreur panique s'empara de son esprit, oblitérant sa volonté et sa raison.

Déjà par le passé, ce néant l'avait frôlé et il avait été obligé d'y plonger furtivement son regard intérieur : il n'avait trouvé aucun sens, aucune chaleur, aucune raison de vivre. Rien qu'un vide glacial. Il ne se souvenait plus où ni quand, mais rien ne pouvait lui faire oublier l'effroi qui l'avait alors empli. Il s'efforça de contrôler sa respiration et pria pour qu'une étincelle d'humanité revienne en lui, que son âme lui soit rendue, ou bien simplement que le néant finisse par s'ennuyer et aille hanter quelqu'un d'autre.

Il n'y eut point de miracle. Le néant, toujours présent, continuait de le fixer ; inexorablement, il continuait de déconstruire les raisons mêmes de toute existence, et partant, de la sienne. De son côté, il n'avait aucune réponse à offrir ni solution à formuler ; il ne trouvait aucun motif valable pour justifier sa présence en ce monde. Privée ainsi du moindre sens, sa vie aurait bien pu s'interrompre là, à cet instant, que cela n'aurait eu pour lui guère d'importance. À choisir, il aurait même préféré qu'elle s'arrête. Mais son cœur continuait de battre, encore et toujours, en dépit de toutes ces réflexions, comme un muscle devenu fou.

Il se demanda si son tourment avait pour source la bête en lui, ou bien la mort de ses parents d'adoption. Si son histoire avait été différente, il ne serait sûrement pas dans cet état au beau milieu d'une forêt inconnue. Il préféra, pour une fois, ne pas se mentir : ces questions, abstraites et étranges, avaient toujours été présentes dans un coin reculé de son esprit.

L'insondable néant demeurait, là. Et avec lui, la douleur qui lui dévorait l'esprit.

Il se pinça les lèvres et souffla. Il aurait voulu que les larmes lui montassent aux yeux, jusqu'à sangloter. Il aurait été humain. Il avait envie de placer sa tête entre ses mains, d'attendre que le temps fasse son office et que ses problèmes s'éloignent peu à peu, comme il l'avait déjà fait par le passé. Mais le néant, froid et profond, refusait obstinément de déserter son esprit.

Son regard parcourut de nouveau la végétation autour de lui. S'il restait ici, il risquait de ne pas passer la nuit. Ce constat ne l'effraya pas. Avec difficulté, il finit par se lever et effectua quelques pas. Ses jambes supportaient à peine son poids. Un soudain mal de ventre le plia en deux : il ne se rappelait pas son dernier repas et était littéralement affamé. Il posa son regard sur son corps et réalisa qu'il était d'une maigreur cadavérique. On pouvait voir distinctement chacune de ses côtes et ses bras et ses jambes étaient si fins que ses articulations semblaient difformes.

Il dressa l'oreille et entendit le murmure d'un petit cours d'eau non loin. S'il le suivait, il finirait bien par tomber sur des habitations. Il se mit en marche et traina son corps meurtri jusqu'à arriver à une cascade le contraignant à faire un détour. Plutôt que de la contourner, il s'approcha et contempla l'abîme qui s'offrait à lui. La végétation était dense et la rosée du matin la rendait glissante. Le terrain était en léger dévers et semblait inviter à l'envol. Les chutes d'eau étaient hautes et en contrebas, les rochers affleuraient au milieu des embruns.

Il fit les deux pas qui le séparaient encore du bord du gouffre ; la pointe de ses pieds était dans le vide. Il se pencha en avant et regarda en bas. Il était si maigre qu'un coup de vent risquait de l'emporter à tout moment. Il sentit la bête s'agiter en lui : elle n'aimait pas ça, car s'il se brisait le cou, même elle ne pourrait rien. C'était étrange. Lui qui d'ordinaire était terrorisé par bien des choses et souffrait de vertiges, il n'avait plus peur. La douleur muette, engendrée par le néant insondable, par l'impossible quête de sens et la futilité de l'existence, était plus que jamais assourdissante et avait éteint tout instinct de survie en lui.

À ce moment précis, il ne craignait plus la mort, il ne craignait plus son destin. Il ne craignait plus rien.

Paradoxalement, en cet instant de détresse ultime, son esprit lâcha prise et devint plus lucide et conscient qu'il ne l'avait jamais été. Il réalisa tout à coup l'origine de son mal : ses questions existentielles engendraient des attentes illimitées, auxquelles son corps et son esprit ne pouvaient apporter que des réponses issues du monde réel, matériel, des réponses nécessairement limitées. Par conséquent, face à l'infini de ses désirs et de ses aspirations, tout ce qu'il faisait et ferait, tout ce qu'il était et serait, tendait inévitablement vers le néant implacable.

Dans ces conditions, même son instinct de survie était inhibé, car perdre la vie était plus à présent un soulagement qu'une perte réelle.

Il savait pertinemment qu'il n'avait pas percé le sens de la vie ni expliqué toute forme de tendance autodestructrice ; il ne doutait point qu'il existât d'autres voies menant au suicide. On lui avait conté, par exemple, l'histoire de cette jeune fille, mariée trop jeune et contre sa volonté, qui avait, par fatalisme, mis fin à ses jours. Toutefois, il avait la certitude de toucher du doigt la source de son propre mal et, il le sentait, du mal de toute une humanité.

Mais comprendre l'origine de son mal n'était pas suffisant pour le faire disparaître. La solution la plus simple, la plus expéditive, restait là, face à lui. Elle lui tendait les bras. Le vent souffla sur son équilibre précaire et il vacilla, aux portes de l'Autre Monde.

Les croassements d'un couple de corbeaux vinrent interrompre sa méditation. Il leva les yeux un instant puis les replongea vers l'abîme devant lui, pour retrouver la noirceur du néant. Les corbeaux croassèrent de plus belle. Il fronça les sourcils et fixa les volatiles effrontés. *Qu'est-ce que vous me voulez ?* D'autres croassements lui répondirent. Il secoua la tête : ces maudits oiseaux le distrayaient dans sa quête morbide. Le couple s'envola en droite ligne vers lui : par réflexe, il fit quelques pas en arrière pour les éviter. Les oiseaux vinrent atterrir à ses pieds. Il les ignora, baissa la tête et ferma les yeux pour se replonger dans sa contemplation du néant. Il sentit alors quelque chose se poser sur sa tête. Ses yeux s'entrouvrirent, il fit la moue et attendit, blasé, que le volatile daigne s'envoler. Comme ce dernier appréciait la vue, il dut agiter ses bras pour le faire fuir – pas bien loin.

Lorsqu'il voulut replonger son regard intérieur dans le néant, celui-ci avait disparu. La faim tordait de nouveau son ventre. Il pencha prudemment la tête pour voir le contrebas de la cascade et, pris de vertige, recula d'un coup. Un instant auparavant, il avait regardé les rochers sans vraiment les voir. Le couple de corbeaux continuait de croasser gaiement. Lui avait l'impression de sortir d'une transe. L'expression sur son visage s'adoucit.

« *Tu pourrais mettre ce monde à feu et à sang.* »

Il se figea. La voix avait sonné comme un grondement dans sa tête. La sombre présence tournoyait dans les replis de sa conscience ; elle était prête à jaillir. Il savait d'expérience qu'elle pouvait remplir tout son être. Malgré la frénésie, la douleur et les remords, elle avait le pouvoir de faire fuir le terrible néant qui guettait. Ce soulagement n'était jamais que temporaire et il fallait renouveler régulièrement le traitement. La frénésie, la douleur et les remords devenaient alors une habitude qui pouvait vous emporter à tout moment.

Alors qu'il se faisait cette réflexion, le couple de corbeaux se posa sur ses épaules, l'un à gauche, l'autre à droite, ignorant tout de ses tourments. *Quelle chance ils ont de ne pas avoir à penser.* Les oiseaux se mirent à croasser comme s'ils se chamaillaient et une douce sensation l'envahit, une vague paisible qui le nettoya de toutes ses peurs. L'espace d'un instant, il entrevit un autre monde, fait d'une douceur et d'une chaleur infinies, qui prenaient tant de place que le néant ne pouvait plus exister. Un monde qui lui échappait déjà.

Une larme coula sur sa joue maigre.

« *Pleure tant que tu veux, tu ne briseras jamais mes chaines.* »
Les corbeaux s'étaient envolés.
Il reprit sa marche, lente et incertaine.

Peu après que le soleil eut atteint son zénith, il finit par trouver un petit village, guère plus qu'un hameau. Il préféra d'abord redoubler de prudence, car les villageois avaient peut-être déjà eu maille à partir avec une « bête » les jours précédents. La première habitante qu'il rencontra était une adolescente d'une quinzaine d'années, affairée près d'un petit enclos qui accueillait un couple de porcs. La jeune fille le fixa avec un certain étonnement, mais ne prit pas ses jambes à son cou.

L'hospitalité lui fut offerte, généreusement. On le nourrit et lui donna des vêtements propres. Sa maigreur faisait peur à voir et la mère rajouta un bout de gras afin d'enrichir le bouillon du soir. Il passa deux nuits dans la ferme puis repartit, après avoir remercié ses hôtes.

Il reprit le chemin d'Anghewyr pour y trouver Amargein, son ancien maître. Cette mission était devenue sa seule boussole, sa planche de salut, dans un océan d'incertitudes. Le mage saurait quoi faire, il l'aiderait à se débarrasser de la sombre présence, à trouver un sens qui ferait fuir le néant. Cette pensée lui donna un peu de courage et il pressa le pas.

Le soleil rougeoyait à l'horizon lorsque ses paupières se fermèrent une première fois contre sa volonté. Il les rouvrit et gravit un petit promontoire, par-delà lequel s'étalait à perte de vue une immense étendue d'eau. *La mer... ici ?* Il en avait déjà entendu parler, mais ne l'avait jamais vue. À ses pieds, la végétation était sauvage : les herbes vertes montaient jusqu'à ses mollets et les fleurs des champs multipliaient les couleurs de manière anarchique. Il leva les yeux et découvrit, au bout du promontoire, un escalier si long qu'il allait se perdre dans les nuages. Il s'y lança sans même réfléchir, certain qu'il était la seule voie possible. À mesure qu'il montait les premières marches, son cœur et son humeur se faisaient plus légers : il naquit en lui une allégresse qu'il pensait perdue à tout jamais. Le doute et l'amertume semblaient s'être enfin effacés de son âme. Il souriait paisiblement comme son pas agile avalait les marches de pierre avec entrain, sans qu'aucune fatigue se manifeste.

Soudain, une pointe d'angoisse lui transperça le ventre. Il se trouvait à une hauteur considérable au-dessus de l'eau et avait la sensation de perdre l'équilibre, comme si le vide exerçait sur lui une attraction irrésistible. De peur, il arrêta sa course et s'accroupit sur les marches en s'appuyant sur ses mains, pour être sûr de ne pas tomber. L'escalier était assez large pour l'empêcher de regarder en bas et il n'y avait pas un brin de vent. Il reprit son ascension en fixant son regard sur chacune des marches, mais à présent qu'il en avait conscience, le vide ne quittait plus son esprit. Il réalisa alors que la taille de l'escalier s'était réduite : très grandes au départ, les marches ne faisaient même plus la largeur de ses épaules. Par ailleurs, la pierre solide avait laissé place à un bois sec qui craquait à chaque pas. Il se remit en position accroupie, tétanisé par la peur, et ne progressa plus qu'en rampant de marche en marche, le souffle court, avec l'espoir d'atteindre le plus vite possible le haut de l'escalier. Toutes les dix-sept marches, celui-ci faisait à présent des virages en angle droit. Il jeta un coup d'œil en l'air : il lui sembla apercevoir une personne, quelques étages au-dessus, qui se déplaçait sans crainte et avec une facilité déconcertante. Un peu vexé, il se redressa et reprit son ascension d'un pas rapide, à défaut d'être assuré. Il avait l'impression de connaitre la personne et voulait la rattraper.

Un virage à gauche se présenta à lui et l'immobilisa : les trois dernières marches étaient manquantes. *L'autre a bien réussi...* Il s'avança jusqu'au bord avec prudence et agrippa la marche qui se présentait à mi-hauteur. Il se hissa sur l'escalier, ses jambes gambillant un instant dans le vide. Il avait franchi des murets ou grimpé aux arbres maintes fois par le passé lors de ces maraudages avec les gars de Teilan et pourtant ses forces lui paraissaient maintenant à peine suffisantes.

Aussitôt eut-il repris son ascension que l'escalier tournait encore à gauche. Il lui manquait cette fois quatre marches. Le ventre noué, il s'avança de nouveau jusqu'au bord, en faisant bien attention de ne pas regarder en bas. Il allongea le bras : ses doigts étaient trop courts de quelques pouces. Rien de dramatique, il fallait qu'il saute, mais ce bond, ridiculement petit, devenait tout à coup un effort surhumain.

Ses jambes s'infléchirent et poussèrent misérablement, juste assez pour qu'il puisse appuyer ses deux avant-bras sur la première marche disponible. Le reste de son corps se balançant dans le vide lui fit soudain prendre conscience que l'escalier était construit sur les murmures du vent. Au moment où il se fit cette réflexion, les marches craquèrent, prêtes à céder. Par réflexe, il s'accrocha à la marche suivante, mais son geste fut inutile : l'escalier tout entier s'effondra et il se sentit tomber dans l'abîme.

Le soleil se levait à l'horizon et ses rayons perçaient déjà le feuillage des arbres. Le dormeur était recroquevillé en boule au pied d'un arbre. La lumière vint effleurer ses paupières, qui s'ouvrirent lentement. Cela ne suffit pas à le ramener à la réalité : la sensation de tomber était encore trop vivace. Il était transi de froid et ses membres étaient engourdis de fatigue. Pourquoi n'avait-il pas demandé l'hospitalité dans un village ?

Bien que la végétation fût différente, la forêt autour lui semblait identique à toutes celles qu'il avait traversées jusqu'à présent. Ses yeux regardaient mais son esprit ne voyait plus, ni les arbres, ni les animaux, ni les villages, ni les hommes et les femmes. Tous défilaient devant lui, sans jamais exister. La réalité avait disparu, occultée par les brumes de ses tourments. De même, sa vie à Teilan n'était plus qu'un souvenir lointain et confus, dont il venait à douter de la véracité. Il n'y avait plus rien, rien qu'Anghewyr : seule la cité royale pouvait l'aider.

Il se remit en route et en chemin, vola de la nourriture et des vêtements propres afin d'avoir l'air présentable. Il arpentait à présent une grande route de terre où le trafic allait bon train : les charrettes se suivaient dans les deux sens. Lorsqu'il croisait des hommes en armes, son regard se rivait au sol. À plusieurs reprises, il avait demandé sa direction aux habitants des hameaux qu'il traversait. Ils avaient tous eu le même geste signifiant « tout droit ». Il connaissait déjà la réponse, mais continuait de poser la question, pour se rassurer.

Lorsqu'il posa le pied sur les premiers pavés, son pas et son souffle s'accélérèrent. Et lorsqu'il vit au loin se dessiner les immenses remparts de la Citadelle, comme un guerrier géant toisant la seigneurie tout entière, son cœur tressaillit et l'espoir l'envahit. Anghewyr, Amargein, l'école, ses anciens compagnons et amis. Son ancienne vie. Le cauchemar allait prendre fin. Ses jambes ne ressentaient plus la fatigue et le portaient un peu plus vite.

Absence

La lourde charrette qu'il suivait était tirée par un bœuf et procédait à allure lente. Tandis qu'il approchait de l'enceinte extérieure, son regard parcourait les alentours. *Quelques maisons ont poussé depuis la dernière fois*, pensa-t-il, ce qui lui fit aussitôt réaliser qu'il reconnaissait les lieux. Souvent lorsqu'il s'y attendait le moins, de nouveaux souvenirs émergeaient à la surface de son esprit, des bribes de son passé qu'il redécouvrait comme on exhume les vestiges d'une civilisation éteinte, et qu'il tentait alors de reconstituer de manière cohérente. Cela n'avait rien d'évident, car il avait les pires difficultés pour « dater » ces souvenirs, qui s'enchevêtraient de manière chaotique dans sa mémoire.

La charrette n'était plus qu'à quelques chainées des murs. Comme toutes les villes fortifiées, on ne pouvait franchir l'enceinte extérieure d'Anghewyr que par les grandes portes, surveillées jour et nuit par des hommes en armes. La surveillance pouvait sembler superflue, car on voyait mal quelles forces armées pouvaient s'enfoncer aussi profondément dans les seigneuries et venir frapper en leur cœur. Certains affirmaient que Malric était devenu paranoïaque et craignait une attaque de l'intérieur, de la part des seigneuries mêmes. Iudhael les avait certes unifiées – par la force – mais leurs querelles intestines remontaient si loin dans les brumes du temps que l'émergence d'un nouveau prétendant et d'un nouveau conflit n'aurait surpris personne. Malric le savait. Il était même convaincu que ce n'était qu'une question de temps. À tel point qu'il épiait, grâce à un réseau d'agents dirigés par son maître-espion, dont personne ne connaissait l'identité, les moindres faits et gestes de ses vassaux dans les seigneuries qu'il jugeait les plus dangereuses ou les plus enclines à la rébellion.

Branwal voyait s'approcher les portes d'Anghewyr avec une tension croissante. Il avait l'impression de revenir à ses racines, de retrouver son statut, celui qu'il n'aurait jamais dû quitter. Bien qu'il n'en mesurât pas l'étendue, l'espoir de retrouver sa place, son rôle dans le monde, son identité véritable, cet espoir l'avait tout entier avalé. Il avait à présent l'impression qu'une partie de lui s'était toujours considérée comme étrangère à Teilan. Même si, après quelques années, les jeunes gars du village l'avaient intégré en leur sein, il y en avait toujours eu un pour lui rappeler, par quelques remarques imbéciles, qu'il n'était pas vraiment comme eux. Aussi, dans un coin reculé de son inconscient, avait-il développé l'idée, subjective, qu'il n'était pas à sa place dans la vie qu'il menait, que son identité profonde ne serait jamais pleinement reconnue ni acceptée. La défiance à peine voilée, parfois même l'animosité d'une minorité des gens de Teilan, avait alimenté ce malaise latent qui apparaissait subitement au grand jour, comme une évidence qu'il ne pouvait plus longtemps ignorer.

Il franchit les portes d'Anghewyr juste derrière la charrette, en se faisant discret. Par un ancien réflexe qu'il pensait avoir oublié, son regard évita de croiser celui des gardes et la sensation qu'il éprouva fit jaillir une nouvelle salve de souvenirs, courte et désagréable, dans son esprit. *Custen... ? Non.* Lorsqu'il releva les yeux, la charrette se trouvait sur une large route pavée, bordée de maisons anciennes, mais bien entretenues.

Peu à peu, les lieux se rappelaient à sa mémoire : il était arrivé à Anghewyr par la porte sud, l'une des plus grandes de la cité. C'était étonnant si l'on considérait qu'il aurait plutôt dû arriver par l'est ; ça l'était moins compte tenu de son voyage chaotique. La grande rue qu'il remontait était une artère fréquentée et populaire de la Ville Basse. À l'ouest se trouvaient les faubourgs les plus pauvres d'Anghewyr, en particulier le tristement renommé « quartier des fourchons » qui l'avait vu grandir. Par extension – et par mépris, on qualifiait parfois de « fourchon », terme hautement péjoratif, n'importe quel habitant de ces faubourgs.

À mesure que l'on approchait du quartier est de la cité, les maisons de la Ville Basse devenaient de plus en plus cossues. La

Ville Haute était séparée de la plèbe par le fleuve Ylawar à l'ouest et au sud, ainsi que par le second mur d'enceinte. Il était plus ancien que le troisième et n'avait été ni rehaussé ni élargi, mais suffisait amplement à tenir à l'écart la populace bruyante et sale, que la noblesse d'Anghewyr ne croisait en définitive que lors d'évènements exceptionnels comme les tournois.

Son espoir était attisé par les quelques souvenirs qu'il redécouvrait parfois à la vue d'un coin de ruelle. En arrivant sur la grand-place sud, l'émotion l'arrêta net dans son élan : c'était ici – ici qu'il avait vécu un moment crucial de son existence, qui le porterait à devenir élève du mage. Il chercha du regard des visages connus pour s'épancher et partager son incroyable destin. D'autant plus qu'un visage connu réveillerait sa mémoire engourdie. C'était, pensait-il, le prolongement logique et évident de son retour aux sources.

Il observa pendant un long moment les allées et venues de la place. Le marché avait été remballé depuis longtemps et le soleil était bas dans le ciel. Les tavernes en revanche commençaient à se remplir. Il réalisa, avec son regard d'étranger, à quel point cette grand-place était une frontière invisible entre deux mondes, au sein même de la Ville Basse. Bien que l'architecture fût peu ou prou identique, les commerces sur la face ouest étaient un peu moins chers et un peu plus bruyants... un peu plus « fourchons » auraient ajouté certains. À l'opposé, les tavernes du côté est de la place étaient mieux décorées et mieux entretenues ; mais aussi plus propices à une discussion posée. Pourquoi avait-on un tel clivage, une séparation au sein d'une même place alors qu'il aurait suffi, à n'importe lequel des habitants, de la traverser pour briser cette loi sociale ? En effet, rien n'interdisait à un client d'aller dans le commerce de son choix – à condition qu'il demeure dans la Ville Basse. Évidemment, la question se posait surtout pour les hommes des quartiers pauvres : ceux des quartiers riches, en général, n'avaient aucune envie de se mêler aux gens de milieux inférieurs. Elle ne se posait pas non plus pour les femmes qui devaient rester cloîtrées entre quatre murs : les seules femmes dont on tolérait la présence dans les tavernes étaient des coureuses de rempart, de fait ou de réputation.

La première raison qui retenait les fourchons de déferler dans les tavernes et autres commerces d'en face était purement économique : lorsque le prix d'une chopine de bière engloutie en quelques gorgées représentait une demi-journée de travail, il y avait de quoi dissuader les plus aventureux. L'autre raison, plus obscure, était au moins aussi déterminante : on n'allait simplement pas chez « les autres ». Ceux qui franchissaient cette ligne invisible, en général parce que leur petite affaire avait prospéré – voire qu'ils avaient pris logement dans les quartiers est – étaient passés à l'ennemi et faisaient bien de ne plus remettre les pieds dans leur ancien quartier. Ces fourchons qui avaient réussi et traçaient leur chemin dans la société d'Anghewyr étaient souvent surnommés avec mépris les « fourchons de maison ».

Sur la grand-place, Branwal fit le tour des tavernes à l'ouest (la chouette rieuse, la grenouille qui a soif, le bateleur) puis à l'est (la licorne, les trois couronnes, le dragon farci) en regardant à travers les carreaux. Il passa devant la seule échoppe encore ouverte : celle d'un marchand ambulant qui vantait les vertus d'un remède miracle. Il avait arrêté sa charrette dans un coin de la place et, malgré l'heure, semblait être en passe de convaincre une poignée de badauds d'abandonner quelques pièces de cuivre. Il ne devait pas avoir beaucoup consommé de son fortifiant, car même debout sur sa charrette il apparaissait petit et chétif.

Branwal détourna les yeux de cette distraction pour poursuivre ses recherches, mais son regard ne rencontra aucun visage familier. Sa déception fut de courte durée.

Évidemment que je ne reconnais personne. J'ai passé trop de temps à la taverne d'en bas ! Je ne suis plus au village, je suis revenu à Anghewyr, la plus grande cité des seigneuries. Je pourrais bien passer tous les jours sur cette grand-place, que j'y rencontrerais chaque fois de nouveaux visages.

Il continua d'essayer d'accrocher le regard des passants, prêt à des retrouvailles impromptues, à de joyeuses accolades, à rattraper le temps perdu. Mais dans le meilleur des cas les badauds l'ignoraient, dans le pire ils s'éloignaient prudemment en le regardant du coin de l'œil, d'un air soupçonneux. Il se rendit à l'évidence sans se décourager : il fallait qu'il poursuive ses recherches ailleurs.

Des souvenirs flous de ses enseignements lui étaient revenus, car on oubliait difficilement le lieu une fois qu'on l'avait vu... l'immense basilique d'Anghewyr. Bien que le soleil fût sur le point de se coucher, il décida de poursuivre ses recherches jusqu'à ce que la nuit tombe. Il la passerait peut-être sous un abri de fortune, mais cela n'avait plus d'importance, car ce serait la dernière. De toute façon, il n'avait pas l'argent pour se payer une nuitée en auberge et il valait mieux ne pas compter sur l'hospitalité des gens à Anghewyr. Il prit la direction nord-est et s'enfonça dans le quartier des marchands fortunés de la Ville Basse, en suivant plus son instinct que son sens de l'orientation. Les petites rues pavées se ressemblaient toutes, mais il ne craignait pas de se perdre. Il traversa l'un des ponts enjambant l'Ylawar et après quelques virages, hésitations et changements de direction, un sourire illumina son visage : par-dessus les toitures des riches demeures s'élevait la « flèche d'Anghewyr » qui toisait toute la ville. Même la Citadelle, plus massive et plus menaçante aussi, ne pouvait rivaliser de hauteur. Il poursuivit son chemin sans la quitter des yeux. Il se rappelait avoir été élève dans le plus beau monument de la ville et, comme à l'époque, il en tirait une fierté certaine, qui renforçait l'espoir de retrouver « sa place » dans ce monde.

En arrivant sur la grand-place est, il s'arrêta pour l'observer et la trouva changée. Il n'aurait pu dire de quoi il s'agissait de manière précise, car ses souvenirs ne l'étaient pas, mais une désagréable sensation s'empara de lui. Les mêmes maisons se côtoyaient ; les mêmes pavés couvraient la place, avec en son centre, la majestueuse basilique d'Anghewyr et son immense flèche. Pourtant, l'atmosphère dans la place lui parut bien plus froide et austère que dans ses souvenirs.

Il est déjà tard, la plupart des habitants sont déjà rentrés chez eux.

Son jeune âge ne lui permettait pas de comprendre que sa mémoire faisait non seulement un tri dans les souvenirs à conserver, avec des choix qui échappaient parfois à toute explication rationnelle, mais qu'en plus elle les modifiait, en les idéalisant le plus souvent, à la guise de l'inconscient.

Le pas assuré, il traversa la place et monta deux à deux les marches menant à la basilique. Cette fois-ci, ses souvenirs ne le trahissaient pas : le portail principal, qui supportait la flèche, était un peu plus grand que les autres et donnait accès à la faculté et à la bibliothèque ; le portail de gauche, aux tribunaux ; celui de droite, à l'école d'Ethelnor, *son* école. La façade de chaque aile était composée de trois portes – celle au centre était la plus grande – surmontées de grands arcs brisés en tiers-point, ornés de voussures à sept rouleaux, mettant en scène des divinités à forme humaine : Turus et Astar protégeant les pèlerins contre les démons, Heylwan éclairant les hommes ou Angana leur apportant le feu. Le tympan de chacune des trois portes principales représentait toujours exclusivement Aergat en position de domination paisible ; au-dessus encore se trouvait une rosace, d'un diamètre proportionnel au portail. C'était toute la basilique qui était finement ouvragée : chaque colonne, chaque corniche, chaque modillon était prétexte à des frises et chutes feuillagées, à des statues et statuettes divines, à des gargouilles et engoulants. En outre, la couleur des pierres utilisées, du grès, variait de l'ocre au brun, en passant par différentes teintes de rouge : de loin, l'ensemble était à peu près homogène, mais lorsque les visiteurs approchaient, ce camaïeu donnait l'impression, à certains endroits, d'avoir en façade une bibliothèque pour géants, où chaque pierre était un immense livre.

Sans y réfléchir, il fit ce qu'il avait l'habitude de faire, alors qu'il était encore gamin : il se planta en face du grand hall central, leva la tête et, dans la lumière mélancolique du soleil couchant, fixa l'immense flèche un long moment, jusqu'à avoir l'impression de perdre l'équilibre. Elle s'élevait si haut dans le ciel qu'il se demandait chaque fois comment des hommes avaient pu construire une telle merveille. Lorsqu'un corbeau planait près de sa pointe, il rêvait de pouvoir lui aussi s'envoler et se poser sur son sommet. D'en haut, les humains et leurs problèmes devaient sembler minuscules et dérisoires. À force de scruter l'immense ouvrage, il éprouvait d'ailleurs cette sensation d'être petit, infiniment petit, au point de devenir insignifiant. Et loin de l'affliger, cela l'apaisait d'une manière qu'il ne trouvait nulle part ailleurs. Il sourit, heureux de reprendre une vieille habitude, de retrouver le chemin dont on l'avait éloigné.

Pour pénétrer dans les ailes, les visiteurs devaient emprunter les portes inscrites dans la porte principale, qui n'était ouverte que pour des occasions particulières. Il arriva devant celle de l'aile droite le cœur battant et reconnut le heurtoir fait d'une tête de dragon tenant dans sa gueule un marteau de forme circulaire. Il le fit retomber deux fois sur le contre-heurtoir et attendit, en vain, qu'on vienne lui ouvrir. La cloche de la basilique s'était mise à retentir lorsqu'il tenta de pousser la lourde porte en bois : elle était verrouillée.

Anghewyr était entre chien et loup et la lumière déclinait rapidement. Une énième fois, son regard prospecta la place à la recherche d'un informateur, voire d'un visage familier, mais elle était presque déserte. Il se décida à faire le tour de la basilique et une nouvelle salve de souvenirs afflua : les arcs-boutants superposés, reposant sur leur culée, offraient de nombreux coins et recoins aux adolescents qui s'y réunissaient souvent en fin de journée, pour discuter ou marivauder.

Cette fois-ci, il y rencontra un *arat*, un civil assistant du Culte, à la mine renfrognée. Il portait une longue robe noire et austère. Lorsque Branwal l'interpella d'un « excusez-moi » cordial, il le regarda, l'air agacé d'avoir été dérangé dans ses activités de la plus haute importance :

— Excusez-moi, répéta le jeune opportun. L'école est-elle fermée à cette heure ?

— L'école ? demanda de manière lapidaire l'arat qui ne comprenait pas.

— Ethelnor, précisa Branwal en montrant de la main l'aile de la basilique.

Il se souvenait qu'Amargein avait ses quartiers, modestes, au sein de la basilique et que même après avoir repris des élèves, il offrait refuge aux voyageurs et aux moins fortunés. L'arat le jaugea du regard, pour voir si l'importun ne se moquait pas de lui, mais il semblait tout à fait sérieux.

— Eh bien mon gars, ça doit faire un bout de temps que tu n'es pas venu à Anghewyr, toi ! Ce charlatan de Shanahan s'en est allé depuis belle lurette. Il a pris sa retraite quelque part, loin d'ici, et son école a enfin fermé. Depuis, c'est le Culte, l'Aergataeth, qui occupe l'aile de droite de la basilique. Sais-tu que c'est le plus grand lieu de culte dédié à Aergat de toutes les seigneuries ? Et bientôt...

L'arat partit dans une tirade exaltée, mais déjà Branwal n'écoutait plus. Il était abasourdi et perdu : Amargein ne vivait plus à Anghewyr et l'école d'Ethelnor n'était plus... Une partie de lui-même, de son âme, venait de lui être arrachée. Son regard errait sur ce qui l'entourait, dans une quête absurde de sens. Dans un sursaut de volonté, il interrompit l'arat pour lui demander s'il savait où se trouvait la retraite du mage. Le dévot s'étonna de la sottise de son interlocuteur qui, alors même qu'on lui montrait la lumière, s'obstinait à poursuivre la trace d'un obscur charlatan :

— Et comment je saurais où il se trouve, celui-là ? Étant donné la faillite de sa minable école, il est sans doute parti se cacher de honte. À l'âge qu'il avait, il est sans doute mort maintenant.

Il fit un geste agacé de la main et abandonna le jeune imbécile à sa recherche insensée.

Branwal déglutit avec difficulté, le souffle court et l'esprit embrumé. Dans sa mémoire, Amargein avait toujours été associé à Anghewyr et vice versa. Il continua de faire le tour de la basilique, comme il l'avait fait sur la grand-place sud. Plutôt qu'un éclaireur en reconnaissance, il était à présent un navire à la dérive se laissant porter par les courants. L'espoir de rencontrer un visage familier s'était transformé en un besoin impérieux et toujours aussi improbable.

Perdu dans ses pérégrinations erratiques, Branwal fut rattrapé par la nuit, qui lui commanda de trouver un abri. Il espérait encore retrouver la trace d'anciens élèves et préféra par conséquent ne pas trop s'éloigner de la basilique. Le problème, dans ce quartier riche, était que personne ne lui offrirait l'hospitalité. Aussi se mit-il en quête d'une auberge, plus précisément d'une auberge avec une écurie.

Le ciel s'était couvert et empêchait de voir la moindre étoile. L'air était humide. Il n'allait pas tarder à pleuvoir. Branwal se tenait discrètement dans l'ombre d'une haute maison à la charpente apparente et observait du coin de l'œil les entrées et les sorties d'une auberge qu'il avait connue. Il attendait que l'agitation de la soirée retombât afin de pénétrer en catimini dans l'écurie et d'y passer la nuit au chaud et au sec, en compagnie des chevaux. La pluie commençait à tomber dru lorsqu'il mit son plan à exécution. Il s'endormit comme une masse.

Aux premiers rayons du soleil qui pénétrèrent dans l'écurie, ses yeux s'ouvrirent : il fallait quitter les lieux avant tout le monde s'il voulait éviter d'être rossé par le propriétaire. À pas de loups, il quitta l'écurie en emportant la couverture qui lui avait tenu chaud. La pluie avait cessé, mais le fond de l'air était déjà celui de l'hiver. L'eau de la fontaine, qui servit à le désaltérer et à ses ablutions, était glaciale.

Il reprit ses recherches toute la matinée et questionna des dizaines de personnes : sur l'école, sur Shanahan, sur les anciens élèves... Malgré la réticence qu'inspiraient son apparence et son odeur, il obtint des réponses : si le mage n'avait pas laissé un souvenir impérissable, l'école et ses élèves, quant à eux, semblaient à peine avoir existé. Chaque expression perplexe, chaque haussement d'épaules faisait grandir en lui une désillusion amère, par-delà laquelle il n'osait regarder, de peur d'y trouver le néant implacable. Il n'eut ainsi pas de mal à abandonner cette quête, pour se consacrer à la recherche de ses anciennes connaissances du quartier des fourchons. *Chez les gens sans le sou, les relations sont plus sincères*, se convainquit-il.

D'un pas décidé, il traversa de nouveau l'Ylawar et le quartier commerçant par la rue des bateliers jusqu'à la grand-place sud. Une nouvelle fois, il y parcourut du regard les visages, avec le même résultat, puis il s'enfonça dans les quartiers les plus pauvres de la ville. Les ruelles étaient plus étroites, plus sombres, et n'étaient que rarement pavées. Comme il avait beaucoup plu la nuit précédente, le « quartier des fourchons » s'était transformé en bourbier, d'autant plus rapidement que personne ne venait jeter quelques ballots de paille ou planche de bois afin de rendre la route praticable. Et le timide soleil hivernal n'y changerait rien.

L'eau eut tôt fait de coloniser ses souliers, mais ne ralentit pas son pas. Il s'arrêtait à certaines intersections pour tenter d'exhumer des souvenirs enfouis. Les regards qui se posaient sur lui étaient différents. Il ne provoquait plus le dégoût, mais, avec sa couverture sentant l'écurie sur le dos, il n'en demeurait pas moins objet de dédain.

Branwal se trouvait dans la rue des balayeurs, derrière la grand-place sud. Assis sous un porche, tête baissée, les bras posés sur ses genoux, il ne savait plus par où continuer ses recherches. Au fond de lui, il ressassait de très sombres pensées. Des mots prononcés un peu fort le sortirent de sa torpeur : il releva la tête et comprit vite le manège.

De jeunes fourchons – le plus âgé n'avait pas vingt ans – descendaient bruyamment la rue. Ils furent attirés par un autre groupe de jeunes gens, deux garçons et deux filles ; il ne leur fallut qu'un regard pour comprendre que ceux-là n'étaient pas du quartier. Ils avaient cet instinct animal qui leur permettait de sentir la différence – et la peur – comme on renifle un effluve. La méthode était classique et Branwal la connaissait par cœur. Il y avait plus ou moins participé, une ou deux fois : il fallait se montrer cynique et impitoyable si vous ne vouliez pas devenir à votre tour souffre-douleur, le dernier maillon d'une chaine alimentaire infernale.

Le groupe des « étrangers » était composé d'enfants de commerçants de la Ville Basse. Ils habitaient non loin, par-delà la place, et s'ils n'allaient jamais dans le cœur du quartier des fourchons, il leur arrivait de fréquenter la rue des balayeurs, qui n'était qu'à quelques pas de la grand-place. L'un des fourchons, si long et si maigre qu'on aurait dit une branche d'arbre, leur lança quelques mots agressifs. Branwal n'entendit pas la conversation, mais elle n'avait vraisemblablement aucun intérêt puisqu'elle n'était qu'un prétexte à l'agression. Il réclamait sans doute quelque chose sans importance – un renseignement peut-être – que les jeunes gens ne pouvaient lui fournir. La branche s'agitait sous l'effet de sa propre colère et frustration et ses compagnons, décontractés et sûrs d'eux, regardaient le spectacle avec une certaine hilarité. La situation ne tarda pas à dégénérer : l'échalas gifla l'un des deux garçons à la première occasion. Il aurait voulu susciter la jalousie, être puissant, admiré, désiré, mais chaque jour qui passait lui rappelait qu'il n'était qu'un minable fourchon parmi d'autres, sans originalité ni avenir. À ses yeux, ces jeunes « autres » n'avaient plus d'existence propre, ils étaient réduits à être les représentants de cette organisation humaine qui l'humiliait chaque jour et qui l'avait rendu prisonnier de son propre corps. Il ne pensait plus qu'à se venger et à les humilier en retour : les femelles, évidemment, qui refusaient régulièrement ses avances insistantes, mais également les mâles qui, malgré leur manque patent de virilité, possédaient ce que lui n'aurait sans doute jamais et qu'il désirait tant. D'ailleurs, il n'avait pas frappé le jeune garçon du poing : il l'avait giflé, comme il aurait giflé une femme, pour l'humilier devant les filles.

Dans cette course à la domination et au pouvoir, la composante sexuelle était fondamentale et souvent vécue de manière inconsciente, tant par les dominants que par les dominés. Ainsi, quand un fourchon avait un aïeul « d'en face », c'était tout le temps une grand-mère ou une arrière-grand-mère, jamais un grand-père. Pourquoi ? Parce que jamais ces fourchons n'auraient admis qu'une de leurs femelles se soit fait trousser par un mâle concurrent. En revanche, ils devisaient avec plaisir de leur fourchon de grand-père qui était parvenu à baiser l'une d'en face, ce qui prouvait, aux autres et à eux-mêmes, la haute virilité de la lignée mâle dont ils étaient issus.

À l'inverse, chez les riches commerçants, il ne pouvait guère y avoir de plus grande infortune qu'un enfant s'amourachant d'un de ces sales fourchons, fût-il un brave gars ou une brave fille. C'était particulièrement vrai pour ces dernières qui, lorsqu'elles étaient belles et richement dotées, pouvaient espérer un mariage avec un noble sans le sou, ouvrant alors les portes de la Ville Haute à la famille. Aussi, les femmes des riches commerçants consacraient leur vie à organiser des rencontres « fortuites » entre leur tendron et les nobles de tous âges qui venaient dépenser leur or dans la Ville Basse. Et dès que l'occasion se présentait, elles n'hésitaient pas à pousser leurs filles à se déniaiser.

Branwal observait la situation du coin de l'œil : les pauvres gamins « d'en face », terrifiés, n'osaient plus bouger. La rue était peu fréquentée à cette heure et les rares passants baissaient le regard et accéléraient le pas. L'agresseur, incontrôlable, semblait prêt à sortir un poignard de sa chemise d'un moment à l'autre et transpercer les deux couples en plein jour. Branwal secoua la tête. Il connaissait le mécanisme – il avait connu les deux côtés de la barrière. Les jeunes gens de bonne famille, traumatisés par leur expérience, trouveraient à l'avenir une satisfaction certaine à chacune des interventions violentes de la Garde Royale dans le quartier. Les gardes allaient rarement plus loin que la rue des balayeurs, mais le cas échéant, ils ne faisaient pas le voyage pour rien. Ils ressortaient le panier à salade plein de corps meurtris ou sans vie. Ces derniers n'étaient pas forcément les plus à plaindre, car les survivants finissaient tués par le travail forcé. Ces interventions violentes et aveugles ne pouvaient qu'être injustes et étaient ressenties comme telles par les fourchons. L'humiliation brûlait alors les ponts avec le monde d'en face et réclamait vengeance. Le cercle infernal était ainsi bouclé.

Branwal soupira et secoua la tête.

Il avait pourtant rencontré des gens de bonne volonté, de braves gens, partout où il avait vécu, et malgré son jeune âge, rares étaient ceux qui pouvaient vanter une expérience du monde égale à la sienne. Alors, comment était-ce possible ? Comment pouvait-on en arriver là, si tant de gens de bonne volonté existaient ? Sans doute parce que même chez ces gens, il existait un ressentiment prêt à jaillir de sa boite dans certaines circonstances.

Cette réflexion lui arracha une esquisse de sourire qui s'évanouit aussitôt. Le groupe de fourchons, branche en tête, continuait de s'amuser avec les jeunes gens « d'en face ». Il ne savait pas comment cela allait se finir, mais n'avait pas envie de le savoir. Il se leva, mit sa couverte puante sur le dos et tourna les talons. Aussitôt, il entendit derrière lui :

— Hé, où tu cours le clodo ?

— Il pue d'ici.

Il continua de marcher en feignant de ne rien entendre.

— Hé, on te parle !

Le gars qui l'avait interpellé était toujours le même. Il l'avait rattrapé en quelques pas et s'était planté devant lui. Branwal, qui se tenait voûté, dut lever la tête, car son adversaire était plus grand que lui. Rapidement, il fut encerclé par les autres membres du groupe. Ces derniers se doutaient bien que leur proie ne possédait rien de valeur, mais ils ne cherchaient pas à voler ou à s'enrichir.

Le mendiant avait commis une erreur de débutant, une erreur qu'il avait déjà vu commettre par de jeunes biens nés, dont il s'était alors moqué : il avait donné l'impression qu'il fuyait, donc qu'il avait peur. Face à de tels animaux, il fallait être capable de les fixer sans sourciller – le moindre regard fuyant et vous étiez perdu – et dans le même temps n'avoir aucune agressivité, sauf à vouloir vous retrouver dans une bataille de pugilat à dix contre un, à supposer qu'aucun des dix ne fût muni d'un poignard...

Lui qui était un natif du quartier, qui avait grandi à Melangell et avait été traité de fourchon plus souvent qu'à son tour – non sans en retirer une certaine fierté, il se retrouvait à présent dans la position de n'importe quel étranger. Même quand il n'avait été qu'un gamin au visage crasseux et au ventre vide, il se savait appartenir à un petit monde – le quartier des fourchons – dont il connaissait les moindres recoins, les dangers et les visages familiers. Puis il avait été déraciné et replanté ailleurs, dans un univers complètement différent, avec une école et un maître. Il s'était adapté, tant bien que mal, jusqu'à ce qu'il soit de nouveau arraché et déraciné, pour des raisons qui lui échappaient encore.

L'évidence lui apparut alors au grand jour : où qu'il allât, il n'était qu'un étranger. Où qu'il regardât, il ne voyait que de l'absence.

Épine

Il avait soutenu leur regard, sans peur ni agressivité, et avait feint de ne pas comprendre la situation : il avait pris quelques coups de pied et quelques crachats, puis les jeunes coqs avaient fini par aller ergoter ailleurs. Peu avant, alors qu'ils agressaient minablement les autres adolescents de bonne famille, le mal s'était éveillé en Arwylo, la masse noire s'était agitée au creux de son ventre. Cela faisait plusieurs jours qu'il n'avait pas eu de « crise », mais les réveils pouvaient être violents.

Il avait lutté pour contenir l'explosion. Outre que ce fut plus sage, il savait ne pas pouvoir l'emporter sur les fourchons. Ils étaient nombreux, une petite dizaine, l'encerclaient et savaient sans doute se battre. Il suffisait que l'un d'entre eux ait un poignard pour qu'il finisse vidé de son sang sur le pavé de la rue des balayeurs.

Il portait à présent un regard plus lucide sur sa capacité à se battre lorsqu'il était possédé, car sa rage l'avait déjà poussé à sous-estimer son adversaire : avec le coup de poignard du mercenaire, à Teilan, il avait cru voir sa mort arriver. Il l'aurait sans doute croisée sans l'intervention providentielle des villageois en colère. Mais plus que tout, il redoutait la Garde Royale. Sa crainte prenait naissance dans son enfance dans le quartier et était devenue quasi instinctive, comme une proie craignant son prédateur naturel. S'il venait à être capturé, Aergat seul savait où et comment il finirait – la mine, la galère, la torture. Une mort rapide, même douloureuse, était préférable.

Il s'était enfoncé dans le quartier des fourchons avant d'être pris de légers spasmes. Le sang avait coulé de son nez. Lorsqu'il regarda autour de lui, la rue lui rappela des souvenirs lointains et imprécis : sans être une ruelle, elle était néanmoins étroite et bordée de vieilles maisons dont la charpente de bois ployait sous le poids des ans. Les couleurs avaient pourtant été vives à une époque – le vert, le jaune, le bleu, l'ocre – mais il n'en restait que des teintes de gris et des peintures écaillées.

Il s'était de nouveau assis sous un porche. Il mourait de faim et risquait fort de passer une nuit de plus dans la rue. Il aurait pu demander de l'aide, mais ce repli sur soi apparaissait comme la juste conséquence de son espoir déçu. S'il n'était pas allé jusqu'à imaginer un retour en grande pompe, il avait espéré un accueil chaleureux ; il avait espéré retrouver le statut qu'il méritait ; il avait espéré retrouver ses pouvoirs latents. Rien de tout cela n'arriverait, car il n'était plus rien : ni à Teilan, ni dans le quartier des fourchons, ni dans sa défunte école. Il n'avait plus d'existence.

Il regardait les passants. Les pantalons, qu'ils furent marron, verts, ocre, étaient rapiécés ; les chemises grossièrement taillées. Les vestes aussi, mais elles étaient assez épaisses pour tenir chaud en ce début d'hiver. Chacun des badauds semblait avoir un but, une destination. Personne ne flânait ni ne profitait de l'éclaircie. Il entendait des bruits de sabots sur le pavé de la rue d'à côté, les cris d'un homme appelant son commis, un seau d'eau jeté depuis une fenêtre. La vie procédait sur le même rythme invariable.

La bête était là, tapie dans l'ombre de ses pensées. Elle attendait son heure, implacable. Pourtant, elle ne décidait rien. Arwylo ne le savait pas encore ; il ne le réaliserait que des années plus tard, sur un navire en route pour le Sud Profond. Elle profitait de ses pulsions, de ses révoltes, mais elle n'avait en définitive aucun pouvoir : ce que l'esprit décidait, elle ne pouvait que l'accepter. Heureusement pour les démons qui rampaient dans le cœur de chacun, rares étaient ceux qui domptaient la force de leur esprit. Au contraire, ils étaient légions ceux qui se croyaient forts, mais croulaient une vie durant sous le poids de leurs émotions : la vanité et la colère étaient sans doute les portes d'entrée les plus larges et les plus sûres. Face au néant, au vide infini de l'existence et à la terreur qu'il suscitait, la bête se savait être une solution, même inconsciente. Il fallait à tout prix, coûte que coûte, remplir ce vide : la colère et la destruction, le pouvoir et la richesse étaient autant de réponses immédiates et lacunaires, et pourtant indispensables lorsque l'esprit était englouti par les vagues qu'il avait lui-même créées.

Les jours s'écoulaient lentement ; les décades rapidement. Comme le commun des mortels, il put à loisir goûter à cet amer paradoxe. Il se retrouva à vagabonder dans les quartiers pauvres : sur les quais du port fluvial, il pourrait trouver un peu de travail en tant que journalier. Il fit en sorte de se laver et de chasser l'odeur qui le poursuivait comme son ombre avant de se présenter. La besogne était rude et au début certains marchands refusèrent de l'embaucher, car bien qu'assez grand, ils l'estimaient trop frêle. Puis, peu à peu, il devint un membre à part entière de l'armée de réservistes sans le sou qui venait quotidiennement frapper à la porte des riches commerçants – lorsque les navires se faisaient plus rares, le travail l'était aussi. Toutefois, grâce à sa maigre rétribution, il recommença à manger normalement. Il dormait, clandestinement, dans les entrepôts ou dans les écuries, comme il l'avait déjà fait auparavant.

Puis survint sa première « crise ». Personne n'était au courant, mais il ne pouvait pas cacher éternellement ses symptômes, d'autant moins qu'ils surgissaient souvent de manière erratique et violente. Certains ordres qu'on lui aboyait à la figure lui passaient au-dessus de la tête ; d'autres allumaient en lui les pires feux de l'enfer. Dans ces cas-là, il prétextait un malaise, un mal de ventre et s'absentait un moment. Son comportement devint suspect et des rumeurs commencèrent à circuler parmi les coltineurs et les déchargeurs qui, comme les marins, étaient particulièrement superstitieux. Il n'en fallut pas beaucoup plus pour que certains d'entre eux refusent de travailler avec lui et pour qu'il retrouve les ponts et les chaussées d'Anghewyr.

Au début, il volait. Il n'était pas particulièrement doué et ne faisait pas preuve d'une grande habileté ni d'une belle imagination, mais en grandissant dans le quartier des fourchons, il était allé à bonne école. De temps en temps, il se sentait défait et se résignait à tendre la main. Il n'était pas habitué à mendier ; son orgueil n'aimait pas ça. Ce qu'il détestait par-dessus tout, c'était l'expression satisfaite des bigots qui, pour quelques piécettes de cuivre jetées d'un geste auguste et ostensible, soulageaient leur conscience comme ils soulageaient leur vessie. Quand il se faisait cette réflexion, il sentait s'agiter le magma noir : celui-ci aurait voulu exploser, posséder son hôte et se délecter d'exister jusqu'à s'abreuver de sang. Mais comme Arwylo ne mangeait presque rien, il était épuisé du matin au soir et lorsqu'il faisait un vrai repas, son corps ne pouvait plus le digérer correctement et le faisait souffrir une nuit durant.

Par ailleurs, les autres mendiants de la cité ne lui avaient pas réservé un accueil bienveillant, car la concurrence était rude. Le peu que l'autre avait, on cherchait à le lui prendre. Aussi, son seul compagnon d'errance, celui qui ne le quittait jamais, demeurait le néant insondable. Il n'osait pas, il valait mieux ne pas le regarder. La dernière fois qu'il l'avait fait, au sommet de cette cascade, il l'avait tout entier enveloppé d'un voile de mort. Il se refusait, pour l'instant, à remplir le vide de cette énergie noire, mais la tentation était immense.

Ce jour-là, Arwylo était assis sous un pont. Sa couverture puante sur le dos, il se leva péniblement et erra, le pas court et incertain, dans les rues du faubourg ouest, le quartier des fourchons. Certaines rues, maisons ou enseignes lui rappelaient des souvenirs, toujours flous et confus. Il traina ses guêtres une partie de la matinée, sans but apparent, et finit par s'arrêter à hauteur des portes d'une large bâtisse, en partie délabrée. Le heurtoir circulaire, fait de métal noir, attira son attention. Il était très ordinaire et lissé par les nombreuses mains qui l'avaient actionné. Arwylo le reconnut immédiatement. Mécaniquement, il tendit le bras : dès l'instant où il frappa à la porte, il regretta son geste.

L'attente fut courte. Une jeune femme vint lui ouvrir. Elle portait un chemisier blanc lacé jusqu'au cou et un fichu sur la tête tenant ses cheveux bruns. Elle s'essuya les mains sur le tablier blanc qui protégeait la robe gris-noir qui lui tombait jusqu'aux pieds. Elle devait être occupée en cuisine.

Quelle heure est-il ? se demanda Arwylo. Il leva les yeux pour voir la position du soleil dans le ciel. On était peu avant midi, le déjeuner n'était pas loin.

— Oui, c'est pour quoi ? demanda la jeune femme en finissant de s'essuyer les mains.

Elle vit tout de suite qu'elle n'avait pas affaire à un commis ou à un commerçant et sembla un peu gênée, ce qu'Arwylo mit sur le compte de son odeur. Elle se reprit aussitôt :

— Vous voulez manger ?

Arwylo n'osa rien dire et fit « non » de la tête.

— Bougez pas, je vais vous chercher quelque chose, insista-t-elle.

Elle revint peu après avec un bout de pain plongé dans une écuelle de gruau et tendit le tout. Le premier réflexe d'Arwylo fut de refuser, mais à la vue de la nourriture son estomac prit le dessus sur son orgueil et il s'empara du précieux trésor.

— Vous pouvez laisser l'écuelle devant la porte quand vous aurez term... (La jeune femme s'interrompit en voyant le mendiant engloutir le gruau.) Ou bien je peux finir ma phrase et reprendre l'écuelle.

En avalant autant de nourriture aussi vite, ses tripes le feraient souffrir et il finirait accroupi une partie de la nuit, mais il n'avait pas pu résister. Arwylo la remercia d'un hochement de tête et tendit l'écuelle vide. Il resta planté devant elle ; il n'avait toujours pas prononcé un mot. La jeune femme proposa, hésitante :

— Vous en voulez une autre ?

Elle revint peu après avec une nouvelle écuelle de gruau et un nouveau bout de pain. Comme la première fois, Arwylo hésita avant de s'en saisir, mais pour une autre raison. Il la regarda dans les yeux et la remercia. La jeune femme déglutit sans mot dire.

— Cordilia ? demanda le mendiant.

— Finissez votre écuelle, je vais vous la chercher.

Arwylo la remercia et se mit à manger sur un rythme plus raisonnable. La jeune femme disparut derrière la double porte en bois délabré. Elle traversa le couloir d'un pas rapide, en passant devant le cellier, la cuisine, le petit réfectoire, et arriva sur la cour intérieure. Une petite femme voûtée coupait du bois à l'aide d'une hachette.

— Laissez donc, dit la jeune femme, je demanderai à mon frère de s'en occuper lorsqu'il passera.

— Oh, vous savez, je peux le faire, répondit Cordilia en s'essuyant le front.

Elle avait les cheveux grisonnants et les traits tirés. Sans pour autant être d'une nature fragile, elle donnait l'impression d'avoir une santé précaire.

— Il y a un jeune mendiant à la porte. (La jeune femme hésita.) Je lui ai servi une écuelle de gruau. Deux, en fait, ajouta-t-elle gênée.

— Modwenna, nous avons déjà beaucoup à faire avec les orphelins, répondit Cordilia en plantant sa hachette sur une bûche. On ne peut pas nourrir en plus tous les mendiants de la cité.

— Je sais, je suis désolée, s'excusa la jeune femme.

En voyant son désarroi, Cordilia posa une main apaisante sur son bras :

— Ne t'excuse pas, tu as bien fait, répondit-elle compatissante.

— C'est que... évidemment, il est sale et sent mauvais, mais... il est *vraiment* jeune... il doit avoir vingt ans à peine...

Sa gorge serrée l'obligea à s'interrompre. Elle se mordit la lèvre et ajouta :

— Et il est maigre... (Des larmes commencèrent à rouler sur ses joues.) Cordilia, je n'ai jamais vu quelqu'un d'aussi maigre...

Elle mit la main sur sa bouche, ferma les yeux et se laissa aller à un sanglot.

— Allons, Modwenna, il ne faut pas vous mettre dans des états pareils, répondit Cordilia en prenant la jeune femme dans ses bras.

Elle lui tapota le dos et la consola jusqu'à ce que ses larmes cessent.

— Je suis désolée, reprit Modwenna, je ne devrais pas faire autant de sensiblerie.

— La compassion est une qualité, pas un défaut.

La jeune femme hocha la tête en essuyant ses larmes. Elle poussa un soupir décrétant la fin de son effusion.

— Il vous a demandé. Je pense que c'est un ancien de l'orphelinat.

— Je vois. Peut-être est-ce aussi cela qui t'a bouleversée.

Cordilia prit Modwenna par le bras, comme si elle la prenait sous son aile, et ensemble elles traversèrent l'orphelinat jusqu'à la double porte d'entrée. Le jeune mendiant n'avait pas bougé : il attendait, les yeux baissés, l'écuelle vide entre les mains. Il la tendit et remercia d'un petit signe de la tête. Cordilia l'observa : il lui rappelait en effet l'un des jeunes orphelins qu'elle avait recueillis, mais elle en avait vu passer tellement qu'elle ne pouvait se souvenir de tous les visages ni de tous les prénoms. Celui-là avait une vingtaine d'années, autrement dit l'eau avait coulé sous les ponts depuis son départ de Melangell.

— Nous nous connaissons, n'est-ce pas ? demanda-t-elle. Rappelle-moi ton prénom.

Le jeune mendiant ouvrit la bouche, mais se ravisa. Pourquoi avait-il ouvert cette porte ?

Sans doute parce que je crevais de faim... et d'indifférence.

Cordilia était le premier visage familier qu'il rencontrait depuis son retour à Anghewyr. Il aurait voulu lui parler, lui dire qu'il allait bien, lui expliquer ce qu'il faisait, lui poser des questions sur les anciens résidents de l'orphelinat, lui demander ce qu'était devenu Rory... Il s'enveloppa dans sa couverture puante, hocha la tête en guise de salutations et s'éloigna laborieusement.

— Tu peux passer une nuit au chaud si tu veux, lança Cordilia pour le retenir. (Le jeune mendiant poursuivit son chemin comme s'il n'avait pas entendu.) Si tu as faim, n'hésite pas à revenir, ajouta-t-elle.

Elle le regarda s'éloigner et referma la porte. Modwenna la questionna du regard : avait-elle eu raison de s'émouvoir ?

— C'est vrai qu'il est d'une maigreur cadavérique, reconnut Cordilia.

— Vous le connaissez, n'est-ce pas ?

— Oui, je reconnais son visage, je l'ai connu tout petit. (Elle plongea dans ses souvenirs.) On nous l'avait apporté un jour où il tombait des hallebardes.

— « Nous » ?

— Oui, moi et Rory, dont je t'ai souvent parlé.

Modwenna acquiesça. En fouillant dans sa mémoire, Cordilia retrouva le nom du jeune mendiant :

— C'est même moi qui l'ai baptisé, « Branwalather ».

— Pourquoi un nom aussi... compliqué ? demanda la jeune fille qui ne l'avait jamais entendu auparavant.

— Le soldat qui nous l'avait apporté nous avait dit que le couffin était « protégé » par des corbeaux. Et Branwalather signifie « seigneur des corbeaux » dans le dialecte de ma région natale. Je trouvais le nom noble et de bon augure.

Cordilia secoua la tête et ses épaules s'affaissèrent un peu plus. Elle plantait ses petites graines depuis tant d'années et ne cessait de les arroser, de toute son énergie, de tous les moyens dont elle disposait. Mais chaque arbuste déraciné était une épine de plus dans sa couronne.

— De toute évidence, je me suis trompée.

Tiarnan

Une vive douleur. Puis une autre. Il ouvrit les yeux, mais son esprit était encore endormi. Comme une brûlure sur la tête. Encore. Un liquide chaud commença à couler de son arcade sourcilière. Il mit son bras en protection.

— Dégage de là, sale mendiant !

Un drôle le tançait à grands coups de trique. Dès qu'il reprit ses esprits, Arwylo, souffreteux, se leva et s'enfuit péniblement sans se retourner. Il l'entendit hurler quelques jurons irrités, mais satisfaits.

Il faisait encore nuit et la pluie tombait toujours. Il n'avait pas beaucoup dormi. Un voyageur tardif était sans doute arrivé à l'auberge et, en allant mettre le cheval à l'écurie, l'aubergiste était tombé sur l'indésirable. Il fallait à présent trouver un endroit pour passer le reste de la nuit. Le regard en quête du moindre porche, du moindre auvent, il parcourut quelques ruelles, à bout de force, et finit par trouver un endroit sec, à la porte d'une haute et belle demeure dans le quartier des riches commerçants, non loin de la flèche d'Anghewyr, où ses « recherches » l'avaient conduit. Celles-ci se résumaient de plus en plus à des vagabondages désespérés, pendant lesquels il posait un regard discret sur les passants du quartier – étant donné son état, il préférait rester invisible.

Il se recroquevilla contre le petit escalier qui l'abritait du vent et s'endormit.

Le soleil s'était levé lorsque la porte de la maison se déverrouilla avec un bruit métallique. L'homme qui en sortit, d'une cinquantaine d'années, était élégamment vêtu, distingué et bien coiffé. Il marqua une pause, l'air dégoûté, en voyant le pouilleux roulé en boule dans le coin entre le mur et l'escalier puis continua, comme si de rien n'était. Arwylo, éveillé par les premiers rayons du soleil, avait entendu quelqu'un sortir et s'était tenu prêt à détaler.

Peu après, une patrouille de la Garde Royale – deux gaillards portant les armes d'Anghewyr – débarqua dans la rue. L'un des deux montra le pouilleux du nez. Le délit de vagabondage était sévèrement puni dans les seigneuries. Après un procès sommaire, la prison d'Anghewyr pouvait mener les vagabonds aux mines ou aux carrières pour le restant de leurs jours. Car même s'ils n'étaient que des sans-logis sales et affamés, pour les braves gens, le vagabondage était l'antichambre de tous les crimes, de tous les vices.

Arwylo, somnolant, ne les vit pas venir, mais son oreille reconnut le pas lourd des deux soldats. Les bribes de souvenirs qu'il associait à ce bruit si particulier ravivèrent en lui une énergie : celle du désespoir. Tout, plutôt que de finir entre les mains de la Garde. Il se leva tant bien que mal et sans croiser le regard des deux gaillards qui avaient accéléré le rythme de leur marche, partit dans la direction opposée au petit trot. La patrouille n'eut aucun mal à le rattraper. Le plus taquin des deux Gardes lui fit un croche-pieds et le pouilleux s'effondra lourdement sur le pavé. Il se mit à quatre pattes pour se relever, mais reçut un violent coup de botte dans le ventre. Le souffle coupé, il resta plié en deux au sol.

— Putain, ce qu'il pue, c'est une infection !

— Il s'est déjà fait tabasser, regarde, répondit l'autre en montrant de la botte le visage contusionné du vagabond et son arcade sourcilière bordée de sang coagulé.

— Ces bâtards de fourchons, ils comprennent pas quand on leur explique ; ils comprennent que quand on leur tape dessus.

— C'est pas de leur faute, ils ont ça dans le sang.

Arwylo sentit la sombre présence en lui exploser de rage comme elle ne l'avait plus fait depuis longtemps. Toutefois, son état de faiblesse était tel qu'il la rendait presque inoffensive. Il craignait en revanche de se retrouver dans la pire situation qui soit : avec les stigmates de la bête sur le visage, mais sans sa force physique. Il risquait fort de finir embroché sur place. Aussi, il se concentra et se contracta de toutes ses forces en espérant s'opposer à la montée de la sombre présence : son nez se mit à saigner, son corps se rigidifia et fut pris de spasmes, jusqu'à ce qu'il perde connaissance.

Lorsqu'il se réveilla, il était au sec, plongé dans l'obscurité. L'air était froid et humide. Il devait être là depuis longtemps, car ses yeux étaient habitués aux ténèbres. De la main, il toucha le métal froid de sa cellule : c'était une cage minuscule posée dans un coin d'une pièce aux murs de pierre et au plafond bas. Sur sa droite se trouvait un petit couloir qui distribuait une série de portes en bois percées d'une lucarne armée de barreaux verticaux et horizontaux. En face de lui, il y avait une autre porte, plus large et plus épaisse, rectangulaire à sa base et arrondie en haut, dont le bois épais était renforcé d'armatures en métal.

Je vais finir dans les mines...

Malgré le froid, il suait. La peur lui dévorait le ventre et la bête s'agitait, aussi impuissante que son hôte. Il tentait de maîtriser son flux de pensée, de le contrôler afin de contrôler sa peur, mais il en était incapable. Comme les geôles étaient silencieuses, on pouvait capter des bribes de la discussion qui se tenait derrière la lourde porte d'entrée. La sombre présence donnait à Arwylo le pouvoir de l'entendre distinctement.

— ... à ce moment-là, il a commencé à trembler, allongé sur le sol, fit une voix étouffée.

— Vous avez encore tapé trop fort.

— Non, j'vous jure. On l'a à peine touché qu'il s'est effondré.

Les trois hommes se tenaient devant la porte d'entrée de la prison. Le supérieur des deux gardes était d'une stature imposante. Bien qu'il n'eût pas quarante ans, des cheveux blancs avaient déjà colonisé ses tempes.

— Bon, d'accord, dit-il les bras croisés. C'est quoi le problème alors ?

— Je vous l'ai dit, Tiarnan, ce gars-là, il a un truc pas clair.

— Je suis pas sourd. Mais je ne comprends rien à votre histoire. Soyez plus précis, j'ai pas que ça à faire.

— Il tremblait, il bavait et... il avait des griffes aux mains, pires qu'une bête sauvage !

— Il y avait pas qu'ça, ajouta l'autre garde. Ses yeux, avant qu'il ne les ferme... ils étaient devenus rouges.

— Rouges ? s'exclama Tiarnan.

— J'en suis certain, conclut le premier.

— Voyez par vous-même, renchérit le second.

Le capitaine les fixa, l'un après l'autre, la mâchoire crispée.

— Très bien, allons voir ça, lâcha-t-il.

Les trois hommes étaient grands et durent se pencher pour franchir la lourde porte en bois. Ils s'approchèrent de la cage où le vagabond était recroquevillé en boule dans la pénombre.

— Ouvrez sa cage, ordonna Tiarnan.

— Vous êtes sûr ?

Le garde qui avait parlé avait les cheveux bruns, le nez large et le front bas. Il semblait craindre particulièrement le pouilleux, pourtant dans un état pitoyable. Tiarnan observa le prisonnier attentivement, l'air sévère :

— Certain, répondit-il. Et amenez-moi une lampe, on voit rien ici.

Il s'agenouilla devant la cage ; le prisonnier se cachait derrière sa couverture sale.

— N'aie pas peur, tu n'as rien à craindre. Montre ton visage.

Le vagabond resta figé comme une statue de sel.

— Montre-toi, aboya le garde qui revenait avec la lampe.

Comme le prisonnier ne réagissait toujours pas, il passa la jambe dans la cage et lui asséna un bon coup de talon dans la tête. Tiarnan se releva aussitôt et de sa grosse main puissante le tira en arrière d'un coup sec.

— Calmez-vous, soldat.

Le ton était péremptoire. Le garde baissa la tête. On ne plaisantait pas avec la hiérarchie dans la Garde Royale ; on ne plaisantait pas non plus avec Tiarnan. Le gaillard n'avait pas la réputation d'être violent, mais il savait se faire comprendre et l'on racontait que ceux qui avaient voulu tester ses limites avaient appris à les respecter à leurs dépens.

Il s'agenouilla une nouvelle fois et, plutôt que de demander, il tendit la main pour découvrir le visage du prisonnier. La jeunesse et la maigreur des traits le surprirent désagréablement : c'était à peine plus qu'un gamin terrorisé, le visage tuméfié et l'arcade sourcilière ouverte.

— Juste un coup de pied, hein ? dit Tiarnan.

— On n'y a presque pas touché. Il a dû se faire ça avant qu'on lui mette la main dessus, se justifia l'autre garde.

— Des bagarres entre cloches, ça arrive, renchérit le premier.

— Je ne vois toujours pas le problème, répondit Tiarnan qui commençait à perdre patience.

Comme le prisonnier se montrait inoffensif, les deux gardes se perdirent en insulte et en provocation pour le faire réagir, avec pour seul effet d'agacer Tiarnan :

— Vous me faites perdre mon temps, s'exclama ce dernier.

Les deux gardes se turent. Puis, le plus superstitieux des deux fit mine de réfléchir et déclara :

— Capitaine, nous sommes certains de ce que nous avons vu... Maintenant que j'y pense, peut-être qu'il vaudrait mieux le confier à l'Aergataeth ? Ma femme m'a dit que...

— Au Culte ? l'interrompit Tiarnan en fronçant les sourcils, avec pour effet de rendre le garde muet.

Il n'appréciait ni le Culte ni sa manière de s'immiscer dans les affaires courantes de la seigneurie. Lui-même n'était pas un dévot d'Aergat et les bigots avaient vite tendance à lui hérisser le poil. Mais ce qu'il appréciait encore moins, c'était la manière dont le soldat avait amené sa requête : elle était préméditée alors qu'il feignait le contraire. Et il n'aimait pas être pris pour un imbécile.

— Nourrissez-le, ordonna-t-il. On dirait un cadavre.

Le garde eut un instant d'hésitation, surpris par la réponse de Tiarnan, puis répondit :

— Je vais demander à ce qu'on lui serve une ration quotidienne. Mais en ce qui concerne...

— Fermez la cage et reprenez votre service, coupa le capitaine d'un ton sec.

Le garde allait relancer une seconde fois, mais le regard noir de son supérieur l'en dissuada. Les deux soldats saluèrent à l'unisson et le bruit régulier de leur pas se perdit peu à peu dans les couloirs de la prison.

Une fois qu'ils eurent vidé les lieux, Tiarnan demeura un moment silencieux, flanc à la cage. Puis il commença ce qui ressemblait à un monologue :

— Je n'aime pas l'Aergataeth – ni ses illuminés ni ses ambitions politiques. Mais ici, tu ne trouveras que des mauvais traitements. Et la mine si tu y survis. Je ne sais pas exactement ce que fabriquent les bigots du Culte, je ne veux pas le savoir, mais eux te nourriront et cela vaut déjà mieux que de finir sa vie à extraire de l'or qui ne t'appartient pas.

Il sortit de la prison d'un pas martial.

Purgatoire

Dès le lendemain matin, il fut escorté par deux gardes jusqu'à la basilique d'Anghewyr. Il avait craint d'avoir encore affaire à ceux qui, la veille, l'avaient jeté en prison, mais ceux-là qui l'escortaient étaient simplement pressés de se débarrasser de lui. Le prisonnier était ligoté de manière lâche ; étant donné son état, les soldats supposaient à juste titre qu'il n'avait aucune velléité de s'enfuir. Le regard d'Arwylo était rivé au sol.

Le Culte n'avait, semble-t-il, pas été prévenu, car ils attendaient, le long de la façade est de la basilique, qu'un dévot daigne bien se montrer. Même s'il n'avait jamais eu l'occasion d'y pénétrer, Arwylo savait que la porte encaissée devant laquelle ils patientaient menait à la crypte. Précédé d'un bruit métallique, un membre du Culte apparut enfin. Les formalités furent très vite expédiées – un simple échange verbal – ce qui montrait que l'opération était loin d'être inhabituelle.

Le dévot, vêtu comme un sargat, un prêtre, mit un capuchon sur la tête du prisonnier et le mena à travers un dédale de couloirs et de marches. Le chemin fut anormalement long et tortueux. Ils descendirent un escalier tournant qui semblait ne jamais finir. Était-il possible que la crypte fût si grande ? Il y avait cent-vingt-et-une marches taillées dans la pierre – il les avait comptées. Les couloirs étaient étroits, car il en fallait peu pour que ses épaules touchent le mur d'un côté ou de l'autre.

Une porte fut déverrouillée et ils pénétrèrent dans une pièce à l'air poisseux et à l'odeur âcre. Lorsqu'on lui retira le capuchon, il s'attendait à voir une minuscule cellule, mais trouva une grande salle, plus longue que large, au plafond haut et taillé à même la roche grise. Dans les murs, des deux côtés, avaient été creusées des alcôves superposées servant de lit.

L'ensemble était faiblement éclairé par quelques rares bougies et au centre de la pièce, un puits de lumière remontant jusqu'à la surface. Les regards tournés vers lui semblaient plus curieux qu'étonnés.

— Tenez, voici une couverture et des vêtements propres, dit le sargat en montrant une couche libre. Il y a de quoi manger sur la table. Servez-vous librement, mais ne vous gavez pas. Quelqu'un va venir vous expliquer le fonctionnement. Si vous le désirez, vous pouvez partir, il suffit de demander au dévot, à la porte. On vous raccompagnera à l'extérieur.

Le sargat ne s'attarda pas plus longtemps et verrouilla la porte derrière lui. Sur la table rectangulaire, étaient posées, à disposition de tous, de la nourriture frugale – pain, gruau, fromage séché – et plusieurs cruches d'eau. Arwylo dut se contenir pour ne pas se jeter sur ce festin. Il mangea avec calme et modération afin d'éviter de faire souffrir, une nouvelle fois, son estomac. Il jetait quelques coups d'œil alentour pour vérifier que personne ne viendrait lui voler sa pitance.

Lorsqu'il eut fini, il prit le temps d'observer les autres occupants de l'étrange cellule. Tous étaient de jeunes garçons entre treize ou quatorze ans et vingt-cinq ans. Ils étaient allongés ou assis sur leur couche, un livre entre les mains. Personne n'était venu lui adresser la parole depuis qu'il était arrivé, mais il ne sentait pas pour autant d'hostilité. La plupart de ceux qui lisaient semblaient à peine déchiffrer, car ils avançaient laborieusement leur doigt de mot en mot, de ligne en ligne. Tout à coup, un détail qui lui avait échappé lui sauta aux yeux : tous lisaient le même ouvrage. Il fronça les sourcils pour en apercevoir le titre : « l'Unique ». L'atmosphère dans la salle, bizarrement feutrée, avait quelque chose de désagréable, mais il en profita pour s'allonger sur sa couche. Comme personne ne venait pour lui « expliquer le fonctionnement », il s'endormit rapidement.

À son réveil, rien n'avait changé. Il se leva et s'empara d'un bout de pain qui trainait sur la table. Pour comprendre ce qu'il faisait là, il s'approcha de l'un de ces garçons, assis sur sa couche. C'était une tête blonde au visage creusé et à l'apparence frêle. Il devait avoir quinze ou seize ans.

— Excuse-moi... commença Arwylo avant de s'interrompre.

Il avait tant de questions qu'il ne savait pas laquelle poser en premier.

— Nous sommes dans le « purgatoire », répondit le garçon en voyant le désarroi de son interlocuteur.

— Le purgatoire ?

— Oui, avant de pouvoir intégrer le Culte, nous devons nous purifier. En particulier, nous apprenons à lire les Saintes Écritures.

— Mais pourquoi sommes-nous enfermés ?

— Eh bien, nous ne sommes pas purifiés, nous ne pouvons quand même pas vagabonder dans la nécropole souterraine comme ça.

— La nécropole... bien sûr...

— On dirait que tu n'es pas du coin, toi. (Arwylo réfléchit un peu avant de répondre et finit par hocher laconiquement la tête.) Pourtant, t'as l'accent d'Anghewyr. (Il haussa les épaules.)

— On peut s'en aller quand on veut ? demanda Arwylo.

— Oui, certains s'en vont. Mais c'est définitif, vous n'avez pas de deuxième chance. (Il hésita, jeta un coup d'œil sur le côté et finit par demander :) Au fait, quel est ton nom ?

Il avait chuchoté, comme s'il commettait un péché. La question semblait triviale, mais pour Arwylo ne l'était pas : il avait été Branwalather puis Arwylo puis il avait pensé redevenir Branwal, puis plus rien. Pour toute réponse, il soupira.

— Il vient d'arriver, mais il a déjà compris les règles, dit une autre voix.

Le garçon qui venait de se joindre à la conversation était un peu plus jeune que lui. Il était grand, brun et avait le visage tout en longueur. Le petit blond baissa honteusement les yeux.

— On nous a donné pour consigne de ne pas nous dire nos noms, expliqua le grand brun.

Arwylo leva légèrement les sourcils, suffisamment pour que son interlocuteur se sente interrogé.

— C'est pour... pour qu'on soit mieux... mieux préparé.

Le garçon avait accepté la règle, mais trouvait difficile de la justifier.

— Vous abandonnez votre ancienne vie pour intégrer le Culte ; il est normal que vous abandonniez aussi votre ancien nom, expliqua Arwylo. Vous serez renommés lors de votre intronisation, comme symbole de votre renaissance.

En tant qu'ancien élève d'Ethelnor, Arwylo connaissait, à grands traits, le fonctionnement des divers ordres et avait simplement fait preuve de déduction logique. Toutefois, les deux garçons furent impressionnés par le vocabulaire et la clarté de la réponse.

— Depuis combien de temps êtes-vous ici ? demanda Arwylo.

Il s'était retenu de dire « enfermés ici ».

— Trois décades déjà, dit le petit blond.

— Quatre pour moi, ajouta l'autre.

— Combien de temps faut-il rester ? s'étonna Arwylo.

Cette fois-ci, il n'avait pas pu s'empêcher de paraître désagréablement surpris.

— Le temps qu'il faudra, répondit le grand brun en haussant les épaules.

— Ça peut être long parce que... eh bien parce que nous n'étions rien, ajouta le petit blond. Mais nous ne sommes pas des animaux.

— L'Unique éprouve la foi de ses croyants, renchérit le premier. Nous nous remettons à lui, alors que nous ne sommes rien. Quel meilleur gage de foi ?

— Si nous étions des moins que rien, c'est précisément parce que l'Unique a voulu nous mettre à l'épreuve : cela fait de nous les élus de Dieu.

Les jeunes garçons avaient bien appris leur leçon ; le Culte avait trouvé un moyen de les accrocher en réglant d'un coup toutes leurs frustrations, en donnant un sens à leur vie. Le tour de passe-passe aurait très bien pu fonctionner avec Arwylo, mais il ne pouvait s'empêcher d'en voir les ficelles, même en fermant les yeux.

— Il faut commencer par apprendre à lire correctement, dit le grand brun. Tout bon dévot doit savoir lire.

— Toi aussi tu devrais commencer à apprendre, remarqua le petit blond.

— Je sais lire, répondit Arwylo.

Les silences énigmatiques du nouvel arrivant, ses réponses parfois laconiques, ses connaissances ésotériques, ajoutés peut-être aussi à ses quelques années de plus, apparaissaient tout à coup aux yeux des deux jeunes garçons comme la preuve d'une certaine sagesse et créaient de ce fait une déférence envers Arwylo, que ce dernier remarqua assez vite à mesure que leur conversation se poursuivait.

À la première occasion, Arwylo leur sourit timidement et retourna à sa couche. Dans la grande salle troglodyte, il voyait à peine la lumière du jour à travers le puits et avait déjà l'impression de perdre le rythme des éléments. Il fallait qu'il prenne une décision. Il pouvait ressortir aussitôt – apparemment, il suffisait de le demander – mais pour quoi faire ? Pour dormir où ? Ici, il était à l'abri de la pluie et du froid, il était nourri, sans faste mais correctement. Si pour conserver cela, il devait faire semblant d'apprendre à lire, il pouvait bien rester quelques jours dans ce dortoir obscur, le temps de se remplumer. De plus, au sein du Culte, il pourrait peut-être reprendre ses recherches : malgré l'animosité qui existait entre l'Aergataeth et l'Ordre d'Ethelnor, quelqu'un ici avait forcément une idée de ce qu'était devenu Shanahan. Et puis même s'il ne découvrait rien d'intéressant, il pourrait retourner dans un état convenable au couvent d'Angana afin d'y retrouver Annwyl. Certes, il n'aurait pas résolu son « problème » et risquait toujours d'avoir ses « crises ». Mais pour l'heure, il n'avait pas de meilleure solution.

Le lendemain, la porte se déverrouilla et un autre jeune homme fut livré au dortoir. Arwylo eut droit aux explications qu'il n'avait pas eues en arrivant et se vit offrir un exemplaire de « l'Unique ». Peu après, un dévot-enseignant, dont ils ignoraient le grade au sein du Culte, vint leur expliquer la signification des lettres pour les nouveaux arrivants et vérifier les progrès des autres.

— La crainte de l'Unique est le commencement de la connaissance, salua-t-il en entrant.

— *La crainte de l'Unique est le commencement de la connaissance*, répétèrent ceux qui avaient l'habitude des visites.

Il était brun, de taille moyenne, et portait une longue robe sombre et des ouvrages sous le bras. Il était tout ce qu'il y a de plus ordinaire, en dehors de son expression austère et aimable comme une porte de prison.

— Que ceux qui viennent d'arriver me rejoignent pour les premières leçons, dit-il en saisissant un bout d'ardoise et une pierre blanche.

Arwylo s'exécuta en omettant soigneusement de préciser qu'il savait lire, mais c'était sans compter le jeune garçon blond dont il avait fait connaissance la veille :

— Hé, il faut dire au dévot-enseignant que tu sais lire. (Arwylo n'eut pas le temps de faire non de la tête :) Il sait lire, ajouta-t-il tout fort, pour être sûr que tout le monde entende.

Le professeur tourna la tête et posa ses yeux inquisiteurs sur le suspect. Il s'approcha calmement :

— Pourquoi ne l'as-tu pas dit ? demanda-t-il l'air dubitatif.

Sans le quitter des yeux, il saisit l'un des ouvrages sur la table et commença à le feuilleter.

— Eh bien... vous n'avez pas vraiment demandé, répondit Arwylo sans oser le regarder.

Le dévot-enseignant lui présenta une page :

— Lis, ordonna-t-il en pointant du doigt une ligne au hasard.

Arwylo plissa les yeux et commença :

— « ... et il saisit le grand dragon, le serpent ancien, et il le lia pour mille... »

Le professeur l'interrompit en refermant le livre avec un bruit mat.

— Où avez-vous appris à lire ? demanda-t-il.

— Je ne m'en souviens plus, j'ai perdu la mémoire...

Hors de question de parler de son passé à l'Ordre d'Ethelnor. Le dévot-enseignant le dévisagea pour le jauger, mais aucune expression ne se lisait sur le visage du nouvel arrivant.

— Installez-vous à une table et étudiez les Saintes Écritures, dit-il en tentant de ne pas être péremptoire. Je suis là si vous avez des questions.

Arwylo hocha la tête et s'exécuta. Sur le chemin, il croisa le regard du petit blond qui lui souriait, heureux d'avoir pu lui rendre service.

Après avoir donné sa leçon et vérifié les progrès de chacun de ses étudiants, le dévot-enseignant s'en alla et les salua :

— Vous n'êtes pas des animaux. L'Unique vous a choisis et il est votre seul guide. Soyez-en dignes.

Les élèves répétèrent en cœur :

— *Nous ne sommes pas des animaux. L'Unique nous a choisis et il est notre seul guide. Soyons-en dignes.*

Les jours passèrent avec plus de lenteur que dans les rues d'Anghewyr, ce qui n'était pas peu dire. La pénombre de la salle troglodyte ne révélait que des bribes de visages, ceux de jeunes gens dont il ignorait jusqu'au nom, mais dont il partageait les repas et les latrines dans un mélange d'odeurs répugnant. De temps à autre, un nouvel arrivant faisait son apparition, tandis que certains cédaient et demandaient à quitter le purgatoire pour rejoindre les vivants. Sans plus de jours, sans plus de nuits, ce bal de fantômes à la recherche d'une vie avait quelque chose d'effrayant.

Alors qu'il dormait sur sa couche, des garçons vinrent le réveiller. Ils semblaient gênés. Il y avait parmi eux le petit blond et le grand brun.

— Excuse-nous. Nous avons quelque chose à te demander, dit ce dernier.

La déférence dont faisaient preuve certains commençait à mettre Arwylo mal à l'aise. D'autres en revanche le regardaient avec défiance, ce qu'il n'appréciait guère plus.

— Pourrais-tu nous lire des passages de « l'Unique » ? demanda le petit blond.

Les jeunes garçons avaient eu une discussion animée : certains refusaient d'admettre les qualités ou la « sagesse » présumée d'Arwylo sur la bonne foi de deux jeunes dévots. Ils voulaient en avoir la preuve et en étaient arrivés à la conclusion qu'une lecture de l'Unique pouvait mettre tout le monde d'accord.

— Là ? Maintenant ? répondit Arwylo encore somnolent.

Le petit blond et le grand brun acquiescèrent. Arwylo s'étira un peu et se dit qu'il n'avait de toute façon rien de mieux à faire. *Pourquoi pas ?*

Il avait lu l'ouvrage, en diagonale. Pour quelqu'un qui, comme lui, avait grandi, intellectuellement parlant, dans le rationalisme modéré de l'Ordre d'Ethelnor, ces histoires n'avaient qu'un intérêt fort limité. Parfois, il les trouvait intéressantes, parfois rébarbatives, auquel cas il sautait quelques pages. La plupart du temps, l'apprentissage qu'il fallait tirer de la petite histoire était largement sujet à l'interprétation, ce qui était bien pratique – ou dangereux, tout dépendait du point de vue.

— Quelle partie voulez-vous que je vous lise ? demanda-t-il, pas contrariant.

L'un des garçons répondit plus vite que les autres :

— Du début ?

— D'accord.

Arwylo commença donc sa lecture depuis la première ligne :

Au commencement était l'Unique. L'Unique est au commencement de toute chose...

Dédale

Les longues séances de lecture avec Annwyl, à l'ombre de leur grand arbre, lui avaient appris à lire à haute voix avec éloquence et à faire varier son ton afin de donner vie au récit. Peut-être que Dave, Ina et Custen, ses compagnons de rue à Anghewyr, avaient raison : peut-être avait-il un talent de conteur. Paradoxalement, il n'aimait pas vraiment ça et ne le faisait que pour le plaisir de faire plaisir.

Sa lecture eut un tel succès que les jeunes garçons lui firent la même demande les jours suivants. Ce qui n'était au début qu'une mise à l'épreuve devint une habitude et un rendez-vous quotidien. Et la déférence des deux premiers garçons, le petit blond et le grand brun, se transmit peu à peu aux autres, avec une ferveur qui, bien qu'elle se voulût bienveillante, n'en était pas moins inquiétante.

Il n'en fallut pas plus pour que des voix anonymes évoquent son nom pour la « mise à l'épreuve ». De prime abord, l'enseignant qui leur rendait visite se montra réticent à l'idée de faire passer ce premier grade à un jeune arrivé depuis si peu de temps au purgatoire : c'était envoyer un mauvais signal aux autres garçons. Cependant, ces derniers firent preuve de persévérance et leur enthousiasme réussit à le convaincre.

À présent qu'il ne ressemblait plus à un cadavre ambulant, Arwylo n'avait pas l'intention de rester dans cette salle troglodyte trop longtemps. Il avait lu « l'Unique » et la plupart du temps, il restait alité à ne rien faire. Son esprit en profitait alors pour s'évader et ses peurs pouvaient alors reprendre le dessus. S'il devinait le néant derrière les replis de sa pensée, il craignait surtout une possession : si le Culte découvrait ce qu'il cachait en lui, il était bon pour le bûcher. Or plus le temps passait, plus une crise devenait probable.

Par ailleurs, l'idée d'une « mise à l'épreuve » lui plaisait : il voulait se prouver qu'il était capable d'intégrer l'Aergataeth. Et même si sa lecture de l'Unique était critique, la voie du Culte apparaissait intrigante et une part de son inconscient n'avait pas exclu de devenir effectivement sargat, prêtre d'Aergat. Après tout, il se trouvait toujours sans rôle, sans fonction, sans même une identité dans ce vaste monde hostile.

Ce jour-là, l'enseignant pénétra dans la salle l'air grave. Un par un, les garçons sélectionnés furent encapuchonnés et emmenés dans une autre pièce. Arwylo fut le dernier. Il marcha un long moment, guidé par la voix austère du professeur, monta plusieurs escaliers. Lorsqu'on lui ôta le capuchon, ses yeux n'eurent pas à s'habituer à la lumière, car il se trouvait dans une pièce sans fenêtre, uniquement éclairée par deux bougies. Il pensait être dans l'une des nombreuses salles de la crypte, sous la grande basilique.

Posé sur un siège en bois inconfortable, il faisait face à son jury, assis derrière une longue table. L'entretien débuta par un avertissement clair au jeune candidat : lorsqu'on rentre dans le Culte, comme pour tout sacerdoce, on y consacre sa vie. Puis la question était posée : voulez-vous vraiment passer l'épreuve ? Ce n'était qu'une formalité : les jeunes garçons n'osaient pas répondre « non » alors qu'ils se trouvaient assis seuls en face du jury. L'épreuve elle-même se déroula en deux temps : une partie technique – la lecture des textes sacrés – qu'Arwylo réussit facilement et une autre sur la connaissance et la compréhension de ces textes.

— Quelles sont les premières phrases de « l'Unique » ? demanda une voix dans la pénombre.

— *Au commencement était l'Unique. L'Unique est au commencement de toute chose...*

— Pourquoi Aergat est-il l'Unique ? Pourquoi n'y a-t-il pas plusieurs dieux ?

— Il n'y a pas d'autre divinité que Lui, sinon elles essaieraient de se dominer l'une l'autre.

Mais alors cela signifie qu'un dieu, par nature, cherche à dominer le monde... ? Tout ça m'a l'air très humain, pensa Arwylo qui se garda bien de faire cette réflexion à voix haute.

— Quelle est la première loi de l'Unique ?

— Tu n'adoreras pas d'autres dieux que moi.

On dirait qu'Aergat est jaloux... L'idée qu'une divinité – que l'unique divinité – puisse être possessive comme n'importe quel couple de jeunes amants en rut lui sembla grotesque et l'obligea à contenir un sourire.

— S'il n'y a pas d'autres dieux que l'Unique... comment est-ce possible ? Comment des hommes peuvent-ils vénérer d'autres dieux ?

— Les hommes peuvent se fabriquer de faux dieux, répondit Arwylo. Des idoles devant lesquelles ils se prosternent.

Des hochements de tête approuvèrent sa réponse et une voix ajouta :

— C'est pour cette raison qu'il faut partout, à tout moment, combattre ces cultes primitifs.

À son tour, Arwylo hocha la tête, l'esprit assailli de doutes.

Quelques questions supplémentaires allongèrent l'entretien puis les candidats furent de nouveau accompagnés à leur dortoir. La délibération fut longue. Il ne faisait guère de doute que le dernier candidat avait les qualités requises pour être ordonné, mais son origine obscure et le peu de temps passé au purgatoire prolongèrent le débat.

La porte de la grande salle troglodyte se déverrouilla une nouvelle fois et l'un des membres du jury vint annoncer les résultats de l'épreuve : il ne pointa du doigt qu'Arwylo et un autre candidat.

— Je le savais, murmura le petit blond au grand brun.

Les futurs sargats prirent leurs maigres affaires et se préparèrent à quitter le purgatoire, félicités par les autres. Arwylo croisa le regard des deux garçons qui avaient été ses plus grands soutiens : ils semblaient sincèrement heureux pour lui.

Les deux candidats ayant réussi leur examen sortirent du purgatoire sans capuchon sur la tête, symbole de leur intégration prochaine au sein du Culte. À peine eurent-ils mis le pied dehors qu'ils regardèrent de part et d'autre pour assouvir leur curiosité. Le gardien, posé sur un tabouret, les salua. *Il reste là toute la journée ?* s'étonna Arwylo. Les jeunes du purgatoire pouvaient bien avoir des requêtes de temps en temps, mais la mission confiée semblait d'un ennui mortel.

Ils suivirent le dévot le long d'un couloir souterrain, éclairé par la seule lumière de sa lanterne.

— Suivez-moi de près, ordonna-t-il sans se retourner. Et essayez de vous familiariser au plus vite avec les lieux, sinon vous risquez de vous perdre plus souvent qu'à votre tour.

Les deux nouvelles recrues suivaient sagement le dévot. Celui-ci pressait le pas en distillant les informations dont ils avaient besoin :

— Vous serez ordonnés dans une décade environ. Cela aurait dû se faire plus tôt, mais le Conseil a préféré attendre le retour de Donat, à l'occasion de la fête d'Aeter.

Cette fois, il prit le temps de s'arrêter et de se retourner pour être bien sûr que les deux jeunes comprennent :

— Il vous faudra patienter un peu, mais tout le monde n'est pas ordonné par Donat. C'est une chance rare. Alors, montrez-vous-en dignes.

Les deux recrues hochèrent la tête avec une certaine gravité. Le dévot reprit alors sa marche :

— Quand vous serez ordonnés, continua-t-il, vous recevrez votre nouveau nom. En attendant, la règle du purgatoire s'applique toujours. Vos noms changeront sous peu de toute façon. Je vous amène à vos quartiers et un arat viendra vous confier vos tâches de l'après-midi.

Ils arrivèrent dans un autre long couloir sombre, percé de portes étroites. Il n'y avait là que six chambres, trois de chaque côté.

Ce ne sont que des chambres temporaires, pensa Arwylo, *la plupart des membres doivent avoir leurs demeures en surface.*

Le dévot leur ouvrit deux portes en bois et les salua du bout des lèvres avant de s'en retourner d'un pas rapide. Le couloir était éclairé par un puits de lumière qui donnait sur l'extérieur : ils n'étaient pas loin de la surface. Et comme le purgatoire, les chambres étaient taillées à même la pierre. Très exigües, elles ne possédaient qu'une couche et une minuscule commode, sur laquelle était posé un reste de bougie.

Les deux futurs sargats eurent vite fait de prendre possession des lieux et d'y déposer leurs maigres affaires. Ils ressortirent de leur chambre en même temps.

— Comment tu t'appelles ? demanda le jeune homme.

Arwylo prit l'air étonné.

— Tu n'es pas intéressé par l'ordination ? répondit-il.

— Bien sûr que si, répondit l'autre. J'ai lu l'Unique plus de dix fois. J'ai passé l'examen d'ordination trois fois – j'en pouvais plus du purgatoire. Mais j'ai pas abandonné... Entrer dans le Culte, c'est le meilleur moyen de manger tous les jours.

— Si nous communiquons nos noms...

— Personne n'en saura jamais rien, coupa le jeune homme.

Arwylo l'observa. Il devait avoir vingt ans. Il était grand, mince, et avait les cheveux châtains et la peau un peu mate. Par sa manière de parler et sa gestuelle, Arwylo avait tout de suite compris qu'il venait du quartier des fourchons.

— Tu as raison, dit-il. Je m'appelle...

Il allait répondre « Branwalather », mais se ravisa : peut-être avait-il entendu parler du jeune fourchon qui avait intégré Ethelnor quelques années auparavant. Comme ce n'est pas un nom courant, il n'y aurait guère de doute sur son identité. De toute façon, Branwal était mort – tout Anghewyr le lui avait hurlé. Ce n'aurait pas été un problème s'il avait eu le sentiment qu'Arwylo, lui, était vivant.

— Eh ben, t'as même oublié ton nom ? demanda le jeune homme.

Arwylo nota le sous-entendu sur sa perte de mémoire. La nouvelle avait sans doute circulé dans le purgatoire.

— Non, je m'appelle Arwylo, répondit-il.

— Moi, c'est Kjeer, dit-il en lui tendant la main. Je viens du quartier près de la porte au sud de la ville.

Menteur, pensa Arwylo. Il ne lui en tint pas rigueur : il savait combien l'étiquette de fourchon pouvait peser.

— T'as pas l'air d'ici toi, ajouta-t-il.

C'était une manière détournée de dire qu'il avait l'air paumé. Arwylo était pensif. *Si... enfin non... plus maintenant. En tout cas, toi tu n'écoutes pas vraiment les autres, sinon tu aurais reconnu mon accent.*

— J'ai faim, continua Kjeer qui ne chercha pas à en savoir plus. On va manger ?

— On n'est pas censé venir nous chercher ?

Kjeer haussa les épaules :

— On n'aura qu'à dire que quelqu'un est venu.

Arwylo réfléchit sans dire un mot. Comme il ne semblait pas convaincu, Kjeer ajouta :

— Le Culte se développe vite, ils ne peuvent pas surveiller tout le monde.

Arwylo acquiesça de la tête :

— Tu connais ce labyrinthe ? demanda-t-il. On risque de s'y perdre.

— Suis-moi, je crois que les cuisines sont par là, dit-il en pointant du doigt.

Arwylo lui emboita le pas, mais s'aperçut bien vite que Kjeer était un hâbleur : il se perdit en moins de temps qu'il n'en fallait pour le dire et passa son temps, tel un vieux briscard, à raconter des anecdotes, plus ou moins drôles, plus ou moins vulgaires, sur d'hypothétiques combats de rues et de non moins hypothétiques conquêtes féminines, jusqu'à ce qu'il tombât nez à nez, au détour d'un couloir, avec un dévot à l'air sévère, un sargat d'après son accoutrement. Celui-ci les fixa et demanda sèchement :

— Qui êtes-vous, que faites-vous ici ?

Kjeer reprit aussitôt son air de bon élève :

— Nous sommes de jeunes novices, nous devrions être ordonnés par Donat, dans une décade. Nous avions faim et le monsieur nous a dit d'aller manger avant de travailler, mais nous...

— Quel « monsieur » ? coupa le sargat.

— Je ne sais pas, il ne nous a pas donné son nom. Il avait une quarantaine d'années... il était de taille moyenne... les yeux marron... les cheveux châtains...

Le ton employé était lent et la description évasive.

— Très bien, coupa de nouveau le sargat. Allez manger un bout, sans perdre de temps.

Il leur indiqua le chemin et les deux aigrefins décampèrent sans demander leur reste, Kjeer jetant un petit coup d'œil triomphant à Arwylo.

Ils trouvèrent le réfectoire sans se perdre. C'était une salle voûtée où étaient alignées des tables rectangulaires. Le confort, réduit à sa plus simple expression, ainsi que l'aspect grossier du mobilier indiquaient que la pièce était réservée à ceux qui composaient la « base » du Culte. Il restait du pain et des fruits secs des repas précédents sur les tables. Ils prirent leur temps pour déjeuner.

— Hé, qu'est-ce que vous faites là ? vint les interrompre une voix forte.

L'homme bedonnant, d'une cinquantaine d'années, passait devant le réfectoire. Il était couvert de poussière de la tête aux pieds. Kjeer recommença son petit manège :

— Nous avions faim et le monsieur nous a dit d'aller manger avant d'aller...

— Eh bien, vous avez fini ? Allez, on y va, y'a du boulot.

— Nous devons être ordonnés par...

— Et alors ? Vous n'êtes pas encore des sargats. Vous avez deux bras ? Alors au boulot !

L'ouvrier les mena d'un pas véloce sur le lieu du chantier, à travers les tunnels. Malgré leur marche rapide, Arwylo et Kjeer tentaient à chaque croisement de regarder où menaient les autres couloirs, afin de satisfaire leur curiosité.

Lorsqu'ils arrivèrent à destination, ils déchantèrent : l'un des tunnels s'était effondré et il fallait déblayer et le reconstruire, au fur et à mesure. Une longue chaine d'ouvriers évacuait les pierres une à une en se les passant de mains en mains ; d'autres, à l'aide de pelles, remplissaient de gravats des sacs de jute qu'ils chargeaient alors sur leur dos ; d'autres encore posaient de lourdes poutres pour étayer les parties déblayées et tapaient à grands coups de masse pour les mettre en place ; le tout dans le bruit, la sueur et la pénombre des lanternes qui peinaient à transpercer un voile de poussière permanent, rendant l'air à peine respirable. De temps en temps, des discussions s'animaient sur la bonne marche des travaux. En particulier, l'un des travailleurs semblait s'inquiéter :

— Aucune des nouvelles galeries que nous avons creusées ou rénovées n'a été plâtrée.

— Ça sert à rien. Elles ne vont pas s'écrouler pour autant, répondit le contremaître qui était venu les chercher au réfectoire.

— Mais les anciennes galeries et les anciennes pièces le sont toutes...

— Et alors ? On n'a pas de temps à perdre avec la décoration. (Il tourna la tête vers les deux nouveaux arrivants qui avaient ralenti le rythme.) Accélérez le mouvement !

Arwylo et Kjeer passèrent la journée à travailler sur le

chantier et retournèrent dans leurs quartiers si fatigués qu'ils prirent à peine le temps de manger. Lorsqu'ils regagnèrent enfin leur couche, la nuit était tombée – ils pouvaient voir la surface grâce au puits de lumière. Leur nuit fut courte, car dès l'aube, l'on vint tambouriner à chaque porte afin de les réveiller :

— Au réfectoire, pour le petit-déjeuner, lança une voix forte.

Arwylo et Kjeer sortirent de leur chambre, courbaturés de leurs efforts de la veille. Ils se comprirent d'un regard. Le second dit au premier :

— Je sais comment faire. Ne dis rien.

Ils s'en allèrent prendre leur petit-déjeuner. Contrairement à la veille, le petit réfectoire était plein et bruyant. Ils n'avaient pas fini leur repas que certains commencèrent à se lever. Le même homme que la veille, le contremaître qui semblait gérer les travaux, vint à leur tablée :

— Dépêchez-vous de finir, on a encore du travail.

Kjeer prit l'air étonné :

— Je ne comprends pas, en venant, on nous a dit d'aller nous occuper du cellier.

— Qui vous a dit ça ? répondit l'ouvrier en fronçant les sourcils.

— Je ne connais pas son nom... nous sommes nouveaux ici. C'est le monsieur qui travaille dans le cellier, mais je ne sais pas...

— Comment il s'appelait ? Per... ? Donn... ?

Kjeer tenta le coup :

— Donn peut-être... mais je ne suis pas sûr. (L'ouvrier secoua la tête.) Je ne voudrais pas passer pour un tire-au-flanc auprès de lui.

— Bon, tant pis, se résigna le contremaître. (Il regarda Arwylo.) Allez, on y va.

— Il a dit qu'il avait besoin de nous deux, intervint Kjeer.

— De DEUX gars ? Pour décharger quelques tonneaux ? Il nous emmerde Donn ! On risque pas de finir avant l'arrivée du waarj s'il nous prend nos gars.

Le contremaître s'éloigna en pestant tout ce qu'il pouvait. Arwylo attendit qu'il sorte du réfectoire pour féliciter Kjeer :

— Joli bluff.

Son compagnon n'avait pas la victoire modeste et accompagna son sourire d'un clin d'œil triomphant. Il était agréablement surpris par la réaction d'Arwylo : il s'attendait à le voir tatillon et pusillanime, lui rappelant les règles du Culte ou les risques qu'ils prenaient.

De son côté, Arwylo avait un sentiment mitigé sur son nouveau compagnon. Il lui reconnaissait une ingéniosité, un sens de la répartie et appréciait son sens de l'humour. En revanche, il se demandait s'il faisait bien la part entre ses affabulations et la réalité.

Ils commencèrent à explorer le dédale de couloirs troglodytes. Si la stratégie de Kjeer n'était pas sans risque, il fallait admettre qu'il avait vu juste : l'organisation du Culte était très lâche et l'information y circulait très mal, ce qui laissait des occasions à saisir. Concrètement, grâce à son jeu d'acteur remarquable, ils eurent quartier libre et purent ainsi satisfaire leur curiosité.

Ce qu'ils découvrirent faisait du sous-sol d'Anghewyr une véritable cité souterraine. Les tunnels, très nombreux, dataient pour partie des anciennes carrières de la cité : pendant longtemps, la pierre noire et friable avait été un matériau prisé des constructions durables. Les dimensions des galeries, des intersections et des pièces étaient extrêmement variables, allant de tunnels très étroits et bas de plafond menant à des chambres exigües, à de larges et hautes artères. Les deux compères passèrent près d'une décade à arpenter le réseau souterrain et grâce au sens de l'orientation de Kjeer, ils naviguaient de mieux en mieux dans le dédale troglodyte.

En plus de celle de la basilique, ils dénombrèrent au moins quatre sorties, réparties dans toute la ville. L'une d'entre elles débouchait à l'ouest, dans l'arrière-cour d'une vieille maison abandonnée, en plein cœur du quartier des fourchons. Une autre, plus récente, donnait sur la cave d'une maison, à quelques pas de la porte sud. Un long escalier à angle droit, qui donnait le vertige lorsque l'on se penchait en son centre, remontait jusque dans la crypte d'un petit temple, quelque part à l'est. Enfin, une quatrième sortie semblait mener dans la Ville Haute, car ils avaient parcouru un tunnel humide longeant la rive droite du fleuve, à travers des égouts rudimentaires à l'odeur nauséabonde. Toutefois, ils ne purent en avoir le cœur net, car de solides barreaux en métal leur bloquaient la voie. Il y avait une porte inscrite dans cette armature, mais la serrure était verrouillée. Poussé par une curiosité frénétique, Kjeer cherchait un objet pour pouvoir crocheter ladite serrure ; il fouilla même l'eau des égouts, mais n'en retira qu'une mine écœurée.

— Laisse tomber, de toute façon, la serrure est solide, dit Arwylo.

Elle ressemblait en effet à une porte de prison, les barreaux fermement fichés dans la pierre, et ne se laisserait pas forcer si facilement.

— Mais je suis sûr que cela débouche sur la Ville Haute, ragea Kjeer.

Arwylo réalisa que lorsqu'il avait été élève d'Ethelnor, il avait eu le privilège, très rare pour un fourchon, de circuler librement dans la Ville Haute. Il se souvenait...

Branwal : Horizons

Il se revoyait suivant Shanahan la tête basse. Le mage pressait le pas. Son air renfrogné était son expression la plus proche de la colère et il était suffisamment rare pour que la Garde Royale lui ouvre la marche sans poser de question. Car le mage n'était guère apprécié des gardiens d'Anghewyr ; malgré un résidu de sang bleu, il ne l'était pas non plus de l'aristocratie. Pourtant, ceux qui fréquentaient la cour de Malric lui reconnaissaient, même à contrecœur, une certaine valeur. Outre son érudition et sa qualité de mage, il faisait preuve d'un dévouement rare envers son prochain. Parfois, ceux qui se pensaient élégants moquaient son accoutrement ; les esprits se croyant fins raillaient son odeur, celle des indigents qui trouvaient refuge dans la basilique. Ce à quoi il répondait : « Si vous passiez plus de temps avec moi, vous ne sentiriez plus rien ». Le double sens leur échappait.

D'une manière générale, le mage était toléré au sein de la cour parce qu'il n'affichait aucune ambition politique. Certains entretenaient néanmoins une suspicion à son égard : il possédait un siège au sein du Conseil – tous savaient ce que valait un siège – et dès qu'il le jugeait nécessaire, le drôle n'hésitait pas à faire entendre sa voix, grâce au lien étonnamment solide et franc qu'il entretenait avec Malric. Toutefois, il ne représentait l'intérêt d'aucune famille ni d'aucun groupe – Ethelnor n'était plus qu'une coquille vide – et lorsque les décisions étaient cruciales, son avis, basé sur ses « principes », ne pesait pas lourd face aux autres membres du Conseil ou au roi. Plus que chercher à peser sur le processus de prise de décision, il semblait se satisfaire d'exposer son point de vue – souvent tranché et en opposition nette avec les autres membres.

Une autre preuve de son désintérêt pour la chose politique

résidait dans la manière dont il avait obtenu sa place au Conseil. Il n'avait pas joué des coudes ou de ses relations, il n'avait pas eu à calomnier ou à soudoyer : le poste avait été créé, il était vacant et le mage était, de loin, le plus expérimenté et le plus à même de l'occuper dignement. Shanahan était en effet le maître d'Ethelnor alors que l'Ordre avait encore un certain prestige et une influence dans toute la seigneurie. Il était aussi l'homme le plus vieux du Conseil... et sans doute aussi le plus vieux de la cour, même si personne ne connaissait vraiment son âge. Qu'un homme de son érudition et de son expérience pratiquât le détachement vis-à-vis des querelles politiques et autres mondanités de sa cité n'avait pas suffi à immiscer le doute dans les plates certitudes des courtisans, qui considéraient le mage comme un vieil excentrique gâteux dont on pouvait se gausser avec plus ou moins de malice entre deux gorgées de vin. Rares étaient ceux qui avaient dépassé ce jugement hâtif.

À cette époque, Branwal n'avait aucune idée de qui était Shanahan. Une fois qu'il eut lancé son poing avec rage, qu'il eut étanché sa soif de vengeance et nourri sa colère, il s'était retrouvé face aux conséquences de son acte : une foule furieuse, prête à le lyncher. Le vieux mage s'était interposé.

Le jeune fourchon colérique devait sans doute aussi sa vie à Govan. Venu superviser le concours sur ordre de Malric afin d'avoir une explication au refus systématique du mage de recruter le moindre élève pour Ethelnor, le chancelier avait réagi immédiatement depuis l'estrade et la Garde Royale avait vite repris le contrôle de la situation.

Après l'étonnante séance de divination et le tollé qu'elle avait suscité, il s'était approché de Shanahan et lui avait glissé quelques mots à l'oreille :

— Je vous le dis en tant qu'estimateur : je doute que vous n'ayez pas à rendre de comptes de ce qu'il vient de se passer.

L'expression du mage ne s'était pas décrispée depuis. Alors qu'ils se dirigeaient vers la Ville Haute, Branwal suivait le mage de près, sans un regard pour la foule enragée. Sur son passage volaient insultes et promesses de vengeance :

— Sale fourchon !

— Les voleurs et les délinquants, on devrait les pendre !

— Si on te revoit, on te fait la peau, petite merde !

Branwal filait droit. Si la haine qu'on lui déversait sur la tête lui faisait peur, il savait la dissimuler, car il n'était pas étranger à cette violence verbale et physique.

En revanche, en s'engageant sur le pont-levis de la deuxième enceinte, qui marquait la frontière avec la Ville Haute, il écarquilla les yeux et tapota du doigt le dos de Shanahan :

— Hé, je peux pas rentrer moi.

— Si, avec moi tu peux, répondit le mage sans se retourner, agacé par les mauvaises manières du gamin. Mais ne t'avise pas de me faire faux bond : si tu te fais arrêter par la garde dans la Ville Haute, je ne peux plus rien pour toi.

Branwal comprit que c'était le moment ou jamais de s'enfuir, car une fois qu'il mettrait le pied dans la Ville Haute – aussi tentant que ce fût, il serait diablement et irrémédiablement dépendant du mage. Sans crier gare, il fit demi-tour d'un bond et accéléra de toutes ses forces en descendant le pont-levis. Il entendit crier derrière lui et, sans se retourner, tourna à droite après le pont, en direction du quartier des fourchons. Il croyait avoir réussi à s'échapper lorsqu'il chuta lourdement dans un nuage de poussière : des gardes de la Ville Basse avaient entendu l'agitation et l'un d'entre eux avait tendu le manche de sa pertuisane pour crocheter les jambes du fuyard. Un instant plus tard, il posait un genou lourd sur la cage thoracique du gamin, qui poussa un cri étouffé.

— Bouge pas, grogna-t-il.

— Aïe, vous me faites mal, protesta Branwalather en se débattant. Je peux plus respirer.

Le garde resta un moment dans cette position qu'il appréciait. Ses compagnons d'armes lui firent remarquer la présence du mage et il finit par relever son prisonnier, saisit son bras avec la force d'un étau et le traîna jusqu'au pont-levis. Comme le morveux se débattait, il lui asséna un violent coup de poing au foie. Le gamin se plia en deux de douleur et vomit son maigre déjeuner.

— Je t'ai dit de pas bouger.

Shanahan les rejoignit en fulminant :

— C'est donc là tout ce que vous savez faire ?

— C'est tout ce qu'ils comprennent, rétorqua le garde sans se démonter.

Shanahan secoua la tête de désappointement. En voyant

l'attroupement, les badauds s'étaient arrêtés et observaient la scène. Certains d'entre eux avaient reconnu le mage.

— Entre ceux prêts à vendre père et mère pour devenir riche ou puissant, ceux qui manquent tellement d'estime d'eux-mêmes qu'ils se rassurent en haïssant les autres, ceux que ça ne rassure pas assez et qui prennent plaisir à faire souffrir... (Il regarda Branwal.)... et ceux qui préfèrent risquer une bonne rossée plutôt que de risquer d'apprendre quelque chose. Sans parler de ceux qui cumulent ! (Certains badauds sourirent et sa voix se réduisit à un murmure :) Le genre humain me fatigue.

Le garde qui avait plié en deux Branwal répliqua, l'air méprisant :

— Vous ne connaissez rien de la vraie vie, vous vivez dans votre Ville Haute et n'en sortez que sous la protection de la gar...

— Vous croyez cela ? coupa Shanahan. Je vis avec ceux dont vous pensez me protéger. Vos peurs ne sont pas les miennes.

— Mes peurs ? s'emporta le garde. Ces gens-là ne veulent pas travailler, ils préfèrent voler, trafiquer, violer, assassiner. Tous autant qu'ils sont. Il n'y a que la force pour les remettre à leur place : en frappant un, on en éduque cent !

— Vraiment ? Eh bien, depuis le temps, ils devraient tous être parfaitement éduqués.

Le sourire en coin du mage eut le don d'exaspérer le garde :

— Ils se multiplient comme des lapins. Il faudrait construire un mur autour du quartier, pour qu'ils ne puissent plus sortir de leur trou à rats. Et de temps en temps, pour qu'ils comprennent, il faudrait faire des purg... (Shanahan fit claquer son bâton sur le bois du pont-levis.)... parabapll... (Le garde s'arrêta de parler puis reprit :) Tregpoulamotrrr...

Les yeux exorbités, il se couvrit la bouche de la main. La colère s'empara de lui et il hurla :

— PREVAUCFAETONIAHC'GUAIOOO !

Les badauds qui avaient suivi l'altercation étaient tordus de rire et rameutaient d'autres passants.

— Qu'est-ce que vous lui avez fait ? demanda l'un des autres gardes.

— Rien de bien grave, rassura Shanahan. Je lui ai jeté un sort mineur de confusion. D'ici ce soir, il reparlera normalement.

— TREPAGDEDRDUAPELIARTEII ! protesta le garde ensorcelé.

Shanahan s'approcha : il n'avait pas l'air menaçant, mais son expression était sévère.

— Vous usez de la parole sans user de votre raison. Vous utilisez les mots pour attiser votre colère et aiguiser votre haine. Vous enflammez votre imagination pour mieux affronter vos peurs et mieux nourrir votre égo ; dans votre univers parallèle, vous êtes au chaud, rassuré, vous pouvez vous imaginer en surhomme, en héros. Alors vous ergotez, pauvre petit coq analphabète. Vous répétez des mots que vous avez entendus ailleurs et vous finissez par croire à vos propres histoires.

Le garde poussa un autre cri incompréhensible et empoigna sa pertuisane. Il aurait engagé le combat s'il n'avait été aussitôt retenu par ses compagnons d'armes.

— Avant de vous prendre pour un surhomme, essayez déjà d'être un homme, conclut Shanahan. (La réplique cinglante provoqua un murmure dans l'attroupement de badauds.) L'homme se distingue de l'animal par l'utilisation de la raison et de la compassion. En attendant, vous pouvez bien vous passer de la parole jusqu'à ce soir... pour l'utilisation que vous en faites.

— Pellttrraaa ! sembla menacer le garde.

— Oui, oui, c'est ça, « peltra », répondit le mage. Emmenez-le se calmer, je devrais pouvoir m'en sortir seul avec le gamin.

Les soldats acquiescèrent :

— Allez, viens, c'est pas grave, dit l'un des deux en prenant son compagnon d'armes envoûté par le bras.

Ce dernier tenta de répondre et provoqua le rire des deux gardes qui se frayèrent un chemin parmi les badauds hilares. Shanahan se tourna vers le gamin :

— Tu arriveras à march...

Le mage s'interrompit : le petit fourchon était aussi hilare que ses congénères, avec en plus le regard émerveillé d'un gosse. Sur ce visage qui était encore celui d'un enfant, le sourire franc et les yeux rieurs irradiaient d'une joie insouciante, à mille lieues du regard courroucé, du verbe haut et de la violence qui le rendaient si précocement et si tristement adulte, comme si Anghewyr l'ombrageuse lui restituait, pour quelques rares et courts instants, la pureté et l'émerveillement qu'elle lui avait depuis longtemps volés.

— Vous m'apprendrez à faire des trucs comme ça ? demanda Branwal d'un ton jovial.

— Hé bien... Oui, je suppose, répondit Shanahan que l'enthousiasme soudain du jeune garçon avait surpris.

— Alors je vous suis.

— Il y aura beaucoup de choses à apprendre avant, prévint le mage.

— C'est pas grave, répondit Branwal avec assurance alors qu'il n'avait aucune idée de ce que cela représentait. Mais... des fois, je pourrais revenir ?

Il montra le monde de l'autre côté du pont-levis. *Peut-être aurions-nous dû commencer par cela*, pensa Shanahan.

— Évidemment, répondit-il. Je dirige une école. Pas une prison.

Il avait masqué son hésitation : de facto, il ne dirigeait plus d'école depuis longtemps. Son nouvel élève lui sourit, satisfait de la réponse.

— Très bien, conclut le mage. Dans ce cas, je vais faire prévenir tes parents pour ne pas qu'ils s'inquiètent. Tu pourras les...

— Ce n'est pas la peine, coupa Branwal avec une certaine indolence. J'ai grandi à Melangell.

Shanahan marqua une courte pause : il aurait pu s'en douter, mais s'était laissé surprendre.

— Je vois, conclut-il en tapotant doucement l'épaule du garçon.

Il avait remarqué comment Branwal avait soigneusement évité de prononcer le mot « orphelinat ». Le terme renvoyait à l'absence de parents, de liens affectifs, et nourrissait dans l'inconscient collectif l'image de l'indigence et de la délinquance – la mauvaise graine. Il n'avait pas grandi dans un orphelinat, il avait grandi à Melangell.

Le parcours dans la Ville Haute, jusqu'au logement du mage, fut une découverte permanente pour le jeune fourchon. Les maisons étaient certes plus luxueuses que dans les quartiers riches de la Ville Basse, mais il trouvait la différence ténue. Il se demandait même si son esprit ne lui suggérait pas cette différence : étant donné qu'il n'y connaissait pas grand-chose, c'était peut-être parce qu'il s'attendait à voir des maisons plus belles et plus luxueuses qu'il les trouvait effectivement ainsi. En y regardant de plus près, ces demeures étaient souvent étroites et les rues qui y menaient étriquées.

En revanche, il fut soufflé par les individus qu'il croisait. Dans un premier temps, ce furent l'élégance et l'éclat raffiné de leurs habits qui captivèrent son regard ébahi. Mais il y avait autre chose, qu'il ne parvint pas tout de suite à définir. Pour essayer de comprendre, il s'imagina des gens ordinaires, de la Ville Basse, affublés de ces habits élégants et raffinés : cela ne suffirait pas pour devenir semblable à un habitant de la Ville Haute. Il lui fallut observer ces derniers un peu plus longtemps pour en saisir la raison : la manière dont ils se mouvaient dans l'espace, en particulier leur démarche, leur posture et leurs gestes, était fondamentalement différente et révélait un remarquable contrôle de soi. Ainsi, alors qu'il n'avait aucune connaissance en la matière, il pouvait presque immédiatement distinguer ceux qui vivaient dans la Ville Haute de ceux qui n'y étaient que des invités temporaires. Parmi ceux-ci, on trouvait de riches marchands de la Ville Basse et des livreurs de marchandises. Si les derniers n'étaient pas difficiles à remarquer, les premiers cherchaient, dans l'accoutrement, dans les possessions, à imiter l'élite de la Ville Haute. Pourtant, malgré tous leurs efforts, ils n'en demeuraient que de pâles copies, dont les différences avec l'original devenaient plus criantes encore lorsqu'ils se mettaient à parler d'une voix forte, dans un vocabulaire pauvre, et concluaient leur phrase d'un rire trop sonore. À l'inverse, les habitants de la Ville Haute, par la retenue dont ils faisaient preuve en toutes circonstances, se distinguaient fondamentalement des « autres ».

Branwal ne comprenait toutefois pas pourquoi tous ces marchands aux affaires florissantes cherchaient à imiter ceux de la Ville Haute. Il avait vu les maisons de ces derniers et pouvait témoigner qu'elles n'étaient pas vraiment plus luxueuses, et certainement pas plus grandes. Il savait par ailleurs que certains des marchands de la Ville Basse étaient richissimes et pouvaient assouvir tous leurs désirs. Alors que cherchaient-ils ? Du haut de son adolescence naissante, il ne comprenait pas, mais même sans en comprendre les enjeux, il s'amusait beaucoup de cette saynète permanente qui se jouait sous ses yeux.

Arrivé en face de la maison du mage, la déception fut grande : c'était – et de loin – la plus petite et la moins clinquante de toutes celles qu'il avait vues jusqu'à présent dans la Ville Haute. C'était une vieille bâtisse haute et étroite, appuyée sur des poutres centenaires et coincée entre des maisons cossues et le fleuve Ylawar. Shanahan, qui était grand, dut baisser la tête pour passer la porte. Il fit signe à Branwal, qui n'avait pas osé, d'entrer à son tour. La pièce était sombre, poussiéreuse et couverte d'ouvrages, anciens à en juger par leur état, d'objets variés en métal et en bois dont il ignorait tout de l'utilité, de fioles, vides pour la plupart, et de bocaux renfermant, supposait-il, des ingrédients magiques, le tout baignant dans une odeur mêlant le rance et le renfermé. Devant cette multitude d'objets ésotériques et extraordinaires, Branwal était plus méfiant qu'émerveillé. D'une part, parce que chez les fourchons, on s'évaluait en général à travers la réussite de ses affaires, légales ou non. D'autre part, il savait que la magie noire était interdite – et sa pratique sévèrement punie – et il soupçonnait chaque objet étrange de la pièce d'en être un ingrédient.

— Tu n'aimes pas la maison, n'est-ce pas ? demanda Shanahan qui voyait le jeune garçon circonspect.

Branwal fit une moue en haussant légèrement les épaules.

— Mais tout ce que tu vois autour de toi doit bien d'une manière ou d'une autre aiguiser ta curiosité, non ? demanda encore le mage.

Le regard du jeune garçon parcourut une nouvelle fois les étagères et, après une hésitation, il répondit :

— Vous savez que la « magie noire » est interdite ?

Shanahan souffla d'agacement face à ce concentré de poncifs et d'ignorance :

— La « magie noire » n'existe pas. C'est une catégorie grossière et sans intérêt. (Son expression parut subrepticement affligée.) On désigne les différents types de magies par des écoles, pas par de vulgaires appellations de comptoir. Et oui, je suis *vaguement* au courant de l'interdiction.

Branwal baissa la tête ; il se sentait stupide. Si des gars, même plus âgés, venaient lui chercher des noises, il ne se dégonflait pas et montrait les crocs. Shanahan n'avait pas fait preuve d'agressivité, mais plutôt d'impatience, teinté d'un certain mépris. Le mage comprit que ses mots avaient blessé son nouvel élève. La lassitude l'avait rendu irritable et il n'avait pas imaginé que sa parole eut pu peser autant. Il en déduisit que Branwal acceptait déjà son autorité, en tant qu'adulte et en tant que mage. Cela pouvait sembler prématuré, mais le gamin n'avait jamais connu un tel personnage depuis son départ de Melangell.

— Pardonne-moi, je suis contrarié par plusieurs affaires. Nous reparlerons des différentes écoles de magie plus tard. (Branwal hocha la tête.) J'ai une affaire urgente à régler. As-tu faim ?

— Pas vraiment.

— Eh bien, si tu changes d'avis, il devrait y avoir de quoi manger à l'étage.

Le mage salua d'un signe de tête et ouvrit la porte. Il s'arrêta sur le pas et se tourna vers son élève :

— Le temps où je serais absent, je t'en conjure, ne fais pas de bêtises et reste ici. Si tu sors et que la Garde te met la main dessus, je ne pourrais peut-être pas t'aider.

— Ne vous inquiétez pas, le rassura son élève.

Le mage ferma la porte derrière lui et Branwal se retrouva seul dans cette étrange maison silencieuse. Il inspecta les lieux ; à chacun de ses pas, le bois du parquet craquait. Il scruta les étagères une à une, puis les bocaux. Certains contenaient un liquide dans lequel baignaient des animaux morts, qu'il observait en les exposant à la pâle lumière transperçant les fenêtres étroites et sales. Son regard passait rapidement de livre en livre – il ne savait pas lire – mais non sans se demander ce que pouvaient contenir ces montagnes d'ouvrages empilés – même les fauteuils en étaient couverts. En rassemblant tout ce qu'il savait, il doutait de pouvoir en remplir un seul. Il en choisit un, dont le cuir de la couverture semblait dater du Grand Exode, et le posa sur le pupitre qui trônait dans la salle. Il ouvrit le livre à une page quelconque et commença à mimer ce qu'il pensait être un érudit. Il tournait les pages, se frottait la barbe qu'il n'avait pas et faisait des gestes – désordonnés – pour illustrer sa démonstration imaginaire. Une fois qu'il se fut lassé de son jeu, il jeta un œil plus attentif au livre lui-même. Même s'il ne pouvait pas lire le langage, certaines illustrations attirèrent son attention : des schémas mêlant formes géométriques et représentations de plantes ou d'animaux.

Sans doute la description de rituels, pensa-t-il. Le terme de « rituel » était le vocable le plus technique dont il avait connaissance. *Peut-être est-ce de la magie noire ?* Il prit une expression méfiante et préféra reprendre son exploration, en laissant le livre sur son pupitre. Dans un coin de la pièce, il découvrit, perdu dans la jungle des ouvrages, un petit escalier en colimaçon menant à l'étage mentionné par Shanahan. Il monta les marches avec prudence, sans quitter des yeux le haut de l'escalier, pour pouvoir éviter l'attaque d'une créature démoniaque ou le mauvais sort d'un sorcier. Le seul signe de velléité qu'il rencontra fut le bruit d'une souris courant sur le parquet. La grande pièce à l'étage ressemblait à celle du bas, à cela près qu'elle semblait être un lieu de vie, en plus d'une salle d'étude. Branwal repéra aussitôt la source de l'odeur rance qui assaillait ses narines : un bout de fromage d'un autre âge avait été abandonné sur le coin d'une assiette et le pain qui l'accompagnait avait été si bien colonisé par la moisissure que l'on devinait à peine ce que c'était.

Pas étonnant qu'il y ait des souris. Cette pensée le ramena aussitôt à la mort de Brat, le rat qu'il avait adopté. Il soupira et fouilla la pièce du regard à la recherche d'un nouveau compagnon de route. Une découverte providentielle aurait été de bon augure pour ce nouveau départ, pensait-il, mais il ne trouva rien.

Il poursuivit son exploration et trouva deux longs tubes en métal doré, chacun posé sur un trépied, dont il ignorait l'utilité. Ils avaient l'air précieux. À côté d'une armoire poussiéreuse se trouvait un haut panier d'osier contenant cinq grands rouleaux de parchemin, mesurant un pas de haut. Ils étaient vieux et froissés, comme tout ce qui semblait se rapporter à Shanahan. *Pourquoi utiliser un parchemin de cette taille ? Peut-être était-ce un sort écrit par un géant.* Il en saisit un au hasard et jeta un œil au centre, pour tenter de deviner ce qu'il pouvait contenir. Le rouleau n'était toutefois pas cacheté – il n'était maintenu que par un bout de ficelle, aussi Branwal fit-il de la place sur la table pour y dérouler son butin. Une pointe de déception émergea quand il comprit qu'il avait affaire à des cartes : des cités, des fleuves, des forêts, des montagnes, dont il ne savait pas lire les noms, avaient été dessinés avec minutie. Il regarda les autres rouleaux pour essayer d'y retrouver des lieux familiers, en vain. Il s'apprêtait à replier la dernière lorsqu'il remarqua le minuscule dessin d'une basilique, fait de traits stylisés, vers le haut du parchemin : la flèche d'Anghewyr.

La satisfaction de trouver enfin un endroit connu fut aussitôt percutée par la taille dérisoire de la cité, rapportée à l'ensemble de la carte : jamais il n'avait imaginé que le monde, que l'on disait vaste, puisse l'être autant. Son esprit, incapable de percevoir cette immensité, lui avait menti par impuissance et avait fini par construire un univers dont la proximité physique et mentale était la clé, un environnement rassurant où tout ce qui était un tant soit peu éloigné et dont il n'avait pas la preuve directe de l'existence, importait peu ou pas. Il avait construit – bricolé plutôt – par comparaison et relation de causalité, un monde à peu près cohérent, à partir du matériel à disposition, aussi pauvre soit-il ; mais dès lors qu'un mur s'effondrait et laissait apparaitre des champs entiers d'un matériel neuf, d'éléments originaux, qui composaient une perspective singulière et nouvelle, il ne pouvait plus ignorer la pauvreté de son ancien monde et partant, son étroitesse d'esprit. Pour la première fois de sa vie, survenait cette sensation complexe, qui mélangeait intimement le malaise d'avoir été sa propre source d'aveuglement et la stimulation d'avoir découvert un monde encore inexploré par son esprit. À son âge, il était évidemment incapable de détailler les mécanismes de cette sensation, mais il apprit à la reconnaitre et devait la rencontrer à plusieurs reprises au cours de sa vie.

— Je vois que tu as commencé à fouiner.

Branwal sursauta : la carte, en plus d'abattre les murs qui emprisonnaient son esprit, l'avait absorbé tout entier, si bien qu'il n'avait pas entendu Shanahan monter les escaliers. Il commença aussitôt à ranger le parchemin, mais le mage l'arrêta :

— Tout ce qui se trouve dans mon cabinet est à disposition de mes élèves. La curiosité est une qualité, dit-il avec un sourire.

Branwal hocha la tête, mais il avait du mal à croire que sa curiosité à lui n'était pas un vilain défaut. Comme il voulait en avoir le cœur net, il demanda à son nouveau maître :

— Ici, dit-il en pointant du doigt le dessin de la basilique, c'est bien la flèche d'Anghewyr ?

Shanahan s'approcha et se pencha à son tour sur la carte : le nom de la seigneurie était écrit en toutes lettres, ce qui lui fit réaliser que son nouvel élève était analphabète. La tâche à venir était immense et le décourageait déjà, même s'il n'en montrait rien.

— Tout à fait, répondit-il simplement.

— Mais Anghewyr n'est pas dessinée trop petite ? demanda Branwal en montrant le reste de la carte.

— Pas vraiment. Au contraire, elle est sans doute représentée plus grande par rapport au reste. (Comme il voyait la stupéfaction de son élève, il ajouta :) Et encore, ce n'est qu'une carte des seigneuries.

Il lui fit signe de le suivre et commença à chercher un ouvrage parmi tous ceux entassés dans la pièce. Il tira, du dessous d'une grande pile, un livre qui semblait encore plus vieux que les autres. Sa couverture était complètement séparée du reste de l'ouvrage et son cuir déchiré à plusieurs endroits.

— Ces cartes sont parmi les plus vieilles que je connaisse.

Il déploya l'une des pages pliées en quatre : la couleur avait déteint, mais les dessins restaient magnifiques.

— Regarde : ce sont les seigneuries, puis Anvarwol, le domaine des elfes, avec au-dessus un bout du glacier ; ici les Terres du Nord, habitées par les dvahsyrs...

— Qui ça ?

— Les habitants de Duvahsa... les elfes noirs. (Branwal haussa les sourcils d'étonnement.) Puis, il y a la Forêt des Anciens, Leinhelion... puis les régions orques : les Hautes Plaines réputées pour leurs féroces guerriers orcs, Dùn'Mornok...

— Le monde est vraiment très vaste...

— Et encore, cette carte ne représente pas « le monde ». Il y a bien d'autres terres, à l'est, mais aussi au sud. (Son élève semblait déboussolé.) Je m'y suis rendu, il y a bien longtemps. Peut-être que toi aussi tu iras un jour, qui sait ?

Shanahan replia la carte, referma le gros livre et le reposa sur la pile.

— Il y a de l'eau en bas. Passe-toi un coup sur le visage, le roi va nous recevoir.

— Le roi ? s'exclama Branwal qui pour la première fois devant son maître levait la voix.

Shanahan hocha la tête et descendit avec entrain l'escalier en colimaçon, suivi à la trace par son élève qui fit rapidement ses ablutions. Ils sortirent du cabinet et se dirigèrent d'un bon pas vers la Citadelle. La Ville Haute était calme.

— J'ai vu que tu as commencé à étudier la magie de préservation, fit remarquer Shanahan avec un sourire, sans pour autant ralentir le rythme.

Branwal avait laissé le livre ouvert sur le pupitre et ce détail n'avait pas échappé au mage.

— En fait... je ne sais pas lire, reconnut-il un peu honteux.

— Je le sais. Nous nous occuperons de ça bientôt.

Je vais apprendre à lire ? Ça doit être chiant...

— Ce que je voulais dire, reprit Branwal, c'est que je n'ai pas vraiment « choisi » ce livre, je l'ai pris un peu au hasard.

Le regard espiègle, le vieux mage répondit :

— Parfois, nous choisissons nos livres. Parfois, ce sont eux qui nous choisissent.

Branwal : Mue

Il se souvenait que la lourde porte avait grincé sur ses gonds, de ce craquement caractéristique qui pouvait sceller le sort d'un homme. La salle au confort feutrée du Conseil se révéla à lui.

Shanahan, qui s'attendait à un entretien privé sur l'incident de la matinée, fut surpris de voir qu'elle était bien remplie. Entouré par deux gardes royaux de confiance, Malric était installé, l'air toujours sévère, sur un large fauteuil qui s'apparentait à un trône.

Derrière lui, en retrait, se tenait son jeune page à la peau d'ébène. À la gauche du roi, Eamon, dont le dos ployait légèrement sous le poids des ans, avait joint ses mains osseuses devant lui, en attendant d'en apprendre plus. À la droite siégeait Teregud, « Ter » pour les proches, le Maréchal du Roi. Il avait quarante-cinq ans environ, les cheveux courts et noirs, des tempes argentées et la tenue rigide de celui qui avait vécu toute sa vie pour et par la pratique martiale. S'il n'avait jamais connu la guerre – les seigneuries étaient en paix depuis les Guerres d'Unification, il avait néanmoins fréquenté les tournois en armes et en avait remporté plus d'un. C'était un homme aux méthodes violentes, qu'il s'efforçait de transmettre scrupuleusement à la Garde Royale. Pour lui, la force était non seulement la meilleure réponse à toute forme de transgression, mais elle était la seule à avoir une vertu éducative : « en frapper un pour en éduquer cent » était l'une de ses maximes favorites.

Face à lui se trouvait Donat, le waarj, plus haut représentant du Culte d'Aergat depuis deux décennies. C'était un homme de plus d'un demi-siècle, dont la peau mate faisait ressortir les cheveux blancs et la barbe bien taillée. Il portait une ample robe rituelle et une coiffe imposante, toutes deux blanches également, qui donnaient à sa présence une touche immaculée. Derrière son sourire affable se cachait un bon stratège politique, qui avait su élargir la base du Culte. Sa présence au Conseil avait toutefois de quoi surprendre : si Malric prêtait une oreille attentive à ses recommandations, aucun représentant de culte, pas même le waarj, ne siégeait au Conseil.

Govan, assis sur le premier fauteuil à la droite du Roi, prit la peine de se lever, esquissa un sourire et fit signe au mage de s'installer. Shanahan se contenta de s'avancer jusqu'à la table du Conseil. Une fois n'est pas coutume, son expression était froide et ses sourcils froncés.

— Je ne m'attendais pas à recevoir un tel accueil, lâcha-t-il.

La présence de Donat était un camouflet de plus, comme si leurs places – le waarj était assis à la table du Conseil – s'étaient soudainement interverties. Le Roi prit la parole :

— Je vous ai convoqué non pour tenir un Conseil d'urgence, mais pour réagir au dernier concours.

D'un signe de la main, il invita Shanahan à prendre le siège qui lui était dû, mais une nouvelle fois, celui-ci refusa.

Encore une erreur, pensa Malric. *À rester debout devant nous, devant Donat, tu donnes l'impression d'un subordonné qui vient prendre son admonestation.* Il accepta le refus du mage d'un petit hochement de tête.

— Conformément à ce que je lui avais demandé, continua le roi, Govan m'a fait un compte rendu détaillé du concours.

À chacune de ses interventions, Malric faisait en sorte de rappeler, plus ou moins implicitement, à tous leur statut de sujet.

— Je ne vous ai pas convoqué pour en discuter, mais pour vous annoncer la décision que j'ai prise.

L'assemblée était suspendue aux lèvres de Malric. Shanahan avait eu l'art, jusqu'à présent, d'éviter la colère du monarque et alors qu'il avait si peu de considération pour son siège, sans doute *parce qu'il* avait si peu de cette considération, il avait survécu à bien des remaniements. Néanmoins, cette fois, une sanction semblait inévitable. Mais personne n'aurait pu prédire son ampleur.

— En vertu de ses qualités pour la défense d'Anghewyr, j'ai décidé de la mise en place d'une école de « blaewyns ».

Un silence tomba sur le Conseil. Le mage secoua la tête.

— Une école de quoi ? demanda à voix basse Teregud en se penchant vers Eamon.

— De blaewyns, répondit Shanahan qui avait entendu. C'est le nom traditionnel des mages de combat.

— Des mages de combat ? s'amusa Teregud. Allons, soyons sérieux, la magie est faible.

— Exactement, renchérit Donat. Car la venue d'Aergat est proche.

— Puisque la magie est faible, elle sera associée à une solide formation martiale, rétorqua le roi d'un ton qui n'admettait pas de réplique. (Le sourire narquois de Teregud disparut.) Voilà pourquoi je vous ai convoqué, cher Donat. La pratique de la magie étant sévèrement encadrée dans toutes les seigneuries, elle le sera d'autant plus dans cette école, ne pensez-vous pas ?

Donat préféra acquiescer obséquieusement. Malric connaissait parfaitement les procès pour « magie noire » intentés par le Culte un peu partout à travers les seigneuries ; il comprenait bien l'enjeu que représentait cette organisation qui s'emparait, de manière informelle et diffuse, d'un pouvoir réservé au Roi et à ses vassaux. Malgré ses tentatives, Malric n'était pas parvenu à mettre un terme à ces pratiques qui remettaient en question son autorité. Il avait d'abord pensé à mettre en place, dans toutes les seigneuries, une répression implacable, à multiplier tortures et exécutions publiques, mais l'idée de faire de ces illuminés d'Aergat des martyrs l'irritait au plus haut point. Ils ne le méritaient pas. Aussi, grâce à un large réseau d'espions et d'alliés, Malric avait préféré composer avec cette secte religieuse en la tenant en observation.

— Cette décision, en outre, régénérera l'école d'Ethelnor qui était ces dernières années si... vide, ajouta-t-il.

— Ethelnor n'a jamais formé de mages de combat, déclara Shanahan d'une voix forte. Cela n'a jamais été sa vocation.

Les discussions, plus ou moins légères, qui faisaient vivre la salle du Conseil, se turent. Rares étaient ceux qui osaient employer ce ton pour oser discuter une décision du Roi. Ce dernier y veillait particulièrement. Ses yeux se plissèrent comme des meurtrières et fixèrent le mage.

— Quelqu'un *d'autre* désire-t-il contester ma décision ? dit-il d'une voix glaciale. (Un nouveau silence vint lui répondre.)

Parfait. Govan se chargera de faire publier le ban au plus vite.
— Certainement, répondit ce dernier.
— À présent, laissez-nous seuls, ordonna le Roi.

Les membres du Conseil, ainsi que Donat, se levèrent et saluèrent Malric. En sortant, Teregud se pencha vers Eamon :
— Ces gamins qui étudient la magie, ils préfèrent la lecture au maniement de l'épée, maugréa-t-il à voix basse. Que voulez-vous en tirer ?

Le vieil homme lui glissa à l'oreille :
— Il ne tient qu'à vous de les dissuader de continuer dans cette voie...

Teregud hocha la tête et retrouva le sourire :
— Je m'en occuperais bien en personne, répondit-il, mais mon temps est précieux. Je sais qui fera l'affaire.
— Qui ça ? demanda à voix basse Eamon curieux comme une vieille pie.
— Willem, lança Teregud ravi de « son » idée.

Le rire étouffé du vieil Eamon secoua ses épaules, qui disparurent derrière la porte de la salle du Conseil. Même les deux gardes personnels du roi furent renvoyés. Seuls Branwal, sur ordre spécifique de Shanahan, et le page à la peau d'ébène, tous deux effacés et silencieux, n'avaient pas été contraints de sortir. Ils attendaient, en retrait, la confrontation des deux adultes dont leur vie dépendait. Le regard perçant de Malric n'avait pas quitté sa proie un instant ; il ne clignait pas même des yeux. Au bout de la table du conseil, Shanahan restait immobile et droit comme un « i », se refusant à détourner le regard.

Les deux hommes se dévisagèrent, se jaugèrent en silence.

Malric souffla et ses traits se relâchèrent. Il indiqua au mage le siège à côté de lui d'un geste souple de la main.
— Sers-nous du vin, ordonna-t-il d'un ton posé au page qui s'exécuta aussitôt.
— Une école de blaewyns ? s'exclama le mage d'une voix suffisamment faible pour qu'on ne l'entende pas depuis l'extérieur. Comment diable t'est venue cette idée ?

Il s'installa sur son fauteuil, sous le regard amusé de Malric :
— Tu es un très mauvais politicien, Isembart, dit le roi.
— C'est la deuxième fois que j'entends ça aujourd'hui. Vous vous êtes passé le mot avec Govan ?
— Govan est un homme intelligent et capable, il n'a pas

besoin de moi pour comprendre l'évidence.

Le ton n'avait aucune âpreté. Isembart secoua la tête, sourcils froncés. Ce n'était pas la première fois qu'il avait cette conversation, sous une forme ou sous une autre. Toutefois, rarement les termes avaient été aussi directs.

— Le bon sens est souvent trompeur, Malric. Je ne suis pas un très mauvais politicien. Je ne suis pas un politicien *du tout*.

— Nous *sommes* des animaux politiques, que tu le veuilles ou non, rétorqua le Roi.

— Je crois que, dans notre vision du monde, tout nous oppose, conclut Isembart qui voulait clore un long débat.

— Tu savais que ta position, à terme, n'était pas tenable, continua Malric sans prendre en compte la remarque du mage. En particulier avec l'influence croissante du Culte. Tu n'imagines pas les trésors d'imagination... et de manipulation, que je dois déployer pour les tenir sur la corde raide. Leur ambition ne se cache plus. (Il marqua une pause.) Ils veulent un siège. Ils veulent *ton* siège.

— Qu'importe si je perds mon siège au conseil.

— Tu vois, tu recommences. Tu refuses de considérer les conséquences politiques de tes actes. (Isembart souffla.) Tu te trompes, sur toute la ligne. Tu te trompes si tu penses que ton siège, même s'il n'a qu'un pouvoir consultatif, n'a aucune influence. Partout dans les seigneuries et au-delà, tu es Shanahan, « le sage ». Tu es l'héritier d'Ethelnor, l'ordre millénaire. Là où elle se fait entendre, ta voix est respectée. Mais tu restes muet.

— Muet ? Je m'exprime sur tous les sujets qui le nécessitent, je défends ceux que personne ne défend, j'en nourris certains, j'en abrite d'autres... Je vis en accord avec mes principes.

Malric secoua la tête devant ce qui lui apparaissait comme un entêtement pusillanime :

— Tes « principes » ? s'étonna-t-il avec une pointe de mépris. Ceux-là mêmes qui te conduisent à utiliser des tours de prestidigitateur pour truquer le recrutement annuel ?

Un court silence s'en suivit.

— C'est une décision que j'ai prise en mon âme et conscience, dit d'un ton grave Isembart, qui était soudainement redevenu Shanahan. J'en accepterai les conséquences.

— Je m'en moque et tu le sais bien, répondit Malric pour

couper court à la solennité de son interlocuteur. Au contraire même, j'étais assez amusé de l'apprendre. Pour être honnête, je ne te pensais pas capable d'un tel escamotage. En revanche, je doute qu'à la cour, tout le monde partage mon plaisir : aux yeux de tous, des membres du conseil, au dernier de mes courtisans, Ethelnor a besoin d'élèves. Personne ne peut mobiliser autant de ressources pour... rien.

Le roi faisait notamment référence à la basilique. Isembart lui jeta un regard réprobateur, qui se transforma en compassion : l'âme de Malric était devenue d'une sécheresse funeste. Sa belle barbe ne parvenait plus à cacher un visage émacié, aux joues creusées. Ses yeux se plissèrent, comme il en avait l'habitude :

— Ne me jette pas ce regard, Isembart. Tu as choisi ton jeu ; j'ai choisi le mien.

— Je le sais bien.

Le ton du mage avait été d'une douceur infinie : il connaissait le prix payé par Malric. Le regard de ce dernier, sourcils froncés, s'était perdu sur le tapis épais, aux tons rouge et noir, de la salle du Conseil. Il acquiesça en crispant la mâchoire, la main serrée sur sa coupe d'argent encore pleine. Malric ne buvait presque pas et ne mangeait que le strict nécessaire. Il était contraint de participer à ces activités mondaines qui étaient au cœur de la vie de la cour. Il sortit de sa courte rêverie et ses yeux alertes fixèrent de nouveau Isembart.

— J'ai choisi une école de blaewyns parce qu'une partie de la formation des mages de guerre se fera auprès des instructeurs militaires. J'ai pensé que cela te laisserait le temps de faire... ce que tu jugeras bon de faire.

Il pencha la tête sur la gauche pour voir le visage du gamin caché derrière le large fauteuil occupé par le mage.

— Voici donc le jeune responsable du fiasco de ce matin. Approche, ne crains rien, dit le roi en accompagnant ses mots d'un geste de la main.

Branwal s'avança pas à pas, lentement, sans oser lever les yeux. En voyant son aspect crasseux, Malric eut un haut-le-cœur :

— Comment peut-on vivre comme ça ? murmura-t-il.

Il fit signe à l'enfant de s'arrêter à bonne distance.

— Alors voici donc le candidat ayant passé l'impossible

épreuve de divination (Malric lança un regard amusé à Isembart.) Quel est ton nom ?

— Branwalather... messire !

— Votre Majesté, reprit Shanahan.

— Votre Majesté, répéta son élève.

Le roi esquissa un sourire narquois, devant l'attitude trop solennelle du jeune garçon. Ce dernier était très impressionné et agissait de la manière qu'il imaginait appropriée, dans des circonstances dont il ignorait tout : il se tenait au garde-à-vous, le regard fuyant et avait parlé d'une voix trop forte.

— Branwalather ? s'étonna le roi. C'est un noble nom. Sais-tu ce qu'il signifie ? (Le gamin secoua la tête.) Il signifie « seigneur des corbeaux ». (En se tournant vers le mage, il ajouta :) Tu n'as pas eu de mal à convaincre ses parents ? Certains découvrent subitement l'amour filial lorsque l'école les prive de leur progéniture.

Parmi la noblesse d'Anghewyr à laquelle, de toute évidence, le jeune garçon n'appartenait pas, ce sentiment n'était pas rare. Par ailleurs, Malric savait que les jeunes garçons en passe de devenir des hommes pouvaient peser lourd dans l'économie des familles plébéiennes, qui ne s'en séparaient pas aisément.

— Pas vraiment, répondit Isembart. Il vient de Melangell.

— Mmh, je vois... tant mieux, cela simplifie les choses. (Le roi reporta son attention sur le jeune crasseux.) Alors, comme ça, c'est vrai : Melangell protège les petites créatures.

Le mage esquissa un sourire triste du coin des lèvres. Malric, dont les traits s'étaient quelque peu détendus depuis le début de l'entretien, reprit une expression froide et close :

— Sais-tu quel crime tu as commis ?

Sa voix, ferme, semblait plus forte qu'elle ne l'était réellement. De son regard pénétrant, il dévisagea son jeune sujet. Branwal le croisa un instant et détourna aussitôt les yeux. La gorge serrée, il acquiesça de la tête.

— Connais-tu seulement la punition que je réserve aux sauvageons de ton espèce ? (Le gamin fit non de la tête.) Sais-tu au moins ce que tu dois à cet homme ?

Branwal redressa la tête. Le roi avait montré Shanahan.

— Oserais-tu trahir ton bienfaiteur ? continua Malric. Oserais-tu trahir sa bonté ?

— Non, parvint à s'exclamer le jeune fourchon.
— Dans ce cas, tu le serviras, comme tu servirais ton roi.
— Oui, mess... Votre Majesté.

Et qui sait, peut-être recevras-tu une once de sa sagesse, pensa Malric.

— Très bien, conclut-il en prenant une expression et un ton sentencieux. À partir de ce jour, je te déclare élève de l'Ordre d'Ethelnor.

Les mots du roi avaient pénétré jusqu'aux os de Branwal, jusqu'à son âme. *Est-ce aussi de la magie ?* Pour la première fois de sa vie, il se sentait une importance et un sens, lui, la petite créature invisible de Melangell. Ses guenilles fatiguées et ses souliers troués, son visage crasseux, ses ongles sales et ses cheveux hirsutes, ces détails ne comptaient plus ; ils ne parvenaient plus à l'atteindre, encore moins à le définir. Tout cela n'était plus qu'un contretemps, un écueil temporaire et insignifiant, qui ne révélait rien de ce qu'il était : un sujet dévoué du roi Malric, un élève fidèle de l'Ordre d'Ethelnor, recruté par Shanahan en personne. Melangell et les ruelles sombres du quartier des fourchons semblaient si loin qu'il pouvait presque douter de leur existence.

Même s'il en ignorait tout, Branwal se savait à présent sur une autre voie, une voie respectable et respectée, avec pour guide un sage. En cela, il se savait une fonction, une valeur et sans s'en rendre compte, il se tenait un peu plus droit, ses gestes étaient un peu plus assurés, son for intérieur plus apaisé.

Les mots du roi l'avaient transfiguré.

Branwal : Transfuge

Il se souvenait de certains lieux emblématiques – la résidence du chancelier, la place de la fontaine, l'entrée de la Citadelle – et de la sensation qu'il éprouva la première fois qu'il parcourut librement la Ville Haute. Ses rues étaient toutes pavées, ses solides maisons faites de pierres, avec plusieurs étages, ses passants vêtus de tissus riches et de couleurs harmonieuses. Certains chapeaux, d'hommes comme de femmes, le surprirent par leur extravagance et leur taille. Outre qu'il ne les trouvait pas très beaux, Branwal se disait qu'ils devaient être particulièrement incommodes et qu'il fallait par conséquent être bien étrange et sans doute un peu crétin aussi pour se trimbaler des machins aussi encombrants à longueur de journée. Il n'avait aucune idée de ce que ces chapeaux représentaient.

Pour un fourchon, aller et venir à sa guise dans la Ville Haute était le signe de réussite ultime. Et dans son esprit encore enfantin, il avait cru qu'il suffisait de se trouver physiquement dans cette partie tant convoitée d'Anghewyr pour appartenir à ce monde. Il réalisa peu à peu tout ce qui le séparait de ses pairs d'Ethelnor. Il pouvait bien aller toiser les taverniers fortunés de la place sud qui avaient l'habitude de refuser l'entrée aux fourchons, lorsqu'il se trouvait dans la Ville Haute, il suffisait qu'il ouvre la bouche pour qu'on entende son origine : son accent, le ton de sa voix trop forte, ses expressions pittoresques et emphatiques. Ce qui était vrai pour le langage oral ne l'était pas moins pour le langage corporel : même lorsqu'il portait la robe grise d'Ethelnor qui leur servait d'uniforme, il n'avait pas les mêmes manières de se tenir, de s'asseoir, de manger ou de marcher. Dans un premier temps, il joua de son origine pour marquer sa différence, mais le rôle lui parut vite étriqué. Jouer les gentils mauvais garçons l'amusa un temps, mais il voulait plus que cela : il voulait devenir un grand mage ou un grand guerrier et plus précisément un homme juste admiré et respecté de tous – c'était très important pour lui. En cela, Shanahan devint rapidement un horizon indépassable pour le jeune fourchon.

Sa mue ne fut guère chose aisée. Car s'il se transformait effectivement, les regards en biais, les sourires condescendants et les « sales fourchons » lui rappelaient l'identité qu'il avait l'outrecuidance de vouloir abandonner. Un même acte était jugé différemment : quand une dispute éclatait entre des élèves d'Ethelnor, ce n'était qu'un évènement anodin, une erreur excusable, un impondérable de la vie quotidienne. S'il y était mêlé, elle révélait la nature profonde du jeune fourchon.

Malgré cela, il se transforma effectivement. Pendant près de deux ans, il ne remit pas un pied dans le quartier des fourchons. Un matin où Amargein leur avait laissé quartier libre, il décida d'y retourner pour voir s'il y croisait d'anciens pensionnaires de l'orphelinat. Il ne fit aucune rencontre heureuse et n'osa pas retourner à Melangell. À mesure qu'il avançait, une sensation désagréable s'empara de lui : le fameux « quartier des fourchons » avait perdu sa magie. Il n'était plus qu'un agencement de vieilles maisons délabrées. Les jeunes le regardaient de manière suspicieuse : pas comme on regarde un de ces sales gosses de riches, mais pas non plus comme s'il était un fourchon comme eux.

À l'angle de la rue qui menait à la grand-place, il crut reconnaitre un ancien pensionnaire de Melangell, dont il avait oublié le nom. Ce dernier était adossé à un mur, entouré de quelques compagnons de brigandages et lui rendit son regard. Branwal approcha sans hésitation pour cacher le fait qu'il n'était pas bien sûr de lui.

— Hé, dit-il.
— Hé, répondit le jeune.

Toute forme d'effusion ou d'affect devait être bannie, car considérée comme une forme de faiblesse, incompatible avec leur virilité.

— Tu viens de Melangell, non ? demanda Branwal.
— Ouais, toi aussi ? répondit le jeune.

Les langues se délièrent un peu et les deux échangèrent

quelques banalités.

— Tu connais Cad ? demanda Branwal.

— Ouais, je l'ai connu. Les sbires lui ont mis la main dessus. Il paraît qu'ils l'ont envoyé dans les mines d'argent. Il est peut-être mort à l'heure qu'il est.

— Oh, je savais pas, répondit Branwal.

— Et toi alors ? Ça fait longtemps qu'on te voit plus, non ?

Branwal lui expliqua sa situation en quelques mots :

— Ah, c'est toi qui es parti étudier dans la Ville Haute ? s'exclama le jeune.

Pendant un moment, il se fit raconter dans les détails la vie dans cette partie de la Ville Haute. Branwal répondit avec simplicité, sans fanfaronner, car cela pouvait rompre l'accord de respect tacite. Très vite, il comprit que le jeune et ses compagnons s'intéressaient surtout à l'or et aux bijoux des habitants – la Ville Haute était perçue par les fourchons comme un coffre-fort à ciel ouvert. Branwal aurait voulu leur dire qu'il y avait d'autres richesses, bien plus importantes, mais ils ne l'auraient pas entendu. Et puis, qui était-il, lui qui était maintenant à l'abri de préoccupations matérielles, pour leur expliquer que leur misère n'était qu'un aspect superficiel de la vie ?

Les jeunes posèrent de nombreuses questions sur les gardes et les différents moyens de franchir le mur de la Ville Haute. À demi-mot, ils proposaient un « partenariat » à Branwal. Ce dernier répondit à leurs interrogations de manière évasive et conclut qu'il reviendrait avec plus d'informations. S'il avait vraiment été ami avec ces indigents, il aurait peut-être cherché à les aider, à les faire pénétrer dans la Ville Haute et à visiter en leur compagnie quelques riches maisons. Il aurait sans doute aussi fini par être découvert et par retourner définitivement dans la Ville Basse.

Bien sûr, il ne retourna jamais voir ces jeunes fourchons ni ne remit les pieds dans le quartier dans lequel il avait grandi. Il ne s'y sentait plus le bienvenu. Pas plus que dans la Ville Haute.

Varsiray

— Ce canal court jusqu'à la Ville Haute, répondit Arwylo qui semblait sortir d'une longue rêverie. Je me demande surtout s'il continue jusqu'à la Citadelle.

Kjeer écarquilla les yeux et son regard fit des allers-retours entre Arwylo et le bout du tunnel :

— La Citadelle, tu crois ?

— Et pourquoi pas ? Elle est plus récente que la Ville Haute, puisqu'elle a été reconstruite par Iudhael, répondit Arwylo qui se souvenait de ses cours d'histoire. S'ils n'existaient pas avant, les égouts ont sans doute été prolongés pendant la reconstruction.

— Comment sais-tu tout cela ?

Même s'il tentait de le cacher, Kjeer était impressionné par la connaissance de son compagnon. Des pairs lui en avaient parlé dans le purgatoire, mais comme il était lui-même un hâbleur, il ne les avait pas crus. Arwylo se contenta de répondre par un haussement d'épaules et les deux compères rebroussèrent chemin.

Les jours s'égrenèrent ainsi, entre explorations discrètes et repas rapides.

Ils ne cherchaient pas à découvrir toutes les sorties de la cité souterraine – ils avaient compris qu'il y en avait beaucoup – mais essayaient plutôt de débusquer des lieux insolites. Dans un premier temps, leurs découvertes furent banales : ils trouvèrent le cellier, la cuisine et les salles de prière. Comme toutes les autres, la première était une pièce troglodyte. Carrée, assez haut de plafond, elle était remplie de tonneaux de vin, de jarres d'huile, de vinaigre, de sacs de céréales et de gros pots posés sur les étagères, sur lesquels on pouvait lire : sel, ail, poivre... De quoi nourrir un petit régiment. Ils ne restèrent pas longtemps, car le dévot qui se trouvait dans le cellier, gardien du plus grand des trésors, les regardait d'un air suspicieux. Mise à part qu'elle disposait de son propre point d'eau, la cuisine n'avait rien d'extraordinaire non plus. En revanche, les salles de prière faisaient l'objet d'une attention particulière : des tapis étaient posés sur le sol et les murs afin de cacher la rudesse de la pierre et des coussins étaient à disposition des dévots pour leurs supplications quotidiennes.

À plusieurs reprises, leur chemin s'interrompait en arrivant sur une carrière ou un couloir effondré. Parfois, un homme avait peine à se glisser dans un conduit et ils devaient marcher de profil ; parfois, l'eau leur montait jusqu'au torse. Mais rien ne semblait pouvoir arrêter leur exploration.

Ils remarquèrent, par l'intermédiaire d'ouvertures dans les murs, qu'il existait un réseau souterrain de canalisations acheminant l'eau. Ils ne savaient pas si le système servait aux habitants de la surface ou aux troglodytes, mais se mirent en tête d'en trouver l'origine. Ils découvrirent pas moins de trois citernes pleines, connectées à la surface. Sur leur flanc avaient été creusées de petites cavités rectangulaires servant d'escalier aux puisatiers.

L'une de ces citernes se trouvait entre la porte sud et la grand-place. Ils s'assirent sur le bord du large bassin pour se reposer un peu. Ils avaient arpenté les souterrains toute la journée et commençaient à avoir faim.

— Tu savais qu'il y avait une citerne sous le puits ? demanda Kjeer.

— Non, répondit Arwylo. Je pensais qu'on puisait l'eau directement dans un bras souterrain du fleuve.

En descendant un tunnel humide, ils tombèrent sur un lieu très semblable à leurs chambres provisoires : un couloir étroit percé de trois portes de chaque côté. Ils s'avancèrent et furent surpris de constater qu'en lieu et place des portes en bois se trouvaient des grilles et des verrous en acier. Ils jetèrent un coup d'œil circonspect : cela ressemblait à s'y méprendre à un cachot. Kjeer tendit la lanterne qu'il avait à la main.

— Là, regarde les chaines, dit Arwylo.

Sur la pierre froide, ils pouvaient voir deux lourdes chaines en acier, fixées au mur, se terminant chacune par une menotte. Les cellules étaient vides.

— Une prison, ici ? demanda Kjeer. À quoi ça peut leur servir ?

— Je sais pas... mais je me demande si les sbires d'en haut connaissent son existence.

— Peut-être qu'elle ne sert plus ?

Arwylo fit une moue dubitative. Il saisit la lanterne et longea les cellules, le bras bien haut. Il s'arrêta et pointa du doigt : il y avait là une écuelle avec des restes de nourriture gagnés par la moisissure.

— Ils enferment qui ici ?

— J'en sais rien et je ne tiens pas à le savoir, répondit Arwylo.

Il fit signe de déguerpir. Kjeer approuva et reprit la tête de l'expédition. S'il avait menti sur sa connaissance du réseau sous-terrain, son sens de l'orientation et sa mémoire lui permettaient à présent de s'orienter avec facilité dans le dédale sans fin de couloirs.

Il ouvrait la marche d'une de leurs explorations lorsqu'il s'arrêta net, immobile et muet. Arwylo vint à sa hauteur et plissa les yeux : les murs de chaque côté étaient constitués de piles d'os et de crânes amassés. Ils n'avaient pas été entassés n'importe comment : les crânes avaient été séparés des os et ces derniers avaient été triés en fonction de leur taille. Ils avaient ensuite été empilés pour constituer des pans de mur, entrecoupés de liserés horizontaux de crânes.

— Jamais vu pareil cimetière, murmura Kjeer.

— Moi non plus, répondit Arwylo.

Les deux compagnons reprirent leur marche d'un pas lent, pour prendre le temps d'observer le monument macabre. La galerie donnait sur une pièce rectangulaire de la taille d'une petite chapelle, couverte d'os du sol jusqu'au plafond et dont les voûtes d'ogive étaient ornées de crânes. Des niches avaient été aménagées à hauteur d'homme, mais en lieu et place des habituelles statues de rois ou de prophètes, se trouvaient des squelettes entiers, debout, vêtus de leur habit de prêtre ou de leur armure.

— Bon, on y va ? demanda Kjeer, que le malaise avait fini de gagner.

Arwylo continua d'observer chaque détail, chaque orbite, chaque os gravé. Contrairement à son compagnon, il était fasciné : il avait sous les yeux tant de vies, d'histoires, tant d'émotions, d'amour et de haine, de fortune et d'infortune, tant de maladies, de souffrance, tant de peur de la mort et tant de morts. Ces milliers d'os et de crânes rendaient sa propre vie d'une infinie fragilité et, paradoxalement, faisaient naître en lui une légèreté d'âme qui le soulageait pour un temps de l'immense poids qu'il sentait sur ses épaules.

— On fait quoi là ? Allez !

Arwylo ne répondait toujours pas. Comme il portait leur unique lanterne, Kjeer s'en empara pour lui forcer la main :

— Moi, je pars. Fais ce que tu veux.

Arwylo se résolut à le suivre, mais se promit de revenir plus tard dans l'ossuaire.

Après un rapide arrêt par le réfectoire, histoire de se remplir un peu la panse, ils repartirent dans leur chasse au trésor. Ils prirent un chemin qu'ils avaient appris à connaître et qui menait sur une petite place avec trois ouvertures. Deux d'entre elles n'avaient déjà plus de secret pour eux : celle allant vers le nord longeait les égouts et menait jusqu'à la Ville Haute, tandis que celle allant vers le sud débouchait soit sur l'une des citernes soit à la surface, non loin de la porte sud. La seule voie qu'ils n'avaient pas encore explorée était celle se trouvant en face d'eux, vers l'est. Chaque fois, ils avaient entendu des voix provenant du tunnel et avaient préféré ne pas s'y risquer. Kjeer tendit l'oreille.

— On dirait qu'il n'y a personne... On y va ?

Arwylo s'approcha de l'embouchure du tunnel pour vérifier : seule une brise d'air tiède indiquait que le chemin menait quelque part. Il prit la lanterne à Kjeer et s'enfonça le premier dans la pénombre. Le tunnel n'était pas très long, mais descendait beaucoup. À plusieurs reprises, ils se retournèrent inutilement pour essayer de jauger la distance parcourue. Ils arrivèrent sur des escaliers taillés dans la pierre, qui s'élargissaient de plus en plus. Ils pouvaient apercevoir, tout en bas, une faible lumière. Après avoir descendu la trentaine de marches, Arwylo fit deux pas et s'arrêta.

— Qu'est-ce que tu fous ? Avance, chuchota Kjeer.

Arwylo pointa l'index sur leur droite : ils se trouvaient sur une sorte de passerelle en pierre qui surplombait une immense cavité naturelle. Alors que d'ordinaire, les salles troglodytes étaient plutôt étriquées, ils peinaient à en voir le fond. Elle avait été aménagée pour en faire une sorte de lieu d'assemblée : dans chacune des deux parois avaient été creusés des dizaines de petits balcons pouvant accueillir quelques personnes et auxquels on accédait par des escaliers étroits et abrupts ou des monte-charges. Plusieurs de ces balcons étaient décorés d'une bannière arborant un emblème. Arwylo les examina, mais n'en reconnut pas un seul : ce n'était pas les armoiries des seigneuries. Et aux quatre coins de cette immense chambre souterraine s'activaient des groupes de travailleurs, à peine plus grands que des souris, pour préparer la loge de leur congrégation.

Kjeer se pinça les lèvres lorsqu'il réalisa que le son de sa voix avait porté bien plus loin que d'ordinaire. Quelques-uns des travailleurs levèrent la tête en l'entendant, mais ils se remirent vite au travail. Les deux compagnons reprirent leur marche, lentement. Au milieu de la passerelle se trouvait un autre balcon, un peu plus grand que les autres, dominant l'assemblée. Le son portait si facilement que l'on pouvait déjà imaginer les interventions enflammées d'orateurs inspirés. En contrebas, un cours d'eau étroit, par-dessus lequel avaient été construits plusieurs ponts de bois, traversait l'immense cavité dans la longueur et allait se jeter dans un petit lac, tout au fond de la grotte.

— Qu'est-ce qu'on fait ? demanda Kjeer, hésitant.

Arwylo lui montra le bout de la passerelle : le long de la paroi, un escalier descendait jusqu'au niveau inférieur.

— Et si on te demande ce que tu fous là, tu leur dis quoi ?

— Je ferai l'acteur, comme toi.

— Bonne chance. Moi, je traine pas ici.

— D'accord.

Kjeer saisit la lanterne et rebroussa chemin vers le tunnel. Lorsqu'il se retourna pour parler à son compagnon, il comprit qu'il avait mal interprété sa réponse : Arwylo descendait les escaliers le long de la paroi d'un pas assuré. Il passa devant plusieurs balcons. Lorsqu'il y voyait des dévots affairés, il les saluait respectueusement. Arrivé en bas, l'un d'entre eux remarqua son nez en l'air et son regard curieux.

— Tu cherches quelque chose, gamin ?

Arwylo avait une vingtaine d'années – il ne connaissait pas

précisément son âge – mais en paraissait un peu moins.

— Pas vraiment, répondit-il. Je vais être ordonné sargat par le waarj Donat et on m'a autorisé à venir découvrir cet endroit.

Le dévot essuya la sueur de son front et posa les mains sur ses hanches :

— C'est beau, hein ? Et ce n'est qu'un début. Les congrégations ont commencé à graver les parois autour de leur loge. Chaque année, les ouvrages s'étendront un peu plus.

Arwylo plissa les yeux : en effet, autour de chaque balcon des amorces de fresques avaient été finement taillées dans la pierre. Les styles étaient variés : certaines congrégations avaient choisi un cadre bucolique et gravé de liserés de feuilles, donnant l'impression de plantes grimpantes. D'autres avaient personnalisé leur ouvrage avec des figures mystiques – sans doute leurs saints patrons. Depuis l'avènement de l'Unique, la plupart des cultes des divinités locales n'avaient pas disparu, mais s'étaient recyclés en serviteurs d'Aergat. Arwylo se demanda si Teilo, saint patron de Teilan, finirait lui aussi par se retrouver au service de l'Unique.

Le dévot lui montra l'ouvrage sur lequel ils travaillaient :

— Cela représente Midir, protecteur de notre congrégation et prophète d'Aergat. Vous connaissez son histoire ?

Arwylo secoua la tête, craignant d'être démasqué.

— Midir était un homme bon, qui aidait les indigents et les orphelins. Il a accepté les plus grandes calamités avec résignation – la perte de ses biens, la mort de ses enfants, trois fils et sept filles, la maladie, la calomnie – sans jamais renier l'Unique. Il a continué à porter Sa parole malgré les épreuves. Pour le récompenser de sa foi indéfectible, Il le rétablit entièrement : il lui a rendu sa famille – sept filles et trois fils, ses amis et ses biens. Il vécut jusqu'à un âge avancé et sa descendance prospéra.

L'air intéressé d'Arwylo ravissait le dévot, qui continua son histoire jusqu'à ce qu'une voix le rappelle au travail.

— Je dois retourner les aider, dit-il. (Il hésita puis ajouta :) Vous avez de la chance d'être ordonné par Donat en personne. Nous nous verrons sans doute durant le synode.

Ils se saluèrent et Arwylo poursuivit tranquillement son exploration. Il longea la rivière souterraine en scrutant les détails de l'immense hall et de ses parois gravées. En levant la tête, il aperçut Kjeer qui s'impatientait et lui fit signe de le rejoindre. Son compagnon, pourtant si sûr de lui dans certaines situations, pouvait faire preuve d'une certaine lâcheté quand les codes lui étaient étrangers. Il se décida à descendre et ils firent le tour du hall en empruntant les ponts qui enjambaient le cours d'eau. Puis ils remontèrent par l'escalier longeant la paroi, en prenant soin de saluer le dévot de Midir.

Les jours suivants, les découvertes se firent plus rares et l'ennui commença à les gagner. Kjeer compensait en reprenant son rôle de hâbleur, avec ses histoires invraisemblables de femmes et de bagarres, dont il était souvent le héros. Arwylo faisait mine de l'écouter en silence et souriait de temps en temps, mais son esprit était ailleurs. Il se demandait quelle vie le Culte pouvait lui réserver, dans la cité souterraine comme en dehors. Il n'avait jamais été dévot auparavant. À Teilan, il n'avait pratiqué avec assiduité aucun des cultes ; et à Anghewyr, durant son adolescence, il avait été élève d'Ethelnor. Il trouvait les rites religieux ennuyeux et leur irrationalité pouvait l'agacer. Pourtant, il appréciait le contact avec les autres dévots et même lorsqu'ils étaient rugueux, il sentait un respect intrinsèque, une estime même, qu'il ne retrouverait peut-être jamais en dehors du Culte. En son sein, il aurait un rôle, une fonction, une valeur, une identité... une existence sociale ; en dehors, il ne serait jamais que le rejeton de la frange dominée d'une population dominée, réduite à l'humiliation et à la misère quotidiennes. En dehors, il ne serait jamais rien.

— Hé, tu m'écoutes ? (Kjeer le sortit de sa réflexion.) Tu vois la p'tite rue qui descend depuis l'ancienne fontaine, derrière l'orphelinat ?

Il fit un geste pour mimer la courbe de la rue et Arwylo lui répondit évasivement. Au cours des jours passés ensemble, il en était arrivé à la conclusion que pour Kjeer, la question de son avenir dans l'Aergataeth ne se posait pas : avoir le gîte, le couvert et une obole à dépenser en jeux et en femmes semblait amplement le satisfaire. C'était pour lui l'horizon indépassable de la réussite dans ce bas monde. Il ne voyait pas au-delà, ou alors le cachait très bien. Et d'une certaine manière, même s'il trouvait ce comportement superficiel, Arwylo, l'esprit embué de questions sans réponse, l'enviait. Alors qu'il se faisait cette réflexion, Kjeer continuait de raconter ses exploits, sans plus se soucier si son compagnon l'écoutait vraiment.

Leurs pérégrinations dans le réseau souterrain se firent moins nombreuses et moins enthousiastes à mesure que l'excitation de la nouveauté les abandonnait. À présent, ils cherchaient surtout à éviter les corvées ou les travaux pesants. Arwylo prit l'habitude d'aller visiter l'ossuaire, seul et en silence. Il y trouvait une certaine sérénité. Au cours d'une de leurs explorations, en cherchant une nouvelle voie pour rejoindre le réfectoire depuis l'ouest de la ville, ils se perdirent dans une série de galeries qu'ils ne connaissaient pas.

— Tu entends ça ? dit Arwylo en tendant l'oreille.

Une clameur lointaine, qui raisonnait contre la pierre grise, les guida jusqu'à une petite place qui distribuait trois tunnels et l'entrée d'une large salle. Des cris et des bruits secs se faisaient entendre.

— Ils se battent là-dedans, chuchota Kjeer, en couvrant la lumière de la lanterne par peur d'être découvert.

Arwylo lui fit signe d'attendre et s'approcha d'un pas feutré. Il se pencha pour jeter un coup d'œil discret : c'était une grande salle au plafond bas dans laquelle on se battait effectivement. Une centaine de gaillards, de toutes tailles et de tous âges, s'entraînaient au maniement des armes. Leur habileté était très variable : certains étaient expérimentés tandis que d'autres avaient une posture de débutant. L'équipement aussi était très disparate : point d'armures d'entraînement flanquées d'armoiries, chacun venait avec une veste plus ou moins renforcée et un pantalon crasseux. Il n'y avait aucune décoration sur les murs taillés dans la pierre brute, à l'exception d'une haute bannière : deux épées noires se croisaient au niveau de la pointe, pour former un « V » sur fond blanc.

Arwylo se retourna et dit à son compagnon :

— Tu as raison. Viens voir.

Kjeer secoua la tête, en le traitant de fou de la main. Arwylo le prit par le bras et le tira sans ménagement. Son compagnon se débattit avec l'énergie de la peur : elle pouvait se lire sur son visage et ne tarda pas à réveiller la bête. Arwylo reconnut son grondement sourd et lointain. Il lâcha aussitôt le bras de son compagnon :

— Je te taquine, ils sont juste en train de s'entraîner.
— T'en es sûr ?

Arwylo hocha la tête et Kjeer se résolut à approcher de l'entrée.

— Pourquoi ils s'entraînent comme ça ? demanda ce dernier. Ils sont toute une armée.

L'un des instructeurs finit par remarquer leur présence. Il siffla pour attirer leur attention et leur fit signe d'approcher. De nombreux soldats, qui s'étaient d'abord tournés vers lui puis avaient suivi son regard, les dévisageaient à présent.

— Merde, merde, merde, murmura Kjeer en tâchant de garder l'air innocent. Pas moyen que j'me fasse dérouiller ici aussi !

— Pourquoi ils nous cogneraient ? Ici, on n'est coupable de rien. Viens, on va faire un peu d'exercice.

Arwylo approcha et salua respectueusement l'instructeur ; Kjeer l'imita.

— Je suis le formateur ici, je m'appelle Morkawn, dit-il en tendant la main.

La poignée fut franche et ferme. Kjeer ne perdit pas l'occasion de placer son petit refrain :

— Nous allons devenir sargat dans les jours prochains et...

— Dans ce cas, coupa Morkawn, je ne vous demanderai pas votre nom. Mais cela ne vous empêche pas de vous entraîner. On compte pas mal de sargats parmi nous. Pas vrai ? dit-il plus fort.

Au moins une dizaine de voix répondirent par l'affirmative. Arwylo hocha la tête sans hésiter et Kjeer fut contraint d'accepter lui aussi, car il ne voulait pas passer pour un couard, lui qui vantait sans cesse ses combats de rue.

— Parfait, se réjouit Morkawn. Vous êtes tous les deux débutants, je suppose ?

— Je me suis souvent battu, objecta Kjeer.

— Je parle d'entraînement avec une arme et une armure, même rudimentaires. Alors, débutant ?

Kjeer ne dit rien et se contenta de hocher la tête.

— Pas moi, répondit Arwylo.

Son compagnon le regarda, l'air à la fois surpris et suspicieux.

— Tu as déjà pratiqué ici ou à la surface ?

— À la surface.

— Quelques entraînements entre amis ?

— Mmh... pas vraiment. J'ai été formé plus de quatre ans.

Cette fois, ce fut Morkawn qui le regarda l'air surpris. Toutefois, il ne mit pas en doute sa parole : il était aisé de vérifier ses dires.

— Je n'ai pas pratiqué depuis longtemps, précisa Arwylo. J'ai peur d'être un peu rouillé.

— Pas de problème, je vais y aller progressivement, répondit Morkawn. Toi (en montrant Kjeer), avec les débutants.

Kjeer, vexé, s'exécuta. Morkawn tendit un long bâton en bois et une targe rudimentaire à Arwylo. Ce dernier les empoigna et les fit sauter en main, pour mieux apprécier leur poids : il y avait longtemps qu'il n'avait pas brandi une arme ou porté un bouclier. Il regardait la bannière accrochée au mur, derrière Morkawn.

— Je ne me souviens pas avoir vu votre congrégation dans le grand hall, dit Arwylo.

— Le grand hall ? Oh, dans l'Altegos. Vous êtes observateur. Nous ne sommes pas dans ces jeux politiques. Nous préférons nous tenir en retrait, prêts à l'action.

Arwylo hocha la tête en signe d'approbation.

— Quel est le nom de votre Ordre ?

— Varsiray. C'est tiré du langage des Anciens. Cela signifie « les adorateurs de l'aube ». Prêt ?

Morkawn en avait assez de parler : à peine la nouvelle recrue eut-elle dit « oui », qu'il bondit et lui asséna un bon coup de taille pour vérifier si elle ne s'était pas payé sa tête. Dans un réflexe instinctif, Arwylo para de sa targe et contrattaqua d'un coup d'estoc guère dangereux – son arme en bois avait un bout rond – mais bien placé, puis il se replaça en position de garde classique. Morkawn sourit : le jeune gars ne lui avait pas menti.

Les sons caractéristiques du bois qui claque et des targes qui craquent réveillèrent chez Arwylo une nouvelle salve de souvenirs.

Branwal : Jeune Guerrier

Il se souvenait d'une large cour intérieure, au sol pavé. Le bruit sec du bois dur qui s'entrechoque. Lorsque l'arme en bois est lancée avec suffisamment de force et est parée par celle de l'adversaire, le son émis n'a pas d'équivalent dans la vie quotidienne et les habitués des pratiques martiales le reconnaissaient facilement.

Willem, mains dans le dos, posture rigide, regard aux aguets, observait les aspirants soldats. Ces derniers, en présence du formateur martial le plus réputé et le plus dur d'Anghewyr, ne se ménageaient pas. Un signe ne trompait pas : les blessures étaient plus nombreuses lorsque Willem était présent. Pour les aspirants soldats, l'enjeu était de taille : être « remarqué » pouvait assurer une place au sein de la Garde Royale, ce qui représentait, pour les rejetons des maisons mineures et des riches commerçants de la seigneurie, la garantie d'un certain statut social.

Willem n'avait pas apprécié la punition injustifiée qu'il avait reçue – s'occuper de la formation des blaewyns – et avait vite abandonné toute ambition de faire des aspirants magiciens des guerriers. Toutefois, afin de ne pas risquer sa réputation, il s'était fixé comme objectif minimum d'apprendre aux jeunes rats de bibliothèque à savoir tenir une épée.

Les premiers entraînements furent terribles. Willem était un grand gaillard d'une bonne quarantaine d'années, à la musculature massive et au crâne rasé et tatoué. Son visage était anguleux, ses pommettes saillantes, ses joues creuses. Ses lèvres rectilignes ne formaient guère plus qu'un mince filet, qui s'étirait de manière anormale lorsqu'il souriait, à tel point qu'avec le temps, un profond sillon s'était creusé, partant de la base du nez et courant jusqu'au menton. Son nez fin avait été cassé plusieurs fois, mais demeurait aquilin et prenait naissance entre deux sourcils souvent froncés. Ses yeux, d'un bleu profond tirant sur le gris, accrochaient dès le premier regard. Sa posture semblait d'autant plus raide qu'il portait en permanence une cuirasse en acier.

Les apprentis blaewyns, qui avaient entre douze et quatorze ans, étaient littéralement terrorisés. Willem hurlait ses ordres et les gamins s'exécutaient comme ils le pouvaient. Dès que l'un d'entre eux se trompait dans une des gardes, il était bon pour courir, sauter ou faire des pompes. Aucun sourire en coin, aucun second degré. Lors de ces premiers entraînements, Willem jouait son rôle à la perfection.

Par la suite, une forme d'accord tacite se mit en place entre lui et les jeunes élèves : le premier avait ostensiblement limité ses ambitions, tandis que les seconds se prêtaient au jeu sans entrain, mais sans rechigner pour autant. La routine s'installant, une relative complicité se développa entre Willem et les apprentis mages, ce qui en surprit plus d'un.

Shanahan, de son côté, ne voyait pas d'un bon œil cette relation. Depuis des années, il avait appris à connaître le fameux formateur. Il ne s'étonnait guère de ses bonnes relations avec ses élèves, car il le savait à la fois compétent et charismatique. Mais Willem était aussi un homme qui vivait par et pour la violence et Shanahan redoutait son influence sur ses disciples.

De temps en temps, Willem faisait participer certains aspirants à des entraînements avec des soldats plus âgés. Or, parmi les jeunes mages, un seul avait retenu son attention : un gamin des rues, un fourchon qui se cachait sous l'uniforme rouge et noir d'Anghewyr. Willem s'était renseigné pour comprendre comment il était arrivé jusqu'ici, lui qui était si différent de ses camarades de classe. Il le voyait comme l'un de ces heureux hasards qui donnaient un sens à quelque chose qui, à première vue, n'en avait aucun : cette ridicule école de blaewyns lui fournirait peut-être un *vrai* guerrier.

Branwal s'était ainsi retrouvé au milieu des bruits de bois qui s'entrechoquaient. Il n'était un apprenti mage de guerre que depuis quelques décades, mais avait rapidement intégré les rudiments du maniement de l'épée. Sa peur en bandoulière, il s'appliquait avec zèle dans chacun des exercices. Ce premier entraînement resta gravé avec précision dans sa mémoire. Il fut difficile, mais moins que ce à quoi il s'attendait. Alors que les autres aspirants quittaient l'entraînement, il entendit l'une des conversations :

— Tu connais le nouveau ?

— Non, jamais vu. Mais je crois pas qu'il soit nouveau.

— Il n'y va pas de main morte en tout cas.

Branwal ne pavoisait pas, mais il était fier.

Au cours de l'un de ses entraînements, il surprit Willem en train discuter avec un compagnon d'armes, alors qu'ils observaient les apprentis :

— Il a de la qualité le nouveau, remarqua ce dernier. Il vient d'où ?

— Des quartiers ouest, répondit Willem.

— Comment il s'est retrouvé ici ?

— C'est un apprenti mage. (Le compagnon d'armes ne cacha pas sa surprise.) Et un de mes grands espoirs.

Willem savait que Branwal les observait. Il avait parlé à voix haute, afin de s'assurer qu'il l'entende.

— Plus que l'autre fourchon ?

— L'autre ? C'est un cas à part.

Branwal accepta les compliments sans la moindre réticence et s'abandonna tout entier à son nouveau rôle : le mage de combat, avec un accent sur combat, plus que sur mage. Il se rappelait même avoir entrepris d'enseigner certains rudiments du maniement de l'épée à ses amis blaewyns.

Parmi ces derniers, il ne se souvenait que de deux noms.

Branwal : Jeune Mage

Treasa et Banning avaient peu ou prou son âge. La première était une jeune fille grande et svelte, à la longue chevelure brune. Son visage n'était plus celui d'une enfant et sa peau trahissait son adolescence. Son sourire mal assuré était sans malice. Bonne élève de l'Ordre, elle aidait souvent Branwal. Banning était un petit gars trapu, au teint un peu rougeaud. Ses cheveux étaient courts et châtains. Si sa taille était parfois l'objet de quolibets, c'était un garçon intelligent et fin, qui apprenait vite et n'hésitait pas à partager ses connaissances avec ses camarades.

Le premier cours avec Shanahan, que tous attendaient avec impatience, avait été mémorable. Le mage les avait réunis dans l'une des salles d'études de la basilique, qui deviendrait leur salle de classe. Les élèves, une vingtaine environ, étaient serrés les uns contre les autres, ce qui n'était pas un problème car la basilique n'était pas chauffée.

— Ethelnor est... (Shanahan hésita.) une école de magie. Comme vous le savez déjà, précisa-t-il en toussotant. Et... vous êtes à présent... des élèves d'Ethelnor.

Le mage s'éclaircit la gorge et fit quelques pas nerveux. Il passa la main droite dans sa barbe, tandis que l'autre tenait son bâton. Il n'en avait aucune utilité, mais avait pensé que sa théâtralité ferait bonne impression pour la première rencontre avec ses élèves.

— Vous me connaissez sous le nom de Shanahan, mais vous, et uniquement vous, m'appellerez « Amargein ». C'est mon premier nom de mage. Quand j'étais plus jeune. Par la suite, quand je suis venu à Anghewyr, j'ai... ça n'a pas d'importance, s'interrompit-il.

Les élèves se regardèrent, circonspects. Le mage s'éclaircit de nouveau la gorge et refit quelques pas ; il ne savait pas par où commencer. Il inspira et leva la main, se ravisa, souffla de dépit. Il finit par lâcher, d'une traite :

— Les écoles de magie, comme l'Ordre d'Ethelnor, ne sont que des concepts qu'il ne faut pas réifier, chosifier. Ce que je veux dire, c'est que... Ce qui existe, c'est le réel, c'est la magie. Et ensuite, l'humain crée des concepts : pour la magie, on a créé des branches et des écoles... pour tout un tas de raisons... mais ces écoles, comme je le disais, ne sont rien de plus que des concepts. Un peu comme les diverses disciplines du savoir : le savoir est vaste et inatteignable dans sa complexité, mais l'histoire, la géographie, l'algèbre ne sont que des noms. Enfin, c'est un mauvais exemple parce que le savoir lui-même est une construction, mais je m'égare. Bref, les concepts sont comme des boites dans lesquelles on rangerait le réel. Ces boites sont très pratiques pour communiquer dans la vie quotidienne, mais il ne faut jamais confondre ces boites, qui ne sont que des concepts, et leur contenu, qui est la réalité.

Shanahan s'agitait devant les regards de plus en plus perdus de ses jeunes élèves.

— Car cela peut conduire à des confusions fâcheuses, poursuivit-il. Par exemple, dans l'analyse de la morphologie sociale, les termes d'« individu » et de « société » ne sont que des concepts, des artefacts intellectuels, qui donnent lieu à d'interminables discussions stériles du type « l'œuf ou la poule » et qui finalement masquent les processus d'individualisation et de socialisation qui, eux, sont à l'œuvre dans la réalité... Vous avez des questions ?

Parmi les élèves, les expressions interloquées se mêlaient aux regards hagards, dans un silence parfait. Shanahan soupira.

— Bon, vous voulez apprendre des tours de magie ?

« Ouaaaiiis » fut la réponse la plus sobre. Ainsi commencèrent les leçons de magie à l'Ordre d'Ethelnor.

Les premiers sorts appris, des sorts utilitaires de niveau modeste, étaient rudimentaires. C'était surtout l'occasion de découvrir les fondements de la magie. Au terme de cette première journée, les plus doués apprirent à produire des sons ou bien faire apparaitre une petite boule de lumière. Treasa était parvenue à créer un petit nuage de fumée et Banning à générer une brise légère.

Tous finirent exténués et Shanahan dut les mettre en garde de son air sévère :

— Lorsque vous êtes faible, il peut être très dangereux de tenter un sort complexe. Le mage peut entrer dans un état de catatonie, conduisant au sommeil éternel ou à la mort. Nous appelons cela « l'assèchement magique ». Aussi, vous ne devez jamais prendre ce risque, c'est compris ?

Les élèves acquiescèrent religieusement. Une main se leva timidement.

— Oui, Branwal ?

— Mais si des amis ont besoin d'aide ? Vraiment besoin...

Shanahan sourit avec une certaine tendresse.

— Eh bien, si la vie de vos amis est en jeu, dit-il, vous pouvez, en votre âme et conscience, choisir de prendre ce risque.

Le gamin pinça les lèvres et acquiesça, satisfait de la réponse.

— Très bien, reprit le mage. Demain, nous irons en ville choisir votre bâton.

Les « ouais » se multiplièrent une nouvelle fois. À la surprise de Shanahan, l'enthousiasme de ses élèves ne retombait pas. *J'ai vieilli, moi qui ai oublié le plaisir de recevoir son premier bâton.*

Une autre main s'était levée :

— Est-ce que je pourrais avoir une baguette ? dit une jeune élève à la voix fluette.

— Une baguette ? s'étonna le mage. Et pour quoi faire ?! (L'élève tenta de se faire toute petite.) Le bâton est un focalisateur plus puissant que la baguette, répondit Amargein en fronçant les sourcils. Par ailleurs, il peut avoir d'autres utilisations intéressantes : il peut servir d'arme de défense. (Il mima quelques mouvements qui déclenchèrent des rires.) Et il permet aussi... (Du bout de son bâton, il toucha le haut du crâne d'un des gamins retournés, ce qui déclencha une nouvelle salve de rires.) ...de reprendre ses élèves sans avoir à se déplacer. Tout un tas de choses utiles, impossibles à réaliser avec une baguette.

— Est-ce qu'on pourrait avoir une épée comme *focaliseur* ? demanda l'élève dissipé.

— Une épée ? Non Branwal, le métal bloque les énergies magiques. Seuls les objets ayant été vivants peuvent être utilisés comme « focalisateur ». En général, on utilise du bois.

Bien que déçue par la réponse, l'imagination du gamin continuait de travailler. Son expression redevint radieuse :

— Alors on peut utiliser des os ?

Shanahan leva les sourcils :

— C'est possible, admit-il, mais ce sont surtout les nécromanciens qui utilisent des os. Nous, on utilise du bois.

Banning leva la main à son tour et le mage lui donna la parole :

— En tant que blaewyns, on est pas censés avoir des épées aussi ?

Sans s'en rendre compte, Shanahan poussa un soupir d'agacement :

— Les mages de combat sont avant tout des mages. Alors vous aurez avant tout besoin d'un bâton. Si vous en avez envie, vous porterez aussi l'épée à la taille.

La remarque ne tomba pas dans l'oreille d'un sourd.

Comme Ethelnor n'était plus habitué à recevoir des élèves, il fallut créer un dortoir. La bâtisse la plus délabrée de toute la Ville Haute, avec ses écuries, fut transformée en quelques décades en lieu de vie intense. L'emplacement avait été choisi, car il se trouvait non loin de la porte est qui donnait sur la Ville Basse, la grand-place et la basilique, la fameuse flèche d'Anghewyr.

Les discussions entre élèves furent intarissables la première nuit et ce, malgré le confort déplorable de leur couche et l'état du dortoir.

— Je m'appelle Banning, dit le jeune garçon en tendant la main, je viens de la Ville Basse, mon père y est tonnelier. Comment tu t'appelles ?

Branwal lui serra la main. Il était quelque peu mal à l'aise de se retrouver au milieu de tous ces enfants fortunés. Ses relations avec les gosses de riches avaient parfois été violentes, mais le petit gars lui semblait à la fois placide et assuré.

— Branwalather, ça veut dire « seigneur des corbeaux », répondit-il. Mais vous pouvez m'appeler Branwal. Je suis un fourchon.

Banning tiqua : le terme « fourchon » était vulgaire et très péjoratif. Ses parents ne l'utilisaient jamais et il ne comprenait pas qu'on puisse s'en servir pour définir sa propre personne. Il chassa cette idée et continua :

— Je te présente Treasa, elle vient d'Eyrestyn. Nous avons fait connaissance aujourd'hui.

La jeune fille lui offrit une poignée de main avec un sourire maladroit :

— Mon père ne voulait pas que j'entre dans l'Ordre d'Epharlion, expliqua-t-elle. Il disait toujours que c'était hors de prix. Et s'il a accepté de m'envoyer à Anghewyr, pour passer la sélection d'Ethelnor, c'est qu'il était certain que j'échouerai au test. Comme tous les autres candidats d'ailleurs. Tout ça pour dire : merci. Mon père va te détester.

— Et pourquoi ? J'ai rien fait, se justifia Branwal qui n'avait pas compris le compliment.

— Mais si, mais si. Sans toi, personne ne serait ici, répondit Treasa en montrant les autres élèves.

— C'est vrai ça, reprit Banning. Merci Branwal.

Les autres élèves avaient entendu et répétèrent en cœur : « Merci ! ». L'air dépaysé, Branwal fit un petit signe timide de la main pour saluer ses nouveaux camarades. Il n'était pas habitué à une telle considération et se méfiait encore.

Le lendemain, alors qu'ils allaient choisir leur bâton, de jeunes aristocrates croisèrent leur chemin dans la Ville Haute. Ils ricanèrent en voyant les robes des apprentis mages et dès que Branwal ouvrit la bouche, ils reconnurent son accent. Une discussion âpre s'ensuivit, qui se conclut ainsi :

— Sérieusement, je ne sais pas comment tu as fait pour arriver ici et je ne veux pas le savoir, dit l'un des jeunes gens. Mais les types comme toi n'ont rien à faire parmi nous. Tu devrais retourner vivre avec les tiens. Tu y serais mieux.

Branwal avait pris l'habitude de faire glisser les mots sur lui, comme les regards méprisants ou les sourires narquois. « Les mots ne sont que des mots. Ce sont les poings qui font mal. » Ce n'était que partiellement vrai.

— Ne fais pas attention, ce sont des imbéciles.

Treasa semblait véritablement soucieuse. Banning secouait la tête. Branwal acquiesça avec un haussement d'épaules désinvolte. Il refusait de s'exposer, d'être touché par les mots des autres. Pourtant, il y avait un lieu, profondément enfoui en lui, où s'accumulaient à son insu ces impuretés, qui alimentaient le feu d'une rage dormante.

Les élèves d'Ethelnor, accompagnés de leur maître, arrivèrent devant une échoppe de la Ville Basse, non loin de la basilique. Les plus fortunés avaient déjà un bâton et n'hésitaient pas à le montrer, mais dans le même temps, perdaient toute l'excitation de cette première fois. Les élèves attendaient dans la ruelle et entraient deux par deux dans la petite boutique.

Branwal n'avait pas oublié la forte odeur de bois qui s'en dégageait, dès que l'on franchissait le pas de la porte. Il faisait sombre et le sol de la petite échoppe était couvert de meubles aux couleurs variées et aux formes parfois alambiquées, si bien qu'on peinait à s'y mouvoir. Il ne se souvenait plus du choix de Treasa et Banning, mais lui avait préféré un bâton assez grand, dont les nervures n'avaient pas été polies. Il était en bois d'orme, fort résistant et de teinte claire, dans lequel on taillait parfois des arcs. Il n'était pas complètement droit et semblait prélevé directement d'une forêt. Shanahan avait fait plus qu'approuver son choix, il l'avait guidé vers ce noble bâton, car l'orme était l'arbre des guérisseurs.

Au fur et à mesure des séances, l'enseignement ressembla de plus en plus à celui d'une véritable école. En plus des cours de magie, les élèves reçurent des enseignements de langues, d'histoire et de mathématiques, principalement assurés par Amargein et Elisayd. Et quand ils ne se faisaient pas briser les os par Willem, ils devaient aider les indigents qui se présentaient en nombre à la basilique. Certains élèves n'appréciaient pas cette dernière corvée ; au contraire, Treasa, Banning et Branwal y mettaient de l'ardeur.

Ce dernier récupéra son retard en apprenant à lire grâce à l'aide de ses deux camarades qu'il ne quittait plus. Comme tous les élèves personnalisaient leur bâton, il récupéra un cadavre d'un corbeau – ce que les autres élèves trouvèrent parfaitement répugnant – et le fit bouillir pour en récupérer le crâne, qu'il fixa sur la tête de son bâton. Ainsi équipé, il apprit avec ses compagnons une multitude de sorts, plus ou moins puissants, plus ou moins utiles.

La magie enseignée par Amargein était polyvalente, mais insistait sur les sorts de préservation et de divination

– spécialités du mage. Les élèves s'essayèrent aussi à la magie d'évocation et d'illusion, qui comprenait les sorts de confusion. En revanche, ils n'abordèrent jamais la magie de destruction ou la nécromancie.

Branwal avait une fâcheuse tendance à préférer les sorts qui impressionnaient le plus. Les trois compères s'essayaient parfois aux sorts de combat – ne devaient-ils pas devenir des blaewyns ? – avec une réussite mitigée.

Le découragement guettait parfois :

— Laisse tomber, dit Banning, on n'y arrivera jamais tout seul et Amargein ne veut pas nous aider sur ce genre de sort.

Ils se trouvaient dans la cour intérieure qui jouxtait leur dortoir. Un par un, Treasa, Banning et Branwal essayèrent de briser l'énigme de l'incantation. L'ouvrage sur lequel ils étaient penchés avait été discrètement emprunté par Branwal dans le laboratoire d'Amargein. Il était rédigé dans la langue de l'Autre Monde, dont ils ne connaissaient que des bribes.

— Attends ! répondit Branwal. Ça veut dire quoi ce mot ?

— Je ne sais pas, admit Treasa, qui était leur référence en la matière.

— Et celui-là ?

— Celui-là : le « poing », je crois, répondit-elle.

— Mais ce n'est pas écrit au niveau de la formule, c'est écrit au-dessus, remarqua Banning.

— Ça doit décrire le geste, le mouvement. Laisse-moi réessayer.

Branwal se concentra, frappa son bâton sur le sol de la main gauche, serra le poing droit et dit : *disparat...*

— C'est *dispergat*, coupa Treasa.

Il recommença et prononça la formule : *dispergat...* Son poing s'illumina à peine.

— Je comprends pas, dit Branwal déçu. C'est censé être un livre avec des sorts adaptés à une bataille. Disperser de la lumière, ça me paraît un peu léger.

— Oui, mais on n'est pas au chapitre « combat ». On est au chapitre « portails », remarqua Treasa.

— De toute façon, on n'a toujours pas compris le mot du milieu, fit noter Banning. Comment ça se prononce ? Med ? Met ?

— « Meth », peut-être, dit Treasa. Dans le vieux dialecte d'Eyrestyn, ça veut dire « par ».

— C'est ça, s'écria Branwal. Ce n'est pas la dispersion *de* la lumière, mais *par* la lumière.

— Dépêche-toi, dit Banning, Amargein devrait pas tarder à arriver.

Branwal reprit la même préparation et dit : *dispergat meth lyn*. Une lumière plus intense s'échappa de son poing fermé, mais les trois camarades gardèrent la mine circonspecte.

— Il y a un autre symbole là... Ouvre le poing au dernier moment, proposa Treasa.

« *Dispergat meth lyn* » : une petite gerbe de lumière étincelante s'échappa de la main de Branwal. Les trois compagnons poussèrent des cris de victoire. En mimant les mêmes gestes, Treasa et Banning s'y essayèrent aussi et obtinrent un résultat tout aussi modeste, mais qui ne doucha pas leur enthousiasme.

Si les premières décades lui semblèrent durer une éternité, la routine quotidienne avec ses camarades d'Ethelnor s'installa peu à peu et les saisons suivantes s'envolèrent sans qu'il s'en aperçût.

Branwal : Concurrence

Au gré des évènements politiques ou mondains, l'Ordre d'Epharlion, représenté par Elestren et son cortège, s'invitait à Anghewyr. Les sœurs cohabitaient alors pendant quelques jours avec les élèves d'Ethelnor. Ces derniers étaient impressionnés par les uniformes, la discipline et les connaissances des jeunes femmes et pouvaient avoir l'impression qu'Epharlion était une version améliorée d'Ethelnor.

Branwal n'aimait rien de leurs visites ; ni les sœurs, ni leurs uniformes, ni leur manière prétentieuse de se tenir ou de converser. Encore moins leur Principale. Il avait eu un « accrochage » avec elle ; rien de très grave à son avis, qui n'était pas celui d'Elestren.

Ce qu'il détestait vraiment, c'était voir ces jeunes sœurs, brillantes, érudites et studieuses. La question le préoccupait suffisamment pour qu'Amargein cherche à le rassurer :

— Mieux vaut une tête bien faite qu'une tête bien pleine, avait-il dit d'un ton léger.

Le mage avait certes pour habitude d'insister moins sur le savoir que sur la sagesse. Il mettait régulièrement en garde ses élèves contre ce qu'il appelait les « corrupteurs de volonté » : la peur, la colère, le désir, l'orgueil... et d'autres défauts que Branwal avait oubliés. Lorsque votre volonté est corrompue, c'est tout votre être qui vous pousse à agir dans une mauvaise voie :

— Les corrupteurs de volonté ne nous sont pas extérieurs, avertissait le mage. Ils prennent leur source en nous, dans notre manière de faire et de penser. Par exemple, si un homme m'insulte et que, pris par la colère, je le frappe, on pourrait penser que la cause de ma colère est l'insulte, n'est-ce pas ? Pourtant, si je suis insulté de la même manière, il se peut que je ne réagisse pas. Aussi, puisqu'une même action conduit à deux réactions différentes, ce n'est pas l'insulte qui est la cause de la colère : c'est celui qui la reçoit. Pourquoi ? Parce que nous restons libres d'agir. Retenez bien ça. Ceux qui manipulent les corrupteurs de volonté en vous, ceux-là vous passent la laisse au cou.

Branwal ne retint pas la leçon.

Il y eut le fameux combat. « Fameux », car rarement un combat d'aspirants à Anghewyr avait suscité un tel engouement.

À la suite de ses entraînements auprès de Willem, les discussions de tavernes allaient bon train concernant les blaewyns d'Ethelnor ; un en particulier. Si sa capacité à manier l'épée était reconnue, c'était sa magie qui suscitait la crainte et l'admiration chez les aspirants, qui brodaient et s'imaginaient de mystérieux « sorts de la mort », mettant l'adversaire hors d'état de nuire voire le tuant au moindre contact.

Parmi les nouveaux apprentis de Willem se trouvait un jeune homme qui disait venir lui aussi des quartiers ouest. Son ardeur à l'entraînement était telle qu'il acquit rapidement une féroce réputation. Peu prolixe, il ne perdait pourtant jamais l'occasion de manifester son mépris pour la magie, qu'il considérait comme un art de combat inférieur et inutile.

Les joutes par messages interposés entre les deux apprentis se multiplièrent. Peu à peu, pris au piège de son attitude bravache, Branwal finit par accepter un combat informel à l'arme en bois. Treasa et Banning tentèrent de le dissuader. Ils avaient de solides arguments : l'enseignement d'Ethelnor n'avait rien de martial ; lui-même n'avait jamais vraiment combattu en mélangeant art martial et magie ; son adversaire, dont il ne connaissait pas grand-chose, était plus âgé et plus grand que lui.

Si ses souvenirs demeuraient parcellaires, certains détails du combat s'étaient profondément gravés dans sa mémoire : la terre boueuse sous ses pieds, les visages excités des apprentis soldats, ceux, inquiets, de ses compagnons, la sensation de la poignée en bois qu'il serrait, de ses vêtements qui lui collaient à la peau sous l'effet de la transpiration. Il se rappelait aussi du moment où il réalisa son flagrant manque d'expérience et son erreur : il avait prononcé « *dispergat m...* » et son adversaire s'était rué sur lui, brisant l'incantation.

Or, il était incapable de lancer un sort instantanément, sans incantation. À vrai dire, il ne savait même pas que c'était possible. Avec la pression du combat, il parvint bien à lancer une gerbe de lumière en raccourcissant la formule. Repousser ainsi son adversaire lui redonna espoir, mais sa magie n'infligeait guère de dégâts : l'affrontement se prolongea et, alors que son diable d'adversaire ne flanchait pas, l'épuisement le gagna et ses muscles se tétanisèrent.

Il ne se souvenait pas de la fin du combat, car il avait perdu connaissance. Il se réveilla, face contre le sol boueux, des côtes brisées, le nez cassé, le visage en sang, la pommette coupée et les deux arcades ouvertes.

Arc II

Sholto

L'entraînement se termina sans blessure et dans le respect mutuel.
— Tu te débrouilles bien, reconnut Morkawn. Qui t'a formé ?
— Willem, principalement.
Il omettait délibérément Amargein. Le mage ne lui avait certes pas appris grand-chose du point de vue martial, mais Arwylo avait quand même l'impression de trahir son héritage.
— « Willem » ? Crâne rasé et tatoué, instructeur royal, *ce* Willem ? (La jeune recrue hocha la tête.) C'est pas courant, par ici.
Arwylo eut peur de passer pour un hâbleur, mais il n'avait fait que dire la vérité, partiellement. En sortant de la salle, Morkawn présenta les deux nouvelles recrues à un sargat vêtu de manière élégante et salua tout le monde. Kjeer reprit son petit refrain, mais fut vite interrompu :
— Mon nom est Sholto, « le propagateur », dit le prêtre d'un ton affable, mais qui n'admettait pas de réplique. Vous l'avez peut-être déjà entendu, c'est un nom assez courant dans l'Aergataeth. Je suis ar-sargat, responsable de la diffusion de la parole de l'Unique dans Anghewyr. Je m'occupe parfois des nouveaux arrivants – en ce qui concerne leur foi. Dans quelques jours, vous allez être ordonnés par notre Waarj, Donat lui-même. C'est une chance rare. En attendant, je vous invite à prier, jusqu'à sept fois par jour.
Kjeer et Arwylo eurent l'air surpris. Le prêtre le remarqua et ajouta :
— Seule la dévotion peut racheter votre Salut. Si vous avez

des questions, des thèmes que vous voulez approfondir, venez me voir, je suis là pour vous guider.

Sholto était un homme d'une trentaine d'années, quarante tout au plus. Il était petit et maigre. Ses cheveux noirs étaient coupés très court, comme sa barbe bien entretenue. Il portait une longue robe bleu nuit, ornée d'un col rectangulaire bordeaux depuis lequel partait un liseré doré cachant les boutons du vêtement et tombant jusqu'aux pieds. Sur les manches avait été brodé de fil d'argent un motif en forme de flamme. Celui-ci était différent en fonction de la position dans la hiérarchie de l'Aergataeth.

— J'ai plusieurs questions en effet, répondit Arwylo.

Dans le même temps, Kjeer avait secoué la tête sans s'en rendre compte. En dehors des histoires de voisinage, de brigandage et autre badinage, ce dernier ne semblait faire preuve d'aucune curiosité. Il ne manifestait aucun intérêt pour un sujet dès lors qu'il allait au-delà de ses connaissances. Aussi, quoi qu'il en sût dans un domaine, il avait tout le temps le sentiment sincère d'en connaitre assez.

Le rendez-vous fut pris et le lendemain Arwylo marcha en silence jusqu'à la salle de prière où il fut accueilli par Sholto. Ils s'installèrent dans une petite alcôve, taillée à même la roche comme le reste de la ville souterraine. Elle était pourvue de deux sièges, face à face, et d'un rideau qui, une fois tiré, donnait une certaine intimité aux occupants.

— Quelles sont tes questions, jeune homme ? La foi dans Aergat s'épanouit à la lumière de l'étude des textes sacrés. As-tu lu certains de ces textes ?

Sholto pensait avoir devant lui un adolescent inculte qui venait tout juste d'apprendre à lire.

— J'ai lu plusieurs fois le Livre de l'Unique, dit Arwylo. Il y a d'autres textes que je devrais découvrir ?

— C'est très bien, répondit l'ar-sargat. Pose tes questions.

Sholto avait l'air presque gêné de parler érudition, alors qu'il avait lui-même amené le sujet. Après cette réflexion, Arwylo commença par ce qui lui semblait être au cœur de ses interrogations :

— J'ai lu dans le Livre de l'Unique... (Il leva les yeux au ciel pour mieux se souvenir de la citation exacte.) « Il n'y a point de justes, car tous ont péché. » Est-ce à dire que nous sommes tous, par nature, corrompus ?

Sholto resta un instant figé : la question était d'une profondeur qu'il n'avait pas anticipée. Il humecta ses lèvres avant de répondre, en masquant ses incertitudes.

— Exactement. Nous pêchons par la pensée, nous pêchons par la parole, nous pêchons par l'acte. (La diction de Sholto était sèche ; Arwylo sentit la bête s'éveiller en lui.) C'est pour cette raison, continua le prêtre, qu'il faut se soumettre à Sa loi. Lui seul peut nous accorder le Salut, Lui seul peut sauver nos âmes de l'Enfer.

La réponse était à la fois claire et décevante. À écouter Sholto, la voie menant à la guérison de son mal – de tout mal – était triviale : puisque la loi de l'Unique était bonne, il ne fallait pas mal agir. Et comme l'humain était pêcheur, il devait son Salut à sa soumission à la loi de l'Unique ; plus précisément, à ce qu'on racontait être la loi de l'Unique. Parce que jusqu'à preuve du contraire, les dieux n'étaient pas de grands bavards. En fait, ce n'est pas à l'Unique, mais au Culte qu'il fallait se soumettre.

Pourtant, pour redevenir « normal », Arwylo était prêt à l'accepter. Mais il restait, par nature, sceptique – en plus d'être un pêcheur – et en lieu et place de la Voie de l'Unique, ne voyait que des grosses ficelles. Comme cet « Enfer » dont il avait lu une description précise. Il avait eu du mal à ne pas éclater de rire tant elle était ridicule. Ceux qui avaient inventé l'Enfer, en plus d'avoir une imagination limitée, n'avaient pas compris que la souffrance était déjà une caractéristique fondamentale de l'existence. En revanche, il voyait très bien l'utilité d'une telle invention : la peur rend manipulable. « *Ceux qui manipulent les corrupteurs de volonté en vous, ceux-là vous passent la laisse au cou.* »

Toutefois, Arwylo avait de sincères interrogations sur la vie, la mort, le destin et il n'était pas encore résigné à ne pas trouver de réponses :

— Ma famille... a été tuée..., dit-il.

Sholto pensait avoir compris où il voulait en venir :

— Étaient-ils des fidèles de l'Unique ? (Son jeune interlocuteur secoua la tête.) Dans ce cas, je suis désolé, mais ils sont en Enfer. Le Salut ne peut s'obtenir que par la dévotion à l'Unique.

S'il ne croyait pas un instant à cette histoire de flammes infernales, Arwylo resta estomaqué devant l'aplomb du prêtre.

— Mais alors, avant que l'Aergataeth existe, tout le monde allait en enfer ? demanda-t-il pour pousser le prêtre dans ses retranchements.

— Tout à fait, affirma Sholto, sans se démonter.

Arwylo acquiesça sans rien montrer de ce qu'il pensait et formula la question qu'il voulait vraiment poser :

— Mais puisque l'Unique existe et qu'il est tout-puissant, pourquoi laisser mes parents être assassinés ? Ils étaient bons.

Sa gorge s'était serrée et sa voix affaiblie.

— C'était la volonté d'Aergat, répondit simplement Sholto. (Comme il voyait son interlocuteur peu convaincu, il ajouta :) L'Unique a un plan pour chacun d'entre nous, même s'il ne nous est pas donné de le voir.

Arwylo acquiesça, mais n'était pas sûr de comprendre la rhétorique du prêtre. Car on pouvait ainsi justifier tout et n'importe quoi, y compris les assassins de sa famille, qui n'avaient fait qu'accomplir l'œuvre divine. Comme il ne voulait pas courroucer le prêtre en poussant une fois de plus le raisonnement, il préféra orienter l'entretien sur un autre questionnement qui lui tenait à cœur :

— Aergat est l'Unique, mais j'ai lu et entendu que les hommes pouvaient se fabriquer d'autres dieux, de faux dieux. De fausses divinités qu'il fallait réprouver. D'autres cultes qu'il fallait combattre. (À chaque assertion, Sholto, les yeux mi-clos, donnait sa bénédiction d'un hochement tête solennel.) Je ne comprends pas.

L'ar-sargat rouvrit les yeux, surpris :

— Quelle est ta question ?

— Hé bien... (Arwylo craignait d'offenser le prêtre et cherchait à formuler sa phrase de manière neutre.) Si ces autres dieux sont faux, s'ils n'existent pas, leurs rites n'auront aucune valeur, aucune force... un peu comme si ces dévots parlaient au vent, ou à eux-mêmes. Il n'y a là rien à combattre, pas plus qu'à craindre.

— Vraiment ? Tu ne connais pas le monde, tu n'as sans doute jamais quitté Anghewyr, mais je peux te l'assurer : tu sous-estimes grandement la malice de certains hommes.

Moi je trouve que tu sous-estimes grandement la force de ton Dieu, pensa Arwylo, ce qu'il reformula ainsi :

— Mais de toute façon, ces mauvais hommes ne peuvent rien contre la lumière parfaite de l'Unique, n'est-ce pas ?

— Bien sûr.

— Dans ce cas, pourquoi lutter contre ces hommes ?

— Parce qu'ils en maintiennent d'autres dans l'ignorance et la souffrance par leurs mensonges. Nous, modestes serviteurs de l'Unique, à quoi sommes-nous bons, sinon à libérer les mécréants du mensonge ?

Arwylo trouva ce point de vue foutrement prétentieux. Sans qu'il s'en aperçoive, le magma noir s'agita dans le creux de son ventre. *De « modestes serviteurs » qui connaissent la Vérité avec un grand V, au contraire de tous les autres hommes. Mais modestes.* Il se contenta de hocher la tête d'un air qui se voulait satisfait. En y réfléchissant bien, il n'y avait que trois possibilités à la cohabitation de plusieurs dieux : soit ils étaient tous réels, mais cela allait à l'encontre du concept d'Unique ; soit, parmi les milliers de dieux, l'Unique était le seul qui existait... mais Il n'avait aucun pouvoir sur les hommes, puisque ces derniers restaient libres de vénérer de fausses idoles ; soit aucun dieu n'existait vraiment, mais il valait mieux ne pas évoquer cette possibilité ici.

— Dans ce cas, reprit Arwylo, faut-il les combattre par les armes ? Par la guerre ?

— La guerre est mauvaise, mais parfois elle est sainte, répondit Sholto sans sourciller. Car, dans certaines conditions, la guerre peut être juste et tout guerrier d'Aergat qui y participe obtiendra le Salut éternel.

— Il faut verser le sang pour cela.

— Oui, parfois il faudra verser le sang des infidèles. « Vous n'avez pas tué vos ennemis. C'est l'Unique qui les a tués. », cita Sholto. Lorsque tu portes un coup, ce n'est pas toi qui le portes, mais l'Unique qui éprouve ses fidèles.

Le visage d'Arwylo resta impassible, mais une pointe de colère naquit au creux de son ventre. La bête s'en délecta. *Même les dévots du Culte, au fond d'eux, ne croient pas vraiment à ce simulacre de raisonnement. Alors pourquoi éprouvent-ils le besoin de justifier de la sorte le mal qu'ils font ? Peut-être parce que la nature humaine est fondamentalement bonne.* Arwylo aurait voulu dire ce qu'il pensait au prêtre, mais il mania de nouveau l'euphémisme :

— Alors, il n'y a pas de... responsabilité ?

La mâchoire de Sholto se crispa un instant et il reprit aussitôt un air affable :

— Tu parles de responsabilité comme s'il existait une faute et qu'il fallait un coupable. Si la guerre est juste, le guerrier n'est coupable de rien, bien au contraire, il répand la parole de l'Unique...

— ... et comment sait-on qu'une guerre est juste ? coupa le jeune impertinent.

Derrière son expression affable, sa colère grandissait.

— Ce n'est pas à nous d'en décider, répondit incontinent Sholto. C'est au Waarj, le chef de l'Aergataeth et le garant de son unité. Son nom signifie « celui qui fait le pont » : le pont entre les mortels et l'Unique.

Arwylo le savait, mais hocha la tête comme s'il venait d'apprendre quelque chose. Il fit une courte pause avant de demander :

— Je peux vous poser d'autres questions ?

Il craignait que Sholto ne perde patience ; le prêtre n'était pourtant pas celui qu'il fallait ménager.

— Bien sûr, répondit ce dernier d'un ton sec.

Outre le contenu des questions, Sholto ne s'était pas attendu à un entretien aussi long. Il avait supposé que le jeune homme venait du quartier des fourchons et ces gens-là ne posaient guère de questions ; il s'était trompé. *Il vient sans doute d'un des quartiers de commerçants modestes*, pensa-t-il.

— J'ai lu dans le Livre... « Tu n'aimeras point d'autre dieu ». Ou encore, « L'Unique est un Dieu jaloux. » Comment un être parfait pourrait-il être jaloux ou possessif ?

— À travers les prophètes, l'Unique parle de ceux qui fabriquent des idoles et se prosternent devant elle. (L'élocution de Sholto était devenue plus rapide, moins claire ; il y avait de l'agacement dans sa voix.) Il est possessif du Culte qui lui appartient : être jaloux de quelque chose qui vous appartient n'est pas un péché, c'est même tout à fait approprié. De plus, l'Unique nous veut pour Lui, car Il sait que c'est la seule condition de notre vrai bonheur.

En effet, tu respires le bonheur. Arwylo continua d'acquiescer comme il le faisait depuis le début de leur entretien. Le magma noir au creux de son ventre s'étendait en lui de manière pernicieuse. Ce qu'il venait d'entendre allait à l'encontre de tout ce qu'on lui avait enseigné : de la possessivité même naît le manque, et partant, la frustration. Les souvenirs de ses enseignements, même confus, étaient assez intenses pour faire naître en lui une nostalgie et une colère que sa misérable condition ne faisait que renforcer. Il décida de changer de thématique :

— Je comprends, mentit-il. Dans un registre différent... pourquoi n'y a-t-il pas de femme sargat ?

Sholto se redressa sur son siège, piqué au vif.

— Pourquoi diable y en aurait-il ?

— Hé bien...

— La femme est une créature imparfaite, coupa-t-il d'un ton péremptoire.

— Mais l'homme n'est-il pas lui aussi pêcheur par nature ?

— L'Unique les fait saigner, toutes les trois décades, continua Sholto qui ne l'écoutait plus, pour le rappeler aux hommes dont le cœur est si facilement corruptible. La femme, par nature, est inconstante... elle est querelleuse, bavarde, frivole et jalouse, s'emporta-t-il.

— L'Unique lui-même n'est-il pas jaloux ? objecta Arwylo avec un sourire narquois.

Il avait abandonné l'idée d'être consensuel.

— Comment osez-vous ? s'offusqua Sholto. Comment osez-vous comparer la création au Créateur ? Qui plus est une créature si imparfaite.

— À ce propos, pourquoi un être parfait engendre-t-il une telle créature ?

Sholto secoua la tête devant ce jeune homme dont il ne décelait pas le côté provocateur.

— Pour nous mettre à l'épreuve, répondit-il avec lenteur et hargne. (Il marqua une pause, qu'il passa à transpercer Arwylo du regard.) Nos portes sont ouvertes à tous, continua-t-il le visage empourpré, mais il faut un minimum de bon sens pour intégrer le Culte. Une femme qui deviendrait sargat... ce serait simplement immoral. Si la femme désire *vraiment* aimer l'Unique, que ses motivations sont pures, qu'elle devienne nonne, respecte la règle et passe sa vie dans un couvent.

Depuis le début de leur entretien, Arwylo était stupéfié par la pauvreté de la rhétorique de l'ar-sargat. Il n'était plus un élève d'Ethelnor, il n'était plus rien et s'était dit que, peut-être, un éclair divin viendrait illuminer son chemin, ouvrir une nouvelle voie qu'il n'avait jamais envisagée auparavant. À vrai dire, il n'attendait que ça. Il s'était attendu à être renversé, intellectuellement parlant, par un discours, rationnel ou mystique, qu'importe, en tout cas brillant, clair, convaincant. Mais au contraire, il n'avait trouvé qu'une série de sophismes et une collection de poncifs dignes d'une banale discussion de marché. Par ailleurs, la pédanterie et la prétention de Sholto avaient peu d'équivalents. L'air supérieur qu'il prenait pour lui envoyer ses imbécilités au visage le rendait insupportable. Arwylo réalisa qu'il avait réveillé la bête en lui et qu'elle le rendait agressif.

— J'ai une autre question, dit-il en rendant son regard au prêtre.

Le ton n'avait plus rien de cordial. Le garçon discret et effacé avait laissé place à l'homme irascible et violent. Il leva les yeux pour fouiller dans sa mémoire, prit une bruyante inspiration et récita d'une voix forte :

— « L'Unique se venge, plein de fureur ; l'Unique garde rancune à ses ennemis ; l'Unique les punit, eux et leurs descendants, jusqu'à la troisième ou la quatrième génération. »

Sholto l'écoutait en silence, l'expression mauvaise.

— Quelle est la question ? finit-il par lâcher d'un ton glacial.

— Est-il juste de se venger ? D'exploser de colère... (À ce moment précis, la bête enveloppa tout son être.) D'être rancunier envers ses ennemis, jusqu'à punir leurs enfants et leurs petits-enfants ? continua-t-il.

Ses canines s'allongeaient à mesure que la rage, telle la marée, montait de manière inexorable en lui.

— Vous êtes fou. Pour qui vous vous prenez ? Pour l'Unique lui-même ?

— Non, je ne suis que son modeste serviteur. Tout ce qui arrive est la volonté d'Aergat, l'Unique a un plan pour chacun d'entre nous, il me commande... (Arwylo reporta son regard sur le prêtre, qui eut un mouvement de recul en voyant les deux billes rouges.) Il me commande de t'égorger comme un porc et de boire ton sang ! hurla la bête.

Le cri fit sursauter Sholto qui, cédant à la panique, s'y reprit plusieurs fois pour ouvrir les rideaux, finit par les arracher et se prit les pieds dedans en essayant de s'enfuir. Vautré sur les tapis de la salle de prières, il se retourna, terrifié, pensant qu'un démon allait lui dévorer la chair. Mais son jeune interlocuteur était effondré sur son siège et, pris de spasmes, se contorsionnait sur la roche grise de l'alcôve.

Au bûcher

Lorsque Arwylo rouvrit les yeux, il était plongé dans l'obscurité totale. Il avait fait une crise, semblable à celle qui l'avait conduit dans la cité souterraine. À tâtons, il se repéra dans l'espace et sa crainte se confirma : il était de nouveau dans un cachot.

J'aurais dû le tuer, ce pourceau immonde. Contrairement à la bête, son mépris ne l'avait pas abandonné. S'il avait éventré le prêtre au beau milieu de la salle des prières, il serait sans doute déjà mort. *Ce serait peut-être mieux ainsi.*

Les jours étaient longs. La présence d'autres prisonniers dans les cellules adjacentes était rare et un silence lugubre régnait du matin au soir. Ses pieds et ses mains étaient pris dans de lourdes menottes reliées au mur par une chaine non moins lourde. Le moindre mouvement réclamait un tel effort qu'il ne bougeait que pour soulager ses membres engourdis par la pierre dure sur laquelle il était assis ou allongé.

Près d'une décade s'écoula ainsi. Puis à l'improviste, des pas résonnèrent dans le couloir alors qu'Arwylo venait de commencer son unique repas quotidien. On venait le cherchait. Il fut amené dans une petite pièce exigüe et on commença à le questionner ; il se tenait à peine sur son siège et répondait aux questions sans détour. En levant les yeux, il aperçut Sholto, divers sargats et hommes en armes et Kjeer. Il croisa le regard de ce dernier, qui baissa les yeux. Arwylo gardait les fers aux pieds et aux mains pendant que Sholto déroulait son réquisitoire avec une hargne à peine dissimulée. Le sargat finit par mettre en cause Kjeer, qui avait commis la faute d'être le camarade, le complice d'un démon. Le jeune homme bafouilla pour toute défense.

— Il n'y est pour rien, je lui ai tout caché, le coupa Arwylo d'un ton plus ferme que sa posture prostrée ne le laissait présupposer.

— Qu'as-tu à répondre aux accusations de Sholto ? demanda le chef des hommes en armes.

— Que voulez-vous savoir ? Est-ce que je suis un démon, un possédé ? précisa Arwylo.

Il était venu à penser que le Culte prendrait la place de l'Ordre d'Ethelnor dans sa vie, qu'il donnerait un sens à son existence, une place en ce monde, et qu'il ferait fuir le vide en lui ou le tiendrait à distance. Mais il ne pouvait plus se voiler la face et n'avait plus la force de nier.

— Sholto n'a pas menti, admit Arwylo.

La franchise de la réponse les déconcerta et provoqua un court silence. L'homme en armes finit par hocher la tête :

— Très bien, puisqu'il a avoué, son passage devant notre qivnat sera rapide.

Il disait vrai. Le lendemain, son procès eut lieu. Plus qu'un procès, ce fut une formalité administrative qui ne dura pas une heure. Pour conclure, le qivnat ne prit qu'une poignée de secondes pour toiser l'accusé avec dégoût et annoncer : « il sera purifié par le feu ». La séance était levée. Pour Sholto, l'interrogatoire comme le procès avaient été trop courts, mais sa soif de vengeance serait néanmoins assouvie et cela suffisait à dessiner un sourire de contentement sur son visage, tandis que l'on ramenait le prisonnier dans sa geôle.

« *Il sera purifié par le feu.* » Le sort d'Arwylo avait été scellé, sa vie balayée d'une courte sentence. *Comment peut-on décider de la mort d'un être vivant avec autant de légèreté ? Que connait-on vraiment des condamnés ?* Dans un premier temps, son esprit l'avait déconnecté du réel : il discutait intérieurement comme si ce n'était pas sa vie qui allait être écourtée. Il ne niait pas la noirceur de son âme, ce qu'il trouvait injuste, c'était de voir celle de Sholto, ou du qivnat qui l'avait condamné à mort, s'épanouir au grand jour. Puis la réalité le rattrapa et cette injustice parut dérisoire : bientôt, il serait brûlé vif.

Alors, son esprit ne connut pas de trêve : il imaginait la scène en boucle. Il se voyait marcher vers le bûcher, monter des marches, il voyait les gens venus assister au spectacle, il entendait les invectives des croyants, puis imaginait le feu et la chaleur s'élever. Et l'odeur de sa peau brûlée, de ses cheveux brûlés, et son visage déformé par l'enfer, jusqu'à ce qu'il soit emporté dans l'Autre Monde. Ou dans le néant. Il restait recroquevillé sur lui-même ; la peur lui dévorait le ventre. *Est-ce que l'Autre Monde existe ?* Malgré le froid qui régnait dans sa cellule, il transpirait. À l'aube, on viendrait peut-être le chercher. Chaque nuit semblait interminable et pourtant, il craignait à tout moment que le soleil se lève.

Si on lui avait demandé à quoi pensait un condamné à mort avant son exécution, il aurait répondu « à sa vie » : il imaginait qu'un condamné se lancerait dans une réflexion profonde sur les erreurs qu'il avait commises ou les injustices qu'il avait subies. Peut-être que quelqu'un de fort, de courageux, de valeureux aurait été capable d'entreprendre, avec dignité et discernement, une telle introspection. À présent que la faucheuse veillait à ses côtés jour et nuit, aucune réflexion profonde, aucune sagesse ne s'emparait de son être. La sombre présence tapie en lui semblait avoir disparu. Il restait effroyablement seul, accompagné de celle qui écrasait son esprit tout entier : la mort.

Il comprit à quel point il était pâle lorsque les hommes en armes du Culte vinrent le chercher. En effet, dès qu'il l'aperçut, celui qui déverrouilla sa cellule lui demanda « Ça va ? », en pointant du doigt son visage blême. Le soldat comprit aussitôt l'incongruité de sa question et sans attendre de réponse, lui enleva les carcans.

Ils traversèrent une dernière fois le dédale de couloirs souterrains et remontèrent à la surface. Une lumière blanche, pâle, presque contre nature, lui fit fermer les yeux. Le soleil était levé et il lui fallut un moment pour s'habituer à sa lumière. Il faisait beau et c'était jour de marché et déjà au petit matin, la grand-place était bondée. Marchands et acheteurs négociaient, les mères trainaient leur progéniture, les porteurs portaient de l'eau, des denrées, du tissu. Il croisa quelques regards miséricordieux et silencieux. À mesure que les bonnes gens s'engrenaient les uns les autres, une partie de la foule se fit de plus en plus hostile. Arwylo arriva au centre de la place, tête baissée et épaules affaissées, sous les crachats et les pierres.

Mais il n'entendait ni ne sentait plus vraiment : sa peur rendait la réalité diaphane.

Garde Royale

Le bûcher n'était qu'un tas de bois arrivant à hauteur d'homme, assemblé autour d'un poteau fiché dans le sol, avec un espace, par devant, pour pouvoir y attacher le condamné à mort. Toutefois, il n'y avait pas un bûcher, mais trois. Les deux autres condamnés avaient déjà été ligotés et attendaient leur sort, avec cette même expression sur leur visage.

Arwylo fut surpris de trouver des Gardes Royaux en nombre impressionnant sur la grand-place. Leur discussion avec des membres du Culte était âpre et la tension palpable, mais le brouhaha de la place empêchait d'entendre ce qu'ils s'échangeaient. Sholto était présent, lui aussi. Il avait obtenu d'être l'inquisiteur public du démon et l'attendait pour parachever sa vengeance. Il réclama le silence à grand renfort de gestes, mais ne l'obtint pas. Lorsqu'il posa sa première question, même Arwylo eut du mal à l'entendre. Ce dernier avait la gorge sèche et articula quelques mots avec difficulté, lorsque les hommes du Culte le poussèrent brutalement contre le poteau du bûcher, malgré les protestations de Sholto.

Soudain, tout s'accéléra : les Gardes Royaux se mirent à empoigner sans ménagement certains dévots, tandis que d'autres, en retour, mirent le feu aux bûchers. Le bois, couvert de poix, s'enflamma en un clin d'œil et une clameur s'élevait de la foule. Au milieu d'une fumée épaisse, Arwylo, que les dévots n'avaient pas eu le temps de ligoter au poteau, sentit une poigne ferme le tirer d'un coup par le bras. Il reçut une pierre en pleine tempe et perdit connaissance.

Il se réveilla une fois de plus au cachot et y demeura plusieurs jours. Il avait beaucoup de mal à y croire : il avait été sauvé par la Garde Royale. Bien sûr, celle-ci n'avait pas accouru à son secours : il s'était retrouvé au milieu d'une lutte de pouvoir entre l'Aergataeth et l'autorité légitime d'Anghewyr, Malric, dans ce que l'on nommerait plus tard la « crise des bûchers ». La justice avait toujours fait partie des fonctions régaliennes et son application était un symbole fort de l'autorité d'un souverain ou d'un État sur son territoire. Par conséquent, l'exécution de prisonniers, de même que l'énonciation publique d'une peine, lourde ou légère, était un défi direct lancé par le Culte à Malric, qui n'était pas resté les bras croisés.

Dès qu'il en eut l'occasion, il demanda à l'un de ses geôliers ce qu'il était advenu des deux autres condamnés à mort qu'il avait croisés :

— Tu les connaissais ?

Le prisonnier fit « non » de la tête. L'expression du geôlier s'obscurcit :

— Alors qu'est-ce que ça peut te foutre ? s'exclama-t-il.

— Je voulais juste savoir, murmura Arwylo sans insister.

Le geôlier fut surpris par la fragilité affichée par le prisonnier. Pour un possédé, il ne semblait pas dangereux.

— On n'a pas eu le temps d'intervenir, se décida-t-il à répondre. Ils sont morts, tous les deux. Ils ont pas dû souffrir longtemps, ajouta-t-il en s'éloignant.

Les jours s'enchaînèrent et Arwylo eut tout loisir de réfléchir à ce qu'il s'était passé. Il était encore vivant alors que les deux autres bougres n'avaient pas eu cette chance. Lorsqu'il avait aperçu leur tête dépassant à peine des bûchers, il avait pourtant remarqué la même jeunesse dans leur trait, la même peur dans leur regard, la même flamme d'humanité que l'on s'apprêtait à éteindre. Qu'avaient-ils donc fait de si grave pour mériter un châtiment aussi terrible ? À présent, leur vie et leur nom tomberaient dans l'oubli. Pourquoi lui s'en était sorti et pas eux ? La réponse était simple : par pur hasard, qu'il jugeait à la fois arbitraire et injuste.

Ne serait-ce pas une insulte à ces deux jeunes condamnés de ne pas lutter pour ma propre vie, moi qui ai été épargné ? Si chacun de ces deux bougres n'avait pas été amené au bûcher avant moi, ces abrutis du Culte auraient sans aucun doute eu le temps de m'attacher au poteau et je ne serais plus qu'une carcasse fumante.

Anghewyr l'avait brisé ; le Culte aussi ; la misère, la faim, la prison, les chaines, le bûcher. Pourtant, au cours de ses quelques jours au cachot, il sentit poindre une volonté en lui. Quelque chose avait changé. Sa docilité et sa résignation avaient disparu. Pourquoi ? Il l'ignorait.

Peut-être était-ce encore un hasard. Peut-être qu'il avait grandi.

Peut-être aussi que la bête les avait dévorées.

Aiguille

Des bottes tapèrent contre les barreaux de son cachot :
— Réveille-toi ! Pour une fois, tu vas servir à quelque chose.
Un instant après, les geôliers enserrèrent ses deux mains et sa tête dans un lourd carcan en bois, dont l'intérieur des trous avait été muni de petites pointes acérées qui s'enfonçaient dans le cou et les poignets du prisonnier, décourageant ainsi tout mouvement brusque.
— Allez, remue ton cul, t'es attendu, aboya le geôlier en poussant Arwylo.
Chacun de ses pas lui enfonçait les pointes du lourd carcan dans la peau. Aussi, il essayait de marcher avec le moins d'à-coups possible, en répartissant le poids du bois de manière égale entre ses deux poignets et son cou. Il ne saignait pas encore, mais il sentait qu'il en fallait peu avant que l'une des pointes ne lui transperçât la peau.
Lorsqu'ils sortirent de la prison, les yeux d'Arwylo mirent un moment pour s'habituer à la lumière du jour. Ils se trouvaient dans la Ville Haute : le pavé particulier des rues et l'architecture des maisons ne trompaient pas. La vue de ce quartier réconforta Arwylo ; les quelques années heureuses qu'il avait vécu en Ville Haute avaient généré ce réflexe conditionné. Il réalisa la nature artificielle de son réconfort quand les pointes du carcan lui transpercèrent la peau. Il saignait.

J'ai été heureux ici, autrefois.

Ils se dirigèrent vers la place de la fontaine où un échafaud avait été monté. À la vue du funeste bois de justice, une peur dévorante saisit de nouveau les tripes d'Arwylo. Toutefois, il n'y avait, sur cet échafaud, aucun instrument de torture ni aucun bourreau, seulement deux poteaux en bois. Sur l'un d'entre eux était posé un corbeau. Sur la place, l'assistance était de bonne extraction : point de cohue, de crachats, ni d'insultes, mais des discussions feutrées accompagnées de regards tantôt condescendants tantôt curieux – pensez-donc, un possédé.

La Garde Royale fixa le carcan du prisonnier sur les deux solides poteaux en bois et deux personnages le rejoignirent sur l'échafaud. Accompagné de deux gardes, le premier était bedonnant, richement vêtu et marchait avec assurance, appuyé sur une sorte de canne en métal gris mat. Cette dernière était particulièrement ouvragée : torsadé sur deux coudées, le métal prenait la forme d'un griffon, supportant lui-même une solide poignée qui s'était polie avec l'utilisation. Ce n'était pas n'importe quelle canne, c'était celle du chancelier, sorte de sceptre attaché à la fonction, et l'homme qui la manipulait n'était autre que Govan, fidèle à Malric depuis de nombreuses années. Il débita quelques banalités mondaines qu'Arwylo entendit sans écouter.

Le second homme qui suivait n'avait rien de commun avec le premier : à en juger par son veston élimé marron, il n'était pas de la Ville Haute. Sa tête était ronde, ses cheveux gris coupés court se raréfiaient et il portait un bouc bien entretenu, grisonnant lui aussi. Arwylo l'avait déjà vu quelque part, mais la tête bloquée dans son carcan à pointes, il n'osait effectuer le moindre mouvement. Il le reconnut au son de sa voix, un peu ridicule : c'était le marchand ambulant de la grand-place, celui qui vendait des remèdes miracles. Il avait pris la parole et déclamait avec assurance sa tirade :

— Seuls les barbares brûlent les possédés. Quant aux exorcismes, ils n'ont aucune réelle efficacité. En revanche, les progrès de la médecine sont indiscutables. J'ai moi-même mis au point une technique spéciale qui permet d'éradiquer le démon de n'importe quel possédé, dans absolument *tous* les cas.

Le docteur miracle avait capté l'attention de son assistance, d'Arwylo et des quelques corbeaux qui donnaient de la voix, perchés sur la statue de la fontaine.

— Je sais bien, c'est grâce à ce discours que l'on vous a organisé cette démonstration publique, répondit Govan. Expliquez-nous comment vous vous y prenez, car je vous avoue que je reste sceptique. (Il glissa à voix basse, à l'oreille du docteur miracle :) J'espère pour vous que vous ne vous êtes pas moqués de nous...

— Je suis parti d'une idée simple, poursuivit ce dernier, sûr de son fait. Le démon qui prend possession de son hôte, qui se dessine jusque dans ses traits, ce démon existe bel et bien à l'intérieur du corps. Dans ce cas, où peut-il se cacher ?

Govan secoua la tête avec un sourire amusé, tandis que le docteur pointait du doigt son front, d'un geste théâtral :

— Dans votre crâne, bien entendu. À travers mes expérimentations, j'ai pu découvrir qu'il logeait précisément juste derrière votre front, pour avoir un accès aux yeux plus aisé.

— Tout à fait, renchérit Govan. D'ailleurs, ma solution pour les possédés, comme pour d'autres, c'est de séparer la tête du corps.

L'assistance sembla divertie. Arwylo entendait les commentaires d'un habitant de la Ville Haute, qui serrait sa fille d'une dizaine d'années contre lui. Elle le questionnait et lui la rassurait avec une bienveillance paternelle :

— Papa, ils vont faire quoi au prisonnier ? demanda-t-elle effrayée.

— Je ne sais pas, mais ils feront pour le mieux, ma chérie. Tu sais, cette situation est difficile...

Govan, qui avait entendu la question, y répondit en s'adressant à la place tout entière :

— Ces gens-là sont d'une race inférieure, un peu comme les orcs, et même en essayant de les aider, on ne peut rien en faire. Quand ce n'est pas la paresse, c'est le goût exacerbé de l'alcool qu'ils ont en eux ; quand ce n'est pas l'alcool, c'est le démon du jeu ; quand ce n'est pas le démon du jeu, c'est le démon tout court. Tu comprends ? (La petite hocha la tête.) Nous ne pouvons pas vivre avec ces gens-là. Il ne faut pas être inutilement cruel, mais lorsqu'ils sont dangereux, comme celui-là, il faut les punir avec fermeté.

Arwylo sentit la sombre présence s'agiter en lui – cela faisait longtemps qu'il ne l'avait pas ressentie. Avait-elle été terrifiée, elle aussi ?

Le docteur poursuivait sa démonstration :

— Vous avez dit « couper des têtes » ? dit-il sur un ton

obséquieux à Govan. Nous n'avons plus besoin d'une telle barb... pratique, car grâce à ma technique spéciale...

Est-ce possible ? se demanda Arwylo. *Ce type peut-il vraiment m'enlever ce... « truc » de la tête ?* Une seconde fois, la sombre présence s'agita en lui, tel le coup de queue d'un crocodile qui disparaissait aussitôt dans les eaux troubles d'un marais. Sauf que cette fois, Arwylo crut déceler une certaine peur : le doute s'était emparé d'elle aussi.

Le docteur montra à l'assistance une cassette en bois et en sortit deux longues aiguilles en métal, chacune fichée sur un court manche en bois, ainsi qu'un petit maillet.

— Il suffit d'enfoncer ces aiguilles entre l'œil et la paupière. Pour casser l'os formant l'orbite, on tapote avec le marteau. On continue ensuite de les enfoncer, jusqu'à atteindre le cerveau et...

— Et ça fonctionne vraiment ? coupa Govan dubitatif.

— Je vous l'ai dit : la réussite de l'opération est garantie.

— Donc, le possédé redevient un être humain et peut reprendre une vie normale ? demanda encore le chancelier.

Arwylo avait oublié l'humiliation et la douleur et tout son être écoutait le docteur. La réponse de ce dernier fut hésitante :

— Mmh, ça dépend. Si le patient survit à l'opération (Les yeux d'Arwylo s'écarquillèrent.), il est beaucoup plus... calme. Parfois, peut-être un peu trop : certains ne parlent plus ou deviennent incontinents. (La colère commençait à faire bouillir son sang.) Mais le démon niché en eux a disparu pour toujours. Cela, je m'en porte garant, conclut-il d'une voix triomphante.

Govan observait le docteur avec condescendance : c'était un homme petit, à la voix criarde, qui cherchait par tous les moyens à s'attirer les bonnes grâces des gentilshommes de la Ville Haute. Sa « performance » sur l'échafaud était digne d'un vulgaire prestidigitateur, mais il ne semblait pas s'en apercevoir. D'un signe, Govan lui ordonna de commencer.

Le bon docteur se retourna vers son cobaye et fut pris d'un léger sursaut quand il vit son visage : ses traits s'étaient durcis et une flamme rouge s'était allumée dans son regard. Arwylo sentait sa cicatrice au cou qui le lançait à nouveau et quelques gouttes de sang perlaient sur le bois de l'échafaud. Sa respiration s'était accélérée. La tête immobile dans son carcan, son regard homicide fixait le docteur.

— Vous savez qu'il ne peut pas bouger, n'est-ce pas ? plaisanta Govan.

Par une gestuelle grandiloquente, le docteur prit à témoin la foule, qui murmura son émotion en voyant le possédé, tandis que les corbeaux croassaient de plus belle.

— Allez, commencez donc, s'impatienta Govan qui restait à bonne distance.

Les mains du docteur tremblaient un peu lorsqu'il approcha la première aiguille de l'œil droit d'Arwylo. Ce dernier poussa un grognement et tenta de se dégager, mais il ne fit qu'enfoncer un peu plus les pointes du carcan dans son cou et ses poignets. Même s'il poussait de toutes ses forces de démon, il ne sortirait jamais de ce carcan.

— Restez immobile, murmura le docteur, sinon je risque de planter votre œil.

D'un geste peu assuré, il enfonça alors l'aiguille sous la paupière et commença à tapoter avec son marteau pour qu'elle se fiche dans l'os, sans aller plus loin. Il fit la même chose pour l'autre œil et des larmes de sang se mirent à couler sur le visage d'Arwylo. Tandis qu'un corbeau se posait sur le carcan, le docteur recula d'un pas pour que l'assistance puisse admirer son travail. Un cri d'effroi retentit sur la place de la fontaine : les deux aiguilles, plantées entre la paupière et les yeux du condamné, n'attendaient plus qu'à être poussées dans le cerveau. Avec ses larmes de sang, le visage du possédé avait quelque chose de mystique.

Arwylo serrait les dents. Il sentait la sombre présence s'étendre en lui et envahir chaque recoin de son esprit. Soudain, il entendit une voix, entre un hurlement et un grondement :

Regarde-les... Tu crois être le seul possédé ? Regarde-les !

Malgré les aiguilles fichées dans ses orbites, il voyait le visage des hommes et femmes de la place. La sombre présence lui montra ce qu'il n'avait jamais vu auparavant : certains visages déformés criaient « orgueil » ou « mépris », d'autres hurlaient « cupidité ». Aucun n'était épargné. Certains étaient même habités par plusieurs démons, deux, trois, quatre... Il observa le docteur : son masque dévoilait la jouissance qu'il éprouvait à pratiquer ses opérations.

Voilà qui ils sont vraiment, se dit Arwylo. *De vulgaires possédés comme moi, ni plus ni moins, boursouflés d'orgueil et de morgue. Et pourtant, c'est moi le coupable. Car quand je ne suis pas coupable d'être un démon, je suis coupable d'être un fourchon. Quand je ne suis pas un fourchon, je suis un bon à rien de vagabond. Et quand je ne suis pas un vagabond, je suis coupable de vouloir simplement relever la tête. En fait, la seule version de moi qu'ils tolèrent, c'est celle du singe obéissant et travailleur. Quand je décharge leurs navires sur les docks, quand je cultive leurs champs ou que je sers leurs assiettes. Oh, et quand je leur sers de faire-valoir : derrière leur regard prétentieux ou leur bienveillance condescendante, je dois être utile à leur égo ou à leur conscience. Mais si le sale fourchon veut être plus qu'un faire-valoir, si j'ai l'audace de redresser l'échine, alors ils préfèrent encore que je n'existe plus du tout, alors il faut punir ! À coups de hache sur la nuque ou d'aiguilles dans le crâne, peu importe la manière, il faut punir !*

La colère en lui s'était transformée en rage et la rage en furie meurtrière, qu'il aurait aussitôt libérée s'il n'avait pas été captif. La représentation fut interrompue par un grondement terrible, qui fit s'abattre le silence sur la place. Les gardes étaient prêts à user de leur hallebarde ; le docteur se retourna, apeuré. Puis, ce dernier força un rire, avant de reprendre ses explications, tandis que les discussions redoublaient, dans le soulagement général.

Alors que le sang goutait sur l'échafaud, Arwylo entendit une nouvelle fois un corbeau se poser sur son carcan. « Que me veux-tu ? » murmura-t-il. L'oiseau croassa, puis s'envola avec quelque chose dans le bec. Lorsque le docteur revint à lui, le marteau à la main, pour compléter son œuvre, Arwylo eut un léger mouvement de recul et, ne rencontrant aucune résistance sur sa nuque, finit par se redresser et se libérer sans effort du carcan : la petite goupille qui en scellait les deux parties avait été retirée. Il était libre.

Passé un court moment d'incrédulité, Arwylo retira les deux aiguilles, saisit le docteur à la gorge en l'élevant dans les airs d'une main et en un éclair lui planta les aiguilles dans la tempe. Il lâcha le corps inanimé du docteur, qui tomba avec un bruit sourd sur l'échafaud, dans le silence médusé de la place. Les hurlements explosèrent d'un coup et un brusque mouvement de panique s'empara de l'assistance, où chacun cherchait à sauver sa propre vie. Dans la confusion, les êtres supérieurs de la Ville Haute se bousculaient et se piétinaient les uns les autres, au beau milieu de cris d'effroi, tandis qu'un grondement rauque résonnait à travers la place.

Malgré le chaos ambiant, les représentants de la Garde Royale présents sur l'échafaud étaient déjà en garde, les jambes arc-boutées et la hallebarde pointée dans la direction du possédé. Celui-ci en avait deux à sa gauche, qui protégeaient Govan, et deux à sa droite, tous bien équipés et sans doute bien entraînés. Il aurait pu bondir de l'échafaud pour se fondre dans la place et tenter de s'échapper dans la Ville Haute, mais la sombre présence en avait décidé autrement.

S'il livrait un combat conventionnel, il ne s'en sortirait pas vivant : il avait pour seule arme les aiguilles du docteur contre les longues hallebardes. Sa tâche était presque impossible, mais son choix plus simple : comme lors d'une partie de pugilat où l'on affronte un adversaire avec plus d'allonge, il fallait « casser » la distance. Les quatre gardes qui l'encerclaient se rapprochaient déjà et allaient l'embrocher.

Dans certaines situations, plus que les souvenirs, c'étaient les réflexes qui revenaient vite : Arwylo porta le poing gauche à sa bouche, souffla en son creux et une intense lumière commença à s'échapper de ses doigts. Il lança sa main en l'air, cria « *rayad* » en fermant les yeux et des crépitements de lumière inondèrent la place. Avec une légèreté féline, il bondit sur l'un des gardes qui protégeaient Govan et, les aiguilles en main, frappa de toutes ses forces à la carotide, entre le casque et le plastron. Le garde s'effondra en se tenant la gorge.

Le chancelier, qui avait eu l'intuition de se couvrir les yeux, avait descendu les marches irrégulières de l'échafaud quatre par quatre et s'enfuyait en direction de la Citadelle. Profitant de l'éblouissement des gardes, le démon partit à sa poursuite à travers les rues de la Ville Haute. Il le rattrapa vite et n'était plus qu'à un pas, lorsque Govan fit volte-face : il y eut un sifflement et Arwylo sentit sa gorge le brûler. La canne en métal forgé du chancelier renfermait une lame que Govan, en bretteur averti, avait fait tournoyer assez vite pour faire siffler l'air. Arwylo, stupéfait, mit la main à sa gorge : la blessure était superficielle. Mais il s'en était fallu d'un rien : quelques pouces de plus et sa tête aurait roulé sur le pavé de la Ville Haute.

Sa bonne étoile ne fit que renforcer sa rage. Il poussa un cri de défi et l'air vibra et crépita autour de lui. Autour d'eux, les gens fuyaient en poussant des hurlements. La peur pouvait à présent se lire sur le visage de Govan. Celui-ci fronça les sourcils :

— Je vous reconn...

Il n'eut pas le temps de finir sa phrase qu'Arwylo feinta une attaque sur sa gauche pour provoquer une réaction. Govan tenta une riposte, mais son adversaire l'avait anticipé et bloqua sa lame à main nue. Il lança sa main droite de toutes ses forces en direction du cou du chancelier qui n'eut pas le temps de parer : les griffes du démon plongèrent dans sa chair sans rencontrer de résistance.

Le sang jaillit à gros bouillons. La lame de Govan échappa à sa poigne et tomba sur le pavé avec un bruit métallique. Il mit la main à sa gorge en désespoir de cause, pour arrêter l'hémorragie, tituba sur quelques pas puis s'effondra, tandis que le démon s'enfuyait déjà, poursuivi par la Garde.

Arwylo s'engouffra dans une allée étroite. Il connaissait bien la Ville Haute et avait pensé que ce serait suffisant pour semer les gardes à ses trousses. Mais il n'avait pas du tout conscience de ce qu'il venait de déclencher. Il réalisa quand il entendit sonner le tocsin : tous les gardes de service seraient à sa poursuite, les herses seraient baissées et les ponts-levis relevés. Il pouvait connaître par cœur les rues de la Ville Haute, il n'avait plus moyen de la quitter et ne trouverait jamais refuge chez l'un de ses habitants, bien au contraire. Il était pris au piège.

Une idée germa néanmoins en lui. En courant à toute vitesse, il prit un virage à gauche, en direction d'une place au sud-ouest. Il pouvait entendre les soldats hurler à sa poursuite, guidés par les passants qui pointaient du doigt dans sa direction. Au bout de la ruelle qui débouchait sur la place, deux gardes saisirent leur hallebarde et lui firent face, en garde. Arwylo s'arrêta, le souffle court. Il concentra toute sa rage et se mit à les charger en hurlant « *dispergat* » : une gerbe de lumière jaillit de sa main gauche. Le rendement du sort était médiocre, mais suffisant pour faire perdre l'équilibre aux deux soldats.

Arwylo sauta par-dessus les corps et déboula sur la place dont il se souvenait : elle était bordée de petits commerces, avec un puits au centre. Les quelques passants s'enfuirent en le voyant. Tandis que les soldats se relevaient, il rassembla ses dernières forces, souffla dans son poing, ferma les yeux et lança un dernier « *rayad* ».

Lorsque la lumière cessa de baigner la place, le démon avait disparu.

Angana

Il manqua de se noyer dans la citerne tellement l'eau était glaciale. Il parvint à se hisser hors du bassin, transi de froid, et jeta un œil au cercle de lumière émanant du puits au-dessus de lui : il avait fait une chute de près de quinze pas. Avant de sauter, il ne savait pas vraiment s'il existait une citerne sous ce puits, mais c'était probable et il n'avait pas d'autre solution pour échapper à la Garde.

Sans perdre de temps, il se mit à arpenter le vaste réseau souterrain d'Anghewyr. Ses mains frottaient ses bras pour se réchauffer. Dans le dédale de tunnels, son sens de l'orientation fut rapidement pris en défaut. Son pas se fit de plus en plus précipité : la Garde finirait bien par chercher sous les pavés de la Ville Haute. Au détour d'un canal, il aperçut des barreaux et une porte en acier : il reconnut le lieu, il était venu là avec Kjeer. L'odeur était toujours nauséabonde, car le canal charriait les eaux usées. Il inspecta de nouveau la serrure, mais celle-ci était toujours verrouillée et il n'avait rien pour essayer de la crocheter. Si cela avait été un verrou magique, il aurait peut-être pu faire quelque chose, mais c'était une serrure rudimentaire, en métal. Il tira sur les barreaux pour les tester, mais ils étaient solides. En regardant les eaux marron s'écouler, il se demanda si les barreaux étaient fichés jusqu'au sol. Il n'y avait qu'un moyen de le savoir.

Il sauta dans le canal et tâta du pied : il y avait un petit espace entre les barreaux et le sol, mais pas suffisant pour pouvoir y passer un corps. L'odeur était à peine supportable, mais Arwylo était pris au piège. Il prit une profonde inspiration et plongea dans les eaux nauséabondes : le lit du canal n'était pas friable, il était pavé. Il remonta la surface, reprit une inspiration et inspecta à tâtons les pavés. Le temps et les eaux usées avaient fait leur office et certains de ces pavés commençaient à se déliter. Arwylo multiplia les allers-retours à la surface pour reprendre son souffle et finit par en enlever quelques-uns. À chaque inspiration, il regardait derrière lui de crainte que la Garde Royale n'eut retrouvé sa trace. Il se mit ensuite à creuser la terre friable sous les pavés, jusqu'à pouvoir passer son corps. Il prit plusieurs profondes inspirations et plongea une dernière fois.

Une fois passé, il se hissa sur le bord du canal et… vomit ; il était couvert de merde de la tête aux pieds. À peine eut-il vidé son estomac qu'il repartit.

Il avait des souvenirs suffisamment précis du dédale souterrain sous la Ville Basse, mais il était confronté au même problème que dans la Ville Haute : une fois à la surface, il se ferait vite repérer – ne serait-ce qu'à l'odeur… Et le sort que lui réservait le Culte ne valait pas mieux que celui envisagé par la Garde. Il envisagea d'aller trouver refuge dans le quartier des fourchons. Se revendiquer comme l'assassin du Grand Chancelier devait bien valoir quelque chose en matière de prestige… mais il ne serait sûrement pas le seul à s'en attribuer le « mérite ».

Il s'arrêta un instant pour réfléchir : au fond de lui, il détesterait cette vie. Il ne se sentait plus attaché au fameux quartier ouest, pas plus qu'il ne se sentait proche de ses habitants. Trop d'années – heureuses – s'étaient écoulées dans ce petit village à l'ouest de la vallée d'Eleudir. Il valait mieux fuir Anghewyr à tout jamais.

La solution s'imposa alors à lui : il suivit les égouts au pas de course, évita de bifurquer pour remonter vers le réseau souterrain se trouvant sous la basilique et finit par se trouver face à un mur dans lequel s'enfonçait le canal. Le niveau de l'eau était élevé, si bien qu'il n'y avait qu'un filet d'air pour respirer. Il se jeta une seconde fois dans l'eau glaciale et parcourut, la tête collée au canal, ce qui lui sembla être un demi-mille interminable.

Le canal débouchait sur d'autres tunnels : à plusieurs reprises, il dut faire des choix en se fiant à son médiocre sens de l'orientation. Il arriva à un canal plus bas que les autres : il devait passer sous le rempart extérieur. En tout cas, il l'espérait, parce qu'il devait finir le chemin en apnée. Il prit une grande inspiration et se lança. Une dizaine de pas plus loin, il émergea, soulagé, dans une petite rivière à l'eau glaciale, mais à peu près propre.

Il resta un moment la tête à demi immergée pour éviter d'attirer l'attention et regarda autour de lui : il reconnaissait l'enceinte extérieure d'Anghewyr, mais il ne savait pas exactement où il se trouvait. En observant les alentours, il vit qu'il n'était pas loin du mont Eldur, qui fournissait la ville en pierres noires depuis des siècles : il s'était perdu dans le labyrinthe souterrain d'Anghewyr et avait fini par passer l'enceinte par le nord-ouest. Il sortit de l'eau et s'éloigna discrètement. Il essora ses guenilles tant bien que mal et entreprit de voler, dans la première ferme qu'il trouva, des vêtements corrects et de la nourriture pour quelques jours.

Il reprit alors son voyage d'un pas décidé. Il était libre enfin, croyait-il. Pourtant, il y avait toujours cette chose qui l'habitait, là, au creux de son ventre. Un pouvoir immense, une ombre constituée d'une rage qui ne l'avait pas abandonné. Elle se lovait en lui, jusqu'à ce qu'il en oublie sa présence. Pourtant, elle était prête à jaillir à chaque instant. Elle transformait son jugement, ce qu'il voyait et entendait, à son insu ; c'était le monde entier qu'elle changeait. Le vide n'était plus là, le néant ne le fixait plus, pas tant qu'elle habitait son hôte. Ce pouvoir qui brûlait en lui, Arwylo ne le répudiait plus, bien au contraire.

La route vers l'est ne lui sembla ni longue ni difficile ; l'hiver n'était pas terminé que le printemps était déjà là. Il évitait les grandes routes, dormait dans les granges de fermes isolées et mangeait ce qu'il dérobait. Quand il parvenait à voler de l'argent, il dévorait une écuelle et dormait dans une auberge. Il ne parlait à personne et ne répondait que par monosyllabe. Son voyage ne connut qu'une anicroche. Il se trouvait posé sur le banc d'une auberge à dévorer son assiette, l'oreille distraite : le sujet des conversations avait changé depuis quelques jours, on parlait moins de l'assassinat du Grand Chancelier et plus de la guerre dans le nord-est. Deux couples se présentèrent à sa table et l'un des deux jeunes hommes lui demanda s'il pouvait se déplacer.

— Non, répondit Arwylo sans lever le nez de son assiette.

Le second, en face de lui, insista ; c'est vrai qu'il était seul à occuper une table. Arwylo ne prit pas même la peine de répondre. Soudain, il sentit la main du premier homme se poser sur son épaule gauche : en une fraction de seconde, il bondit sur ses pieds, le saisit par la gorge, passa sa jambe gauche derrière la hanche et projeta le corps au sol. Le bruit mat du corps frappant le sol fit taire toutes les conversations dans l'auberge. L'homme eut la respiration coupée et sa compagne invectiva Arwylo qui lâcha aussitôt prise. Elle lui jeta un regard courroucé qui passa au travers de lui sans le toucher. L'aubergiste sortit de derrière son comptoir pour calmer les esprits. Il menaça de le mettre à la rue, ou bien lui ordonna de sortir. Arwylo l'entendait sans l'écouter, le visage vide d'expression. Il enjamba sa victime au sol et alla directement à l'étage se coucher. Personne n'osa intervenir.

Les seigneuries et les paysages défilèrent devant lui, comme des tableaux auxquels il ne prêtait pas attention. Son corps se dirigeait vers un lieu, mais son esprit errait, produisant un flot ininterrompu de pensées qui, d'une certaine manière, le distrayait et le rassurait. Il sortait de ce rêve éveillé lorsqu'apparut par-dessus la forêt, le clocher de l'abbaye d'Angana. Aussitôt, il pressa le pas tandis que la présence en lui frémissait.

Il frappa vigoureusement, trois fois, du lourd heurtoir. Peu après, une minuscule fenêtre carrée, inscrite dans la porte, s'ouvrit et laissa apparaitre un regard aux sourcils froncés :

— Que voulez-vous ? demanda sèchement une voix âgée.

— Je recherche une jeune femme qui est hébergée par le couvent...

— L'abbaye, corrigea la vieille derrière la porte.

— Elle s'appelle Annwyl, ce n'est pas une sœur.

— Il n'y a personne ici qui corresponde à votre description, au revoir.

Le judas se referma en claquant. Arwylo frappa de nouveau à la porte et n'eut pour toute réponse qu'un « allez-vous-en ». Le mécanisme psychologique, qu'il commençait à connaitre, se mit en route : sa blessure au cou recommença à saigner, ses incisives s'allongeaient, ses yeux avaient un éclat rouge lugubre. Il joua une troisième fois du heurtoir. Le judas s'ouvrit :

— Je vous ai d...

En un éclair, Arwylo lança son bras à travers la petite

fenêtre, saisit la vieille par le visage et tira un coup sec. Accompagnée d'un cri, la tête de la sœur vint s'écraser contre la porte et elle s'effondra, inconsciente. Arwylo passa alors le bras tout entier à travers l'ouverture pour tenter de déverrouiller la porte de l'intérieur, mais il était trop court. Il recula de quelques pas, le souffle rendu court par la colère, et scruta les murs : la pierre était bien taillée et régulière, mais il y avait quelques aspérités. Il se lança dans l'escalade de la façade qui lui semblait la plus aisée : il atteignit le toit avec une facilité qui le déconcerta lui-même. Un instant après, il parcourait la toiture du cloître en appelant Annwyl.

Il n'en fallut pas plus pour ameuter la moitié de l'abbaye. Des enseignantes ordonnaient à Arwylo de descendre du toit lorsqu'une longue silhouette se plaça au centre du cloître, en faisant signe aux autres sœurs de reculer. De son regard d'un bleu tirant sur le violet, elle dévisagea le jeune homme et déclara d'une voix forte, comme la sentence d'un juge :

— Vous n'avez donc rien appris. Je ne suis pas surprise.

— Où est-elle ? gronda Arwylo d'une voix rauque.

— Pas ici. C'est une sœur à présent, elle a accepté nos conditions et nous l'avons envoyée commencer sa formation... ailleurs. (Elestren sentit la colère monter un peu plus en elle.) Que croyiez-vous ? C'est une fille droite et intelligente, elle n'a rien à faire avec vous.

Arwylo savait pertinemment qu'elle cherchait à provoquer sa colère, mais il ne parvenait pas pour autant à la maîtriser. Il bondit du toit et atterrit sur le cloître sans difficulté. Même si Elestren ne le pensait pas assez sot pour l'attaquer, elle restait sur ses gardes. Il la fixa en plissant les yeux. *Sale sorcière*, pensa-t-il tandis que certaines bribes de souvenirs lui revenaient. *Elle n'est pas encore morte.* Il sourit.

— Vous pensez que je ne vous connais pas ? dit-il en commençant à tourner autour d'elle. Je sais tout de votre *espèce*. Vous êtes née avec une cuillère en or dans la bouche. Pour vous, nous ne sommes que des « sauvageons », des « fourchons ». Vous nous mettez la tête sous l'eau sans vergogne et nous laissez crever dans la misère, mais quand on se rebiffe, c'est nous les barbares. Parce que nous sommes par nature des êtres violents, non civilisés. Qu'importe si l'on passe des années sans histoire dans une école réputée, sous l'égide d'un grand maître, le moindre incident est prétexte à vous renvoyer à votre origine et le jugement sera toujours prompt : un mot, un regard, un sourire méprisant du haut de votre morgue... Vous ne cherchez même pas à contester.

Elestren restait en effet muette : hors de question de s'abaisser à une joute verbale avec un démon. Elle se contentait de tourner, impossible, pour toujours lui faire face.

— Je *hais* votre espèce, cracha Arwylo. Si ces abrutis de fourchons étaient moins cons, plutôt que de se voler les uns les autres ou de voler le marchand au coin de la rue, ils iraient voir les gens comme *vous*, comtes, barons ou ducs de mes deux, planqués dans la Ville Haute. Vu notre nombre, les gardes de toutes les seigneuries n'y pourraient rien. Je ferais alors défiler les premiers-nés et les parents de tous ceux qui se noient dans leur morgue, je les ferais défiler sur un billot installé sur la place sud. Et à coups de hache, je décollerais la tête de leurs épaules pour repeindre en rouge les pavés jusqu'à l'enceinte extérieure. Juste pour voir leur putain d'arrogance se transformer en chiasse de peur.

Le grondement de sa voix fit frissonner les sœurs qui assistaient à la scène. La cicatrice à son cou avait recommencé à saigner.

— Et ceux qui joueront la dignité, je les exécuterai en dernier, pour qu'ils aient le temps de porter la tête de leur proche. Et vous savez par qui je finirai ?

Il dégaina une épée et se jeta d'un bond sur Elestren pour lui trancher le cou. Après son petit discours, la Principale ne fut pas surprise par l'attaque, mais par sa vivacité hors du commun. Néanmoins, elle ne bougea pas d'un pouce. La lame du démon s'arrêta dans le vide, à un demi-pas, avec le craquement d'un éclair : avant même le début du combat, Elestren avait invoqué, en silence, un bouclier magique qui avait parfaitement fait son office.

Arwylo sentit alors une immense puissance se déployer autour de lui et un instant plus tard il fut balayé comme un fétu de paille jusqu'à l'une des colonnes du cloître. Il n'avait pas perdu connaissance, mais en une passe d'armes, il venait de comprendre la différence entre un blaewyn avec quelques années d'expérience chaotique et un grand maître de la magie. Il entendit « *aaltareld* » et lorsqu'il rouvrit les yeux, il vit une lame de feu brûler l'herbe du cloître et foncer sur lui à toute vitesse. Il l'esquiva de justesse en roulant sur le côté. Les flammes vinrent s'écraser contre la pierre et la noircir. Elestren ne plaisantait pas.

S'il était à première vue surclassé dans ce combat, Arwylo avait un avantage : il avait une certaine expérience dans les duels entre mage et guerrier traditionnel, acquise au prix fort contre Dagor. Sauf que les rôles étaient inversés : il devait attaquer Elestren sans répit et briser ses incantations. S'il était assez rapide, elle ne parviendrait pas à les compléter et sa magie perdrait une grande partie de sa puissance.

Il se releva et chargea derechef la Principale : à quelques mètres de sa cible, il laissa partir une gerbe de lumière de la paume de sa main libre. Si Elestren ne s'attendait pas à une invocation silencieuse de la part d'Arwylo, la puissance de sa magie était dérisoire comparée à la sienne. Elle para sans difficulté le sort d'un revers de bâton, mais l'instant d'après le démon se trouvait déjà à portée de lame : il enchaina plusieurs coups de taille qui firent voler en éclat le bouclier magique. Elestren repoussa Arwylo d'un coup de bâton magique dans le plexus solaire et invoqua aussitôt un nouveau bouclier. L'espace d'un instant, elle avait perdu son calme olympien.

Le combat se poursuivit sur ce rythme saccadé. Le démon avait compris que la Principale ne pouvait pas utiliser sa pleine puissance au beau milieu du cloître sans blesser certaines des sœurs qui observaient la scène, aussi restait-il proche de ces dernières, un sourire narquois aux lèvres. Ce sourire cachait néanmoins une immense frustration : malgré toute sa rage, sa furie et son énergie décuplée, Elestren avait paré ses attaques sans verser une goutte de sueur et l'aurait déjà envoyé dans l'Autre Monde s'ils avaient combattu en rase campagne.

— Voilà ce que vous êtes, sermonna-t-elle en secouant la tête de mépris, de la racaille tout juste bonne à utiliser des jeunes filles comme bouclier humain.

Les mots de la Principale libérèrent un peu plus sa rage, au point que son esprit cessa de fonctionner : le temps sembla ralentir, il ne voyait plus que sa proie et les sons qui lui parvenaient étaient lointains, comme s'ils provenaient d'un monde parallèle. Ses bras et ses jambes semblaient être devenus autonomes : il marchait calmement en direction d'Elestren. C'était l'occasion pour elle d'en finir. Elle leva son long bâton, l'incantation fut mentale : une décharge d'énergie jaillit de son bâton. Le démon ne fit pas un geste pour éviter l'impact, il prit la décharge de plein fouet. Il y eut une explosion et un nuage de poussière, tandis qu'un silence irréel tombait sur le cloître.

Le nuage se dissipa. Arwylo était vaguement conscient. Ses oreilles sifflaient, il n'entendait plus rien. Il avait une large balafre sur le front, le visage en sang et un gout de poussière dans la bouche. Ses bras tombaient, ballants, le long de son corps. Elestren retrouvait le jeune fourchon d'Anghewyr, défait. Péniblement, celui-ci se remit néanmoins sur pied. Il boitait en avançant, cahin-caha, vers la Principale.

— Restez où vous êtes, Branwalather, avertit Elestren.

— Mon nom est Arwylo, répondit-il dans un murmure qu'il fut le seul à entendre.

Il continua à avancer, clopin-clopant.

— Branwalather, je ne le répéterai pas, restez à distance, menaça la Principale en braquant son bâton vers lui.

Les menaces n'étaient pas de vaines paroles, mais l'estropié continuait sa marche laborieuse. Alors qu'il n'était plus qu'à quelques pas, Elestren se résolut à lâcher une ultime décharge : elle allait percuter Arwylo lorsqu'un magma noir jaillit de tout son corps dans un hurlement terrible et, formant une gueule infernale, absorba l'énergie projetée par la Principale. Aussitôt après, le magma noir réintégra son hôte avec un grondement sourd et rémanent.

Peur et stupeur s'emparèrent des sœurs qui assistaient à l'affrontement ; des cris se firent entendre ; certaines se mirent à couvert derrière les larges colonnes ; d'autres quittèrent purement et simplement le cloître. Même Elestren fut surprise par l'apparition démoniaque, qui venait néanmoins confirmer tout ce qu'elle pensait du possédé. Elle n'était pas impressionnée le moins du monde par le blaewyn qu'elle avait face à elle. Les rudiments de magie qu'il manipulait ne représentaient aucune menace sérieuse, pas plus que sa maîtrise de l'art martial, qui se résumait à l'usage de la force brute. En revanche, force était de constater qu'il avait une résistance hors du commun.

— Allez, recommencez, dit le possédé d'une voix faible. Faites-vous plaisir, vous attendez ça depuis si longtemps. Elle ne pourra pas tout encaisser cette fois.

La présence en lui l'insulta dans une langue qu'il ignorait. La Principale le fixa sans répondre, immobile.

— Quoi, vous avez des scrupules maintenant ? continua Arwylo. N'allez pas me dire que vous rechignez à éliminer un élève d'une école concurrente.

Cette fois, Elestren parut sincèrement surprise. Elle se mit à rire et son énergie magique s'évanouit, pour signifier la fin du combat.

— Vous, « élève » de Shanahan ? « Élève » d'Ethelnor ? demanda-t-elle de son petit ton méprisant.

— Apparemment, je ne suis pas le seul à avoir perdu la mémoire, rétorqua le possédé.

— Oh, je me souviens. J'étais présente sur la grand-place sud d'Anghewyr, le jour où vous avez fait votre petit numéro. Que croyiez-vous ? Que Shanahan vous avait pris comme « élève » grâce aux pauvres petites particules de lumière que vous aviez créées pour soigner ce rat ? Ne soyez pas ridicule ! Il a eu pitié de vous et vous a évité d'être lynché.

Les épaules d'Arwylo s'affaissèrent un peu sous le poids de l'humiliation. Il n'avait rien à répondre.

— Il y avait bien autre chose, continua Elestren. À l'époque, Shanahan était plus ou moins contraint à prendre quelques élèves – il n'en avait pas eu depuis longtemps. Vous êtes apparu au bon moment, au moment où vous lui étiez utile.

Arwylo sentait la bête en lui, mais sa colère était éteinte. Comme il ne répondait toujours rien, la Principale ajouta :

— Si vous ne me croyez pas, vous n'avez qu'à lui demander vous-même. (Le regard du possédé se raviva un instant.) Vous l'avez cherché, mais vous ne savez pas où il se trouve, n'est-ce pas ? Depuis sa déchéance à la cour du Roi Malric, déchéance à laquelle vous avez activement participé, il vit dans sa retraite, dans la petite forêt d'Endwin. Elle n'est pas très loin d'ici, un peu plus à l'est, avant les Montagnes Éternelles. Une fois que vous y aurez mis les pieds, vous le trouverez, croyez-moi.

La colère d'Arwylo reprit de la vigueur et son regard se fit plus dur. Il tourna les talons et quitta l'abbaye sans un mot, les sœurs s'écartant sur son passage. Une fois que le possédé eut vidé les lieux, Elestren fit alors signe aux nombreuses élèves encore présentes d'approcher. Elles formèrent un cercle autour d'elle :

— C'est une leçon importante à laquelle vous venez d'assister, dit-elle. L'homme pourrait être l'égal de la femme, mais il lui est inférieur parce qu'il se laisse posséder par ses pulsions. Sexe, colère, orgueil ; dans votre vie de sœur, il faudra savoir jouer sur leurs faiblesses. (Les élèves autour d'elle, quel que soit l'âge, ne perdaient pas un mot.) Parfois, je l'admets, pour jouer sur les instincts reproducteurs de certains hommes, il vous faudra bien du courage. (Elle déclencha le rire des sœurs.) Dans le cas du possédé, j'aurais pu mettre un terme à son existence, mais pas sans endommager notre belle abbaye et sans blesser certaines d'entre vous. Parfois, même si vous pouvez vaincre, l'affrontement n'est pas à votre avantage. Alors, j'ai choisi de le vaincre par les mots.

À ce moment précis, il était difficile pour une sœur ayant assisté à l'affrontement de ne pas être béate d'admiration devant la Principale.

— Ne pensez-vous pas qu'il risque de s'en prendre à Shanahan ? demanda l'une des sœurs.

La mâchoire d'Elestren se crispa un peu :

— Vous sous-estimez la puissance de ce vieux bouc, répondit-elle. (Elle marqua une pause.) Et de toute façon, il ne fait que récolter ce qu'il a semé.

Maître, maître

— Auprès de mon arbre, je vivais heureux. J'aurais jamais dû m'éloigner de mon arbre...

Le vieil homme, d'humeur légère, chantonnait. Il cueillait les orties dont il allait faire une soupe. Sa barbe était toujours grise et il portait encore sa modeste défroque, serrée à la ceinture par une corde. Alors qu'il arrachait un plant d'ortie, il arrêta son geste ; son visage s'illumina sous l'effet de la surprise. Il se redressa, plein d'entrain, et se mit en route vers sa maison. Soudain, il s'arrêta, son sourire évanoui. Un voile de tristesse obscurcit son regard.

***

Peu après être entré en Endwin, Arwylo se laissa guider par la puissante énergie qu'il ressentait ; Elestren n'avait pas menti. Il longea le lit d'une ancienne rivière, emprunta un tunnel étroit et après un peu de marche, pénétra, le pas lourd, dans une partie clairsemée de la forêt. Une vieille maison de pierres avait été construite non loin d'un petit étang. Un homme aux cheveux gris, fumant la pipe, était assis sur une chaise en bois. Il n'avait pas vieilli depuis leur dernière rencontre. Son regard soucieux s'éclaira en voyant le jeune guerrier arriver :

— Branwal, le salua-t-il avec un sourire de compassion. J'attends ce moment...

— Mon nom est Arwylo, coupa sèchement ce dernier, en s'approchant.

Il portait encore les cicatrices de son affrontement avec Elestren.

— « Arwylo » ? répéta le mage, surpris. D'accord. Est-ce que ça va ? demanda-t-il en montrant les marques sur le visage de son ancien élève.

— Très bien.

Un silence pesant s'installa. Arwylo fixait le mage.

— Je suis si content de te revoir, dit Amargein.

— Vraiment ? répondit le possédé avec un sourire sardonique.

Il s'était arrêté à deux pas du mage. Ses yeux avaient un éclat rouge et la cicatrice à son cou saignait.

— Évidemment. Tu as fini par trouver le sort que j'avais pyrogravé dans le livre d'histoire, n'est-ce pas ?

— Ce sort bancal ? Oui. Et je ne me souviens pas de grand-chose.

— J'ai dû imprégner l'ouvrage à la va-vite et à l'insu des gardes. À la suite de ton...

— Ne vous inquiétez pas, coupa Arwylo. Je me souviens de l'essentiel.

Amargein comprit qu'il n'échapperait pas à l'affrontement, sous une forme ou une autre. Son esprit se mit en garde, surveillant chaque geste de son ancien élève. Son bâton, posé près de la fenêtre de la maison, n'était pas à portée de main.

— Eh bien, je t'écoute, dit le mage prêt à écouter ses griefs.

— Vous vous êtes servi de moi. (Amargein fronça les sourcils.) Vous aviez besoin d'élèves.

— Tu as parlé avec Elestren, n'est-ce pas ?

— Qu'est-ce que cela change ? Ce qui compte, c'est la vérité. Vous aviez besoin d'élèves ? Répondez, s'écria le possédé dont le ton de la voix s'était abaissé.

Amargein soupira. La tournure de la question rendait la réponse forcément subjective.

— Oui, finit par admettre le mage.

— Vous vous êtes servi de moi pour...

— Ne dis pas de bêtise. Tu as été logé, nourri et éduqué. Tu as appris la magie, tu t'es cultivé, tu t'es fait des amis. L'ingratitude est une forme de misère de l'âme.

La sentence fit bouillir le sang d'Arwylo. Amargein ne l'ignorait pas, mais il n'avait pas trouvé de raison de le ménager. Sans doute parce que pour le mage, l'ingratitude était l'un des penchants les plus hideux de l'esprit en proie à l'égo.

— Ne vous faites pas passer pour plus généreux que vous n'êtes, répliqua Arwylo. Vous aviez besoin d'élèves, c'est la seule raison pour laquelle vous m'avez recruté.

— Tu parles de mon fiasco sur la grand-place ? Tu allais te faire lyncher. Quelle est ta vraie question ? Étais-tu *spécial*, différent ? Étais-tu... un « élu », peut-être ? C'est ça qui t'intéresse, c'est cette soif que tu veux étancher, n'est-ce pas ? (Le regard du possédé se fit mauvais.) Tu veux la vérité ? Eh bien... non.

Arwylo bondit en avant de manière inhumaine et saisit le mage à la gorge. Comme il serrait de toutes ses forces et que ses griffes poussaient, elles s'enfonçaient dans la peau de sa proie. Amargein, surpris par la prestesse de l'attaque, cria *d'vod*, ferma le poing sur son bâton, qui avait pris vie et avait volé vers lui. Dans la continuité de son geste, il frappa le sol dudit bâton : une lumière violette, pâle et douce, envahit la forêt clairsemée. La pression de la poigne d'Arwylo s'évanouit. Sa main était toujours refermée sur la gorge du mage, mais elle était devenue impuissante. Le possédé utilisa sa deuxième main en renfort et serra, serra autant qu'il le put. Son corps semblait ne plus lui obéir : il n'exerçait aucune pression sur le mage qui le fixait à présent de ce regard triste et empathique qu'il haïssait par-dessus tout. Arwylo poussa un cri de rage pour faire brûler l'énergie qui sommeillait en lui : il avait fini par briser le bouclier de la sorcière, il finirait bien par en faire autant avec le sceau de protection de ce mage de pacotille.

Pour Amargein, la défaite était totale : son ancien élève n'avait rien retenu de son enseignement. Il avait oublié ses leçons de magie, car il n'utilisait que sa force brute ; il avait oublié ses leçons de sagesse, car il était englouti par sa colère. Le mage en avait assez vu. Il frappa une seconde fois le sol de son bâton et d'une voix puissante, où affleurait une pointe de colère, il déclama : « *dispergat meth lyn* ». Il n'eut pas même à lever la main.

Comme contre Elestren, Arwylo fut balayé avec une telle facilité que l'espace d'un instant, la crainte d'être désintégré lui traversa l'esprit. À quelques pas du mage, il se releva, sonné, mais entier. L'humiliation était double : en plus d'être vaincu avec une facilité dérisoire, le « *dispergat* » avait été invoqué avec une précision et une puissance cent fois supérieures à ce qu'Arwylo était capable de produire. Sa colère n'avait pas pour autant disparu ; elle était là, brûlante, envoûtante, au creux de son ventre ; elle alimentait sa force, en même temps qu'elle se nourrissait de lui. Son cri de rage fut interrompu par le mage :

— Je peux t'aider, Branwal.

— Arwylo ! aboya ce dernier.

— Quelle main tendue peux-tu saisir, si tu as les poings fermés ?

Son ancien élève le toisa, l'air mauvais :

— Je n'ai pas besoin de ton aide, petit mage. Je te suis supérieur en tout. J'ai ce pouvoir en moi, le pouvoir des ténèbres et de la lumière. Le pouvoir du sang et de l'épée, le pouvoir de marcher parmi les vivants, libre de tout bien et de tout mal. J'ai le pouvoir de voir dans les ténèbres et de réduire le monde en cendres. Je tuerai tous ceux qui se mettront en travers de mon chemin, je boirai leur sang et puis j'irai pisser sur leur tombe. Et quand je crèverai enfin, je les rejoindrai en enfer.

Amargein resta interdit. Il ne pouvait plus rien pour lui.

— La colère est un terrible maître, Arwylo, murmura-t-il. Je la vois en toi. Si tu la suis, elle te mènera à ta perte.

— C'est grâce à elle que je suis encore en vie, rétorqua ce dernier.

— Tu te trompes.

— Elle m'a appris tellement plus que vous.

— Tes échecs comme élève sont mes échecs comme enseignant, admit Amargein.

— Voilà donc ce que je suis, un échec. Eh bien, vous n'avez qu'à y mettre un terme tout de suite, s'écria Arwylo en écartant les bras pour recevoir le coup de grâce.

— Je ne suis ni un assassin ni un bourreau, répondit Amargein. Va-t'en.

— Vous êtes faible ! cracha Arwylo.

— Tu confonds faiblesse et patience. Tu confonds force et colère. Tu es perdu. Tu es perdu parce que tu suis la voix que l'on écoute sans entendre.

Et précisément, Arwylo n'entendit pas la dernière phrase. Il avait déjà tourné les épaules et s'enfonçait dans la forêt. Le mage observa en silence son ancien élève s'éloigner. Pendant toutes ces années d'attente, il avait espéré ; la déception n'en était que plus grande. Une vieille chanson populaire, celle du marionnettiste, se rappela à lui.

Maître, maître,
Où sont mes rêves poursuivis ?
Maître, maître,
Vos promesses sont tromperie

Dans tes veines je coule
Par ton temps que j'écoule
Envoûté âme et corps
Je t'emmène à la mort

Alie

Sa décision était prise. Hors de question de retourner à Anghewyr pour se faire exploiter par un salaud de riche. Il irait s'engager dans l'armée, vers le nord-est. Il avait entendu les paysans en parler : le petit royaume orc de Keus avait attaqué une cité humaine. Là-bas, il devrait bien y avoir quelqu'un qui trouverait ses talents utiles.

Avant de partir pour ce long voyage, il voulait revoir Alie.

Le voyage ne fut ni court ni long. Sa douleur avait trouvé une réponse. Et cette réponse le guidait à présent. Elle mobilisait son attention au point que sans s'en apercevoir, et alors même qu'il se pensait maître de son destin, il n'était plus que spectateur des décisions prises par la voix que l'on écoutait sans entendre.

Lorsque la voix fit une trêve, il retrouva la réalité et pouvait déjà apercevoir les toits de Teilan au loin. Il commença l'ascension par la route principale, mais très vite préféra les chemins de traverse – il craignait qu'on le reconnût. Il arrivait à la ferme de la famille de Macsen et resta à distance pour observer les allers-retours. Il ne voyait pas l'intérêt de rencontrer son ancien comparse. Leur lien avait pourtant été solide. Mais tout les opposait à présent et il ne servait à rien de jouer la comédie. Au fond de lui, il avait toujours de l'affection, de l'amitié pour le gaillard. Il avait aussi peur de son regard ; Macsen était honnête, parfois brutalement. Il l'imaginait déjà en train de le moquer, de son verbe gouailleur. Que se passerait-il si les cicatrices qu'il avait gagnées sur le visage ne suffisaient pas à faire taire sa verve ricaneuse ? Arwylo préférait ne pas savoir.

Il se faisait cette réflexion lorsqu'Alie sortit de la grange en trottinant de sa démarche encore enfantine – il devait avoir douze ans tout au plus. Il souleva une pierre pour essayer de débusquer des insectes, puis s'enfonça dans le bois, sans doute pour aller y jouer. Arwylo contourna les terres de la ferme pour rester à couvert et le retrouver.

Il avança avec prudence, en silence, jusqu'à entendre une voix enfantine chanter. Elle était pure et fredonnait l'un de ces airs que l'on apprend au temple. Alie s'était installé au pied d'un arbre et jouait avec l'insouciance et la légèreté d'un enfant. Arwylo l'observait, de loin, à travers les arbres. Pourquoi viendrait-il, lui, perturber ce moment de tranquillité ? Et puis, pour lui dire quoi ? Qu'il n'était plus celui qu'il avait connu ? Qu'il préférait partir à la guerre plutôt que de rester avec lui ? Il avait la certitude de n'avoir rien à lui offrir.

C'était lâche de s'en aller sans lui parler, mais il n'était plus à ça près.

Alie s'était allongé et venait de s'assoupir. Arwylo se résolut à approcher. En tendant le bras, il effleura ses mèches blondes d'enfant. Il déposa à côté de lui un gros os qu'il avait trouvé sur le chemin. Il se souvenait qu'Alie adorait ces gros os : il s'imaginait qu'ils appartenaient à quelque animal fantastique et s'inventait des histoires extraordinaires.

Les yeux d'Arwylo s'embuèrent.

Dors bien mon petit chéri, dors
Dehors, les larmes du ciel tombent.
Maman protège ton trésor,
Un vieil os, une boite ronde.

Mieux vaut ne pas veiller lors des nuits sombres.

Dors longtemps, paisiblement dors
N'abandonne pas tes chimères
Le chagrin t'apprendra encore
Que le printemps n'est qu'éphémère,

Que l'homme aime, s'endeuille et pleure ses morts.

Arc III

K'thral

Il se réveilla en sursaut. Son dos le faisait souffrir. *Ça faisait longtemps*, pensa-t-il. Il était en sueur.

Il se leva et avala une gorgée d'eau, puis une deuxième. Il tira sur son corps – les épaules, les jambes, le dos. Il entrouvrit le tissu qui servait de porte à sa tente. La nuit était douce et calme. La lune brillait dans le ciel sans nuages et sans étoiles.

Il sortit et s'assit sur un tabouret au milieu des fougères. Il alluma une longue pipe en bronze qui ressemblait à un instrument de musique. Le soleil ne tarderait pas à se lever. Les odeurs humides de la forêt d'alentour étaient fraîches, joyeuses, vivantes. S'il avait eu l'esprit libre, il aurait reconnu l'odeur poivrée des fleurs de lupin ou celle, terreuse et boisée, du lichen. *Comme la nature peut être douce et sereine*, aurait-il dit.

Sa main passa machinalement sur l'une de ses cicatrices, celle sur son bras gauche.

* * *

— Au pas de charge ! hurla l'exécuteur. Et restez groupés !

Les murs blancs d'Eòlas s'élevaient dans la brume matinale. Malgré le ciel lourd et la pluie battante, il se souvint les avoir trouvés majestueux. En comparaison, les tours de siège en bois posées devant ressemblaient à de vulgaires tiques.

Les soldats se mirent à avancer sans une idée précise de ce qu'ils devaient faire. Avancer. Et suivre celui des deux qui avait l'épée, puisqu'ils en avaient une pour deux. Quelques-uns, les plus costauds, portaient de très larges boucliers de bois qui pouvaient abriter plusieurs soldats en même temps. Les jeunes recrues avaient trouvé ça étrange, mais pas plus que de n'avoir qu'une arme pour deux.

La pluie n'avait pas cessé depuis une décade et leurs pieds s'enfonçaient dans la boue jusqu'au mollet. Le champ de bataille avait été pilonné, Yanghin seul sait par quoi, et était à présent parsemé d'immenses trous, remplis d'eau boueuse.

Dès les premiers pas, l'exécuteur se mit à hurler sur ceux qui trainaient ; il semblait enragé. Les pieds pris dans la fange, leur progression, en plus d'être pénible, était lente et ça ne lui plaisait pas du tout. Les bleus se demandaient pourquoi ils se trouvaient si loin des tours de siège.

Alors, un bruit mécanique, comme un claquement, résonna au loin, de derrière les murs. Des points noirs s'élevèrent dans le ciel et l'exécuteur hurla :

— Derrière les carapaces !

Il s'exécuta. Certains bleus se débattaient encore dans la boue lorsque les détonations retentirent. Et pour la première fois, il entendit le sifflement. Suivi d'une succession de bruits d'impacts sur le bois de la carapace.

Les bleus encore empêtrés dans la fange furent transpercés de part en part par de petits bouts de métal tranchants. À leurs cris de douleur succédèrent des appels à l'aide et des râles d'agonie. Les bouts de métal n'étaient pas assez puissants pour tuer sur le coup ; ils l'étaient largement pour vous laisser vous vider de votre sang.

Les survivants, en partie abrités derrière la carapace, se regardèrent, sidérés et terrifiés.

— On ramasse seulement ceux qui ont encore leurs jambes et on avance ! hurla l'exécuteur en sortant de l'abri.

Il fallait faire vite avant la prochaine pluie de métal. Les agonisants furent abandonnés et la marche bruyante - floc, floc - reprit. Cette fois-ci, tout le monde resta bien groupé.

Le claquement, la détonation, le sifflement, les impacts et la peur.

L'un des éclats de métal effleura la carapace et vint se ficher dans le bras gauche d'Arwylo. Il poussa un cri de douleur.

— Arrête de geindre, grommela l'exécuteur en arrachant le bout de métal.

Il le prit par le bras et l'aida à se relever d'un geste qui n'avait rien d'amical. Il exhorta alors ses troupes, jura tous les dieux et le cycle infernal recommença.

Alors qu'ils avançaient péniblement, empêtrés dans la boue, ils entendirent des appels à l'aide : à une vingtaine de pas derrière eux, au pied d'une butte, un bleu se débattait dans l'un de ces trous remplis d'eau boueuse – assez profonds pour s'y noyer. Arwylo allait quitter le groupe pour lui venir en aide lorsqu'une main calleuse l'attrapa par le col :

— La direction, c'est tout droit ! gronda l'exécuteur.

Il savait que son jeune soldat n'aurait jamais le temps d'aller et de revenir avant la prochaine salve : s'il y allait, c'était toute la carapace qui devait le suivre, ce qui allongeait le trajet et augmentait les risques de perdre d'autres soldats. Autrement dit, c'était hors de question.

— Mais il est en train de se noyer ! s'emporta Arwylo en s'arrachant de la poigne de l'exécuteur.

— Ce sera ni le premier ni le dernier. Et j'ai dit *tout droit*, s'écria ce dernier en dégainant une large épée.

Ils entendirent un bruit de claquement : la pluie de métal allait bientôt transpercer les chairs. Ils se précipitèrent derrière la carapace et la succession rapide d'impacts secs vint mettre un terme à la discussion. Derrière eux, le bleu avait cessé de se débattre dans l'eau.

Le porteur de carapace, touché au pied, posa un genou lourd dans la boue et l'exécuteur le remplaça au pied levé en lui arrachant le large bouclier des mains.

— Restez groupés et continuez à me suivre ! hurla-t-il.

Le porteur, blessé, se releva péniblement. Il serrait les dents, mais dans cette boue, il ne pourrait pas les suivre, pas sur une jambe. Arwylo lui arracha les deux éclats de métal fichés dans le pied – l'orc poussa un cri étouffé – et vint se placer sous son bras. Il poussa vigoureusement sur ses jambes pour se mettre en route avec le poids du porteur, l'arrachant ainsi à une mort certaine.

— J'te préviens, j'vous attends pas, lâcha l'exécuteur par-dessus son épaule.

— Mais ferme ta gueule, murmura Arwylo.

Le ton et le vocabulaire fleuri aiguillonnèrent le porteur blessé, qui oublia la fragilité du fil qui le reliait à la vie.

Ils finirent par gagner les tours de siège. Arwylo était en sueur et avait mal aux jambes.

L'assaut fut lancé et repoussé par les défenseurs, du haut de leurs murs. Les survivants regagnèrent le camp retranché et pansèrent leurs blessures en silence, dans l'un des petits abris rustiques – à peine un toit, dressé au milieu de la forêt. Arwylo s'occupait des plaies les plus graves : il passait ses mains, la lumière jaillissait et elles cicatrisaient, un peu. Il n'était pas capable de faire mieux.

— Pourquoi tu ne te soignes pas toi-même ? demanda le porteur de carapace en montrant son bras.

— Je ne peux pas, répondit Arwylo laconiquement.

L'orc acquiesça.

— Tu m'as sauvé la vie, dit ce dernier à mi-voix.

L'humain continuait d'inspecter les plaies comme s'il n'avait rien entendu. Le porteur de carapace accepta sa pudeur.

— Je m'appelle Bader, dit-il. Mais tout le monde m'appelle Bad.

Ils échangèrent une poignée de main.

— Ça fait combien de temps que tu es sous les ordres de l'autre ordure ? demanda Arwylo.

— Deux décades seulement. Le précédent exécuteur a pris une flèche d'arbalète entre les deux yeux. (Il marqua une pause.) Et ça fait près d'un an que je suis au siège.

Sa voix était moins assurée. L'année qui venait de s'écouler n'avait pas seulement été éprouvante pour Bad, elle rendait les dix-neuf à venir inquiétantes.

— Toi, tu viens d'arriver, non ? demanda-t-il.

— Ça se voit tant que ça ?

Le rire débonnaire de Bad secoua ses larges épaules.

— D'où tu viens ? demanda Arwylo.

— De Kolmen. C'est un bled au sud de Keverlok. Mon grand frère s'est engagé. Il est rapidement devenu faucheur. Tout le monde parlait de lui par chez moi. Alors moi aussi, j'ai décidé de quitter le village.

— Keverlok ? C'est pas la porte à côté.

Bad lui lança un regard suspicieux :

— Tu veux me faire croire que t'es du coin ? (Arwylo secoua un peu la tête.) Tu viens d'où ?

L'humain réfléchit : comment une question aussi simple pouvait-elle devenir aussi compliquée ?

— De nulle part, finit-il par répondre en haussant les épaules, le regard absent. (Il tourna la tête pour regarder Bad dans les yeux.) C'est sans doute pour ça que je suis ici.

L'orc esquissa un sourire :

— Comment tu t'appelles ?

Avant qu'Arwylo ne puisse répondre, le pas lourd de l'exécuteur se fit entendre et tous deux tournèrent la tête. Le supérieur pointa l'humain du doigt :

— Toi, viens là. Tout de suite.

Arwylo échangea un regard avec Bad et obéit. Dans le camp, des orcs avaient flairé le spectacle et commençaient à s'installer autour d'eux, qui debout, qui aux pieds des arbres. L'humain s'attendait à se faire sermonner, au pire à… il évita de justesse un crochet du droit de l'exécuteur d'une torsion arrière du buste. La promptitude de son réflexe et l'esthétique du mouvement provoquèrent une acclamation qui ne fit pas ses affaires.

— Je vais t'apprendre à obéir aux ordres, rugit l'orc qui avait décidé que l'affaire se règlerait au pugilat.

L'humain insubordonné se mit en garde. Il savait manier l'épée et le bâton de mage, mais n'était pas très bon pugiliste. En élève studieux, il en avait néanmoins retenu les bases défensives : coller le menton au torse, couvrir ses tempes de ses poings et garder la tête en mouvement. Le plus difficile était de continuer à appliquer ces principes quand il attaquerait.

L'exécuteur se rua vers lui et enchaina plusieurs combinaisons ; certaines finirent sur la garde d'Arwylo, qui sentait déjà ses avant-bras enfler. Le cercle de leur combat était grand et il en profitait pour éviter les ruées de son adversaire en espérant qu'il ralentît un peu. Ce jeu du chat et de la souris continua un moment pour le plus grand plaisir des spectateurs. L'exécuteur finit néanmoins par coincer sa proie contre un arbre au large tronc et il se mit à faire pleuvoir les coups : comme Arwylo cherchait à éviter les plus puissants, il fléchit les genoux, baissa la tête et enchaina à l'aveugle avec un crochet du gauche de toutes ses forces. Il entendit un claquement sec – son bras gauche blessé le fit souffrir – et la pluie de coups s'interrompit. Quand il rouvrit les yeux, il vit l'exécuteur sonné et il allongea aussitôt un direct du droit qui atteignit sa cible, puis un deuxième.

Les jambes flageolantes, l'orc perdit l'équilibre, mais se releva aussitôt. Il en fallait plus pour le mettre K.O. Blessé dans son orgueil, il se saisit de la première épée qu'il trouva, posée sur un râtelier. Certains spectateurs tentèrent de le dissuader, mais l'exécuteur n'écoutait plus personne. Arwylo reculait à pas prudents lorsqu'on lui lança une arme pour se défendre. C'était la même épée orque, lourde et peu maniable de son adversaire. Il se sentit pourtant plus à l'aise.

L'un des spectateurs traversa le camp pour aller prévenir le « gaskiar », le « champion » qui dirigeait le camp. Ce dernier était en pleine réunion et pesta tout ce qu'il put d'être ainsi importuné. Alors qu'il traversait le camp, son pas rapide fut interrompu par un cri sinistre, ni orc ni humain. Il repartit au petit trot.

Les spectateurs, en cercle autour des combattants, ne souriaient plus. Au milieu se trouvait une créature baignant dans le sang d'un puissant orc.

Il se murmurait « k'thral ».

La créature fut prise de spasmes et reprit lentement forme humaine.

— Qui est le mort ?

— L'un des exécuteurs, répondit une voix.

Le gaskiar eut l'air surpris : ses exécuteurs n'étaient pas des enfants de chœur.

— Est-ce qu'il y a d'autres victimes ? (Les orcs secouèrent la tête.) C'est le « k'thral » qui a provoqué le combat ? (Même réponse des orcs.) Le combat a été loyal ? (Le gaskiar constata les expressions hésitantes.) Et alors, loyal ou pas ? tonna-t-il.

— Aussi loyal que peut l'être un combat avec un « k'thral », lâcha l'un des orcs.

— Savoir choisir ses combats fait partie des qualités que l'on attend d'un exécuteur. Quel est ton nom ? demanda le gaskiar au démon.

Les spasmes l'avaient abandonné, mais Arwylo ne parvint pas à répondre.

— Eh bien, tu es le nouvel exécuteur. Tu es content, K'thral ?

Art de la guerre

Anka sortit elle aussi de la tente. Elle avait environ trente-cinq ans et de l'assurance à revendre. Les cheveux noirs et mi-longs, elle était habillée d'un pantalon sombre et d'une veste en cuir, qui ne montrait presque rien de ses formes : Anka était une guerrière. Sa peau était mate et ses traits fins, mais endurcis.

Le soleil commençait à pointer au-dessus de la forêt. La semi-orque le salua et s'assit en face de lui.

— Bien dormi ? demanda-t-elle.

— Pas vraiment, admit-il. Toi ?

— Pareil.

Il lui tendit sa lourde pipe en bronze. Elle refusa et sortit quelques fruits secs qu'elle accompagna d'un bout de pain. Autour d'eux, le camp s'éveillait lentement ; ils ne tarderaient pas à reprendre la route.

— Tu ne manges rien ? demanda-t-elle. (Il se contenta de montrer sa pipe.) Tu veux devenir aussi sec que Willem ?

— Je ne pense pas que ce soit humainement possible...

Il prit une large bouffée et savoura l'arôme de l'herbe séchée.

— Il ne t'a toujours rien dit ? s'enquit Anka.

— Non. Je le connais, il ne me dira rien. Je ne suis qu'un exécuteur. Les exécuteurs ne doivent rien savoir de la stratégie globale.

— Lui, il n'est même pas exécuteur !

— Il est bien plus que ça, répondit-il. Tu le sais.

L'orque avait le regard noir et l'appétit coupé.

— Putain d'incompétents. Tous autant qu'ils sont.

Combien de fois étaient-ils montés à l'assaut, poursuivis par les sifflements des machines infernales et des arbalètes ? Combien s'étaient effondrés à leurs côtés ? Combien de corps putréfiés avaient-ils enjambés ? C'était un miracle s'ils étaient encore en vie. Pourquoi eux, plutôt que d'autres ?

— Le monde ne fonctionne pas au mérite, Anka. Plus tôt tu l'accepteras, mieux tu le vivras.

Elle ne sembla pas l'entendre.

— Je sais pas comment tu fais pour lui adresser encore la parole.

K'thral fronça les yeux :

— Willem ? (Anka acquiesça.) Il connait parfaitement l'art de la guerre.

— L'art de la guerre ? s'étouffa l'orque. Envoyer ses soldats à la boucherie ?

Il prit une autre bouffée.

— Tu as six mille soldats, tu dois affronter une armée de même nombre et tu as la possibilité d'ouvrir trois fronts. À équipements équivalents, c'est le nombre de soldats qui fait la différence. Comment tu les répartirais ? Deux mille sur chaque front ? (Anka fit oui de la tête, mais elle sentait que ce n'était pas la bonne réponse.) Moi face à toi je mettrais deux mille cinq cents orcs sur le premier front et le même nombre sur le deuxième.

— Mais tes mille soldats se feront tailler en pièces sur le troisième front !

— Oui, mais j'aurais gagné les deux autres. Et même avec des pertes lourdes, ce qu'il reste de mes cinq mille orcs ne fera qu'une bouchée de ce qu'il reste de tes deux milles.

Anka marqua une pause, incrédule, puis elle secoua la tête :

— Et pour ces soldats sacrifiés sur le troisième front ?

Elle fixa K'thral, à la recherche d'une lueur d'espoir. Celui-ci répondit à mi-voix :

— Nous ne sommes que des pions, Anka.

* * *

K'thral ouvrait la marche, à la tête d'une vingtaine de soldats. On lui avait confié les orcs d'un exécuteur tombé la veille. Une autre cité humaine du nord, plus petite et moins fortifiée qu'Eòlas, était assiégée. Il fallait partir en reconnaissance des collines alentour pour éviter les mauvaises surprises.

Une forêt dense couvrait cette partie des collines. Elle était sauvage ; aucun chemin, aucun entretien ni autre signe d'occupation. Malgré le froid hivernal, la décontraction avait gagné les rangs des orcs, en particulier chez les nouveaux. Parmi ces derniers, les discussions allaient bon train et la mission de reconnaissance n'était guère plus qu'une promenade en forêt.

À plusieurs reprises, K'thral se retourna, agacé, pour les faire taire, mais il ne pouvait lever la voix. Il confia la tête de la marche à Anka et attendit sur le côté pour dévisager chacun des orcs, l'air mauvais. Les nouveaux se taisaient, mais à peine tournaient-ils le dos que les ricanements reprenaient.

La meilleure qualité des soldats orcs n'était pas le respect de la hiérarchie ; en particulier quand celle-ci était incarnée par un nouvel exécuteur ; en particulier quand ce dernier était un humain, ou un « k'thral ». Le démon prit note de certains visages : il appréciait la liberté, dans les armées orques, de régler les problèmes par la violence et de retour au camp, il ne s'en priverait pas.

Il remonta la file indienne de soldats et reprit la tête de la marche. Bad vint à sa hauteur :

— Mieux vaut rester prudent, chuchota-t-il. Je ne connais pas cette forêt, mais je sais qu'il y a des elfes qui vivent dans la région.

L'orc était devenu un ami de K'thral et il savait que son exécuteur l'écoutait d'une oreille attentive.

— Comment tu le sais ? répondit ce dernier.

— Mon village se trouve un peu plus loin au nord, nous venions souvent pendant les foires.

— Je n'ai remarqué aucune trace, aucun chemin, rien, objecta K'thral.

— Tu ne trouveras rien, pas avant qu'ils nous trouvent, eux.

L'exécuteur scruta les alentours, l'œil aux aguets.

— Très bien, répondit-il.

Il ralentit le rythme. Son regard balayait en permanence les arbres, de gauche à droite, des troncs jusqu'aux cimes. Peu après, ils arrivèrent devant une paroi rocheuse. En la longeant, on passait devant une hauteur sur la gauche : l'endroit parfait pour une embuscade.

K'thral s'arrêta. Malgré ses efforts, il ne remarquait rien d'anormal. Il huma l'air ; toujours rien. S'il avait été possédé, il sentirait peut-être quelque chose. Seuls les oiseaux lui semblaient moins bavards que d'ordinaire, mais ce n'était peut-être qu'une impression.

— Je préfère qu'on fasse le tour, dit-il en faisant volte-face.

Bad acquiesça en silence, mais les nouveaux arrivants contestèrent. Celui qui se voulait leur leader – et qui aspirait peut-être à devenir leur exécuteur – s'opposa aussitôt :

— J'en ai marre de me trainer à cause du petit humain. « *K'thral* », ricana-t-il. Nous, on avance.

Ils passèrent devant leur exécuteur avec un air de défi et longèrent la paroi, sans plus de précaution. Le regard de K'thral passait du sommet de la paroi sur la droite à la hauteur à gauche : la forêt continuait sa vie paisible. Certains de ses orcs l'interrogèrent du regard ; suivre les autres, c'était perdre la face.

— On fait le tour, décida-t-il.

Ils rebroussèrent chemin sur près d'un demi-mille avant de trouver un passage. Alors qu'ils commençaient l'ascension de la butte rocheuse, des sifflements déchirèrent l'air et deux de ses orcs s'effondrèrent au sol. « Boucliers ! », hurla K'thral. Les soldats se regroupèrent et formèrent une carapace en récupérant les blessés en chemin, tandis que les flèches continuaient de siffler et venaient se ficher avec un bruit sec dans le bois de leurs targes.

Les elfes les avaient encerclés et s'amusaient avec leurs proies. Elles étaient plus coriaces que les précédentes, qu'ils avaient massacrées sans avoir à livrer un vrai combat. Derrière leurs boucliers, les orcs n'avaient aucune échappatoire : ils finiraient par tomber, les uns après les autres.

— Nous n'avons aucune chance si nous restons ici groupés. Il faut se séparer.

— Et les blessés ? demanda Bad.

— Ceux qui ne peuvent pas courir restent groupés, répondit K'thral.

La tension était telle qu'il prit sa décision de manière instinctive, sans réfléchir aux conséquences. Mais au fond, il savait qu'il signait l'arrêt de mort des blessés. L'infinité des voies possibles s'était réduite à ce choix mortifère. À son signal, le groupe éclata dans toutes les directions. Les elfes furent surpris par la manœuvre et mirent quelques précieuses secondes à s'organiser.

K'thral prit une direction au hasard, suivi par l'un de ses orcs. Alors que les arbres défilaient, ce dernier reçut une flèche dans la cuisse et s'effondra. Son exécuteur arrêta sa course, mais l'orc refusa son aide :

— Fuis ! s'écria-t-il.

Il se releva péniblement et se mit en garde pour affronter les elfes. Comme son exécuteur hésitait, il lança, par-dessus son épaule :

— Fuis, K'thral !

Ce dernier finit par détaler, jusqu'à être à bout de souffle. Les bruits de combats n'avaient pas cessé. Il s'abrita derrière un arbre et tenta de repérer les survivants. Il vit Anka au loin et lui indiqua un point de regroupement.

Ensemble, ils serpentèrent entre les arbres en se retournant de temps en temps. Ils étaient perdus et ne savaient pas où se réfugier. Ils continuaient d'entendre l'agitation derrière eux : les bruits de combats s'étaient transformés en cris de chasse. Les chasseurs étaient rapides et connaissaient bien la forêt. À tout moment, un groupe d'elfes pouvait venir couper leur fuite.

K'thral s'arrêta pour reprendre son souffle.

— Nous ne les sèmerons jamais, admit-il. Il faut se cacher.

— S'ils ont des chiens, ils nous trouveront quand même, répondit Anka.

— Tu as raison.

Il se mit alors à enlever ses chaussures et ses chaussettes.

— Qu'est-ce que ça changera ? demanda Anka.

— Fais-moi confiance, dit-il en jetant au loin ses chaussures et ses chaussettes en direction des cris.

Quand il était possédé, son odorat se décuplait et il pouvait suivre la piste de ses proies. Or, l'odeur de la plante des pieds était différente de celle des chaussures et apparaitrait comme une odeur nouvelle pour les chiens, qui perdrait alors leurs traces.

Anka l'ignorait, mais imita son exécuteur. Ils se retrouvèrent à longer une paroi rocheuse couverte de plantes retombantes, qui menait à une rivière. K'thral s'arrêta net : il entendait des voix au-dessus d'eux. Il pointa le doigt vers le haut puis le colla à ses lèvres ; Anka leva les yeux en contrôlant son souffle court.

Ils marchèrent avec la plus grande prudence. Le cours d'eau n'était qu'à quelques pas lorsque les voix se firent plus fortes : K'thral scruta de manière compulsive les alentours pour y dénicher une cachette. Il finit par entrer dans l'eau glaciale en ordonnant à Anka de le suivre. La berge était colonisée par des plantes hautes : elles pouvaient les dissimuler s'ils restaient immobiles. Non loin, des elfes se regroupaient. Ils avaient capturé un orc vivant, en tout cas pas encore mort. K'thral et Anka n'osèrent pas jeter un œil par-dessus la berge, mais ils pouvaient les entendre.

— Argantael, je crois qu'on les a tous eus. Il ne reste que celui-là.

— Non, il en manque au moins un, répondit ce dernier. J'ai vu un humain. Il est peut-être accompagné. Trouvez-les et faites-leur rendre gorge. Si vous me les ramenez vivants, c'est mieux.

Ses subordonnées repartirent aussitôt en chasse. Argantael était un anvawyr, un elfe des bois. Âgé d'une quarantaine d'années, il était grand, avec le teint terne, ses longs cheveux raides et bruns attachés derrière la nuque. Son visage émacié était sillonné par plusieurs cicatrices ; l'une d'entre elles coupait ses lèvres. En plus de l'équipement traditionnel des anvawyrs – le sabre et l'arc, il portait des vêtements légers, peu résistants, mais parfaits pour la chasse sportive.

Le prisonnier orc gisait au sol, blessé. Argantael l'observait avec un mépris confinant au dégoût.

— Regarde-le, dit-il à son subordonné resté auprès de lui. Regarde ce concentré de médiocrité et de malveillance. Des violeurs et des pilleurs. Tous autant qu'ils sont. Tous. Ils ont ça dans le sang. Ils se transmettent ce trait de caractère, de génération en génération. Comment peut-on nier la supériorité de notre civilisation quand on a vu de quoi ces sous-êtres sont capables ? (Argantael soupira.) Demande-lui où sont les autres.

Il refusait de s'abaisser à parler à un orc.

— Où se sont cachés les autres ? demanda l'elfe en enfonçant le fourreau de son épée dans la gorge de l'orc. Réponds ! cria-t-il en envoyant un bon coup de pied sur sa blessure.

Le prisonnier poussa un cri de douleur.

— Comment j'le saurais ? lâcha-t-il en grimaçant. On s'est enfuis comme on a pu.

Arwylo reconnut aussitôt la voix.

— Cafard inutile ! maugréa Argantael.

Il empoigna son sabre et le dégaina d'un geste sec. Il s'adressa à son subordonné :

— Sais-tu pourquoi les orcs ne craignent pas la mort ? Ce n'est pas parce qu'ils sont courageux, mais parce qu'ils n'ont pas d'âme. La mort pour eux n'est qu'un détail insignifiant. Observe.

Il posa la pointe de son sabre sous la mâchoire du prisonnier et l'enfonça lentement, sur plus de deux paumes. Il prit le temps d'apprécier les bruits gutturaux et le sang qui s'échappaient de la gorge de Bad, puis tourna sa lame. K'thral et Anka entendirent un râle d'agonie.

Le cœur d'Arwylo s'arrêta de battre.

Tous deux transis de froid, il était illusoire de vouloir affronter les deux elfes, sans compter que les autres pouvaient revenir d'un instant à l'autre. Ils risquaient de mourir gelés dans cette eau glaciale. Anka se recroquevilla en position fœtale ; il l'entoura de ses bras et se serra contre elle. Des corps sans vie, charriés par la rivière, les dépassaient dans une quiétude absolue.

En se tenant chaud, ils attendirent que la mort daigne s'en aller.

Insignifiant

Ils avaient passé la journée à marcher sous le soleil, puis le camp avait été posé et fortifié. C'était la routine quotidienne. Ils ne savaient pas précisément où ils se trouvaient ni où ils allaient, mais plus les jours s'égrenaient et plus la tension était palpable. L'affrontement était proche.

Le soir, les conversations allaient bon train au mess. On y tolérait les exécuteurs lorsqu'ils restaient tranquilles, dans un coin. De toute façon, K'thral préférait manger avec Anka sous les abris rudimentaires des soldats. La tambouille qu'on leur servait était fade. Le sel était un luxe qu'ils ne pouvaient pas se permettre, mais parfois ils avaient en réserve quelques fruits secs pour finir leur repas. Les officiers, eux, avaient droit à de la viande, du sel... et de la bière.

K'thral n'avait plus faim. Il inspectait un ouvrage qu'il avait trouvé, quelques jours auparavant, dans un village abandonné. Les autres l'avaient fouillé de fond en comble dans l'espoir d'y découvrir quelque chose d'intéressant, de la nourriture, un objet en argent, mais n'avaient déniché que des outils trop rouillés. Lui était allé trouver un coin tranquille et était tombé, au sens littéral, sur ce vieux livre qui avait résisté aux outrages du temps, parmi d'autres que ledit temps avait détruits.

Depuis l'abri, on pouvait entendre les conversations des officiers. Elles ne le dérangeaient pas ; il avait pris l'habitude d'en faire abstraction. Ce fut Anka qui, du nez, lui montra le mess : un gaillard faisait signe. K'thral plissa les yeux : le geste de Willem était péremptoire et transformait une invitation amicale en ordre ne souffrant aucune contestation. L'exécuteur se leva en soupirant.

— J'ai déjà mangé, dit-il en s'approchant.
— Je t'offre une bière.

Willem portait toujours sa cuirasse en acier poli. Il avait vieilli depuis qu'ils s'étaient croisés à Anghewyr, mais n'avait pas changé. Le connaissant, K'thral n'avait pas été étonné de le retrouver dans l'armée de Keus.

— La bière est pas gratuite pour les officiers ? demanda-t-il.

— Et alors ? Un cadeau, ça s'refuse pas ! s'exclama Willem en le secouant avec vigueur par l'épaule.

Les places étaient rares malgré la dizaine de tables. Les discussions, tout en formant un bruit de fond permanent, restaient plutôt discrètes ; rien à voir avec les tavernes des bas-fonds dans lesquelles une partie d'osselets truqués pouvait se finir dans le sang. Les humains rejoignirent la tablée de deux orcs, Maral et Torgul. K'thral les connaissait de vue ; ils le connaissaient de réputation. Les discussions s'enchaînèrent. L'exécuteur les écoutait, mais ne participait pas.

— Il est pas bavard ton élève, remarqua Maral.

— T'as rien à raconter ? s'étonna Torgul. (L'élève se contenta de hausser les épaules.) C'est quoi ça ?

Quand Willem lui avait ordonné d'approcher, K'thral s'était exécuté avec le livre et une petite boite carrée en fer en main.

— Un livre que j'ai trouvé dans l'un des villages abandonnés qu'on a traversés.

— Je sais pas lire, mais je sais reconnaitre un bouquin, répondit Torgul en levant la voix. Je te parle de la boite.

K'thral souffla et lâcha :

— C'est une urne.

Autour de lui, les regards se durcirent : chez les orcs, l'usage en temps de guerre voulait qu'on n'individualisât pas les cérémonies mortuaires. Les corps devaient être incinérés tous ensemble. Il fallait éviter que chaque mort ne devienne un drame personnel si l'on voulait garder des soldats en état de se battre. Les deux orcs et Willem le laissèrent se justifier :

— Nous passons près de Kolmen, je vais rendre l'urne à sa mère.

Il avait enfreint les règles tacites des orcs, mais l'admonestation attendue n'arriva pas. En tout cas, pas comme il l'avait anticipée :

— Les morts sont morts, dit Maral, tu perds ton temps. Tu ferais mieux de profiter de ce que te propose la vie.

Il lui montra quelqu'un derrière lui. K'thral se retourna et aperçut Anka par-dessus son épaule. La remarque n'avait aucun sous-entendu salace ; au contraire de la suivante :

— Moi, j'en profiterais toutes les nuits, ajouta Torgul satisfait de lui. Et elle profiterait aussi ! Tu te l'es tapée au moins ? (Le regard fixe, K'thral n'eut aucune réaction.) Je m'en doutais, il lui f..

— Je l'ai fait pour Tarod, coupa l'humain en montrant la boite en fer. Pour Nagrov et Vorgan. Et puis, pour Narek et Keran. Pour ceux dont j'ai oublié les noms aussi.

Après avoir levé un sourcil de mépris, il s'était adressé à Maral et avait ignoré Torgul. Malgré l'affront, ce dernier leva à peine la voix :

— Le dernier petit malin dans ton genre a mal fini.

En d'autres temps, K'thral aurait répondu à la menace avec un certain plaisir – il sentait la sombre présence en lui, mais le petit jeu de l'orc lui semblait pathétique. Le regard perdu, l'humain parcourait de ces doigts les angles de la petite boite en fer.

— Détends-toi un peu, dit Maral à Torgul. (Ce dernier maugréa.) Quel était son nom ? demanda-t-il en s'adressant au k'thral.

— Bader, répondit ce dernier.

Il raconta alors l'embuscade des elfes, leur survie dans l'eau glacée. Quand ils sortirent de la rivière, tous leurs membres étaient engourdis par le froid. Le cadavre de Bad gisait non loin, les yeux fixes. K'thral avait pris le risque de le ramener sur son dos pour qu'il soit incinéré. D'où la petite urne en fer.

— Ces dernières années, on avait vécu pas mal de choses. Pour me charrier, les autres m'appelaient parfois Redab, précisa-t-il en référence à la tradition orque de nommer deux enfants de la même fratrie en palindrome. Il m'avait sauvé la vie près de Merthyr.

Willem n'aimait pas ce genre de discussion et se mit à converser avec Torgul.

— Que s'est-il passé ? demanda Maral.

— Je me suis retrouvé étendu sur la neige, au milieu des morts et des mourants – je ne sais pas comment. Les corbeaux avaient commencé leur travail de nettoyage par d'autres corps que le mien. (Sa voix baissa d'un ton.) J'entendais les râles d'agonie et peu à peu mes sens s'engourdissaient. Je n'avais plus vraiment mal, mais plutôt l'impression qu'on me berçait avec douceur.

— Quand le corps est brisé, l'esprit vous plonge dans un cocon douillet, répondit Maral. Je suppose que c'est normal.

— Comment tu le sais ?

Pour toute réponse, Maral décolla son regard désabusé du broc à moitié plein pour fixer son interlocuteur. K'thral se mordit la lèvre inférieure et fit un léger signe de la tête, avant de poursuivre :

— Lorsque j'ai repris connaissance, je ne pouvais pas bouger un membre. Un gars, juste au-dessus de moi, me fixait. Il fut rassuré par mon état : il pouvait prendre son temps pour finir de me dépouiller. Il me laissa mon pantalon, troué à deux endroits par des carreaux d'arbalète. Ma chemise était à peine en meilleur état, mais elle lui plaisait assez pour qu'il s'emploie à soulever mon corps. À force de me secouer, il m'avait ranimé. Avant de visiter d'autres cadavres, il a passé ses doigts sales dans ma bouche pour écarter les lèvres et vérifier si j'avais de dents en or ou en argent. J'ai senti sa déception. Si j'en avais eu la force, je lui aurais arraché le doigt. Ensuite, j'ai tenté de me relever par moi-même ; je n'ai réussi qu'à cracher des caillots. Le sang avait transformé la neige en un parterre vermillon. Bad m'a trouvé dans cet état et m'a pris sur son dos. À une centaine de pas de là, une troupe de soldats ennemis achevaient les mourants.

Sa colère chevillée au corps et la sombre présence, celles-là mêmes qui l'avaient poussé jusque dans ce champ de neige écarlate, se lovaient toujours dans les recoins de son âme : omniprésentes en même temps qu'impuissantes et inutiles devant la douleur et les corps mutilés. Minuscules face aux râles des mourants. Insignifiantes face à l'anonymat des cadavres qui jonchaient la plaine. Il touchait à présent du doigt la supercherie : quand elle s'empare de votre esprit, la colère prétend vous métamorphoser en titan, en démiurge, alors qu'elle ne fait de vous qu'un pantin.

Quand il avait quitté Amargein pour s'engager dans l'armée de Keus, il avait pensé donner un sens à sa vie : partir loin de son mal-être, loin du vide qui le fixait, pour trouver un sens à son existence, devenir quelqu'un que l'on admire. Devenir quelqu'un. En fait, il n'avait aucune idée d'où il mettait les pieds. Les histoires entendues dans les tavernes étaient à mille lieues de la réalité qui lui était tombée dessus depuis le premier jour, où il avait secouru Bad, le porteur de carapace, sous les sifflements mortels.

Willem et Torgul continuaient leur discussion. Ces deux-là ne semblaient jamais être assaillis par le doute. Il jeta un regard sur l'ensemble du mess.

Je ne sais pas ce qu'on fout tous ici. A priori, les êtres pensants cherchent à être heureux, d'une manière ou d'une autre. Alors, comment peut-on en arriver à l'exact opposé de ce que l'on cherche ? Il en faut de l'ardeur à se mentir pour persévérer dans cette voie.

— Je pensais qu'on survivrait, tous les deux, conclut K'thral. On avait souvent échappé à la mort ensemble. J'y avais vu un signe divin. Mais il n'y a pas de divin. Il n'y a que nous.

Frère

Arwylo et Anka s'étaient assis à la lisière de la clairière. Peu après, les flammes commencèrent à s'élever dans le ciel bleu nuit, emportant avec elles la dépouille de Bad.

Dans ces champs où ont cessé les antiennes
Brûlent les feux arrachés aux enfers
Je sais bien ta souffrance et toi la mienne
Aux braves survivront les chanceux, frère

On sent enfin la vie si délicate
Quand s'est éteinte la rage guerrière
Recouverte par la neige écarlate
À laquelle tu m'as arraché, frère

La nuit engloutit, la brise disperse
Les cendres de ton bûcher funéraire
Les souvenirs surgissent et me transpercent
Où que tu sois, porte-moi encor, frère

Sale

Cette dernière remarque ne fut pas bien prise par Torgul, qui piqua une colère froide. Plus froide que lorsque K'thral avait envoyé Armùnn se faire foutre. En l'absence de punition divine de la part du dieu orc de la guerre, il fallut retenir Torgul pour éviter que la rixe ne finisse dans le sang.

Le lendemain soir, le k'thral, qui d'ordinaire mangeait devant sa tente avec les simples soldats, était présent à la même table, par pure provocation. La tension était palpable. Pas seulement avec Torgul. Les humains étaient nombreux chez les mercenaires, mais rares dans l'armée régulière de Keus et jusqu'hier, aucun d'entre eux ne s'était jamais permis d'insulter Armùnn.

Paradoxalement, K'thral se sentait plutôt à l'aise dans cette situation. Sans s'en rendre compte, sa provocation avait soulevé le linceul d'anonymat qui le recouvrait, prélude à une mort non moins anonyme. D'une certaine manière, il se sentait vivant. À présent, les regards en biais se posaient sur lui ; les messes plus ou moins basses effleuraient ses oreilles. Tout ça lui rappelait Anghewyr. À son corps défendant, il avait appris à apprécier ce mépris. C'était une manière comme une autre d'exister.

— C'est bon, t'es heureux maintenant ?

Willem le fixait de ses yeux vifs et sévères. Il faisait grise mine. Il n'était pas vraiment surpris de voir son ancien élève à la même place après ce qu'il s'était passé la veille, car il le savait doté d'une redoutable opiniâtreté. L'instructeur au crâne rasé n'était pas pour autant allé s'asseoir ailleurs. Ils n'étaient plus que deux à la table.

— Par vraiment, répondit K'thral en posant le regard sur sa bière.

Il avait amené son livre. Il ne le lisait pas, mais s'y accrochait. Willem crut deviner ce qu'il avait en tête :

— Qu'est-ce que tu croyais ? Qu'ils viendraient vider leur broc avec toi ce soir ?

— Ça, je m'en fous. (Willem réclama des précisions en plissant les yeux.) Merthyr, lâcha K'thral de manière laconique.

— Quoi, Merthyr ?

Willem souffla, exaspéré par les états d'âme de son ancien élève. Il regarda ailleurs et but deux gorgées de bière. Sa mâchoire se crispa puis il tourna la tête et le fixa :

— Écoute-moi bien, Branwal, dit-il en faisant claquer son broc sur la table en bois. La guerre, c'est sale, OK ? Tu peux retourner le problème dans tous les sens, ce sera toujours sale, parce que le but c'est de tuer. L'honneur, la dignité, tout ça, t'y as cru ? On embroche avant de se faire embrocher, c'est tout. Et quand on en sort vivant, on se raconte des histoires pour continuer à dormir.

L'élève acquiesça de manière ironique, ce qui eut pour effet de faire monter un peu plus le sang au visage de Willem. Ce dernier jeta un regard involontaire à la table où était assis Torgul, puis relança, d'un ton péremptoire :

— J'ai vu des légions violer de manière systématique les civils d'un royaume *allié*. Oui, allié. Les filles et même les jeunes gars. Tous les jours, à mesure qu'on avançait et qu'on libérait le royaume, certains « se servaient » dans les villages environnants. Personne n'y a trouvé à redire, ça faisait partie du prix à payer. C'est comme ça, c'est tout.

— « C'est comme ça », s'étouffa K'thral incrédule.

— Exactement ! s'écria Willem. (Quelques têtes se tournèrent.) Ce qu'il s'est passé à Merthyr, c'est exceptionnel, j'te l'accorde, poursuivit-il d'un ton plus posé. Jamais rien vu de comparable. Je sais pas trop comment on en est arrivé là, mais de toute façon, j'te l'ai dit, la guerre, c'est sale : on essaie de s'entretuer et quand on survit, on pille et on viole. Mets-toi bien ça dans la tête, insista-t-il en le pointant de l'index. (Il porta son broc aux lèvres, mais se ravisa :) Et le premier vétéran qui te soutient le contraire, conclut-il, t'as mon autorisation pour lui en coller une, parce que c'est un putain d'menteur.

***

Il s'était réveillé avec de terribles douleurs dans le dos, qui remontaient jusqu'à la nuque. Il pouvait à peine respirer. Le lit était pourtant largement plus confortable que sa couche de soldat ; ses blessures étaient refermées. Il tira sur son corps pour tenter d'en défaire les nœuds.

Il rejoignit Bad et Anka qui étaient déjà sortis. Le soleil était levé depuis peu et le temps au beau fixe. La cité était belle. Enfin, elle devait l'être en temps normal. C'était un bourg cossu aux maisons régulières, faites en belles pierres jaunes, qui contrastaient avec les toits d'ardoises. Un groupe d'une quinzaine de soudards, réguliers et mercenaires confondus, déambulait, le pas incertain et le verbe confus. La nuit avait sans doute été agitée.

Depuis deux décades, personne n'était épargné. Vieillards, jeunes, hommes, femmes, enfants, nouveau-nés même. La seule fois où il avait senti la vie aussi fragile, aussi dénuée de valeur, il avait de la boue jusqu'au genou et le bois et le métal sifflaient à ses oreilles. À présent, il n'était pas dans un champ de boue. Il était dans la cité déchue de Merthyr. Ce n'était pas une bataille. C'était la vie quotidienne.

Pour une raison qu'il ignorait, la chaine de commandement avait été rompue. Autrement dit, les seuls gradés présents dans la cité parmi les troupes d'occupation étaient quelques exécuteurs comme lui. Les soldats, composés de réguliers et de mercenaires de toute origine, avaient espéré une victoire facile ; ils avaient au contraire dû lutter pendant des mois et avaient subi de lourdes pertes. Ils étaient fatigués et frustrés. Pour une grande partie d'entre eux, toute forme d'autocontrôle avait fini par sauter, les règles mentales que l'on intériorise dans son enfance s'étaient dissoutes et leur folie s'était peu à peu diffusée aux autres. À présent, les massacres arbitraires et les viols étaient quotidiens.

Un bordel de fortune avait été monté dans une grande bâtisse qui servait auparavant à la fabrication de tapisseries. Les machines, pourtant précieuses, avaient été détruites et brûlées. Des rafles étaient menées pour approvisionner le bordel en chair fraiche. En général, les filles y mouraient d'épuisement, de mauvais traitement et de malnutrition.

K'thral s'y était rendu quelques fois – le contraire aurait été suspect. Il y retrouvait une jeune femme aux origines mêlées, avec laquelle il conversait. Il en profitait pour la ravitailler. Elle se nommait Keri. Elle disait apprécier ce moment de répit et lui racontait son histoire, dans son dialecte proche des seigneuries les plus orientales. Il lui révéla son vrai nom, Arwylo. Assez vite, il commença à échafauder des plans impossibles pour l'arracher au bordel. Un matin, il s'y rendit et trouva sa couche vide. Il ne sut jamais ce qu'il était advenu d'elle.

Il sortit d'un coup de sa torpeur lorsqu'un hurlement jaillit d'une fenêtre du deuxième étage de la maison d'en face. Des bruits de lutte se firent entendre. Peu après, ce fut un corps qui passa à travers la fenêtre, un corps dont le cri s'arrêta net sur le sol. Puis un autre. Un homme et une femme d'âge moyen. Dans la rue, les soldats et autres mercenaires avinés tournèrent la tête, puis reprirent leur marche incertaine comme s'il ne s'était rien passé. Un autre groupe de soldats sortit de la maison : une jeune fille, que l'un d'entre eux portait sur l'épaule comme un sac, pleurait. Elle ne les suppliait plus de la lâcher. Sa famille venait d'être assassinée devant ses yeux, sa maison avait été mise à sac et pillée. Elle serait violée à mort.

K'thral, Bad et Anka observaient la scène, en faisant mine d'être habitués. L'humain scruta chacun des mercenaires : il cherchait des stigmates, ceux-là mêmes qu'il portait quand il était possédé. Il les connaissait et savait comment les dissimuler, en partie. La sombre présence s'agita en lui et une pâle lueur rouge apparut dans ses yeux : un démon pouvait bien en reconnaitre un autre. Son regard dur sonda alors chacun des mercenaires : rien. Il recommença, pour en avoir le cœur net, avec le même résultat. Comment était-ce possible ? Il aurait compris que quelqu'un comme lui, habité par une sombre présence et cette rage qui le consumait, devienne ce bourreau zélé et infatigable qui chaque jour réalisait l'horreur. Mais ces hommes n'avaient rien d'exceptionnel. Au contraire, ils étaient d'une banalité inquiétante.

Alors que le groupe de soudards passait devant eux, la jeune fille se redressa et leur adressa quelques mots. K'thral tourna la tête vers ses compagnons – elle avait parlé un dialecte local qu'il n'avait pas compris. Bader lui traduisit ; il acquiesça. La voix de l'orc portait une profonde lassitude. Anka avait le regard absent.

Une silhouette se faufila sans un bruit entre les soudards surpris et un éclair gris décrivit une belle courbe régulière. Le geste avait été précis.

La tête de la jeune fille roula sur le sol.

Sceau

Le soir suivant, il retrouva Willem au mess. Certains officiers vinrent discuter avec l'instructeur en ignorant de manière ostensible le petit exécuteur présomptueux et blasphémateur. *Ce monde étriqué semble les satisfaire. Pourquoi je ne suis pas comme eux ? Pourquoi je ne parviens pas à m'oublier dans un royaume, un dieu, ou tout ça en même temps ? N'importe quelle histoire à dormir debout. Cela leur suffit, à eux.* Après réflexion, il nourrissait quelques doutes sur cette conclusion, car les désertions étaient devenues monnaie courante.

Il tourna son regard intérieur sur lui-même pour y trouver quelque chose, un moyen de tenir à distance ses sombres pensées. Il soupira et finit par poser son regard extérieur sur le livre qu'il gardait avec lui. Quand il l'avait trouvé, d'autres étaient en quête de n'importe quel objet avec de la valeur et il avait dû le cacher dans sa chemise. Depuis, il ne l'avait toujours pas feuilleté. C'était une sorte de lien qui le rattachait à son lointain passé : sans être érudit, il savait lire et avait été instruit, contrairement à la plupart des autres officiers présents au mess. La couverture était faite dans un cuir brun et fin qui était devenu rigide avec le temps. Il était parfaitement conservé, en particulier comparé aux autres livres en ruine parmi lesquels il l'avait trouvé. Il l'ouvrit enfin : les deux premières pages étaient comme la couverture, vierges. Il continua de feuilleter l'ouvrage et lut le titre : « Anam Bark Ar Zwrkrn ». Il était écrit avec une calligraphie soignée, mais qui n'était pas celle d'un copiste. Comme il se faisait cette réflexion, une désagréable sensation l'envahit et il se figea pour éviter tout faux mouvement : le livre était scellé par la magie. Il leva les yeux : les officiers du mess n'avaient rien remarqué et poursuivaient leurs conversations.

Il retira les mains avec prudence ; les sceaux pouvaientt être piégés. Il ne serait pas le premier à perdre les mains en tentant de forcer un sceau magique. Il inspecta avec prudence l'aura magique du livre, en balayant la page de titre de son index et de son majeur, sur de courtes distances. Il souffla et en conclut que le sceau ne représentait aucun danger. En revanche, toutes les pages étaient vierges et ledit sceau n'avait rien de trivial.

K'thral n'était pas versé dans la magie de préservation, même s'il avait acquis les rudiments des sceaux. Il y avait deux manières pour les briser : par la puissante brute ou en finesse. Dans le premier cas, il fallait incanter un sort de scission d'une puissance supérieure à celle du sceau et de même élément. Non seulement ce n'était pas discret, mais l'énergie requise était souvent bien supérieure à celle d'un Grand Maître. Il ne connaissait qu'un sort de scission, d'un niveau de novice. Par acquit de conscience, il plaça ses mains autour de l'ouvrage et commença à l'incanter à voix basse, mais s'arrêta après deux syllabes : il n'avait plus pratiqué le sort depuis si longtemps qu'il en avait oublié la formule précise. Son niveau en magie n'avait jamais été aussi faible ; il en avait un peu honte. Si ses anciens camarades avaient vu ça. Si Amargein voyait ça...

Cette pensée le plongea dans une humeur maussade – plus que d'ordinaire. Il salua Willem d'un geste et retourna dans sa tente. Son esprit vagabonda parmi ses souvenirs à Anghewyr, les bons et moins bons. Alors qu'il s'installait sur sa couche, il réalisa qu'il avait déjà utilisé des empreintes magiques – c'était l'autre manière de briser un sceau, en finesse.

Une empreinte était constituée de symboles magiques – trois, quatre, parfois cinq pour les plus complexes – associés à un élément et une position. Aussi, il existait un nombre très élevé d'empreintes différentes, un peu comme il existait des millions de clés différentes. En creusant sa mémoire, il ne parvint à se souvenir que d'une empreinte, une seule : celle qu'il avait utilisée à maintes reprises dans le laboratoire d'Amargein. Le mage utilisait en effet le même sceau pour protéger différents objets qu'il considérait précieux, mais sans doute pas assez pour se donner la peine de faire des sceaux différents.

Anka entra dans sa tente sans en demander l'autorisation.

— Alors, ce livre ? demanda-t-elle en le voyant l'ouvrage à la main.

Elle s'installa à ses côtés.

— Il est scellé, répondit K'thral.

Alors qu'il lui expliquait ce qu'il entendait par ça, elle libéra sa poitrine en enlevant sa veste. Puis elle déboutonna et enleva sa chemise. Le livre ne captivait plus l'attention de K'thral ; il se demandait comment Anka parvenait à cacher un tel volume dans une veste si étroite. Alors qu'elle inspectait à son tour l'ouvrage, son regard se balada avec plaisir sur l'impudique. Sa peau ambrée avait le don de l'apaiser. Ses seins lourds tombaient avec sensualité. Ses tétons, légèrement enflés, étaient presque noirs. Ses cicatrices ne la rendaient pas moins désirable et racontaient une histoire compliquée, qu'il avait en partie partagée. Il passa la main sur ses seins, les malaxa avec douceur, puis se pencha pour continuer son exploration. Avant que les choses ne deviennent plus sérieuses, Anka le repoussa d'un geste ferme :

— Quelles chances as-tu de briser le sceau du livre avec l'empreinte que tu connais ? demanda-t-elle.

— C'est quasiment impossible, répondit-il. Ce serait comme ouvrir une serrure avec une clé prise au hasard. (Il réfléchit.) Cela dit, certaines empreintes peuvent ouvrir plusieurs types de sceaux, un peu comme des passe-partout. Et puis, l'empreinte que je connais est puissante, elle a appartenu à Amargein, mon ancien maître.

— Alors, qu'est-ce que tu attends ?

Outre sa curiosité, elle avait envie de le voir manipuler les énergies magiques. Lui n'était pas sûr de pouvoir incanter le sort jusqu'au bout et ne voulait surtout pas échouer devant elle. Anka ignorait qu'il était un mage raté – même la magie triviale semblait complexe aux yeux des profanes – et c'était très bien comme ça. Il secoua la tête.

— Tu as peur d'échouer ? demanda-t-elle sans ambages

Elle me connaît trop bien. En réalité, elle le connaissait encore mieux qu'il ne le pensait, car de son petit air narquois elle le mettait aussi au défi d'exécuter le sort. Le regard de K'thral s'assombrit et il prit une profonde inspiration. Les sceaux et les sorts de scission n'avaient besoin d'aucune matière première pour être incantés, seulement de concentration et de savoir-faire.

Assis en tailleur, il aplanit la terre de la paume de la main et y déposa le livre. Du doigt, il traça quatre symboles autour de l'ouvrage – deux en dessous, un à droite, un à gauche. Leur disposition faisait partie intégrante du sceau. Ils n'étaient pas très complexes : point de belles courbes ou d'arabesque, mais des angles et des segments courts ou longs, autrement dit un type d'écriture cunéiforme assez rudimentaire.

— On dirait des runes... mais d'un genre différent de tout ce que j'ai pu voir, remarqua Anka.

Elle avait toujours été intriguée par la pratique magique, même lorsqu'elle n'avait rien de puissant ni de spectaculaire.

— C'est normal.

Curieuse, elle relança :

— Pourquoi ?

K'thral fronça les sourcils comme il cherchait à rester concentré pour finir de former les symboles.

— Ce sont des *vidrads*. C'est une très, très vieille écriture. Amargein l'utilisait souvent.

— C'est courant en magie ?

— Pas du tout.

— Alors pourquoi utilisait-il une telle antiquité ?

La mâchoire de K'thral se crispa. Il restait concentré sur la préparation du sort et commençait à associer un élément à chacun des vidrads :

— Amargein ! répondit-il en haussant les épaules.

Anka hocha la tête, mais sa curiosité n'était pas assouvie :

— Après avoir tracé les symb...

K'thral arracha son regard des vidrads et la fixa, l'air agacé. Elle aussi était assise en tailleur, les coudes posés sur les genoux. Ses seins étaient toujours libres de tout mouvement et attirèrent son regard comme un aimant.

— J'arrête de t'interrompre, dit-elle.

Il reprit l'incantation et bientôt chacun des quatre vidrads s'illuminait d'une lumière colorée. Des particules s'envolaient et dansaient sous la tente avant de disparaitre. Il entoura l'ouvrage et les symboles de ses paumes et prononça un mot en détachant chaque syllabe : *gatharraich*. La lumière crépita sur les vidrads puis sur la couverture du livre, depuis les bords jusqu'au centre. Puis le silence reprit ses droits.

K'thral avait mis tout son savoir-faire – le peu qu'il lui restait – dans cette incantation. Il mit la paume de la main au-dessus du livre, sans en toucher la couverture, et annonça, incrédule :

— Je crois que j'ai réussi.

Anka se colla à lui pour regarder par-dessus son épaule.

— Ouvre-le, murmura-t-elle, impatiente.

Il souleva la couverture et retrouva le titre, « Anam Bark Ar Zwrkrn ». Il tourna la page avec lenteur pour faire durer le suspense... mais la suivante était toujours vierge, comme le reste de l'ouvrage, qu'il feuilleta à la va-vite. K'thral referma l'ouvrage d'un geste rageur et s'allongea sur sa couche, l'humeur sombre. Anka ouvrit le livre pour vérifier à son tour. Elle parut tout à coup excitée :

— Arwylo... Arwylo ! appela-t-elle.

Ce dernier se redressa d'un coup et approcha son visage de celui d'Anka : l'encre apparaissait et noircissait les pages de l'ouvrage, une à une, comme si un scribe aux capacités magiques écrivait à toute vitesse.

— Tu as réussi ! continua Anka, émerveillée. L'écriture est minuscule, j'ai du mal à la lire...

K'thral écarquilla les yeux et prit l'ouvrage en main :

— Ce sont des vidrads, tout le livre, répondit-il en tournant les pages. On dirait une sorte de journal. Mais je vais mettre une éternité à traduire tout ça...

Anka lui ôta l'ouvrage des mains et le mit de côté :

— Sans doute. Mais pour l'instant, tu as mieux à faire, dit-elle en se mettant à cheval sur lui.

Zwrkrn

Les jours qui suivirent ne furent que de longs moments d'attente entre deux séances de traduction. Willem continuait de le trainer au mess. K'thral lâchait de temps en temps une remarque pour faire mine de participer aux conversations et passait le reste de la soirée le nez dans son livre. Il recevait en échange quelques remarques, plus ou moins acerbes.

L'ouvrage était dense. Comme il l'avait deviné, c'était en partie un journal. Le mot du titre qu'il n'avait pas compris de prime abord, « Zwrkrn », était en fait le nom de l'auteur, un tout jeune nécromancien. Le récit était décousu : l'auteur racontait des tranches de vie, ses doutes, ses découvertes alors qu'il venait de rejoindre la « *Ma'avorka* », une école de nécromancie. K'thral fronça les sourcils : le nom lui disait quelque chose. *C'est l'une des Grandes Écoles, je crois. Enfin, c'était.* La Ma'avorka avait connu son heure de gloire en particulier chez les orcs et les humains, mais avait a priori disparu depuis des lustres. Une à une, les Grandes Écoles s'étaient éteintes par manque d'enseignants et manque d'élèves. Par manque de magie. Il se rappelait aussi avoir entendu parler de l'école elfique de l'Ysdraen. Toutefois, à leur apogée, l'origine des écoles étaient à nuancer, car les échanges et le syncrétisme y étaient monnaie courante.

Toute cette vie a disparu. Il n'en reste plus que de vieux grimoires en décomposition ou quelque journal de bord abandonné, que personne ne lit. Personne, sauf moi. Il soupira. *Aujourd'hui, il ne reste plus qu'Ethelnor et Epharlion.* Son esprit marqua une pause en réalisant. *En fait, il ne reste plus qu'Epharlion. Avec la retraite d'Amargein, Ethelnor a disparu aussi.* Il devait avoir l'air affligé parce que Willem lui demanda si ça allait – or l'homme n'était pas vraiment du genre prévenant. K'thral fit oui de la tête et replongea le nez dans l'ouvrage.

Il s'attarda sur les passages qui décrivaient, fort bien, l'arrivée du jeune élève Zwrkrn à la Ma'avorka, dans une ville dont il ne parvenait pas à traduire le nom et qui avait sans doute disparu. Il y racontait ses rencontres, ses cours aussi. Les apprentis nécromanciens étudiaient la divination – c'était le sens premier de la nécromancie – mais également la possession par une entité, la zombification des animaux, la transhumance ou la dissociation – de l'âme et du corps. K'thral leva le nez, l'air déconcerté. *La transhumance ? Ils étudient la migration du bétail ?!* Un peu plus loin, il comprit qu'il était question de la transhumance des âmes, le passage des âmes vers l'Autre Monde. Il chercha des passages sur l'étude des possessions, mais il ne trouva rien les premiers soirs et se contenta par la suite de suivre l'ordre du journal.

Zwr, que K'thral prononçait « Zur », était un élève d'humeur changeante, qui oscillait entre curiosité de la découverte et ennui profond, non sans un certain sens de l'humour.

Au moment où j'écris ces lignes, je suis en classe de transhumance et je m'ennuie ferme. Je regarde souvent par la fenêtre. Je préférerais être dehors. Alors je prends ma plume pour échapper à l'ennui. J'écris tout petit – et mal ! – pour que ni mes camarades ni mon professeur ne puissent me lire. Ils doivent penser que je prends des notes. Dehors, la journée est douce et ensoleillée. Je pourrais être au bord de la rivière avec un livre. J'ai trouvé un recueil passionnant sur la mythologie des peuples du sud, que j'ai hâte de dévorer. Pourtant, si je ne m'ennuyais pas, ici, maintenant, je ne prendrais pas le même plaisir à retrouver mon livre. Et puis, même quand je m'ennuie, j'apprends des choses. Finalement, je suis heureux de m'ennuyer en cours... <symboles illisibles et gribouillis> Bon, j'en peux plus ! J'ai changé d'avis ! Arrêtez de poser des questions évidentes et arrêtez d'y répondre par une dissertation ! Arrêtez tout et laissez-moi sortir !

K'thral rit en silence. Il reprit sa lecture en s'attardant sur les pages, nombreuses, où le jeune disciple discutait du concept de « magie noire ». Il semblait avoir âprement débattu du sujet dans son école, y compris avec ses enseignants. Sur la pratique magique, mais aussi sur la recherche de nouveaux sortilèges et l'éthique à suivre.

La magie noire n'existe pas, seules les âmes noires existent. La magie est un outil d'une puissance immense. Elle manipule et joue avec les forces de l'univers. Mais elle ne reste qu'un outil. Avec un marteau, vous pouvez construire une maison, ou bien fracasser la tête de votre voisin. Eh bien, avec la magie, c'est pareil. « *La magie, c'est un marteau.* » *a lancé quelqu'un. On s'est marré.* « *Sans lois, il n'y aurait plus de limites, tout serait permis* », *m'a rétorqué Vika. Est-ce si terrible que ça ? ai-je répondu. Les êtres pensants sont fondamentalement bons, c'est notre société qui les pervertit.* « *Zwr, tu es brillant, mais du haut de tes treize ans, tu connais bien mal la nature humaine.* » *Je déteste quand elle me renvoie à mon âge.*

Treize ans ? s'étonna K'thral. *Mais ce gamin était un génie.*

— Il s'en passe des choses dans ce livre.

La voix était celle de Maral. L'orc avait remarqué l'expression surprise de l'humain.

— Tu l'as dit ! Je lis le journal d'un surdoué de treize ans.

— Et alors, tu es un peu surdoué toi aussi, non ?

Le ton n'était qu'à moitié celui de la boutade. Comme K'thral était lettré, il pouvait donner l'impression à ceux qui ne l'étaient pas d'être plus brillant qu'il ne l'était vraiment.

— Pas faux. À treize ans, je jouais déjà plus avec mes crottes de nez.

Les visages se déridèrent un peu.

— Menteur, rétorqua Willem avec un haussement de sourcil qui provoqua l'hilarité de la tablée.

Même K'thral laissa échapper un rire sonore. Il referma le journal de Zwr pour la soirée. Le lendemain, il y replongea néanmoins le nez. L'amorce de débat qu'il avait traduite la veille n'était que le prélude à une série de discussions sur les limites de la pratique magique. À mesure que le récit progressait, ces discussions prenaient le pas sur les tranches de vie et autres récits. La question était centrale dans l'esprit de Zwr.

K'thral abandonna le débat et parcourut l'ouvrage à la recherche de sortilèges exotiques. Il en trouva quelques-uns, mais le niveau de complexité était tel qu'il était bien incapable de les lancer à l'heure actuelle. *Peut-être qu'en me remettant à bosser...* L'un des plus complexes était un sort de guérison, appelé « *virent heilunt* ». Sa particularité était de mobiliser l'énergie du lanceur plus que celle de l'environnement direct pour soigner la cible. Les résultats se voulaient spectaculaires... *Encore faut-il pouvoir lancer un truc pareil !* Le sort était non seulement complexe, mais long, très long, et devait s'avérer épuisant voire dangereux pour le lanceur.

Il tourna quelques pages et trouva des sorts plus modestes et néanmoins intéressants. L'un d'entre eux permettait de durcir la peau du lanceur pour la rendre aussi impénétrable que la pierre. Les sourcils de K'thral se froncèrent. Il eut l'impression d'avoir fait une découverte fondamentale jusqu'à ce qu'il traduise la durée de l'effet : une poignée de secondes. Il souffla de dépit et continua sa traduction.

Ce qui suit décrit un sort d'emprunt sensoriel. J'ai utilisé le langage des anciens de manière à le simplifier le plus possible. De plus, je me suis focalisé uniquement sur une cible : avec ce sort, je pourrais voir à travers les yeux... K'thral s'arrêta. « Les yeux d'un rat » ? pensa-t-il. *C'est une blague ?* Le rat était une cible parfaite, disait le nécromancien, car c'était un animal commun, rapide, discret et pouvant se faufiler presque partout. K'thral secoua la tête. Quoi qu'il en fût, avec la quantité de sorts présents dans le journal, il avait de quoi travailler sa magie jusqu'à la fin de ses jours si l'envie lui en prenait.

À mesure qu'il avançait dans le livre, l'âge du Zwr avançait aussi. Les propos se faisaient plus durs et les discussions plus sombres :

Je me suis encore disputé avec Vika. Elle ne me pardonne pas d'avoir intégré l'Ordre de Marwdae. Elle prétend que Thaddeus a des velléités d'indépendance. Je n'en crois pas un mot. Il est vrai que par le passé, l'ordre s'est rendu coupable de pratiques condamnables, mais il a payé pour cela. Et aujourd'hui, je crois que ses recherches vont dans le bon sens. La survie de la magie pourrait dépendre des résultats de ces recherches.

K'thral chercha dans le journal plus de détails, mais Zwr se montrait discret sur le sujet. En revanche, il évoquait à plusieurs reprises la question des Parangons – il l'écrivait parfois avec une majuscule.

La magie faiblit. Elle devrait continuer à s'éteindre jusqu'au retour des Parangons. C'est en synthèse ce que racontent d'anciens textes de diverses origines auxquels j'ai eu accès. Toutes les écoles semblent prendre cela très au sérieux et ont déjà lancé des recherches sur les « reliques ». Car chaque parangon est censé apparaitre avec une relique et un gardien qui lui sont propres. Le pouvoir des triptyques ainsi formés est censé être incommensurable, car ils concentreraient toute la magie de l'univers. Mais je garde mes doutes sur ces textes prophétiques. Pour commencer, je ne comprends pas la nature du pouvoir des parangons : serait-ce la magie pure ? Tout le monde semble le penser, mais ce n'est jamais arrivé par le passé. Même à son apogée, la magie seule n'a jamais dominé le monde, elle est restée encastrée dans un système de relations et de dominations classique. Et puis pourquoi engager des recherches, comme le font les Grandes Écoles ? Si la puissance des parangons est purement magique, leur potentiel devrait être facile à repérer. Je pourrais découvrir un parangon en le croisant sur une place bondée, les yeux fermés ! Ce qui me conduit à une autre question : les parangons sont-ils des élus, des êtres supérieurs, les seuls capables de manipuler les reliques ? Là encore, je reste dubitatif : leur histoire de castes et d'êtres à part n'a jamais tenu face à la réalité. Moi, je comprends le concept de parangon plutôt de manière philosophique.

K'thral resta un moment les sourcils froncés, à digérer ce qu'il venait de lire. Les parangons seraient une voie philosophique plutôt qu'une prophétie ? Une voie dont les conséquences seraient décuplées par la magie ? Même si le concept était encore flou, il se pensa en parangon – c'était un réflexe égocentré et en même temps naturel. Cette pensée lui sembla vite ridicule. Quel parangon, quelle voie pouvait-il bien incarner ? Il regarda autour de lui, au sens propre comme au sens figuré, et se rendit à l'évidence : aucune.

Même si ces histoires étaient vraies, il vaudrait mieux que je m'en tienne à l'écart. Rien de bon n'est jamais sorti de moi. Il referma d'un geste sec le journal de Zwr pour la soirée et pour les jours suivants.

Sablier

K'thral s'était enfoncé dans une de ces périodes de mutisme. Anka tentait d'en apprendre plus, mais se trouvait confrontée à des réponses évasives – lorsqu'elle obtenait une réponse. Il devait y avoir un lien avec le livre dont il avait brisé le sceau : depuis qu'il avait commencé à le traduire, il était tellement absorbé qu'il était absent même quand il était là. Elle commençait à le détester ce livre.

Dans les jours qui suivirent, ils posèrent le camp près d'une petite bourgade, dont les tavernes furent prises d'assaut. Le soir, assis à une table, K'thral se décida à reprendre son rituel de traduction et rouvrit le journal de Zwr. Très vite, un détail l'agaça : il ne retrouvait plus sa page. Son souvenir était pourtant précis. Il lut en diagonale, chercha, tourna les pages avec des gestes secs, mais dut se rendre à l'évidence : le contenu du journal avait changé. À mesure qu'il feuilletait l'ouvrage, une désagréable sensation s'empara de lui : le journal semblait avoir une vie propre et décidait de ce qu'il devait lire.

— Il se passe quoi avec ton bouquin ? grogna l'un des orcs à sa table.

Il avait remarqué les gestes agacés de K'thral.

— Rien, rien, répondit ce dernier.

L'orc inspecta le journal d'un regard méfiant :

— Tu vas nous porter le mauvais œil avec tes conneries.

K'thral ne prêta pas attention à la remarque. Les textes étaient beaucoup plus sombres, comme si le journal avait fait un bond en avant dans le temps. Il tomba sur une série de textes courts, écrits dans les règles de la versification, mais dont il perdait l'aspect poétique avec la traduction. Il interpréta le premier comme les angoisses d'un créateur, d'un écrivain peut-être.

*Je me rappelle l'envie
Qui brûlait au fond de moi
Fontaines de création
Prêtes à se libérer*

*Je me rappelle à peine
La subtile pureté
L'inspiration insouciante
De mon insécurité*

*Fierté, envie ont enfanté mon rêve
Mais peu à peu sont devenus tourment
Le rêve s'est changé en servitude
Possédé par ma propre possession*

K'thral fut surpris par le profond pessimisme et la noirceur du texte, à l'opposé de ce qu'il avait traduit jusqu'à présent. De plus, on comprenait entre les lignes que Zwr évoquait sa trajectoire en tant que nécromancien.

*Car les désirs font taire la vérité
Derrière les aspirations je vois
Une vie aveuglée par l'ambition
Un mortel recherchant de l'éternité.*

*Derrière les ambitions
D'un enfant trouvant sa voie,
La froide révélation,
La mort éteint toute joie.*

Une partie des vidrads était ensuite illisible et le texte se concluait sur ces deux vers :

*Le rêve s'est empoisonné
Peu à peu ce qui a été
Jadis une libération
Est devenu une prison.*

K'thral était circonspect. La peur de l'échec, de la mort, le désir transformé en obsession : ce n'est pas ainsi qu'il imaginait Zwr, le brillant nécromancien, même vieillissant.

— Tu restes ? demanda une voix.

L'esprit de K'thral, perdu dans ses pérégrinations, fut aspiré contre son gré par le présent et se retrouva dans la taverne. La nuit était avancée et la tablée s'était levée pour regagner ses pénates ou ce qui en faisait office.

— Les livres aussi peuvent être dangereux, continua Maral.

K'thral acquiesça de manière mécanique et se leva à son tour. Le lendemain soir, il était de nouveau plongé dans le journal de Zwr. Il ne faisait même plus l'effort de participer aux conversations autour de lui. Il s'attela au premier texte qu'il trouva ; de toute façon, c'est le journal qui décidait. Un bout de phrase servait de titre : « *Même les meilleurs mensonges ont une fin* ».

Le ciel s'assombrit devant moi. Je n'ai plus le temps de me préparer. L'horizon s'efface peu à peu, en même temps que mes regrets.

Peut-être reviendrai-je, un jour ou l'autre. Quelle que soit la forme que je prendrai. Pour saisir une nouvelle chance.

K'thral fronça les sourcils. *Zwr est en train de mourir... ?* Comme il avait affaire à un nécromancien, rien n'était moins sûr. Mais après toutes ces heures passées en sa compagnie, il s'était pris d'affection pour ce personnage complexe et refusait de croire à sa mort.

Le temps est écoulé – rien n'est éternel. Mais il me reste tant à faire. Je reviens pour essayer encore. Et personne ne pourra m'arrêter.

Aurait-il trouvé un moyen d'échapper à la mort ? se demanda K'thral, circonspect. *Ou bien de revenir d'entre les morts ?* La limite entre la fiction et le réel était de plus en plus floue. Zwr avait existé, il en était certain. Si le journal était une pure œuvre de fiction, pourquoi l'écrivain se serait-il donné le mal de sceller son contenu ? Non, le personnage était bien réel... mais rien n'était moins sûr concernant ses récits, qui pouvaient être un mélange de faits et de fabulations. Sa réflexion fut interrompue par des échanges un peu plus vifs que d'ordinaire, à la table d'à côté :

— Vous parlez sans savoir, affirma une voix forte.

Le ton de Willem avait été sec, presque cassant. De nouveau, l'esprit de K'thral mit un certain temps avant de retourner à la taverne.

— Vraiment ?

La réplique de Torgul fut accompagnée d'un rire forcé qui prit à témoin ses compagnons de tablée.

— Branwal est l'un des meilleurs élèves que j'ai jamais eu. (K'thral fut surpris d'entendre son ancien nom.) Même s'il vient du quartier le plus pauvre d'Anghewyr, ça ne l'a pas empêché de devenir un excellent bretteur, d'apprendre à lire...

— La belle affaire ! s'esclaffa Torgul. Comme si ça servait à quelque chose sur un champ de bataille.

— Il connait l'art de la guerre. Humain et orc.

Les visages se tournèrent vers lui pour confirmation : chez ces soldats, un lettré connaissant l'art de la guerre forçait le respect. K'thral soupira ; il n'avait aucune envie de pavoiser. Pas en ce moment.

— Pas autant que mon professeur ici présent, répondit-il en montrant ce dernier.

Les visages firent machine arrière et se posèrent sur Willem.

— Il fait le modeste, reprit ce dernier. Mais qui peut affirmer ici que c'est un mauvais exécuteur, hein ? (Torgul se contenta de secouer légèrement la tête.) Il a risqué sa vie pour ses orcs et ils ont risqué leur vie pour la sienne. On sait tous que s'il n'était pas humain et... « habité » (Willem semblait trouver ça amusant.), il serait plus qu'un exécuteur.

K'thral était tout à fait stupéfié par le petit panégyrique dans lequel s'était lancé son ancien instructeur. Depuis qu'il l'avait qualifié de « grand espoir », près de dix ans auparavant, il n'avait jamais entendu le moindre compliment sortir de sa bouche. À tel point qu'il s'était toujours considéré comme un échec, une déception d'autant plus grande qu'il avait incarné, à un moment dans sa vie, cet espoir et ces attentes. Une déception qui avait culminé avec la sévère rossée – l'humiliation même – qu'il avait reçue de la main de Dagor. À ce propos, il priait en son for intérieur pour que personne n'évoque ce nom infernal, car Willem connaissait cette histoire et l'issue du combat.

— Un bon exécuteur peut-être, admit Torgul du bout des lèvres. Mais surtout un sale porc de blasphémateur.

L'orc vida son broc et le fit claquer sur la table comme il en avait l'habitude, accompagné par l'assentiment de certains compagnons de tablée. Willem le fixa : sa bouche sourit, mais le reste de son visage restait d'une froideur glaciale.

Willem était un homme de guerre ; ce n'est pas pour rien qu'il avait quitté le confort des seigneuries pour venir s'engager dans l'armée de Keus. Il n'en pouvait plus de rester à « ne rien faire » ou de former des soldats qui n'avaient de soldat que le nom, à Anghewyr, Amregyr ou ailleurs. Sa dépendance à l'adrénaline et à la violence l'avait conduit à rempiler dans une armée étrangère, alors même qu'il n'était plus tout jeune.

Pourtant, il n'avait pas que des mauvais souvenirs dans les seigneuries. Il avait remporté son lot de tournois dans sa jeunesse et ces dernières années, il avait eu l'occasion d'entraîner quelques élèves fameux, à commencer par Dagor. Ce dernier avait trouvé sa voie dans le combat, mais il avait aussi trouvé un mentor et un modèle dans son instructeur : plus d'une fois, on avait fait remarquer à Willem comment le jeune apprenti reprenait certaines de ses postures ou de ses expressions, en particulier cette manière carnassière de sourire.

Il avait aussi fait la rencontre d'un élève... haut en couleur. Physiquement, il n'était pas le plus leste de ses apprentis, mais il avait une bonne dextérité et surtout, il apprenait plus vite que les autres. Son sens de l'humour et son franc-parler détonaient et lui avaient valu quelques rapides amitiés et inimitiés. En peu de temps, l'instructeur avait fait du jeune fourchon un bon guerrier – même s'il n'était pas au niveau de Dagor. Willem n'avait pas été au courant du combat organisé entre les deux, sinon il aurait dissuadé Branwal, trop jeune et trop inexpérimenté. Plus tard, il s'était senti impuissant lorsque le gamin fut jugé, puis exilé, pour des motifs qu'il ne comprenait pas. C'est ce même sentiment d'impuissance qui le travaillait à présent : il avait le pressentiment que Torgul n'en resterait pas aux mots. Il fallait qu'il parle à Branwal. Vite.

Il le chercha du regard, mais celui-ci avait déjà remis le nez dans son satané bouquin. K'thral n'avait pas remarqué la tension qui régnait dans la taverne et s'était remis à traduire les derniers passages du récit.

Ils sont là, assis à ma table. Le verbe haut, buvant du vin. Leur heure viendra bien assez tôt, mais ils feignent de l'ignorer.

Il releva la tête un instant pour observer la scène : ce maudit journal était-il en train de lui parler ?

Le temps s'envole, l'heure est arrivée et le passé plus clair que jamais.

Le sablier est vide, ma vie s'achève. Je crois que je rentre chez moi.

Les yeux ronds de K'thral fixèrent la dernière phrase. Elle raisonnait en lui. *Je crois que je rentre chez moi,* se répéta-t-il. Le journal s'adressait-il encore à lui ? *Non, ce ne sont que les mots qu'un nécromancien usé et mourant.* Il but une gorgée du vin aigre. *Pourtant...* Il reposa son broc et plissa les yeux : il avait fait une petite erreur de traduction. Ce n'était pas « ma vie », mais « la vie ». *Le sablier est vide, la vie s'achève.* Ce détail, qui pouvait sembler insignifiant, enclencha les rouages de son esprit. *La vie porte en elle les germes de la mort. Nous, les vivants, sommes tous à des degrés divers en train de mourir. Que cela prenne quelques jours ou quelques dizaines d'années.* Son regard se releva un instant, mais resta absent. À ce moment précis, il comprit que le passé et le futur n'étaient que des illusions de l'esprit. Que Zwr soit malade ou pas ne changeait rien à ce qu'il avait écrit. *Le sablier est vide, la vie s'achève, à chaque instant.*

Il répéta de sa voix intérieure le vers qui suivait : « *Je crois que je rentre chez moi.* » K'thral n'avait pas de chez lui ; alors pourquoi devait-il refouler les larmes qui lui montaient aux yeux ? Quand son œil intérieur restait obstinément fixé sur le centre de l'univers, quand il était focalisé sur lui-même et ses problèmes, il oubliait le reste du monde. Comment avait-il pu, si vite, prendre la décision de partir ? Comment avait-il pu l'abandonner ainsi ? En imaginant sa solitude, son cœur se serra si fort qu'un sentiment d'urgence l'envahit : il fallait partir, partir tout de suite. *Le sablier est vide.*

Il finit son broc. Son cœur battait un peu plus vite. Il souffla. Pourquoi n'avait-il pas agi de la sorte avant ? Pourquoi se décider maintenant ? Le masque était tombé et il découvrait soudain l'œuvre de sa peur et de sa colère : la peur d'échouer, de n'être pas assez ou pas du tout, ou moins que ce qu'il espérait, à ses yeux et aux yeux des autres ; la colère et le ressentiment contre tous ceux qu'il avait estimés responsables de cet état.

Des sentiments si insidieux qu'on ne les voie pas et qui vous font oublier l'essentiel : *le sablier est vide.*

Il avait toujours peur. Mais à présent, il refusait de fermer les yeux, si bien que sa colère avait dû céder le pas, temporairement, à l'apaisement et à la compassion.

Il replongea le nez sur le journal et se concentra pour traduire le dernier paragraphe. Ce fut rapide, car c'était une redite d'un paragraphe précédent.

Le temps est écoulé – rien n'est éternel. Mais il me reste tant à faire. Je reviens pour essayer encore.

Il s'attendait à lire « *Personne ne pourra m'arrêter* », mais la dernière phrase se modifia sous ses yeux. L'encre se déplaça sur le papier jusqu'à former de nouveaux vidrads, une nouvelle phrase. Il pâlit.

« *Ne me dites pas que c'est la fin...* »

Point de fuite

Une appréhension moite l'envahit. Il s'essuya le front, le souffle court.

— Fait chaud, hein, dit l'un des orcs de sa tablée – il ne savait pas exactement lequel.

L'esprit de K'thral atterrit de manière brutale dans la taverne. L'atmosphère y était étouffante et le verre des petites fenêtres carrées ruisselait de condensation. Il remarqua quelques vieux outils de fer forgé décorant les murs – morailles, tricoises et pinces de forge – couverts d'une bonne épaisseur de rouille et de poussière. La taverne était cossue ; en tout cas, elle l'avait été. Car les outils pouvaient sans doute encore servir et c'était un luxe que de les accrocher aux murs. Néanmoins, tout semblait fatigué et usé par le temps, depuis les poutres qui ployaient au plafond, au bois patiné des escaliers ou des bancs. Les tables sales et le parquet, poisseux par endroit, certifiaient que les jours fastueux de l'auberge appartenaient au passé.

Willem vidait son broc. C'était au moins le troisième. De temps en temps, il fixait Torgul, avec le même sourire froid. Le reste du temps, son regard se baladait sur les clients de l'auberge, tous les sens en alerte. Sa mâchoire se crispait parfois ; son mauvais pressentiment ne l'avait pas abandonné. Il finit par se lever et aller à la table de K'thral, suivi par le regard en coin de Torgul.

— Fais-moi de la place, ordonna Willem.

Son ancien élève s'exécuta. Il était encore pâlot, après ce qu'il venait de lire. Willem commença un bavardage sans intérêt. Puis il glissa, à mi-voix :

— Il faut que je te parle. (K'thral fronça les sourcils.) Pas ici. Caché sous la paume de sa main, il fit glisser une clé sur la table.

— Premier étage à droite. Vas-y d'abord, je te rejoins après.

K'thral ne comprenait pas, mais lui fit confiance et se leva. Alors qu'il quittait la table, Willem fit mine de s'intéresser au journal de Zwr. En réalité, il était sur le qui-vive et observait les allées et venues dans l'auberge. Il avait appris que Torgul avait des accointances avec une branche radicale du chamanisme orc. Et son langage non verbal l'avait trahi. Willem était persuadé d'avoir lu dans son jeu. À présent, s'il n'emboitait pas le pas de son élève, c'est qu'il s'en servait d'appât.

Il ouvrit le journal de Zwr et parcourut quelques pages pour donner l'impression d'être absorbé. Il fut surpris de voir les vidrads : c'était la première fois qu'il rencontrait ce type d'écriture et était bien incapable de la traduire. Willem savait lire et écrire – il le fallait pour s'occuper des formalités dans les seigneuries, mais il n'était pas érudit. Il feuilleta l'ouvrage, sans intérêt pour lui, jusqu'à arriver à une double page blanche. L'encre se mit à danser sur les feuillets de couleur ocre, captivant son attention ; il ne vit pas la porte de l'auberge s'ouvrir. L'encre tournoya jusqu'à former quatre vers dans des lettres qu'il savait lire :

J'ai regardé en silence, sans voir
L'étranger s'immiscer dans le miroir
Noyé de pensées, si loin du réel
Regret, pensant ma jeunesse éternelle

Deux ombres s'étaient glissées dans l'auberge. Le visage couvert, enveloppé dans un long manteau, elles étaient déjà au pied de l'escalier.

Willem était médusé par le journal. Il relut les quatre vers.

Lorsqu'il releva les yeux, il vit les deux ombres en haut de l'escalier. Il s'arracha de l'emprise du journal, s'appuya sur la table pour mieux bondir par-dessus avec un bruit de bottes claquant sur le parquet, traversa l'auberge tout en dégainant son épée et monta les marches quatre à quatre, sous le regard surpris des clients.

À l'étage, la porte était déjà ouverte et il s'engouffra dans sa chambre. Les deux ombres tournaient la tête à droite et à gauche :

— Il a disparu ! s'écria l'une d'entre elles.

Tout à coup, un courant d'air leur effleura le visage et des bruits de pas résonnèrent sur le plancher de bois : le son se dirigea vers la porte et s'éloigna dans l'escalier. Les deux spadassins, suivant le bruit, se trouvèrent nez à nez avec Willem. Le regard mauvais, ce dernier tenta d'embrocher l'assassin sur sa gauche, mais celui sur sa droite l'attaqua en même temps : la dague lui taillada l'avant-bras. Il riposta au second, mais celui-ci esquiva le coup de taille avec agilité et en profita pour partir à la poursuite de sa cible. Plutôt que d'essayer de le poignarder, l'autre imita son complice. Les deux assassins dévalèrent les escaliers sous le regard de Willem, qui referma la porte et la verrouilla.

Il attendit quelques instants, seul.

— Ils sont partis, finit-il par dire.

Dans un recoin de la pièce, la silhouette de K'thral réapparut, couverte d'une sorte de poussière d'étoile qui scintilla avant de disparaitre.

— Comment savais-tu que j'étais là ? demanda-t-il.

— Je n'ai encore jamais vu quelqu'un se rendre invisible *et* se déplacer en même temps, répondit-il avec un sourire carnassier

— Moi non plus.

— Comment tu as fait ? Tu peux le faire à volonté ?

— Non. J'ai utilisé un parcho.

— Un quoi ?

— Un parchemin. Pas besoin d'être un mage, mais il faut savoir lire et le parchemin est détruit à l'utilisation. (Il montra les cendres à ses pieds.) J'en ai acheté un après la mort de Bad. Ça coute une petite fortune.

— T'as eu le nez creux. Et les bruits de pas ? Et le courant d'air ?

— C'est de la magie de base, on apprend ça en première année.

Willem eut l'air surpris : les sons et la petite brise avaient été si crédibles qu'il avait douté un instant que K'thral se trouvât encore dans la pièce.

— Efficace, reconnut-il. Et maintenant ? Ils vont vite comprendre qu'ils se sont fait mystifier et vont t'attendre dehors.

— Il faut que je récupère le livre.

— Oublie ce foutu livre ! Prends ça plutôt. (Il lui tendit son épée courte, que K'thral glissa à la ceinture.) Ces deux égorgeurs de bas étage ne vont pas en rester là. Tu pourrais mourir cette nuit.

« *Ne me dites pas que c'est la fin.* »

— Je sors par-là, répondit-il en montrant la fenêtre. (Willem acquiesça en le fixant de son regard intense.) Explique ce qu'il s'est passé à Anka. Explique-lui pourquoi je suis parti.

— Très bien.

— C'est important, explique-lui, insista K'thral.

— Je n'y manquerai pas, répondit Willem. (Il marqua une pause.) Je suppose qu'on doit se dire adieu.

Il lui tendit la main.

— Il y a deux catégories de gens, déclara K'thral sans saisir la main tendue. Ceux qui ont arrêté de se mentir et les autres.

Il se doutait qu'avec l'âge et l'expérience, cette catégorisation lui semblerait grossière, peut-être même imbécile. Mais au moment où il prononçait ces mots, elle lui semblait essentielle.

— Il y a une troisième catégorie, rétorqua Willem sans prendre la mouche. Ceux qui pensent ne plus se mentir, mais qui se mentent encore.

K'thral avait eu la présomption de lui faire la leçon. Les paroles de l'instructeur étaient mordantes – pas plus que les siennes.

— Tu devrais partir aussi, dit l'élève avec simplicité.

Willem pouffa. Il serra la mâchoire, puis déglutit. Son regard n'avait plus la même ardeur.

— On ne change pas vraiment, Branwal, avoua-t-il.

À cet instant, lui qui d'ordinaire était un roc inaltérable semblait abattu, usé par les années, malmené par le doute, torturé par le regret.

— Tu te trompes, répondit celui que les orcs avaient baptisé « K'thral ».

Il lui rendit enfin sa poignée de main, franche et vigoureuse, et ajouta :

— Mon nom est Arwylo.

Sens

Il passa par la fenêtre et attendit le bon moment pour sauter et s'enfuir dans les ruelles de la petite bourgade. Il n'avait aucune idée d'où il se trouvait et demanda son chemin au premier passant qu'il rencontra. Ce dernier fut surpris à la fois par la question et par le fait que le regard de son interlocuteur scrutait sans cesse les alentours. Arwylo aurait pu faire ce qu'il avait appris à Anghewyr : trouver une écurie ou une étable où passer la nuit, mais le sentiment d'urgence en lui ne s'était pas éteint et il préférait quitter la bourgade sur le champ. Avec les deux assassins qu'il avait aux trousses, c'était aussi la solution la plus sûre.

Il marcha à la lumière de la lune presque pleine sans signes de fatigue, jusqu'au petit matin. Depuis toutes ces années qu'il allait avec son barda sur le dos, son corps s'était habitué aux marches interminables. Ses jambes commencèrent à le faire souffrir dans le courant de la matinée. Il traversait des vallées vertes bordées de collines aux forêts touffues. La terre y était riche – il avait appris à la reconnaitre – et accueillait souvent quelques têtes de bétail, des vaches ou des moutons. Les maisons de bois étaient grandes, parfois sur deux étages. Le bois, plutôt que de devenir gris avec le temps et le travail des éléments, avait gardé sa belle couleur brune. Tout, dans la région, laissait penser à un certain confort, voire une certaine richesse.

Arwylo se demanda qui avait autorité sur ces terres. Était-ce un royaume ? Dépendaient-elles d'une cité-État ? Peut-être appartenaient-elles à Eòlas, qui devait se trouver plus loin à l'ouest. Dans ce cas, comment cette vallée avait-elle vécu la guerre ? Ses granges avaient-elles été pillées ? Les enfants avaient-ils été arrachés à leurs parents ? Les garçons pour servir de chair à trébuchet et les filles de chair fraiche.

En fin de matinée, la faim se mit à tenailler sans répit l'estomac d'Arwylo. Il s'arrêta dans l'une des fermes, prise au hasard. Elle avait une étable pour y dormir, mais Arwylo cherchait surtout de quoi manger. Il approcha avec prudence et tomba nez à nez avec une femme d'une cinquantaine d'années. Il la salua et dit sans ambages :

— Je cherche de quoi manger.

La femme lui répondit dans une langue qui ressemblait à un mélange d'elfique et d'orc. En fait, ces dernières années lui avaient appris que ces distinctions n'avaient pas vraiment de sens. La plupart des orcs de Keus parlaient un dialecte compréhensible par les humains des seigneuries tandis que les humains de la région parlaient une langue qui était un mélange de plusieurs autres idiomes.

Si Arwylo ne comprenait pas la maîtresse de maison, elle l'avait compris et l'invita à entrer. Midi était passé et avec son mari, ils allaient passer à table. La salle principale était grande et son plafond était sillonné par de larges poutres. Elle était équipée de deux fenêtres, ce qui aurait relevé du luxe à Teilan. Les meubles étaient nombreux et rendaient la pièce plus exiguë qu'elle ne l'était vraiment. Outre la large table, il y avait là un vaisselier, un chiffonnier, un coffre et une large cheminée. Au-dessus de l'âtre était suspendu un chaudron. Enfin, un escalier de bois craquant menait à l'étage. Arwylo n'avait pas vraiment mauvaise conscience de leur demander l'hospitalité.

L'homme, d'une cinquantaine d'années lui aussi, pénétra dans la maison peu après. Il fut surpris par la présence de son hôte, marqua un temps d'arrêt, puis le salua d'un hochement de tête silencieux. Arwylo fit de même et les remercia. Le couple prit son déjeuner avec lui. Aucun des deux ne parlait. Leurs gestes étaient lents et mesurés. En dehors du croassement d'un corbeau dehors, on n'entendait que les bruits de mastication et de succion de l'hôte, qui s'était jeté sur son repas.

Arwylo releva le nez de son assiette et les observa. La femme comme l'homme avait le regard bas. Elle se pencha sur le chaudron et, à l'aide d'une louche en bois, en sortit une pomme de terre fumante, qu'elle déposa au centre de son écuelle. Elle fit le même geste et sortit du chaudron une cuillérée de choux, qu'elle déposa à côté de la pomme de terre. Elle posa la louche et retourna à petits pas à sa place. Ils se mirent à manger. Leurs bouchées étaient chiches et leur mastication lente. Il coupait sa pomme de terre en morceaux plus petits ; elle s'essuyait la bouche à l'aide de sa serviette. Chacun de leurs gestes semblait difficile, comme si une lassitude s'était emparée d'eux pour ne plus les abandonner. Comme si, à un moment de leur vie, celle-ci avait tout à coup perdu son sens.

Arwylo comprit et son appétit disparu. Il leva les yeux au plafond, avant de les fermer. Il ne voulait plus les voir.

Quand il les rouvrit, le regard vide du couple le transperçait. Peut-être qu'ils cherchaient des réponses. Ils savaient qu'il était un déserteur : son épée, ses cicatrices et son voyage solitaire à travers champs ne trompaient personne. Il n'était sans doute pas le premier à qui ils offraient l'hospitalité.

Arwylo déglutit. Il n'avait jamais voulu ça. S'il s'était engagé, c'était pour trouver un sens. Peut-être même, défendre une cause. Réussir, avoir de l'importance. Nourrir son égo de sa fatuité quotidienne. C'était superficiel, mais quand le néant vous fixe en permanence, vous prenez toutes les solutions qui s'offrent à vous, même les mauvaises. Il s'était engagé pour fuir ses problèmes. Il avait espéré les abandonner à Anghewyr ou dans la forêt d'Endwin. Puis il avait connu la peur, la fatigue, le sang, les atrocités. Et il se retrouvait à présent au même point. Seul. Tout était resté en l'état, avec le vide de sens jamais bien loin. Peut-être était-ce ce même vide qui fixait à présent le couple de fermiers. Pour rien au monde il n'aurait voulu leur infliger ce supplice.

Ils continuaient de le dévisager. En d'autres circonstances, cela aurait paru assez inconvenant – la bienséance commande de laisser son hôte en paix. Pourtant, le regard qu'ils lui adressaient était digne. Arwylo voulut s'exprimer, se justifier, car les mots peuvent tant de choses : ils peuvent calmer l'âme, apaiser la douleur, faire ressentir l'amour inconditionnel. Mais il ne possédait aucun de ces mots. S'il ouvrait la bouche, c'était pour formuler des excuses dérisoires, pour dire qu'il n'y était pour rien. Il ressentait pourtant leur douleur, il aurait voulu la partager, en prendre sa part. Il ne parvint qu'à faire tourner nerveusement le bout de pain qu'il avait entre les doigts.

— Mes filles n'ont pas pleuré quand ils nous les ont arrachées, dit tout à coup la mère.

Arwylo n'osa pas demander les circonstances de leur enlèvement ; il craignit de passer pour indifférent. Il s'humecta les lèvres et à mi-voix, il finit par avouer, le regard fixé sur son assiette :

— Je ne voyais plus la douleur de l'autre. Parce que j'étais aveuglé par ma propre douleur. Plus on la nie, plus elle nous commande.

Les larmes rougirent les yeux de la femme. L'homme, plus réservé, ne souffrait pas moins.

— Ah, parce que vous êtes capable de souffrir, vous aussi ? demanda-t-il.

Sa voix s'était étranglée. Arwylo pensa aussitôt à Bad, et aux autres. Les yeux rougis, il hocha lentement la tête et dit :

— Oui.

— Tant mieux, lâcha l'homme qui finit par abdiquer devant ses larmes et sa colère.

Arwylo pinça les lèvres. Sa gorge était si serrée qu'elle lui faisait mal. Il reposa sans un bruit ses couverts près de son assiette à moitié pleine, les remercia et sortit.

Arsay Croy

Il ne commença à chercher une écurie ou une étable où dormir qu'une fois le soleil couché. Il avait marché sur un rythme soutenu toute la journée. Il faisait froid, mais le temps était clair et lui facilitait la route. Sur sa gauche, il pouvait voir la Haute Forêt des Anciens, Arsay Croy, qui s'élevait, ombrageuse, et projetait son ombre sur toute la vallée.

Il trouva une écurie et s'y glissa avec discrétion. C'était un petit abri de bois qui n'était pas clos et ne comportait que deux stalles. Le lendemain, il sentirait le bouc, mais il préférait ça aux nuits glaciales. À vrai dire, l'odeur ne le dérangeait pas vraiment, il s'y était habitué. Il se recroquevilla dans la paille et s'endormit au chaud contre la mule qui l'avait accueilli.

Un braiment le réveilla et ses yeux s'ouvrirent avec difficulté : il sortait d'un sommeil profond, et rare. Le lever du soleil était proche. D'un coup, il se redressa. La mule était debout et continuait de braire. Elle avait peur. *Ce n'est peut-être qu'un prédateur*, se dit-il. Il tendit l'oreille – rien. Il leva la tête au-dessus du muret de bois de la stalle : quatre chevaucheurs de grands loups s'approchaient de la ferme, ils étaient déjà à sa porte et épiaient les alentours. Se battre était déjà hors de question : il fallait fuir.

Ils ont pu voyager de nuit grâce à la lumière de la lune. Je n'aurais jamais dû m'arrêter ici, pensa-t-il. Comme les ours, que les orcs les plus fortunés chevauchaient parfois, les grands loups étaient des montures féroces en bataille, mais mal adaptées aux longues distances : ils manquaient d'endurance et étaient carnivores, ce qui compliquait les ravitaillements. *Si j'avais marché une partie de la nuit, ils ne m'auraient jamais retrouvé.*

Il se détestait tout à coup : la peur saisit son ventre et son souffle était déjà court. Il fallait fuir, mais il ne pourrait jamais distancer les loups. *La bourbe, le sang, les odeurs de corps putréfiés. Les sifflements, les amis qui partent. Je ne sais pas comment j'ai échappé à ça. Tout ça pour crever ici.* Sa mâchoire commença à trembler. La sombre présence en lui s'agita, impuissante. Il essuya la sueur de son front avec son avant-bras. La peur brouillait ses pensées. Pourtant, il y avait quelque chose en lui, au tréfonds de son âme, auquel s'accrocher. Il se ressaisit et observa les alentours. *Arsay croy. C'est le seul moyen.*

Il s'accroupit et dès que les orcs eurent le regard occupé ailleurs, il quitta la stalle, sans un bruit. Il se plaqua contre le mur de l'écurie et jeta un œil à ses poursuivants : l'un d'entre eux était descendu de son loup et s'approchait à présent, une hache de taille moyenne à la main. Arwylo régula sa respiration pour ralentir son rythme cardiaque et, la peur en bandoulière, se mit à détaler vers la colline, avec la Haute Forêt des Anciens comme destination.

Un cri retentit derrière lui, suivi par d'autres : l'orc avait donné l'alerte et la chasse s'organisait. La peur d'Arwylo se transforma en adrénaline et ses jambes se mirent à pousser son corps comme jamais auparavant. Il bondissait à chaque enjambée, en serpentant entre les arbres. À mesure qu'il grimpait, la pente se faisait plus raide et les arbres plus rares. Pourtant, ses jambes ne faiblissaient pas ; elles ne sentaient ni la douleur ni la fatigue.

Pourtant, derrière lui, les bruits se rapprochaient. Arwylo se retourna : il était parvenu à distancer les orcs, mais ces derniers avaient lâché leurs grands loups. Sa peur reprit le dessus et sa progression ralentit – ou bien était-ce la pente qui était plus raide ? Les grognements se rapprochaient à tel point qu'en arrivant au sommet de la colline, il entendit claquer des mâchoires, juste derrière lui. Il s'accrocha à la végétation tombante et tira de toute ses forces sur ses bras : il avait enfin atteint Arsay Croy. La forêt avait une terrible réputation : on racontait que les animaux la craignaient d'instinct et refusaient d'y pénétrer.

À bout de souffle, Arwylo continua sa course pantelante dans la Haute Forêt des Anciens. Les arbres étaient titanesques et les fougères toisaient l'insecte qu'il était devenu, mais il n'avait pas le temps d'admirer la majesté du lieu : si ses poursuivants ne s'arrêtaient pas à l'orée, ils le dépèceraient en quelques coups de crocs. Il se retourna, haletant : les grands loups grognaient, hésitaient, avançaient puis reculaient. Ils voyaient leur proie à une quinzaine de pas, mais une force invisible les empêchait d'aller plus loin.

La respiration rapide et bruyante, le visage en sueur, Arwylo s'appuya sur ses cuisses et les maudit en langue ancienne. Puis il se mit à échafauder la suite de son plan. *Je n'ai pas un instant à perdre. Les orcs n'auront pas les mêmes craintes que les loups et n'hésiteront pas à venir me chercher dans Arsay Croy.* Or continuer de s'enfoncer dans la forêt était plus risqué encore que d'affronter tous ses poursuivants en même temps. Aussi, il se mit hors de vue des loups, abandonna ses vieux brodequins pour tromper leur flair et commença à longer la lisière. Serpentant entre les immenses fougères, il prit un rythme de course rapide, mais qu'il savait pouvoir tenir pendant longtemps. Il finirait par perdre les loups et, par suite, les orcs ; dans le même temps, si un danger surgissait de la forêt, l'orée n'était pas loin.

Son cœur tout entier se souleva, comme l'espoir le transportait. Il ne sentait plus ses jambes, comme il courait vers sa liberté. Il dépassa un arbre monumental, contourna le suivant, passa à travers les fougères. Léger comme un félin, les pieds nus, il bondissait d'une racine à un autre, d'un monticule à un autre, sans jamais faiblir.

« *Personne ne pourra m'arrêter.* »

L'instant d'après, il perdait connaissance.

Bersherksleidd

Cette petite traque près d'Arsay Croy avait été une aubaine. Red supervisait en personne la préparation de la mixture. Il choisissait les ingrédients, les vérifiait, décidait de la quantité et de l'ordre dans lequel il fallait les jeter dans la petite marmite. Les orcs avaient profité de leur excursion forcée dans Arsay Croy pour ramener ce qu'ils ne trouvaient pas ailleurs, comme le champignon améthyste ou la fleur d'albâtre. Ils n'étaient ni herboristes ni botanistes, mais semblaient savoir ce qu'ils faisaient. En particulier, Red avait la certitude que le matériau en provenance de l'ombrageuse forêt avait des capacités décuplées et il privilégiait leur utilisation dans ses recherches.

Dès que l'alerte fut donnée, près de l'écurie, Red avait anticipé les décisions du déserteur : celui-ci allait chercher refuge comme un dératé dans la Haute Forêt parce qu'il espérait, à juste titre, qu'elle effraierait les loups. Puis, plutôt que de s'enfoncer dans la terrible Arsay Croy, il longerait sa lisière par la gauche ou par la droite. Étant donné le trajet effectué jusqu'à présent par le fuillard, il aurait dû s'enfuir par la droite. C'est pour cette raison que Red, la hache à la main, avait grimpé la colline, à un bon rythme, en déviant sa course vers... la gauche. Par acquit de conscience, il avait quand même envoyé l'un des siens à droite, mais il savait à quelle anguille il avait à faire. Il se cacha derrière une haute fougère et n'eut pas à attendre longtemps avant d'envoyer un bon coup de manche dans la tempe du déserteur.

Ce dernier commençait à peine à reprendre connaissance. Ses yeux papillonnèrent ; il avait mal au crâne. Ses sourcils se froncèrent quand il réalisa qu'il n'était ni dans un camp de Keus ni ficelé, à dos de loups. D'ailleurs, il était libre de ses mouvements. Son regard parcourut les alentours : il se trouvait au pied de la colline. Le ciel s'était couvert d'un toit gris. Non loin, il pouvait apercevoir la ferme et l'écurie où il avait passé la nuit. Il se redressa et s'adossa à un arbre, en se frottant la tempe.

L'un des orcs tournait la mixture qui cuisait à petit feu ; un autre, assis en tailleur, semblait méditer ; un troisième, posé sur une grosse pierre, entretenait sa hache ; enfin, Red se tenait debout, le regard vers l'horizon, la main fouillant sa barbe dense. Leur équipement – bottes et pantalons en cuir, cottes de mailles légères et haches – était de bonne facture et en bon état. Les grands loups quant à eux jouaient quelques pas plus loin et par leur seule présence, dissuadaient toute tentative de fuite.

— Tu as faim ? demanda Red.

L'orc le regarda du coin de l'œil. Arwylo secoua la tête.

— Faites ce que vous avez à faire, dit-il. Maintenant.

— Pourquoi un tel empressement ? Tu n'as pas peur de mourir ?

— Non.

L'expression de Red se fit dubitative. Les autres orcs échangèrent un regard railleur.

— Et quelle histoire tu te racontes pour conjurer la peur ? demanda Red.

Arwylo redressa la tête. Il s'attendait à voir un sourire narquois, mais l'orc était très sérieux.

— Le Hall des dieux ? continua ce dernier. La vie éternelle de l'âme, tout ça ?

Arwylo le dévisagea. Il était assez grand, trapu, avec la mâchoire carrée. Il avait les cheveux rasés sur le dessus du crâne et attachés derrière, pour former une longue natte. En dehors de sa peau sombre et de ses oreilles pointues, ses traits ne le différenciaient guère des humains de l'ouest. Il y avait une certaine dignité dans son maintien et dans le même temps, on sentait un feu brûler en lui, une violence qui devait parfois s'exprimer, d'une manière ou d'une autre.

— Pourquoi présumer qu'on a tous envie de vivre ? répondit Arwylo.

Red n'était pas satisfait de cette réponse.

— Alors, pourquoi tu as déserté ? demanda l'orc qui entretenait sa hache. Si tu voulais mourir, il te suffisait de rester.

Arwylo ne trouva rien à redire.

— Il a raison, reprit Red. Si tu as eu la force de déserter, c'est que tu as trouvé une raison pour survivre.

L'orc semblait plus concerné par sa volonté de vivre, qu'Arwylo lui-même.

— C'est vrai, reconnut ce dernier. Je m'étais mis en tête de rejoindre une personne qui m'est chère.

— Pourquoi en parler au passé ?

— Ne joue pas avec moi.

— Je ne joue pas, rétorqua Red. Tu as toujours les rênes de ton destin entre tes mains, *K'thral*.

L'orc avait prononcé son nom avec un certain respect.

— Je m'appelle Arwylo.

Les quatre orcs se figèrent tout à coup.

— Tu n'es pas « K'thral » ? demanda le cuisinier qui s'était arrêté de touiller la mixture.

Arwylo souffla.

— C'est ainsi qu'on m'appelait il y a peu, confirma-t-il.

Les orcs furent soulagés. Red s'approcha à un pas et se pencha :

— Est-ce que tu le mérites, ce nom ? (Arwylo soutint son regard sans répondre.) T'aurais pas inventé cette histoire invraisemblable pour qu'on te foute la paix, hein ?

L'humain restait muet, la mâchoire serrée. L'orc commença à le houspiller avec sa hache.

— Alors, est-ce que tu es vraiment un *k'thral* ? C'est un bien grand mot pour un si petit humain. (Il continuait de le provoquer avec son arme.) Réponds-moi. Et ne mens pas, hâbleur !

Arwylo saisit la hache avec une poigne peu ordinaire et une petite flamme rouge se mit à brûler au fond de ses yeux. Red se redressa, satisfait, et son prisonnier lâcha sa prise.

— Je vous l'avais dit, affirma-t-il. J'avais un bon pressentiment.

Le cuisinier fit signe à l'orc en face de lui, celui qui entretenait sa hache, de payer son dû. Avec un grognement, une grosse pièce vola d'une pogne à une autre.

— Je n'ai eu que de bons échos à son sujet.

La satisfaction de Red laissait une désagréable sensation chez Arwylo. Il avait pensé dans un premier temps être exécuté, mais les orcs avaient autre chose en tête.

— Qu'est-ce que vous voulez ? demanda-t-il.

Il n'obtint aucune réponse. Red avait plongé son regard dans la marmite.

— Sais-tu qui nous sommes ? finit-il par demander.

Arwylo trouva la question étrange :

— Des faucheurs de Keus ? répondit-il comme une évidence.

— Évidemment. Mais quelques-uns d'entre nous ont la prétention d'être plus que ça. Nous sommes aussi des vagabonds, des chamans, des chercheurs.

— Des chercheurs de vérité ? demanda Arwylo.

Il était difficile de ne pas remarquer le ton narquois de la question, mais Red continua, imperturbable :

— Quelle voie as-tu choisie ?

La discussion paraissait décousue à Arwylo, mais pas aux orcs.

— Il y a bien longtemps que je ne suis plus de voie.

Red le toisa d'un air réprobateur. Sa légère grimace exprimait une déception réelle.

— Tous les Parangons suivent une voie, affirma-t-il.

Arwylo se rappelait d'avoir lu l'histoire des parangons dans le journal de Zwr, mais il ne comprenait pas où l'orc voulait en venir.

— Je ne suis pas un parangon, dit-il.

— Nous non plus. Du moins, pas encore. (*Voilà leur ambition*, pensa l'humain.) Toi, tu dis ne plus suivre de voie, pourtant tu maîtrises la magie.

L'imposture arracha un sourire en coin à Arwylo.

— Jadis, j'ai suivi la voie de la magie, admit-il. En fait, celle du blaewyn, le mage de bataille. Puis, celle du soldat, ou plutôt du soudard...

— Tu es perdu, coupa Red en levant le regard vers Arsay Croy.

— Ironique de la part de quelqu'un qui prétend être un vagabond.

— Tous ceux qui vagabondent ne sont pas perdus, rétorqua Red en tournant la tête vers son prisonnier.

Arwylo ne comprenait pas cet orc. Il tenta néanmoins de s'expliquer :

— Je crois qu'au fond, je n'ai jamais suivi que la voie du k'thral...

C'étaient les mots que Red voulait entendre :

— Parfait, coupa ce dernier sans attendre la suite.

Arwylo n'avait pas fini : il voulait leur dire que cette voie ne l'avait mené nulle part, sinon à Eòlas et à Merthyr, à la douleur et à la désolation.

— Nous aussi, nous suivons une voie, celle du berserk, dit l'orc. Tu sais ce qu'est un berserker ?

Arwylo hocha la tête lentement. *Devenir Parangon est leur but, le combat est leur voie. La gloire par le combat, la violence et le sang.* En d'autres temps, il aurait ergoté et jugé ; il se contenta d'écouter.

— Je sais que tu es un blasphémateur, K'thral. Mais ça ne me dérange pas, sais-tu pourquoi ? Parce que les dieux sont absents. Ils existent, notre propre existence en est la preuve, mais ils sont absents, ils n'ont aucun poids dans nos décisions et notre destinée. La prétention et la stupidité de ceux qui prétendent agir au nom d'un dieu sont sans borne. Les dieux sont omnipotents. S'ils le voulaient, ils feraient justice eux-mêmes, dans l'instant, contre quiconque. Mais ils ne le font pas. Pourquoi ? (Red s'approcha et sa voix n'était plus qu'un grondement.) Parce qu'ils veulent notre ascension, à nous. Ils veulent que *nous* les rejoignions.

Arwylo haussa les sourcils. Il n'était pas sûr qu'il y existât une différence entre les délires égotiques de ceux qui pensaient imposer la volonté des dieux et ceux qui se prenaient pour tels, mais il n'eut pas le temps d'exprimer son objection. En face de lui, l'orc qui avait passé son temps à méditer s'était levé. Les autres avaient commencé à fredonner un air répétitif en répétant le mot *bersherksleidd*. Le ciel était devenu encore un peu plus sombre et la pluie se mit à tomber.

La même voix grondante de Red raisonna :

— La voie du berserk, *bersherksleidd*, est faite d'épreuves. Et tu es sa prochaine épreuve.

L'orc qui méditait saisit la petite marmite et ingurgita d'une traite son contenu. Quelques secondes après, il poussa un horrible cri et la marmite tomba à terre.

— Pour un humain ou même un orc ordinaire, la douleur serait insoutenable, murmura Red. Telle est notre voie. *Bersherksleidd.*

Arwylo se leva péniblement. Après la poursuite de ce matin, ses jambes étaient raides et supportaient à peine son poids. Il ne se sentait en aucun cas en état de combattre. L'orc qui avait englouti la drôle de mixture restait à genoux et hurlait, les paumes sur le visage.

— Un conseil, ne t'économise pas, tu n'auras qu'un combat et un seul aujourd'hui, précisa Red.

Dans les tavernes orques, les combats pouvaient s'enchaîner contre le même adversaire, à mesure que les mises augmentaient. Ce ne serait pas le cas aujourd'hui.

— Choisis tes armes, ordonna Red.

À ses pieds se trouvaient deux targes de taille différente, une épée et une hache. Les deux autres continuaient de fredonner sur le même ton monotone.

— Je crois que je ne veux pas me battre, répondit Arwylo.

— Il ne s'agit pas de savoir si tu veux te battre, mais si tu veux vivre, rétorqua Red de sa voix grave.

L'orc qui avait bu la mixture se redressa et saisit sa hache et son bouclier. Il poussa un cri de guerre saisissant et une lumière verte se mit à brûler dans son regard. D'instinct, Arwylo fit un pas en arrière : il était dos à l'arbre. Red était amusé :

— Quoi ? Tu es effrayé ?

Voie du berserk ou pas, Arwylo trouvait ce combat absurde. *S'ils veulent tester leur force ou leur courage, ils n'ont qu'à affronter, seuls, une meute de grands loups. Mieux, ils n'ont qu'à s'attaquer aux remparts de je ne sais quelle cité ! S'ils avaient connu la guerre, les sifflements du métal et des flèches, s'ils avaient déjà chargé l'ennemi qui pilonne, ils ne seraient pas là à jouer avec leur vie.* Puis le doute s'immisça en lui. *Ou bien peut-être qu'ils ont connu tout ça. Et qu'ils ne peuvent plus vivre autrement.* Malgré la situation, Arwylo ne pouvait s'empêcher d'avoir une certaine empathie pour ces orcs. Ils n'étaient pas si différents de lui.

Red avait raison : s'il voulait vivre, il n'avait pas le choix. Il empoigna l'épée et l'une des deux targes, la plus petite. Sur un champ de bataille, il aurait choisi la plus grande, pour se protéger des projectiles, mais dans un duel, un bocle eut même été préférable. Il eut à peine le temps de se tourner vers son adversaire et de se mettre en garde qu'il reçut un coup d'une violence inouïe : il fut projeté en arrière de trois pas et tomba à la renverse. Il n'avait jamais senti une telle force, même contre Dagor. Le bois de sa targe avait craqué et n'en supporterait pas beaucoup plus.

Arwylo se remit sur pieds d'un bond et évita le coup de grâce de l'orc de justesse : la lame finit sa course dans la terre meuble. Arwylo reprit sa garde haute, classique et prudente. Le berserker, armé d'une hache et d'un bouclier, l'attaqua de nouveau, avec une vitesse et une agilité surprenantes pour un guerrier de sa taille : un coup de hache de haut en bas qu'Arwylo parvint à dévier.

— Ce ne sera pas assez, déclara Red qui avait hâte que le vrai combat commence. Un simple soldat ne peut nous vaincre.

Le berserker poussa un cri : la douleur provoquée par la potion devait être insoutenable, car dans sa transe, il se mit à mordre son bouclier. Le vert de ses yeux devint plus intense et il enchaina une série de coups de hache et de bouclier. Ses attaques ne comportaient ni feinte ni changement de rythme : c'était une série de frappes frontales et puissantes qui se succédaient à un rythme étourdissant. Arwylo parvint à les parer ou à les esquiver, mais à aucun moment il ne trouva l'ouverture pour riposter. Tant qu'il ne contrait pas le berserker, celui-ci continuerait de mener la danse et finirait par passer l'une de ses frappes puissantes.

— D'une certaine manière, toi aussi tu es un chaman, dit Red en s'adressant à Arwylo. Si tu es possédé, c'est que tu parles aux esprits. Et je sais que tu manies la magie.

Le berserker continuait d'attaquer avec la même intensité. Arwylo avait pensé qu'il finirait par se fatiguer : contre un adversaire plus puissant, faire le dos rond pendant les deux premières minutes de combat pour mieux contrattaquer était une stratégie classique du duel. Mais l'orc ne semblait pas vouloir ralentir – il ne soufflait même pas. Arwylo continuait de reculer sous ses attaques et devait aussi avoir un œil sur le terrain :

s'il trébuchait sur une pierre ou une racine d'arbre, la mort l'embrasserait l'instant d'après. Son expérience du combat réel devenait inestimable, car quand on s'entraîne, on le fait la plupart du temps sur un terrain plat et sans obstacle.

Arwylo multipliait les feintes pour essayer de déstabiliser le berserker et casser son rythme, ce qui agaçait Red.

— Ne te mens pas à toi-même, gronda-t-il. Montre-nous qui tu es vraiment.

Agacé par la remarque de l'orc, Arwylo détacha un instant son attention du combat : le berserker en profita et d'un coup de hache vertical, fit exploser sa targe. Arwylo recula aussitôt et fit deux bonds sur le côté droit pour casser l'offensive de l'orc, qui autrement aurait enchaîné une série de coups mortels. Il se retrouvait à présent sans bouclier : jamais il ne pourrait parer le déluge de coups de son adversaire avec sa seule épée. Il secoua son avant-bras gauche douloureux, puis serra le poing : des éclats de lumière apparurent, accompagnés d'un crépitement.

« *Tharian, meth'awyr.* » Un disque translucide se forma autour de son poing, scintilla puis disparut. *Je n'ai pas pratiqué depuis longtemps...* Le berserker enchaîna derechef une nouvelle série de coups : sa hache fut bloquée avec un crépitement par le bouclier invisible d'Arwylo, une fois, deux fois. À la troisième, il y eut un éclair de lumière : le bouclier magique était déjà brisé.

— Tu ne fais que retarder l'inévitable, K'thral. Pourquoi caches-tu ta vraie nature ?

Arwylo avait eu le temps d'analyser son adversaire. Il saisit son épée à deux mains ; même sans bouclier, il pouvait contrer le berserker. Ce dernier s'élança une fois de plus : il répétait les mêmes attaques, les mêmes enchaînements et devenait prévisible. Arwylo l'anticipa et se décala sur sa droite : la hache de l'orc ne fendit que l'air tandis que son épée, d'un coup de taille, trancha le bras gauche de son adversaire.

Ses muscles se détendirent, comme il pensait le combat gagné. L'instant d'après, le berserker lui assénait un crochet à décrocher la mâchoire. Arwylo s'effondra au sol.

L'esprit confus, dans un réflexe de survie, il souffla dans son poing et lança son contenu comme il aurait lancé une poignée de sable : la lumière crépita et aveugla les orcs pendant quelques secondes. Il recommença l'opération tout en rampant en arrière. Il finit par se relever, les jambes flageolantes. Jamais il n'avait été frappé de la sorte, pas même par Dagor. Son équilibre était précaire ; le monde tournait et dansait autour de lui. Il observa son adversaire : malgré ses bras nus, sans protection, l'orc n'avait qu'une fine trace du coup de taille qu'il venait de porter.

— Impossible, murmura Arwylo qui jeta un coup d'œil suspicieux à son épée.

L'arme était en bon état.

— Les berserkers ont la peau dure comme de la pierre, lui répondit l'orc qui avait affûté sa hache. Tu crois qu'il suffit d'un coup d'épée pour nous vaincre ?

Le berserker revint à la charge et Arwylo, encore sonné, para le premier coup de hache et lança un « *dispergat* » de sa main gauche : la lumière qui jaillit de sa paume percuta l'orc en plein torse et le fit tomber à la renverse. La puissance du sort avait été modeste, mais l'effet de surprise avait joué à plein.

— Ah, un vrai chaman, s'exclama Red.

Arwylo n'entendit rien et tenta d'achever son adversaire au sol : il bondit en avant et frappa de toutes forces, mais le berserker l'esquiva et se releva en un clin d'œil. L'humain, encore groggy, peinait à reprendre son souffle. *Comment je vais pouvoir le battre ? De taille, ma lame glisse sur sa peau. Et il est trop rapide pour que je frappe d'estoc. De toute façon, il cache sans doute une côte de maille sous sa veste en cuir. Il doit forcément y avoir un moyen.* Arwylo avait repris sa garde prudente et observait le berserker. En plus de sa veste en cuir sans manches, l'orc portait une sorte de gorgerin en acier lui protégeant le cou. *S'il porte une protection, c'est qu'il y a quelque chose à protéger.*

Lors des assauts suivants, il parvint à placer plusieurs frappes au cou, mais le gorgerin fit son office. Il feinta une attaque sur la gauche pour frapper à droite, juste en dessous de la mâchoire. Mais il était devenu, lui aussi, prévisible : le berserker para sans difficulté et le poussa jusqu'à l'écraser contre un arbre. Arwylo essayait de se dégager de son emprise, leurs bras engagés dans une épreuve de force, lorsque l'orc lui asséna de violents coups de tête qui le percutaient avec un bruit sourd. Les jambes d'Arwylo commencèrent à lâcher et en s'effondrant à moitié, il parvint à échapper au berserker. Il reprit ses distances, chancelant : il avait le nez cassé et deux larges entailles sur sa pommette et son arcade sourcilière gauche. Il posa ses mains sur ses cuisses, sonné. Le sang ruissela à grosses gouttes sur son visage et commença à colorer la terre.

— Je te l'ai déjà dit, même un bon soldat ne peut nous vaincre, K'thral. Tu attends quoi ? D'être mort ?

Je n'attends rien. Je ne ressens rien. Il se frappa le ventre comme pour faire sortir la sombre présence de son antre. *Après tout ce à quoi j'ai survécu... Je n'arrive pas à y croire. Je vais crever ici, au milieu de nulle part.* Aux abois, il chercha autour de lui un moyen de s'enfuir, en vain. De toute façon, il était épuisé. Il pensa à Bad, à Anka. À la personne qui attendait son retour. Il posa un genou à terre. L'avertissement de Zwr résonna en lui : « *Ne me dites pas que c'est la fin.* » Il repensa à sa trajectoire et s'en voulut, terriblement. Les larmes lui montèrent aux yeux. Mêlées à son sang et à la pluie, elles abreuvèrent la terre.

— C'est fini, annonça l'orc qui avait affûté sa hache. Ce n'est pas un k'thral, ce n'est qu'un charlatan, rends-moi l'argent que je t'ai donné.

L'autre orc contesta et une querelle s'ensuivit.

Pourtant, j'ai un pouvoir en moi. J'en suis certain. Le pouvoir de décider, de choisir, d'être libre. Le pouvoir de combattre et de vaincre. Une lueur rouge s'alluma dans ses yeux. *J'ai même le pouvoir de crever, de crever tous les jours et de me relever quand même. J'ai le pouvoir de la volonté. Le pouvoir de faire plier le destin de mes propres mains.*

Le désaccord des deux orcs fut tranché par un hurlement rauque. Ils tournèrent la tête de manière synchrone : l'humain, la tête couverte de sang, s'était redressé. Son visage, son expression, son regard s'étaient transformés. Les orcs se turent aussitôt et reprirent leur place : le combat n'était pas terminé.

Loin d'être impressionné, le berserker poussa son cri et chargea une fois de plus son adversaire. K'thral fit de même et asséna un violent coup d'épée, paré par le bouclier de l'orc qui contra d'un coup de hache, dont la portée était néanmoins trop courte. Ce fut au démon d'enchaîner les attaques et à l'orc de se défendre comme il le pouvait. Certains coups passèrent : de sa main gauche, il lacéra l'avant-bras de son adversaire. Ses griffes auraient pu dépecer un être vivant, mais ne laissèrent qu'une égratignure sur le bras du berserker. Red ne disait plus rien : le combat, après un début décevant, tenait enfin toutes ses promesses.

K'thral passa une nouvelle fois à l'offensive, mais son adversaire s'adapta et parvint à le contrer. L'humain et l'orc se défièrent du regard, poussèrent chacun un rugissement enragé et frappèrent de toutes leurs forces. Parfois, le démon avait le dessus, parfois le berserker.

Une pluie plus drue se mit à tomber, à mesure que l'après-midi avançait et que le combat ne trouvait pas son vainqueur. Red était transporté.

Si sa rage était intacte, K'thral sentait son énergie décliner peu à peu. En face de lui, de manière inexplicable, l'orc combattait comme à la première minute. La réputation des berserkers n'était pas usurpée. À plusieurs reprises, le démon poussa un cri de guerre pour retrouver sa puissance. *Ce salopard est sans doute habitué à se battre dans cet état. Le combat est plus équilibré, mais je n'en arriverai jamais au bout. Mes coups ne le touchent pas assez. Il finira par m'avoir à l'usure.* D'autres violentes passes d'armes se succédèrent. *Est-ce que lorsque l'on meurt, on réalise toujours ? Peut-on être dans un tel déni qu'on pense pouvoir s'en sortir, jusqu'à ce que la lumière s'éteigne ? J'ai épuisé toute force, toute énergie. Je suis au pied du mur. Je crois que c'est la fin.* Bizarrement, il pensa à Dagor. Lui aurait sans doute pu vaincre le berserker. *Dagor.*

Arwylo reprit la même garde, la même attitude, l'épée tenue à deux mains. Il fallait qu'il masque sa main gauche le plus longtemps possible, la tenir la plus basse possible, quitte à prendre un coup de bouclier. Il fallait être près aussi, car sa portée serait réduite. Il feinta quelques attaques lentes pour provoquer une réaction du berserker. Celui-ci fit un pas en avant, frappa de sa hache – le coup fut paré – et envoya son bouclier, qui percuta le démon à la tête. La main gauche d'Arwylo, qu'il gardait au niveau de la taille, lança une dernière gerbe de lumière, accompagnée d'un sonore « *dispergat* », pour gagner en puissance. Le sort n'atteignit pas le berserker au torse, mais au sommet du casque : sa tête fut rejetée en arrière et Arwylo lança son attaque d'estoc, du bas vers le haut.

Sa lame s'enfila sous la mâchoire de l'orc, dans l'interstice entre le gorgerin et la pointe du casque, avec un bruit de chair triturée.

Red

La lumière dans les yeux du berserker s'éteignit et il s'effondra sous les regards incrédules des orcs et du démon lui-même. Sous la pluie froide, la morne vallée se colora de carmin. Arwylo lâcha son épée et s'appuya sur ses cuisses pour souffler – il était épuisé. De toute façon, si les trois autres décidaient à présent de le faire prisonnier ou de le tuer, il ne pourrait rien y faire.

Red approcha de son compagnon tombé au combat et s'agenouilla. Alors qu'il pratiquait les derniers rituels chamaniques, il tourna la tête : le démon était pris de violents spasmes et crachait du sang.

Les trois orcs creusèrent une tombe dans la terre meuble. Pendant ce temps, ils discutaient à voix basse, mais âpre.

— La décision a été prise avant, conclut Red. Nous ne sommes pas des humains.

La tombe était prête et l'orc se tourna vers Arwylo.

— K'thral, tu peux avoir ses armes et son équipement, comme le veut la tradition.

Les deux autres orcs fixaient l'humain, l'air irrité. Celui-ci voulait refuser l'offre, mais cela risquait d'être interprété comme une offense. *Le cas contraire aussi. Comment réagiront-ils si je le dépouille de tous ses effets ?*

— Je ne prendrais que sa veste en cuir et son épée, annonça-t-il.

Red saisit l'arme et la sortit de son fourreau : la lame était blanche.

— C'est une épée en os. En os de dragon, disent certains. Elle est très légère, trop sans doute pour être efficace en combat.

— C'est une arme de chaman, précisa l'un des deux orcs.

Quelque chose dans sa voix affirmait qu'il ne la méritait pas.

Red lui tendit l'épée et Arwylo l'empoigna : elle était en effet légère comme une plume. Il l'attacha à sa taille et enfila la veste. C'était la première fois qu'il portait une veste en cuir d'auroch. Red lui fit signe de partir et il ne se fit pas prier.

L'orc retourna auprès du corps de son compagnon et, avant de le mettre en terre, trancha sa tête d'un coup de hache précis. En entendant le bruit caractéristique et peu ragoutant, Arwylo se retourna :

— Pourquoi fais-tu ça ?

— On ne peut pas retourner à Keus sans une tête, répondit Red. Et on t'a laissé la tienne.

Ce n'était pas ce qu'avait demandé Arwylo et il avait la sensation que l'orc l'avait très bien compris. *Soit il ne veut pas répondre, soit il ne peut pas.* Il allait reprendre son chemin, libre, lorsque la mémoire de Bader se rappela à lui. « *Où que tu sois, porte-moi encor, frère.* » *Peut-être que c'est lui qui m'a porté aujourd'hui.* Il entendait cette réflexion au sens figuré, puis le doute s'immisça en lui. Il se retourna une dernière fois et demanda :

— Quel est ton nom ?

La hache sanglante à la main, l'orc plongea son regard dur dans le sien et le fixa. La pluie continuait de jouer sa morne mélodie. Il déclara, d'une voix forte :

— Tout le monde m'appelle Red. Mais mon vrai nom est Redab de Kolmen.

Retour

Ses pas étaient légers. Il se frayait un chemin à travers les herbes humides. La brume avait recouvert le paysage d'un manteau vaporeux. Il ne voyait pas à plus de vingt pas. Parfois, son regard se fixait sur le sol pour mieux le voir défiler. La Haute Forêt, sur sa gauche, l'accompagna pendant une partie du voyage. La faim ne le tiraillait qu'en fin de journée. Il cherchait alors un endroit où manger et dormir, mais ne trouvait que rarement le sommeil ; il somnolait la plupart du temps. Quand il s'endormait vraiment, ses cauchemars le replongeaient dans son passé récent. Alors il se levait, avant le lever du soleil, et reprenait sa marche.

Il marchait vite.

Il parcourut une immense vallée, en partie marécageuse, bordée de montagnes ombrageuses. Il traversa quelques villages, mais évitait les bourgs avec soin pour ne pas être repéré et les forêts pour ne pas s'y perdre. Son sens de l'orientation ne lui inspirait pas confiance ; lorsqu'il rencontrait un paysan, il demandait son chemin. Il ne comprenait pas toujours la langue, son visage meurtri faisait peur, mais il parvenait à obtenir une direction. Il montait des collines gorgées d'eau avec entrain et les dévalait comme un gamin. Les herbes d'un vert vif défilaient, accompagnées de quelques tâches violettes ou rouges, et se mélangeaient à la pâleur d'un ciel gris et bleu, au marron de l'écorce des arbres ou du pelage d'un cerf. Il aimait tout ce qu'il voyait. La sombre présence n'était qu'un souvenir.

Il se hâtait.

Son cœur le portait tout entier et lui faisait oublier ses pieds douloureux, ses vêtements trempés et son ventre vide. Les heures étaient longues et parfois l'esprit vagabondait de son côté. Le doute s'emparait alors de lui. *L'amour a une fin. Le monde a une fin. Tout a une fin. Alors, pourquoi marcher ? Pourquoi se battre ?* Son pas ralentissait un peu. Puis, il apercevait la pointe des montagnes éternelles, au loin, sur sa gauche et son pas redoublait d'énergie.

Il savait pourquoi il marchait.

L'aigle de Kaeryr apparut à l'horizon, puis disparut lorsque sa marche l'amena sur la route coupant par les montagnes. La végétation, les arbres avaient changé. La pierre grise et ocre le toisait. La montagne faisait rêver certains ; elle en rendait d'autres claustrophobes. Arwylo, lui, ne faisait que la traverser. Il croisa quelques bergers et bûcherons, humains et nains. Il partagea un repas silencieux autour d'un feu. Son visage creusé avait déjà cicatrisé et n'effrayait plus vraiment.

Ses pas furent légers jusqu'à ce qu'il aperçoive, au loin, son but.

Lors, les doutes et l'appréhension l'envahirent et son souffle se fit court sur les derniers milles. Avec le recul, il se disait qu'il avait abandonné si vite, qu'il avait déserté, plus d'une fois. Comment pourrait-il se faire pardonner ? Était-ce seulement possible ? Quatre années s'étaient écoulées – une éternité quand une personne attend votre retour.

Les craintes s'agitaient dans son esprit quand, au détour d'un chemin de pierres familier, il remarqua un adolescent avec deux chèvres. Il se figea.

Il était arrivé.

Arc IV

Àrdan

Il y eut un avant et un après.

Les premières fois comptent : la première fois qu'on aime, qu'on perd un proche, la première fois qu'on prend une rossée, qu'on craint pour sa vie ou que l'on tue. N'est-on pas vierge de la guerre comme on est vierge de l'amour ?

L'esprit porte en lui, depuis la naissance, différentes formes de virginité, d'innocence, comme des couches invisibles qui le protègent de la violence du monde extérieur, mais qui se dissolvent inexorablement, une à une, à l'épreuve de la vie. Les premières fois fusionnent alors avec l'être et on les garde en soi, jusqu'à ce que la mort nous en délivre.

Il y eut un avant et un après son emprisonnement. Jamais il n'avait imaginé être un jour privé de liberté. La mort, il la fréquentait avec assiduité, il s'y était préparé ; mais l'idée même d'être emprisonné lui aurait paru grotesque et improbable. Il avait pourtant été arrêté et mis sous fer, sans autre forme de procès. Pendant de nombreuses décades, il demeura en attente de son jugement et n'eut droit à aucune information ni aucun contact avec l'extérieur. Il ne trouvait alors rien d'autre à faire de ses journées que de répéter sans fin les mêmes hypothèses, les mêmes raisonnements et les mêmes questionnements. Il ignorait tout de ce qu'il adviendrait de lui et l'incertitude de sa situation rendait sa détention d'autant plus insupportable. Il aurait préféré connaitre sa peine, même lourde, plutôt que de nourrir l'espoir improbable d'une libération soudaine qui n'arrivait jamais. Ce qu'il ne savait pas, c'était que la méthode était réfléchie : on emprisonnait sans autre forme de procès ou d'information, pour briser l'esprit des prisonniers, pour les rendre fous.

Lorsqu'il entendit le cliquetis du verrou de fer depuis sa cellule sombre, il pensa un instant qu'il allait enfin pouvoir expliquer sa situation, démêler les incompréhensions et retrouver sa liberté. Il se trompait.

Il fut mené dans une salle froide, à peine éclairée, où son regard croisa l'enfer. Il était posé, là, sur une table.

Il y eut un avant et un après son emprisonnement ; il y eut surtout un avant et un après la torture.

Cette première fois demeura gravée dans sa mémoire de manière si nette que même des décennies après, il n'avait aucun effort à faire pour se remémorer le contact de sa peau contre la table en fer froid la première fois où il s'était allongé, ou des lanières de cuir qui immobilisaient chacun de ses membres. Il gardait aussi un souvenir étonnamment précis de la lame qui lui pénétrait le dos et déchirait sa chair, alors même qu'il ne la voyait pas. Comme il respirait de manière spasmodique, sa tête lui tournait, tandis que des humeurs lui coulaient du nez et que la sueur ruisselait sur son visage. Son esprit cherchait frénétiquement une échappatoire introuvable. Ses bourreaux utilisaient un savant mélange à base de plantes et de salive de wyvern qui brûlait la chair et empêchait les plaies de se refermer. La douleur pouvait être si forte que la victime perdait connaissance. Consciencieux, ils prenaient alors le temps de ranimer leur cobaye pour continuer leur œuvre.

Par la suite, les séances se répétèrent. S'il se souvint toute sa vie de la première, les suivantes s'enchevêtrèrent dans sa mémoire pour ne devenir qu'un mélange infernal et confus. Les jours s'enchaînaient et se ressemblaient, dans leur routine monstrueuse. S'il échappait parfois à la table de fer, c'était pour être roué de violents coups de bâton sur ses plaies encore ouvertes. De temps en temps, ses ongles étaient arrachés ou ses doigts transpercés d'aiguilles. Plus rarement, il se faisait simplement corriger à coups de poing et de pied. Lorsqu'il était rendu à son cachot, inconscient, son visage et son corps tuméfiés étaient devenus difformes par les œdèmes.

Il avait pourtant l'impression que ses tortionnaires faisaient en sorte qu'il ne meure pas. Ses rations avaient toujours été généreuses et lorsque ses plaies s'infectaient, il était scrupuleusement soigné. De même, lorsque son état se détériorait trop, ses bourreaux espaçaient les séances et préféraient des tortures plus subtiles, comme les simulacres d'exécution. Ils semblaient avoir une affection particulière pour la noyade. Ils l'attachaient à une planche inclinée, les jambes levées et la tête un peu plus basse que les pieds, puis lui enveloppaient la tête d'un linge sur lequel on versait de l'eau. D'instinct, il se mettait alors à suffoquer et une peur panique de se noyer s'emparait de lui. En réalité, comme ses poumons étaient placés plus hauts que la bouche, la noyade était improbable et si les bourreaux n'insistaient pas trop, l'asphyxie non plus. La méthode était néanmoins efficace, car les prisonniers d'ordinaire n'y résistaient pas plus de vingt secondes et finissaient par supplier les tortionnaires d'arrêter le traitement.

Armé de son orgueil, de sa confiance en lui et de son arrogance, il était arrivé à Tòrrfang, la montagne-prison, en protestant, en méprisant et en toisant. Lors de ses premières séances, il se refusa à émettre le moindre son, pour ne pas donner cette satisfaction à ses bourreaux, même lorsque le seuil de douleur était à ce point intolérable qu'il en perdait connaissance. Il restait sur d'anciens schémas de pensée qui n'avaient plus cours dans la situation dans laquelle il se trouvait : il pensait en particulier que s'accrocher à son orgueil comme dernière planche de salut le ferait tenir contre vents et marées.

Il se trompait.

Peu à peu, le jeune arrogant, au torse bombé et au regard ombrageux, fut dissous. Au cours d'une séance, un ustensile enfoncé dans sa chair lui arracha un cri, puis un autre, puis des hurlements sous l'attention satisfaite de ses bourreaux. Au-delà de la douleur, c'était la répétition impitoyable de cette douleur qui épuisait la volonté et dévorait l'esprit, de même que la certitude terrifiante qu'une fois la séance terminée, il y en aurait une autre, implacable. On raconte que la vue des instruments de torture peut être plus efficace que les instruments eux-mêmes ; on pourrait en dire autant des souvenirs. Lorsque les bourreaux arrachaient un prisonnier quelconque à sa cellule, les cris, les gémissements, les supplications consumaient la résistance de ceux qui l'entendaient.

Après quelques lunes, il n'était plus qu'une loque que l'on traînait d'un endroit à un autre et dont les hurlements anonymes se perdaient dans le dédale des galeries, pour se mêler à ceux des autres prisonniers.

Une fois brisé, une fois son orgueil inutile volatilisé comme un rat quittant le navire, il avait songé à mourir. Il avait cherché, jour après jour. Jour après jour, il avait escompté une erreur, une inattention de ses geôliers : mais point de corde ni de lacet ne furent abandonnés, ni aucun bout de verre. Il ne pouvait ni se pendre ni s'étrangler ni se trancher la carotide. Il arrêta de se nourrir, mais on vint le gaver de force. Il choisit alors de mourir de l'unique manière à sa disposition : en fonçant sur les parois troglodytiques de sa cellule pour s'y fracasser la tête. Il perdit conscience et du sang. Mais son crâne fut méticuleusement désinfecté et recousu et son cœur continuait de battre, encore et toujours, comme un muscle devenu fou.

Une fois remis sur pieds, il fut rendu à sa cellule, après avoir subi une double séance, pour le punir de son outrecuidance à vouloir, à travers la mort, retrouver une forme de liberté.

Il ne croyait pas en un paradis et n'y avait jamais cru. Il ne croyait pas non plus en un enfer, au sens où l'entendaient les mystiques. En revanche, il avait découvert qu'il en existait un, très concret, non pas dans l'Autre Monde, mais dans celui des vivants. Quelle meilleure définition pouvait être donnée à sa situation ? Car en enfer, vous ne pouvez pas vivre ; mais en enfer, vous ne pouvez pas mourir non plus.

Tollnar

Son ergastule ressemblait à tous les autres. Il mesurait quatre pas sur trois et, comme le reste de Tòrrfang, ses murs étaient taillés à même la roche, grise telle l'anthracite. Le peu d'air qui circulait dans les galeries était vicié et pénétrait à grand-peine dans des cellules infectes. La seule lumière dont disposaient les prisonniers provenait des rares lampes à huile qui brûlaient dans les tunnels et passait par les judas des lourdes portes en bois brun, noirci par la pénombre permanente. À toute heure du jour ou de la nuit, des cris se réverbéraient contre les murs de pierre et empêchaient les nouveaux arrivants de dormir – les plus anciens n'y faisaient pas plus attention qu'aux couinements des rats. En outre, comme les prisonniers ne voyaient plus la lumière du jour, ils n'avaient aucun moyen de savoir quel moment de la journée il était et ils perdaient peu à peu tout contact avec le monde qu'ils avaient connu.

Une seule rigole, parcourue d'un mince filet d'eau, traversait toutes les cellules et permettait de faire ses besoins. Grâce au réservoir présent au sommet de Tòrrfang, alimenté par une source de montagne, elle se remplissait deux fois par jour. Lorsqu'il était arrivé, il avait demandé de quoi se laver. « Là, y'a de l'eau », avait ricané son geôlier en lui indiquant du doigt la rigole.

Il s'effondra et la porte de son cachot se referma derrière lui, avec son effroyable cliquetis métallique. « S'il crève, tu prends sa place » avait averti l'un des geôliers.

Le supplicié demeura prostré sur sol pendant plusieurs heures. Une main se posa sur son épaule et le secoua avec douceur, sans résultat. Un bras passa sous ses genoux pour le soulever et le réveilla d'un coup : le supplicié se débattit, tremblant de peur, et gémit quelques mots incompréhensibles. Le vieux retira son bras et s'excusa :

— Je voulais t'installer près du mur, dit-il en montrant les restes de vêtements infectés de tiques et de poux qui faisaient office de couche.

Celle-ci avait été installée en face de la porte afin que les matons puissent voir le prisonnier au premier coup d'œil depuis le judas. Le vieux recula et s'accroupit à bonne distance pour montrer qu'il ne lui voulait aucun mal. Peu à peu, le supplicié se calma et se redressa en s'appuyant sur son coude.

— Ils ont... mes jambes, murmura-t-il.

Le vieux l'aida à passer la rigole et l'installa sur la couche. Il avait déjà vu des prisonniers torturés, mais jamais dans pareil état. Celui-là ne portait qu'un haillon et les parties visibles de son corps étaient couvertes d'ecchymoses et de marques de brûlures. Ses genoux et ses chevilles étaient enflés comme des petits melons. Curieusement, sur le haut de son crâne, il avait une plaie qui semblait avoir été soignée et désinfectée. Et son dos... Le vieux eut un mouvement de recul en l'apercevant : il était couvert de plaies, certaines encore ouvertes, d'autres cautérisées, épousant des lignes harmonieuses, comme si l'on cherchait à en faire une œuvre, une sculpture vivante. Il prit un bout de tissu et allait éponger le sang, mais le blessé l'arrêta d'un pénible geste de la main :

— Non...

— Mais ça ne s'arrête pas de saigner, objecta le vieux.

— Ils utilisent un poison extrait des serres de wyvern. Ça empêche les blessures de se refermer... et ça brûle... (Sa voix avait tremblé.) Les saignements finiront bien par s'arrêter. Au mieux, je mourrai.

Le vieux le laissa se reposer. Les geôliers ne vinrent pas le chercher pendant plus d'une décade. Ils avaient eu la main lourde et, étant donné l'attention avec laquelle sa blessure à la tête avait été soignée, ils n'avaient sans doute aucune envie que le prisonnier meure, ce qui était somme toute assez courant à Tòrrfang. Les rations, jetées à même le sol par l'intermédiaire d'une trappe en bas de la lourde porte en bois, avaient été doublées et furent le seul contact qu'ils eurent avec les gardiens pendant un moment, accompagné d'un bref regard pour vérifier que le prisonnier était en vie.

Le vieux s'occupa donc du blessé. *Quelle offense un dvahsyr peut-il bien commettre pour être broyé de la sorte ?* pensa-t-il. Il l'aida à manger, jusqu'à ce qu'il puisse se tenir assis et se nourrir lui-même. Comme les rations n'étaient pas chiches, l'état du blessé s'améliora. Il ne prononça pas un mot pour autant. Pour un prisonnier qui avait été maintenu en isolement complet, c'était inhabituel : d'ordinaire, les détenus isolés, passée l'étape d'observation, ressentaient le besoin de communiquer dès qu'ils en avaient l'occasion. Le vieux se demandait si c'était un de ses traits de caractère, ou bien si l'emprisonnement et la torture avaient à jamais abîmé son âme.

Les sables du temps s'écoulèrent et les jours défilèrent, dans le silence glauque de Tòrrfang, jusqu'à ce que la porte de la prison s'ouvre de nouveau, avec son habituel cliquetis glacial, messager de l'enfer. La respiration du prisonnier s'accéléra. Il tenta de résister et s'accrocha à tout ce qu'il trouvait, une porte, un mur, les barreaux d'une grille. Il se débattait, hurlait et suppliait. Quand la saynète durait un peu trop, les tortionnaires faisaient craquer ses os avant même d'être sur la table en fer.

Ses hurlements n'alarmèrent personne et personne ne vint à son secours. Il fut rendu quelques heures plus tard à son ergastule, une nouvelle fois brisé, tremblant et gémissant. Chaque séance creusait un peu plus son esprit ; il deviendrait peu à peu une coquille vide. Le vieux observa le sinistre manège se répéter, tous les quatre ou cinq jours, jusqu'à ne plus avoir, comme compagnon de cellule, qu'un corps sans âme.

Il aurait voulu lui parler, le connaitre et, par une simple conversation, peut-être même l'aider, le soutenir. Mais chaque fois qu'il lui adressait la parole, le codétenu demeurait muet. *Au point où il en est, il le restera sans doute jusqu'à sa mort*, pensa le vieux. Aussi fut-il surpris, alors qu'il avait abandonné tout espoir de communiquer avec son compagnon d'infortune, de s'entendre demander « Vous devez être médecin... ? ».

Le vieux, assis dos au mur, inspira pour répondre puis se ravisa : la question, qui semblait simple de prime abord, recelait une complexité à laquelle il ne s'attendait pas. Elle ne signifiait pas seulement « pourquoi êtes-vous là alors que je suis d'ordinaire isolé ? », le ton de la question lui demandait aussi : « que fait un sale tollanyr dans la même pièce qu'un dvahsyr ? ». Car malgré l'obscurité, le vieux avait à présent la certitude d'avoir été observé.

La vivacité d'esprit de son compagnon de misère contrastait terriblement avec son état physique : il avait encore une jambe enflée – elle était sans doute cassée, des traces bleues et jaunes sur le corps et un dos réduit en amas de chair que l'on n'osait pas regarder.

Le corps de ce prisonnier a été détruit, pensa le vieux, *il est devenu souffreteux et craintif, mais sa raison ne l'a pas encore abandonné.*

— En effet, j'ai été médecin... il y a bien longtemps, répondit-il.

— Tu peux leur dire que je vais bien, répondit le dvahsyr en se couchant pour signifier la fin de leur courte conversation.

Le vieux dit aux geôliers que sa présence de tollanyr était indésirable, ce qui ne provoqua aucune réaction en dehors d'un petit ricanement. Le lendemain, ce fut le dvahsyr qui prit la parole :

— Je vais bien, vous pouvez le renvoyer.

Le même ricanement se fit entendre. Le geôlier ajouta :

— Les prisons inférieures sont pleines à craquer. Alors le *tollnar* est pas près de repartir.

Comme l'expression « orcaille », le terme de « tollnar » était une manière très péjorative pour désigner une sous-population, en l'occurrence les tollanyrs, les « elfes tunneliers ».

— Cela arrive souvent lorsque les werlogs décident d'enchaîner les rafles, dit le vieux tollanyr à voix basse, comme s'il parlait à lui-même.

— Lorsqu'ils « décident » ? Ils ne décident pas, ils réagissent.

Le tour polémique que prenait la conversation plaisait au vieux.

— Vraiment ? demanda-t-il avec un sourire narquois. Alors, tu sais pourquoi les tollanyrs sont emprisonnés par centaines ?

La question avait ce petit ton agaçant, qui signifiait « je connais déjà la réponse, voyons si tu la connais toi aussi ».

— Oui, répondit le dvahsyr avec une fermeté surprenante pour un supplicié. Nombre d'entre vous sont emprisonnés pour toute sorte de bassesses : vols, assassinats (il se racla la gorge), viols...

— Et bien sûr, ces choses-là n'arrivent qu'aux tollanyrs, n'est-ce pas ? dit le vieux avec un certain plaisir.

Le dvahsyr marqua une pause qui trahissait l'agacement.

— Non, bien sûr, répondit-il. Mais c'est monnaie courante *chez vous* et tu le sais bien. C'est ce que vous êtes.

Le vieux posa sa tête en arrière, contre le mur, en conservant son léger sourire agaçant.

— Tu pourrais donc deviner pourquoi je suis là, n'est-ce pas ?

Ce vieux tollanyr prétentieux commençait à l'énerver au plus haut point. En d'autres temps, il n'aurait pas perdu son énergie dans de vaines discussions. En d'autres temps...

— Je ne suis pas devin, répondit Àrdan pour clore la discussion.

Le vieux cessa de l'ennuyer et respecta son silence. Mais sa curiosité fut la plus forte et il finit par demander :

— Les emprisonnements pour conspiration sont nombreux ?

Cette fois, il semblait vraiment intéressé par la réponse, car la question était dépourvue de la pointe d'ironie des précédentes.

— Parmi les tollanyrs ou les dvahsyrs ?

— Certains dvahsyrs sont emprisonnés pour conspiration ? s'étonna le vieux. Maintenant que j'y pense, cela semble évident.

Le supplicié restait allongé sur le côté, sur son lit d'infortune. Il poussa un léger soupir, à peine audible, car ses côtes cassées lors d'une séance précédente le faisaient encore souffrir. Le vieux comprit avant d'entendre la réponse :

— C'est pour cette raison que tu es ici, n'est-ce pas ? avança-t-il. (Sa respiration bruyante fut une réponse suffisante.) Et parmi les tollanyrs ?

— C'est monnaie courante, de ce que j'ai entendu dire, répondit le supplicié.

— Tu n'étais pas un werlog, en déduit le vieux.

Il avait parlé au passé, non pas pour mettre l'accent sur sa déchéance, mais parce que, comme les autres prisonniers, il avait incorporé l'idée qu'on ne sort pas de Tòrrfang.

— Non, répondit le dvahsyr en pouffant.

La réponse, laconique, transpirait le dédain. Le prisonnier, avant de n'être qu'un corps et un esprit à torturer, avait eu un statut social supérieur à un simple werlog et en retirait encore une fierté certaine. Le vieux attendit de voir s'il allait en apprendre plus, si la langue de son codétenu allait se délier, mais il n'eut droit qu'au sempiternel silence relatif de Tòrrfang.

— En réalité, tu ne connais guère de nous que ce que l'on a pu t'en dire, n'est-ce pas ? Tu n'as jamais fréquenté de tollanyrs ni assisté à une rafle, je me trompe ?

— Je n'ai pas besoin de ça, répondit le dvahsyr avec toute la morgue que lui permettait son état. Vous autres êtes par nature des êtres perturbés et par culture des elfes incompatibles avec nous. Vous ne pouvez pas vivre comme nous ni avec nous. Vous devez être mis à part, contrôlés, pour votre propre bien. Et le nôtre.

Le vieux hocha la tête sans se départir de son sourire et sans chercher à entrer dans le débat. Dans l'état actuel, physique et mental, de son compagnon d'ergastule, il n'y avait guère de discussion possible.

Mais il n'était pas pressé. Ils avaient toute une vie devant eux.

Tòrrfang

« Plic ».
Une goutte d'eau.
Des pensées incontrôlées, des peurs, des colères.
Des démangeaisons.
« Ploc ».
L'écho d'un cri lointain.
Des pensées incontrôlées, des peurs, des colères.
Des couinements de rats.
« Plic ».
Le grincement métallique d'une porte qui se ferme.
Une sensation d'étouffement, une respiration difficile.
Des discussions indistinctes.
« Ploc ».
Des bruits de pas.
« Plic ».
Des démangeaisons.
« Ploc ».
Des couinements de rat.
« Plic ».
Des pensées incontrôlées, des peurs, des colères.
« Ploc ».
Des pensées circulaires, sans fin.
Jusqu'à devenir fou.

Lijank

La question arriva après de longues journées de mutisme :
— Que sont les prisons inférieures ?
Le vieux ne chercha pas à cacher son étonnement. Il avait fini par penser que son compagnon d'infortune le méprisait trop pour lui adresser la parole, mais il avait un allié implacable avec lui : le temps et avec le temps, l'ennui.
— Tu ne sais pas comment est organisée Tòrrfang ? répondit-il.
— Pour être honnête, je n'imaginais pas que ça me servirait un jour...
Le vieux lui expliqua de manière sommaire le fonctionnement de la prison. Elle était construite au sein même d'une montagne – d'où son nom – et s'enfonçait dans les entrailles de la Terre. Il n'existait qu'une seule entrée à Tòrrfang, au pied de montagne, et la galerie principale desservait des galeries secondaires sur une vingtaine de niveaux. En haut étaient enfermés les prisonniers les plus importants ; en bas ceux de basse extraction. L'on murmurait aussi qu'il existait une autre galerie, longue et étroite, qui menait à un puits naturel sans fond où l'on abandonnait les corps, avec ou sans vie.
— Où sommes-nous ? demanda le supplicié.
— Je ne sais pas précisément. Au milieu, je dirais, répondit le vieux.
— En bas, vous êtes seuls dans les cellules ?
— Non, nous pouvons être jusqu'à huit. C'est étouffant... mais l'isolement peut être pire, répondit le vieux qui semblait parler en connaissance de cause.
Le supplicié souffla et déglutit :
— Et les prisonniers reçoivent le même traitement ? demanda-t-il.

— Tu veux dire... (Le vieux montra son dos de l'index et le supplicié hocha la tête.) Certains sont torturés, mais... je n'ai jamais rien vu de tel, ajouta le vieux en le montrant du nez.

— Je fais donc l'objet d'un traitement de faveur, avoua le supplicié, dont la voix trahissait la fragilité.

Le vieux hocha la tête. Pour une fois, son sourire avait disparu.

— Moi aussi j'ai été torturé, dit-il l'air pensif.

— Toi ?

— Tu crois qu'elles sont tombées toutes seules ? répondit le vieux dont le sourire était forcé et édenté. Ils me les ont arrachées, une à une. La première année. Il y a bien longtemps, ajouta-t-il dans un murmure.

Assis contre la paroi de la cellule, il haussa les épaules, avec une certaine légèreté. Le supplicié l'observa plus en détail, malgré la pénombre. Il devait avoir une soixantaine d'années, au moins. Il était très maigre, petit et rabougri. Sa peau, comme tous les tollanyrs, était d'un blanc laiteux et ses yeux en amande étaient sombres, noirs dans la pénombre. Il n'avait plus de cheveux sur le dessus du crâne et ceux qui résistaient encore avaient viré au blanc, tout comme sa barbe, rare, mais hirsute. Il portait une chemise et des braies courtes qui n'étaient plus que des guenilles.

— Quel est ton nom ? demanda le supplicié.

Enfin une question normale, pensa le vieux.

— Je m'appelle Lijank, répondit-il. Cela signifie « pierre ».

— « Lijank », répéta le blessé qui n'avait jamais entendu ce nom auparavant. Lijank, le tollanyr.

— Non, non, mon nom c'est juste Lijank.

Les paupières du dvahsyr s'affaissèrent :

— Pourquoi nier ce que tu es ? Tu *es* un tollanyr.

L'arrogance du ton confinait à l'agressivité. Le vieux offrit à son compagnon de cellule son franc sourire édenté.

— Qu'est-ce qu'un tollanyr ? demanda-t-il.

Le supplicié aurait voulu lever les sourcils de surprise devant la trivialité de la question, mais il n'en avait même pas la force.

— C'est un elfe tunnelier..., commença-t-il.

Au même moment, il se demanda pourquoi il répondait aux questions imbéciles du vieux. *L'ennui ?* Il continua :

— C'est un elfe qui a choisi de rester vivre sous terre, parce qu'il n'est pas adapté à la vie en surface.

— Nous avons « choisi », dis-tu.

— Oui, lors de la Remontée, confirma le supplicié sûr de lui. Je l'ai lu dans nos livres d'Histoire.

Il toussait entre chacune de ses phrases et respirait avec difficulté. Il était en permanence installé sur le côté ou sur le ventre, car son dos le faisant toujours souffrir. Lijank le fixa, avec son sourire énigmatique :

— Tu vas me dire que tu n'as jamais vu de tollanyrs à la surface ? (Le supplicié hocha la tête, embarrassé.) Et pourquoi ne serions-nous pas adaptés à la vie en surface ?

— Votre peau est blanche et brûle au soleil si vous y restez trop longtemps.

— Vraiment ? Pourtant, toutes les peaux brûlent si elles restent trop longtemps au soleil.

Le supplicié ne s'attendait pas à un tel scepticisme. Il n'avait jamais vraiment débattu de ces questions qui représentaient pour lui un savoir tacite, une évidence dont la contestation se traduisait par une pure perte de temps. Toutefois, la situation était différente à présent : du temps, il en avait.

— Je sais aussi que vos yeux sont comme ceux des animaux de nuit : vous voyez bien dans les tunnels sombres, mais vous deviendriez aveugles à vivre au grand jour. Et ça, je l'ai constaté, par moi-même, au cours d'une expérience.

— Intéressant. Raconte-moi, sourit le vieux.

— Eh bien, un matin, les werlogs ont amené un tollanyr encagoulé, de Tòrrfang, je crois. (Il fit un effort pour se rappeler l'événement.) Nous étions sur le mont Harkura, d'où l'on peut voir la Dame Sombre. C'était une réunion officielle, avec d'autres enfants éduqués comme moi. Même les Immortels étaient présents. Je ne me souviens guère d'autres détails, c'était il y a longtemps. Quoi qu'il en soit, on libéra le visage de ce tollanyr et il refusa d'ouvrir les yeux, car il savait qu'il perdrait la vue. Alors on l'installa dans une espèce de fauteuil empêchant de bouger la tête et de cligner des yeux. Avant midi, il était devenu complètement aveugle...

Dans un premier temps, le vieux ne réagit pas.

— Quel âge avais-tu ? demanda-t-il.

— Six ou sept ans.

— Les ordures...

C'était la première fois qu'il voyait le tollanyr perdre sa contenance.

— Comment ça ? demanda le supplicié.

— Dis-moi, c'était une journée ensoleillée d'été ? demanda le vieux. Ou bien d'hiver, alors qu'il avait neigé ?

Le supplicié, allongé sur le côté, leva les yeux comme il fouillait dans ses souvenirs. Le vieux avait raison. Il préféra ne pas répondre.

— Ne perdrais-tu pas la vue, toi aussi, si l'on te tirait des ténèbres de cette cellule pour t'exposer au soleil, sur une montagne enneigée ?

— Bien sûr que non ! J'y étais et je n'ai pas perdu la vue pour autant.

Lijank secoua la tête de manière à peine perceptible. *Comment font-ils pour ne pas comprendre qu'on les manipule ? C'est un lavage de cerveau qu'ils font subir à ces gamins.* Il n'avait pas abandonné l'idée de convaincre son compagnon de cellule :

— T'obligeait-on à...

— Vous n'êtes pas aptes à vivre avec nous, coupa le supplicié, parce que vous êtes tantôt indolents, tantôt agressifs, vous pouvez tuer vos semblables pour une poignée de pièces de cuivre, vous savez à peine lire, vous n'avez pas de littérature, votre musique est basique... je pourrais continuer longtemps comme ça, mais je préfère t'éviter cette humiliation.

Le sourire du vieux se fixa sur son visage, ce qui avait pour don d'agacer le dvahsyr.

— Je ne suis pas humilié, merci. En revanche, je voudrais avoir ton avis de noble dvahsyr : si on te sortait maintenant et qu'on te plaçait, en plein cagnard, face au sol...

— Je ne veux plus en parler, coupa encore le supplicié en s'enfermant dans son silence.

Malgré son corps douloureux et malingre, il restait de l'autorité dans sa voix. Lijank n'insista pas. Il ne savait pas comment interpréter ce silence. S'il avait été pessimiste, il aurait pensé que son compagnon de cellule ne voulait pas remettre en cause ses convictions et qu'il préférait ne pas s'abaisser au débat avec un être inférieur, au risque de se laisser corrompre. Mais comme il était de nature optimiste, il se dit que ce compagnon avait compris son erreur et qu'il préférait couper court à la discussion pour ne pas perdre le peu d'amour propre qu'il lui restait.

— Quel est ton nom ? demanda le vieux.

Il n'était pas sûr d'obtenir une réponse et se dit qu'il n'entendrait peut-être plus la voix de son compagnon de misère. À cette pensée, son humeur d'ordinaire enjouée s'assombrit et le silence lui parut plus long qu'il ne le fut vraiment.

— On m'appelait Àrdan, répondit le dvahsyr.

Le temps employé signifiait « avant », quand il avait une vie, comme si même son identité lui avait été volée. Le vieux était heureux de poursuivre leur conversation.

— Et quelle était ta fonction ? Tu n'étais pas un simple werlog. J'ai cru comprendre que tu avais un certain prestige puisque tu as déjà été présent à la cour des Immortels.

— On peut dire ça.

— Mais encore ? insista le vieux dont la curiosité avait été piquée.

— Je n'ai jamais participé ou organisé de rafles de tollanyrs, si c'est ce que tu veux savoir.

La voix d'Àrdan demeurait fébrile, mais on pouvait y sentir un mélange d'agacement et de résignation.

— Ce n'est pas ce que je sous-entendais, se défendit Lijank.

Le vieux tollanyr ne relança pas. S'il voulait lui faire des révélations, Àrdan le ferait.

— J'avais... d'autres qualités, dit ce dernier après une pause.

Il soupira. *Qu'importe... À présent, cela n'a plus d'importance*, pensa-t-il.

— J'étais membre du Cercle, finit-il par lâcher.

Le visage parcheminé de Lijank ne put cacher sa surprise et ses yeux s'arrondirent :

— *Le* cercle des assassins ? *Kuro* ? demanda-t-il incrédule.

— *Kuro kom' galanats*, confirma Àrdan.

Le tollanyr resta coi et prit un moment de réflexion afin de prendre la mesure d'une telle révélation. Il passa sa main osseuse dans sa barbe hirsute.

— Je dois dire que je ne m'attendais pas à finir mes jours en prison avec un galanat, conclut-il en riant. Àrdan, le galanat.

— Au cas où tu ne l'aurais pas remarqué, je n'en suis plus vraiment un, rétorqua l'intéressé qui ne chercha pas à masquer son amertume.

— Certes. Àrdan, le dvahsyr alors ? demanda Lijank avec un brin de malice.

L'elfe comprit l'allusion du vieux et répondit :

— Non, répondit-il en soufflant. Ici, « Àrdan » ce sera déjà pas mal.

Boum, boum, boum

Boum, boum, boum.
Le visage d'Àrdan se décomposa et sa respiration s'accéléra : ses tortionnaires avaient pris l'habitude de s'annoncer en frappant trois fois du poing sur la porte en fer. Après le cliquetis métallique de la serrure, trois démons pénètrent dans l'ergastule. Ils ressemblaient à s'y méprendre à des dvahsyrs, mais c'étaient des démons, il en était certain. Ils n'avaient pas de sourire malsain, aucun rictus ni ricanement. Leur visage était celui de la banalité. On pouvait sans difficulté les imaginer vaquer à leurs occupations, entourés de leur famille, de leurs enfants aimants. Ils étaient à peine trahis par quelques gestes trop brusques et par l'application, le zèle dont ils faisaient preuve avec chacun des prisonniers qui leur étaient confiés. Les démons sont malins, ils prennent la forme d'êtres ordinaires.

Ses pieds raclant le sol, Àrdan gémit et supplia comme ils l'extirpaient de force de sa cellule.

Ce jour-là, ils ne touchèrent pas à son dos, car l'ouvrage était quasiment achevé, mais commencèrent par les ongles, qui avaient repoussé. Les couloirs troglodytes de Tòrrfang s'emplirent de hurlements. Puis ils se défoulèrent un peu sur le prisonnier. Enfin, ils finirent par une barre de fer rougi, appliquée sur les aisselles et les parties génitales. Les questions qu'ils posaient étaient devenues anecdotiques, de simples formalités pour poursuivre leur œuvre.

Ils rendirent Àrdan à sa cellule et reprirent le cours banal de leur vie ; une odeur de chair brûlée les avait précédés.

Même habitué à voir – ou à subir – certains mauvais traitements, Lijank fut horrifié en retrouvant son compagnon de cellule : à peine l'effleurait-il qu'Àrdan, recroquevillé sur la pierre froide, poussait des cris plaintifs, tel un chien qu'on aurait trop battu.

— C'est moi, murmura le vieux. Je vais t'installer sur ta couche.

Il n'eut pour toute réponse que la même plainte. Comme ses rations avaient été réduites, le supplicié était devenu tellement maigre que Lijank parvint à le soulever du sol.

— J'ai gardé un peu d'eau et un bout de pain, tu en veux ?

Àrdan, tremblant et gémissant, secoua la tête. Allongé sur sa couche, il gardait les bras écartés à cause de ses brûlures.

— Il faut que tu manges, insista-t-il.

Il s'installa à ses côtés, trempa le pain dans l'eau pour le ramollir et le nourrit avec patience, comme on nourrit un nouveau-né. Peu après, Àrdan tomba dans un sommeil agité et Lijank retourna s'installer sur sa couche, en essuyant les deux gouttes d'eau salée qui menaçaient de tomber du coin des yeux. Il pouvait l'aider, mais que valait la parole du dernier des *tollnars* face à un galanat, embrigadé depuis le plus jeune âge ? Il tenta d'approcher le sujet de manière détournée.

— Que cherchent-ils exactement ? demanda-t-il.

Près d'une décade s'était écoulée et la question était posée de but en blanc. Mais Àrdan en saisit aussitôt le sens :

— Ils sont persuadés que je participais à une cabale, une conspiration. Ils cherchent à connaitre mes contacts.

— C'est vrai ?

Àrdan haussa les épaules, fataliste :

— J'ai lu les mauvais livres, posé les mauvaises questions. Et j'ai désobéi aux ordres directs d'Alaois. Mais je n'ai jamais participé à une conspiration, c'est grotesque. (Le ton avec lequel il avait prononcé cette dernière phrase montrait à quel point il considérait l'hypothèse ridicule.) Et ils le savent très bien.

— Tu as déjà donné des noms malgré tout ?

— Évidemment. On ferait n'importe quoi pour que... ça s'arrête. J'ai donné des noms de werlogs, parfois j'en ai inventé.

— Ça a eu des conséquences ?

L'expression sur le visage d'Àrdan montra sa totale indifférence :

— Je ne me suis jamais posé la question. Des conséquences ? (Il réfléchit.) Peut-être. Mais je ne pense pas. Ils se foutent pas mal de ce que je peux raconter.

Lijank hocha la tête :
— Jamais de noms de galanats ?
Àrdan, regard en coin, regarda le vieux.
— Ce n'est pas crédible. *Intof'a galanats.*
— « Faites confiance aux galanats. »
Un sourire discret et amer se dessina sur le visage de Lijank : en tant que tollanyr, cette phrase résonnait d'un double sens effroyable.
— Et pourtant, je suis ici, murmura Àrdan.
— C'est pour ça qu'ils s'acharnent, expliqua le vieux. Vous représentiez le meilleur d'eux-mêmes, le meilleur de ce que la société dvahsyre pouvait produire.
— Le meilleur de ce que les Immortels voulaient produire, corrigea Àrdan.
Lijank l'observa un moment : même dans un état cadavérique, son compagnon de cellule, couvert de plaies et de cicatrices, conservait une certaine dignité dans sa posture et dans ses gestes. Il y avait chez lui une force mentale paradoxale : il avait été brisé tant de fois, tant de fois il avait été réduit à gémir et à trembler, à tel point que tous deux en avaient perdu le compte, et pourtant entre chaque séance, il retrouvait l'usage de la parole et sa raison ressurgissait des ténèbres, tel un phœnix de ses cendres. La comparaison n'était pas infondée, tellement la volonté qui l'habitait semblait surnaturelle.
— Ce n'est qu'une question de temps. (Ne comprenant pas, Àrdan fronça les sourcils.) Chaque fois, tu relèves la tête. Bien peu de gens en seraient capables. Mais nous avons tous un point de rupture. Même toi. Ils finiront par te rompre, par te faire perdre la raison, définitivement.
Alors qu'il prononçait sa phrase, Lijank se rendit compte de la violence de son propos. Son compagnon de cellule ne protesta pas et se contenta de baisser la tête.
— Ce n'est pas ce que je veux dire, se reprit le vieux. Il y a certaines choses que tu peux faire quand tu es sur la table.
— Quand on est sur la table en fer, tout est inutile.
— Non, on peut s'y préparer. Un peu.
Le supplicié secoua la tête, résigné. Son regard était rivé à la pierre froide et sombre, mais son attention restait fixée sur Lijank, comme s'il en attendait un miracle.
— Ce n'est pas une histoire à dormir debout, insista le vieux,

c'est sérieux.

— Je t'écoute. Dans ma position, je suis prêt à tout entendre.

Lijank hocha la tête, un peu surpris d'avoir l'attention de son compagnon de cellule. Il prit une inspiration et se lança :

— La première étape est d'abandonner tout espoir, assura-t-il.

Àrdan redressa la tête pour vérifier qu'il ne plaisantait pas, puis explosa – relativement, étant donné son état :

— Quoi ? s'exclama-t-il d'une voix brisée. N'es-tu pas devenu fou ? Veux-tu la mort de mon esprit, avant celle de mon corps ?

Lijank sentit la colère monter chez son compagnon :

— Je me suis mal exprim...

— Il suffit ! coupa Àrdan.

Il se recoucha pour clore la conversation. Le silence de Tòrrfang reprit ses droits pendant plusieurs jours, accompagné de ses maigres rations, de ses cris, de ses démangeaisons et de ses pensées circulaires qui rendent fou.

— Que voulais-tu dire exactement ?

La question semblait sortir de nulle part. Mais à Tòrrfang, l'espace et le temps se déformaient : tandis que le premier rétrécissait jusqu'à vous étouffer, le second se dilatait jusqu'à l'infini, si bien que l'on pouvait commencer une conversation et la terminer des décades plus tard, comme s'il ne s'était rien passé entre les deux. D'ailleurs, il ne se passait jamais rien, en dehors des poings qui tambourinaient contre la porte de votre cellule.

— C'est difficile à expliquer, alors ne te braque pas, écoute-moi jusqu'au bout. (Le supplicié pinça les lèvres, le regard dur.) La première chose à faire dans ta situation, dans notre situation, se reprit-il, c'est de lâcher prise.

— Lâcher prise ? Je ne peux pas, rétorqua aussitôt Àrdan. Ce n'est pas comme ça que j'ai été élevé et ce n'est pas dans mon caractère.

Lijank marqua une pause, pour bien choisir ses mots. Il savait qu'il n'aurait peut-être pas une autre chance :

— Il est des choses qui dépendent de nous ; il en est d'autres qui n'en dépendent pas. Les premières sont par définition libres et accessibles ; les secondes, en revanche, ne sont pas en notre pouvoir. Si tu crois libre et accessible ce qui ne l'est pas, tu ne rencontreras que frustration, souffrance et aliénation et tu rendras les autres responsables de ton malheur. Mais si tu apprends à distinguer et à accepter ce qui dépend de toi de ce qui n'en dépend pas, tu trouveras la liberté et la paix. Or, une libération de Tòrrfang ne dépend pas de toi.

Sans s'en rendre compte, Àrdan secoua la tête.

— Voilà donc ta solution, vivre sans espoir ?

— Qu'appelles-tu « espoir » ? Si tu entends par là, une volonté d'agir quotidiennement, je comprends et j'approuve ton objection. Mais ce n'est pas ce que signifie l'espoir : l'espoir fait naître des attentes, des besoins, qui finissent souvent par être déçus et te feront basculer dans le désespoir. Puis on se reconstruit, on reconstruit un espoir – non pour vivre, mais pour survivre – jusqu'à la prochaine crise et ainsi de suite. L'espoir te condamne à attendre la réalisation d'un avenir radieux, ou au moins favorable : ton esprit s'égare, il se met à vagabonder et à te faire « vivre » une multitude de situations que tu désires, dans lesquelles tu es enfin heureux ou victorieux ou aimé, dans lesquelles tu prends ta revanche... Ne sont-ce pas ces choses que tu imagines quand ton esprit vagabonde ? Ai-je tort ?

La mâchoire d'Àrdan se crispa. Il secoua la tête à contrecœur.

— L'espoir vole ton présent, en te promettant un futur qui n'existe pas.

— Tes mots, même s'ils sonnent vrais, sont si pessimistes...

— Pessimistes ? Pas du tout ! Il faut se débarrasser des excès, qu'ils soient pessimistes ou optimistes.

— Même si tu as raison, cette réalité est trop difficile à accepter, avoua le supplicié gorge serrée. Comment vivre sans espoir ?

Le regard de Lijank fixa celui de son compagnon de cellule et pénétra jusqu'à son âme.

— Avec espérance.

Àrdan fronça les sourcils et son regard se fixa, comme il réfléchissait :

— Pourquoi existe-t-il *deux* mots presque identiques ? Je suppose qu'ils ne désignent pas la même chose.

— Tu supposes bien. Mais toutes les langues ne font pas cette distinction, pourtant fondamentale. L'espoir n'est fait que de chimères et d'illusions, au contraire de l'espérance qui est une confiance profonde en l'avenir : c'est la conviction sincère que les épreuves que nous traversons ne sont pas là pour nous nuire, mais qu'elles nous rendront meilleurs. C'est l'idée que l'avenir ne peut rien nous réserver que nous ne puissions surmonter, même dans la douleur. L'espérance est douce et sereine. Elle ne fait naître aucune attente et dans le même temps nous donne la volonté ferme d'agir, de faire chaque jour ce qui est en notre pouvoir.

— Mais qu'est-ce qui est en notre pouvoir... ici ? demanda Àrdan en montrant les murs de pierre.

Lijank savoura cette victoire : son compagnon de cellule était déjà à l'étape suivante.

— Bonne question. Ça n'arrive pas comme ça, il faut s'entrainer. Respire profondément. (Lijank inspira et le supplicié l'imita.) Encore. Écoute-toi respirer. C'est très bien, continue ainsi. Respire et concentre-toi sur ton souffle.

— C'est tout ?

— C'est tout.

Lijank respira en profondeur et attendit encore. Puis il demanda sans prévenir :

— Ton esprit s'est égaré, n'est-ce pas ? Il va, il vient, il papillonne de sujet en sujet ?

— Depuis un moment, reconnut Àrdan en hochant la tête.

— Eh bien, rassure-toi, c'est normal. Replace ton attention sur ton souffle et continue d'observer ton esprit fonctionner. Quand tu écoutes ton souffle, tu es conscient et tu reconnais cette conscience. Chaque fois que ton esprit s'égare – c'est normal, tu ne le punis pas, tu le replaces sur ton souffle. Voilà. C'est un exercice très simple... et tu as tout le temps de le pratiquer.

Pendant deux jours, les échanges entre les deux prisonniers furent rares et aucun maton ne vint perturber l'atmosphère particulière de leur cellule. À la fin d'un de leur court repas, Àrdan admit :

— Je vois mon esprit fonctionner. Il est agité, très agité. J'ai parfois beaucoup de mal à me concentrer sur mon souffle au-delà de quelques instants.

— Tu es comme tout le monde, ni plus ni moins. L'esprit est comme un drapeau qui flotte et s'agite en fonction du vent. Continue à l'observer et à le sortir de ce rêve éveillé pour le replacer doucement sur le chemin du présent. C'est le seul chemin réel, le reste n'est qu'imagination de ton esprit. (Àrdan acquiesça en soupirant.) Saisis-tu en quoi cela peut être utile ? Je veux dire... sur la table de fer.

— Pas vraiment, admit le supplicié. Je le fais pour ne pas avoir les mêmes pensées circulaires tout le temps. Sinon, j'ai l'impression de devenir fou. De ce point de vue, je dois admettre que ça marche. Mais pour la table de fer...

Il soupira de désespoir.

— Il y a deux étapes. La première, je te l'ai déjà expliquée : tu dois admettre, aussi difficile que ce soit, que le sort réservé à ton corps ne dépend pas de toi, mais de tes salauds de tortionnaires. Eux seuls décideront. Si tu l'acceptes, alors tu n'auras plus peur de perdre ton corps, d'être estropié ou amputé.

— Il faut lâcher prise.

— C'est ça. Mais il ne suffit pas de le savoir, ni même de le comprendre : il faut l'accepter en ton for intérieur, dit Lijank en posant la paume de sa main sur son ventre.

Àrdan soupira une nouvelle fois, sans s'en rendre compte :

— Et la seconde étape ? demanda-t-il.

— Cela pourra sembler paradoxal : il ne faut pas fuir la douleur, au contraire, il faut te concentrer dessus. (Àrdan haussa les sourcils.) La douleur est une information, certes désagréable, mais une information envoyée à la conscience. Le réflexe naturel de tout être est de la refuser – c'est notre instinct de conservation. Ton esprit cherche alors une issue qui n'existe pas, il est comme un animal en cage.

À ce moment précis, Àrdan eut la certitude que Lijank était déjà passé sur la table en fer.

— Je crois que j'ai compris, dit-il. Il faut que je reste concentré sur la douleur, comme je l'ai fait sur mon souffle ?

— Exactement. Le feras-tu ?

— Je n'ai rien à perdre, pas même la face, répondit Àrdan en haussant les épaules. Mais qu'est-ce que cela pourra bien changer ?

— La douleur ne disparaîtra pas, bien sûr. Mais en te concentrant sur la douleur, tu la verras pour ce qu'elle est vraiment : une information désagréable. Lorsque ton esprit voudra errer, comme le lion en cage, il faudra que tu le replaces sur la réalité : la douleur.

— Mais concrètement, qu'est-ce que cela change à la

douleur, la sueur, l'épuisement ? demanda encore Àrdan qui cherchait à se rassurer.

— Même si ton corps souffre, dans ton for intérieur, tu seras calme et serein malgré la tempête qui se déchainera autour de toi.

Àrdan n'était pas convaincu :
— Ça m'a l'air d'un grand classique : la position théorique qui ne tient pas à l'épreuve de la pratique.

— Détrompe-toi, le premier qui a tenu cette « position théorique » était un esclave... torturé par son maître. Et l'on rapporte que même sous les fers, il était heureux, tandis que son maître, même au milieu de ses richesses et de son confort, ne l'était pas.

— « On rapporte que »...

Lijank sourit du scepticisme de son compagnon de cellule :
— Il ne te reste qu'à expérimenter par toi-même.

Àrdan acquiesça, le regard fixe. Le cheminement de sa pensée lui rappela, avec une précision qui l'étonna lui-même, une idée qu'il avait rencontrée lors de l'une de ses lectures :

— « La vue des instruments de torture triomphe de ceux qui auraient résisté à la souffrance. »

Le sourire édenté de Lijank se fit plus franc :
— Et tu sais pourquoi, n'est-ce pas ? demanda ce dernier.

— Oui. Parce qu'on laisse l'esprit du prisonnier faire le travail.

— C'est toute la force – ou la faiblesse – de l'esprit. Si tu veux faire de ton esprit un allié, il va falloir pratiquer.

— Pratiquer ?

Lijank prit une profonde inspiration et tous deux s'entraînèrent à discipliner leur esprit et à en faire un allié.

Pourtant, même préparé, le cœur d'Àrdan tressaillit lorsqu'il entendit tambouriner sur la porte : boum, boum, boum.

Désir

Lorsqu'il fut rendu à sa cellule, son corps n'était pas moins meurtri. Sa peau passée au fer rouge le martyrisait tout autant. Le poison dans ses plaies continuait de brûler de manière atroce. À aucun moment, la douleur n'avait disparu. Malgré cela, tout avait été différent.

Dès qu'il avait été extrait de sa cellule, ses tortionnaires avaient remarqué cette différence, sans y prêter attention. Le prisonnier avait toujours peur comme en témoignait son souffle court, mais il n'avait pas gémi et ils n'avaient pas eu à le traîner jusqu'à la table de fer. Dans l'esprit d'Àrdan, l'assaut avait commencé. Les souvenirs des séances précédentes se déversaient en lui – l'odeur de chair brûlée, son dos creusé au couteau, la barre de fer qui rougissait dans l'âtre – et menaçaient de noyer, une fois de plus, sa raison.

Pourquoi ? Pourquoi subir un tel tourment ? Pour l'instant, je me porte sur deux jambes et je ne souffre pas.

Ce ne fut pas une révélation, mais la preuve définitive de la force – ou de la faiblesse – de l'esprit : la méthode de Lijank, aussi surprenante et contre-intuitive semblait-elle de prime abord, méritait d'être mise en pratique.

À présent qu'il avait été rendu à sa cellule, il n'était plus que douleur et sueur, et pourtant son esprit était relativement calme, comme l'avait expliqué le tollanyr. Il venait d'être torturé. C'était un fait. Son corps lui indiquait qu'il souffrait de la torture. Ni plus ni moins.

Lijank fut empli de joie en constatant la réaction de son compagnon de cellule. Toutefois, il savait que la victoire n'était que temporaire. Il en fallait très peu pour retomber dans ses travers habituels, pour laisser de nouveau libre cours à ses pensées, jusqu'à ce qu'elles forment un flux incontrôlable que l'on finit par prendre pour la réalité. Il était néanmoins impressionné par la vitesse à laquelle celui qui n'était qu'un galanat orgueilleux et méprisant avait été capable d'absorber l'enseignement d'un tollnar de la pire espèce – celle des réfractaires. Nombreux l'auraient ignoré ou se seraient accrochés avec obstination à leur orgueil.

— Tu sais que tes séances pourraient prendre fin ? Si tes tortionnaires considèrent que ton esprit est définitivement brisé, ils ne prendront plus le même plaisir et ils pourraient arrêter ton « traitement ».

La première réaction d'Àrdan fut un enthousiasme débordant. Une énergie nouvelle s'empara de lui et il eut du mal à cacher son excitation :

— Vraiment ? Vous pensez ?

Aussitôt, son enthousiasme retomba et son expression s'obscurcit :

— Pourquoi me faire miroiter ça ? demanda-t-il. (Lijank sourit sans répondre.) Vous me mettez à l'épreuve, n'est-ce pas ? (Le sourire s'élargit.) Et j'ai échoué, conclut Àrdan dépité.

— Déjà tu imaginais ton futur différent, déjà l'espoir s'était emparé de toi et te faisait miroiter des choses qui te sont hors de portée, n'est-ce pas ? Rappelle-toi : ce qui est en ton pouvoir, c'est ta manière de réagir à ses barbares. Ce qui ne l'est pas, c'est la date de ton dernier passage sur la table de fer.

Àrdan souffla de déception. Pendant un instant, il sembla défait.

— Ne sois pas trop dur avec toi-même, le rassura Lijank. Tout le monde fait ce genre d'erreur. L'esprit est comme le corps : il s'habitue à faire ce qu'on lui demande. Si tu l'as laissé développer de mauvaises habitudes, tu mettras un certain temps à t'en défaire.

L'analogie avec le corps avait du sens pour Àrdan, car en tant que galanat, l'entretien et l'hygiène du corps, cette machine à tuer, étaient fondamentaux. Savoir qu'il était capable d'appliquer cette rigueur, qu'il appréciait, à l'hygiène de l'esprit, le réconforta. Sa réflexion se poursuivit et il finit par dire, d'une voix claire et d'une diction lente, le regard fixe :

— L'espoir n'est qu'une forme de désir, n'est-ce pas ?

Il n'attendit pas la confirmation de Lijank, car sa question n'était qu'une formule rhétorique. Il était certain de ce qu'il avançait. De son côté, le vieux tollanyr garda le silence et continua d'observer la pensée de son compagnon se développer.

— On tombe dans un certain paradoxe, continua Àrdan. Désirer quelque chose, c'est un peu comme se jeter dans une mer démontée, dans le but d'éprouver le plaisir d'être sauvé. Je veux ce nouveau vêtement, de cette belle étoffe, je souffre d'un manque en le désirant pour pouvoir me sentir mieux en l'obtenant. Mais ce plaisir n'est que superficiel et temporaire. Très vite, on se rejette à la mer.

— Si tu prends l'habitude de vouloir quelque chose de plus, ce n'est pas ce quelque chose que tu désires, c'est avoir plus, conclut Lijank. Ce processus ne s'arrête jamais. Tu ne peux finir que frustré et insatisfait.

— Nombre de mes compagnons considéraient que l'ambition et le désir, allant jusqu'à la voracité, étaient une bonne philosophie de vie, l'essence même de la vie.

— C'est l'essence de la frustration et de l'insatisfaction, objecta Lijank.

— Et si tout le monde vit selon cette « philosophie » ?

— Eh bien, cela donnera une société qui, bien que prospère, serait composée de gens qui se sentiront pauvres, frustrés et insatisfaits... autrement dit malheureux !

Àrdan acquiesça d'un lent mouvement de tête.

— D'une certaine manière, j'ai vécu de la sorte, reconnut-il.

Il prit une profonde inspiration et grimaça, comme il changeait de position son corps meurtri. Pour une fois, il n'avait pas de difficulté à accepter la sagesse de Lijank. Alors qu'il était galanat, son obsession quotidienne, avant de finir à Tòrrfang, était de progresser dans la hiérarchie du Cercle. Et malgré son succès indéniable, sa situation n'avait jamais été suffisante. Il avait toujours rêvé de grandeur, d'immensité même.

— Je crois qu'on agit ainsi pour donner un sens à notre vie. Je ne parle pas de philosophie abstraite, au contraire : le désir et l'ambition donnent une direction quotidienne, une raison de se lever chaque jour. Après tout, il faut bien trouver à s'occuper, n'est-ce pas ?

— C'est ton esprit qui a besoin d'être occupé, répondit Lijank. C'est pour cette raison que je t'ai demandé de t'asseoir, de te calmer et de t'écouter respirer, pour que tu puisses l'observer en train de fonctionner, pour que tu puisses observer ce singe bavard que nous avons tous dans la tête. (Il mimait le singe parlant de la main, ce qui fit sourire Àrdan.) Pour comprendre que toutes ces agitations ne sont pas la réalité, mais seulement les vagues de ton esprit.

— Admettons. Admettons que l'on maîtrise tous ses désirs. Que l'on distingue toujours ce qui est en notre pouvoir et ce qui ne l'est pas ; ce qui est réel, de ce qui n'est qu'un désir projeté par notre esprit. La vie ne risque-t-elle pas de nous sembler bien... « vide » ?

Lijank fronça les sourcils : sa première réponse n'avait pas été satisfaisante, puisqu'Àrdan venait de lui poser la même question, sous une autre forme. Et d'une certaine manière, il avait raison. Le désir, quoi qu'on en pense, est un puissant guide, qui peut donner du sens – même superficiel – à une vie. Sans lui, sans les contraintes du désir, l'individu peut se retrouver libre sans y être préparé et ainsi être confronté à un terrible vide existentiel.

Lijank fixa le sol froid. Sa respiration était régulière. Àrdan ne relança pas, il savait que le vieux préparait une réponse argumentée.

— Si l'on passe sa vie à essayer de satisfaire ses désirs, commença Lijank, on imagine forcément qu'elle sera vide quand on les supprimera. Ça ne veut pas dire que c'est vrai. De toute façon, le but n'est pas de supprimer les désirs, de même que l'exercice de respiration n'a pas pour but d'arrêter de penser : dans les deux cas, c'est impossible. L'objectif est d'observer ses pensées ou ses désirs afin de comprendre leur nature et de ne plus en être esclave. Tu ne m'as pas cru sur parole – et tu as bien fait, mais après avoir essayé, tu as constaté par toi-même que cela fonctionnait. (Àrdan acquiesça.) Ce que tu crains à présent, c'est de ne plus savoir quoi faire de ton temps. Eh bien, de nombreuses occupations existent, bien plus épanouissantes que de satisfaire ses désirs. Tu veux sans doute savoir lesquelles ?

— Oui... même si ça ne servira à rien ici.

— Détrompe-toi. Une première possibilité est d'apprendre, de renforcer sa connaissance, encore et encore. C'est une occupation fondamentale, que l'on a tendance à oublier quand on a passé l'âge d'aller à l'école. Par ailleurs, nous avons souvent une famille, des amis, des êtres chers, avec qui l'on aime partager des moments, ou qui ont besoin de notre soutien. Aider les autres avec compassion n'est pas qu'une vaine expression. Recevoir cette aide non plus. Et puis, quel meilleur moyen d'occuper son temps que de pratiquer toutes formes d'art ? Écriture, peinture, sculpture, musique... Si tes motivations sont les bonnes.

— Que veux-tu dire ? demanda Àrdan qui ne comprenait pas.

— Disons que tu te mettes à écrire des poèmes. Noble activité, n'est-il pas ? Tu y mets tout ton savoir-faire et toute ton âme. Et pourtant, tes œuvres ne rencontrent pas le succès escompté et tu vas de déception en déception. Tu deviens alors frustré et aigri, tu critiques les autres œuvres qui te font concurrence et qui ont plus de succès que les tiennes. Comment est-ce possible ? Pratiquer une activité aussi noble et être aussi insatisfait et frustré ?

— Je crois que je sais, répondit Àrdan. La frustration gagne parce que la pratique de l'art n'était pas la fin en soi, mais le moyen d'atteindre l'objectif réel : le succès. Ce n'était pas les joies de l'esprit, le plaisir de pratiquer un art noble, qui nous guidaient, mais le désir et la vanité.

Le sourire édenté de Lijank rayonnait dans la pénombre : il était fier de son compagnon de route.

— Quels que soient nos agissements, continua Àrdan, tout dépend de ce qui nous conduit à agir. Comme ces parents qui poussent leurs enfants à réussir, mais qui, à travers leur progéniture, cherchent avant tout à satisfaire leur propre réussite.

Lijank comprit que son compagnon n'avait pas eu à chercher bien loin cet exemple.

— On peut aider quelqu'un dans le seul but de satisfaire ses propres désirs, confirma le vieux, cela ne fait pas de nous une bonne personne. À l'inverse, dans des cas extrêmes, on peut être contraint de tuer quelqu'un pour sauver d'autres vies, cela ne fait pas de nous un monstre.

La mâchoire d'Àrdan se crispa et il soupira une nouvelle fois. Son expression s'était subitement durcie.

— J'ai toujours l'impression que ce ne sont que des mots, mêmes justes. Comment peuvent-ils nous aider ici ?

— Tu as déjà oublié l'exercice ? demanda Lijank.

— « Souviens-toi, Àrdan, de ne jamais oublier d'observer tes pensées et de ne pas t'y accrocher. »

L'élève avait répété la phrase du maître sur un ton volontairement monocorde. L'éclat de rire de Lijank ne fut interrompu que par le bruit d'un poing tapant sur la porte de leur ergastule : boum, boum, boum.

Richesse

Àrdan fut rendu à sa cellule, brisé une nouvelle fois. Il avait tenté par tous les moyens d'appliquer la méthode de Lijank, qui avait fait ses preuves, mais chaque fois son esprit se dérobait, à tel point qu'il s'était vu de nouveau hurler et supplier.

Le processus de reconstruction fut plus difficile. Son incapacité à rester maître de lui-même, alors qu'il y était parvenu la fois précédente, le plongea dans un profond désarroi, qui se lisait jusque dans sa posture. Lijank prit soin de lui en demeurant silencieux : Àrdan avait les armes et la force pour parcourir ce bout de chemin.

Après deux jours entiers, ce dernier finit par avouer :

— C'est un désastre. Regarde-moi. Mon esprit est dans le même état que mon corps : brisé.

Lijank n'était pas d'accord, mais il se contenta de secouer la tête. Il commençait à connaitre son compagnon de cellule : s'il s'opposait frontalement à lui, il risquait de perdre son attention et ne pourrait plus l'aider. Àrdan souffla de colère.

— Pourquoi je suis incapable de me contrôler alors que j'ai réussi la dernière fois ? demanda-t-il d'un ton ferme.

— La première fois, ça a fonctionné et tu t'es dit : je devrais ressentir cela. Ton esprit a alors construit des attentes, il s'est dit : « je dois atteindre ce niveau, cet état ! ». Si je l'atteins, je suis satisfait et heureux ; si je ne l'atteins pas, je serais déçu et malheureux.

— Laisse-moi deviner : ça ne fonctionne pas comme ça ?

— Pas du tout. D'une part, il n'y a pas un « état » ou un « niveau » particulier à atteindre. Ce n'est qu'une création de ton esprit. D'autre part, la pratique de la maîtrise de l'esprit a des hauts et des bas, un peu comme les vagues. C'est tout à fait naturel.

Le regard d'Àrdan fixait la pierre grise, rendue noire par l'obscurité. Sa respiration était difficile, ses épaules affaissées ; il dodelinait de la tête, en penchant un peu vers l'avant. Quiconque l'aurait vu pour la première fois aurait cru voir un aliéné. L'expression d'inquiétude sur le visage de Lijank s'atténua toutefois quand il l'entendit reprendre la parole :

— L'espoir est un poison lent, qui s'infiltre sans qu'on s'en aperçoive par le moindre interstice de la pensée, murmura Àrdan. Je ne parle pas de l'espérance et de la sérénité qu'elle engendre, mais de l'espoir qui engendre attentes et déceptions. (Il savait que Lijank avait compris, mais précisait sa pensée pour la clarifier.) J'essaie de discipliner mon esprit, j'essaie vraiment. Quand je l'observe, je vois le macaque inépuisable que j'ai dans la tête. Et quand je ne l'observe pas, c'est pire.

Lijank avait de l'estime pour Àrdan, car ce dernier était un guerrier. Pas de ces jeunes mâles qui s'enorgueillissent de leurs muscles et miment les combats pour se rassurer sur leur virilité. Non, Àrdan avait *l'esprit* du guerrier : même brisé, le corps famélique et meurtri au beau milieu de la crasse et des puces, il gardait une volonté et une vivacité d'esprit peu ordinaires.

— Parfait, répondit le vieux.

— Parfait ?!

— Oui. Le singe qui parle dans ta tête (il refit le petit mime de la main qui avait fait sourire Àrdan), il a toujours été là. La différence est que, maintenant, tu le remarques. C'est une bonne chose. Mais on ne peut pas transformer son esprit en quelques jours. La route est longue.

C'était une évidence et pourtant Àrdan avait un sentiment d'urgence difficile à maîtriser. Il soupira une énième fois et changea de sujet :

— Depuis que je suis à Tòrrfang, je pense souvent à mon ancienne vie, admit-il.

En prononçant cette phrase, il ne mit aucun accent sur « ancienne vie ». Il n'avait fait qu'énoncer un fait.

— La plupart du temps, cette vie me manque, poursuivit-il. Je m'aperçois de toutes ces choses que je prenais pour argent comptant et dont nous sommes à présent privés.

— Je pense que tous les prisonniers ont ce sentiment, à un moment ou un autre.

— Sans doute, mais ce qui me frappe à présent, c'est

comment mon esprit, alors que j'étais libre et bien portant, se remplissait de problèmes qui me semblent aujourd'hui futiles. J'ai l'impression que notre esprit est comme un réceptacle que l'on remplit de nos préoccupations. La situation en elle-même, bonne ou mauvaise, importe peu : le réceptacle se remplit toujours.

— Tu t'es déjà demandé pourquoi ? demanda Lijank en acquiesçant.

Àrdan secoua la tête et leva les yeux, comme il plongeait à la recherche d'une réponse :

— C'est notre nature… Mais l'affirmer ne nous avance à rien. Qu'en penses-tu, toi ?

— Je crois que l'esprit fonctionne de manière relative et non dans l'absolu. C'est-à-dire que nous évaluons toujours une situation dans son contexte.

— Comment ça ?

— J'avais un ami qui voulait devenir comédien – il adorait le théâtre. À force de travail, il était parvenu à intégrer l'une des troupes tollanyrs les plus prestigieuses, qui donnait des représentations jusque chez les riches dvahsyrs. Il était parmi les rares tollanyrs jouissant d'une certaine liberté et ne souffrait jamais de la faim. Et pourtant, au fond de lui, il m'avait avoué être malheureux, car il n'était jamais choisi pour les rôles importants et n'était le plus souvent qu'une doublure. Bien que, dans l'absolu, sa situation fût une réussite, pour lui, qui voyageait et vivait au sein de cette troupe et de ses artistes, elle était source de frustration et d'aigreur.

Àrdan trouva l'exemple si convaincant qu'il abonda dans son sens :

— C'est vrai aussi pour les situations quotidiennes. On peut se faire une montagne de problèmes anodins qui n'ont, en réalité, qu'une importance très relative. Je me souviens m'être morfondu pour avoir échoué à une épreuve écrite qui n'a eu aucune conséquence réelle.

« L'esprit fonctionne de manière relative. » répéta-t-il, pour mieux retenir le raisonnement. Un souvenir émergea en lui :

— Cela me rappelle un truc qu'on dessinait quand on était gamin. (Il y avait une pointe d'enthousiasme dans sa voix et l'espace d'un instant, il chercha de quoi écrire dans la cellule, avant de se raviser.) Deux disques blancs de même taille, entourés de disques noirs. Autour du premier, ces disques sont petits ; autour du second, ils sont grands.

— Laisse-moi deviner : on voit le premier plus grand que le second ?

— Exactement.

Un sourire s'esquissait au coin des lèvres d'Àrdan. *Comme j'aimerais avoir ces conversations dans un petit salon cosy, autour d'un thé.* Les regrets et la douleur envahissaient son esprit. Il les remarqua, mais ne se laissa pas absorber. *Soyons honnêtes, je n'aurais jamais eu ces conversations avec qui que ce soit si je n'avais pas été jeté dans cette cellule.*

— Notre esprit nous trompe parfois, ajouta-t-il. Le chemin est long.

— Il l'est, répondit Lijank. Par conséquent, quelle est notre ressource la plus précieuse ?

C'était une autre de ses petites énigmes. Àrdan se prêta au jeu et donna une réponse sincère :

— La persévérance ?

Lijank fit une moue dubitative :

— C'est une qualité, indispensable, mais pas une ressource. Je parle d'une ressource qui nous est *extérieure.*

Àrdan le fixa pour voir s'il se moquait de lui, puis montra leur cellule :

— Nous avons à peine de quoi manger.

— Et pourtant... Réfléchis bien : qu'est-ce que nous possédons en très grande quantité ?

Le ton d'Àrdan se fit plus sec :

— Et qu'est-ce que nous avons ? demanda-t-il. Nous n'avons rien, rien que du temps à perdre !

Lijank resta impassible comme une statue de pierre, laissant l'agitation d'Àrdan s'épuiser d'elle-même. Puis il reprit la parole :

— N'as-tu jamais entendu quelqu'un jurer que la vie est courte ? Que le temps passe trop vite ? La vie est bien assez longue, mais nous gaspillons notre temps à courir après des désirs illusoires : possessions, mondanité, gloire, ivresse du corps, beauté. Combien de temps perdons-nous à de vaines douleurs, à des plaisirs éphémères, à des mondanités vaniteuses ? Combien d'entre nous sont esclaves de leur profession ? N'as-tu jamais vu courir ceux qui cherchent par tous les moyens à transformer leur temps en argent, jusqu'à ployer sous son poids ? Pourtant, la ressource la plus précieuse, c'est le temps ! Il est à la fois *indispensable* – nous ne pouvons rien faire sans temps ; tout à fait *incertain* – personne ne sait quand il va mourir ; et *irréversible*, car ces années perdues à des activités futiles, personne ne nous les rendra. Puisque le temps est si précieux, plutôt que de chercher à le transformer en richesse, ne devrions-nous pas faire précisément l'inverse, c'est-à-dire transformer notre richesse en temps ? Malgré cela, rares sont ceux qui le font, car nous sommes si bien occupés à courir, encore et toujours, que nous vivons comme si nous ne devions jamais mourir.

Àrdan ajouta d'un ton dur :

— Et ceux qui ont ainsi gaspillé leur temps, affirmeront en prenant des airs de vieux sages : « Que la vie est courte ! », avant de se convaincre de l'avoir bien remplie. Ces poulets sans tête mourront aussi bêtes qu'ils ont vécu.

Lijank conservait un sourire serein malgré l'agressivité de son compagnon de cellule :

— Le gaspillage de leur vie est déjà une punition bien assez lourde, pourquoi une telle ardeur à les juger ? (Le vieux attendit une réponse, mais comme son compagnon ne disait rien, il reprit :) Tu trouves le comportement de ces « poulets sans tête » imbécile et méprisable, mais au fond de toi, ne les envies-tu pas ? (Àrdan fronça les sourcils et déglutit.) Parce que si tu avais l'esprit tranquille et confiant de tes propres choix, tu n'éprouverais pas le besoin de les juger et de te rassurer. Au contraire, tu chercherais à les aider. N'oublie jamais que l'esprit fonctionne de manière relative : quand tu critiques les autres, c'est toi-même que tu cherches à valoriser.

L'orgueil d'Àrdan en prit un coup. Il leva les yeux au ciel ; il ne vit que la roche anthracite.

— Réjouis-toi, conclut Lijank, nous avons tant de temps à notre disposition. Àrdan, nous sommes riches, immensément riches !

Habitudes

— Ce doit être dur de perdre un enfant.
— Plus difficile que de perdre son père ou sa mère ? répondit Lijank. Quand quelqu'un meurt après un certain âge, ce n'est plus dur ?

Les séances étaient de plus en plus espacées dans le temps, ce qui laissait plus souvent aux deux prisonniers l'occasion d'échanger. Et déjà, l'irritation gagnait Àrdan. Le vieux avait le don pour remettre en question des évidences. Il fallait tout expliciter, tout le temps. Le plus énervant, c'était qu'il avait raison de décortiquer les sous-entendus.

— Perdre sa mère ou son père à un âge vénérable, alors qu'ils ont vécu et ont eu leur temps, c'est... acceptable. Alors que perdre un enfant est tellement injuste.
— « Injuste » ? Parce que l'univers est... « juste » ? Parce qu'il existe des dieux qui veillent sur nous ? Tu crois aux dieux ?

Dubitatif, Lijank passa sa main osseuse dans les quelques longs poils blancs qui lui servaient de barbe.

— Non. Je me suis déjà surpris à lancer une supplication à Yeferthais, la déesse de la vengeance, répondit Àrdan, mais je n'ai jamais été très croyant.
— Pourtant, ici, nombreux sont ceux qui le deviennent.
— C'est une manière de se rassurer, de trouver « l'espérance » dont tu parlais. Il est plus facile d'avoir une profonde confiance en l'avenir quand on imagine que quelque chose ou quelqu'un veille sur nous jour et nuit.
— Tu as raison, répondit Lijank. Mais, pour en revenir à ce que tu disais, l'univers n'est ni juste ni injuste : il est, c'est tout.

Ce vieux débris s'accrochait à chaque mot, chaque non-dit, pour le déconstruire et en exposer les contradictions. Cette fois-ci, c'était le terme « injuste ».

— Perdre ses parents, contrairement à ses enfants, insista Àrdan, reste dans l'ordre des choses.

La moue de Lijank était perplexe.

— De tout temps, des parents ont perdu des enfants avant que ceux-ci n'atteignent l'âge adulte. C'est triste, certes, mais c'est aussi commun. Alors, pourquoi ne serait-ce pas dans « l'ordre des choses » ?

— Tu me fais chier, Lijank, s'énerva Àrdan. (Le vieux sourit avec une certaine tendresse.) Je n'ai pas d'enfants, mais je vois bien l'affection qu'on leur porte. Et je la comprends. Oui, même si je ne suis qu'un sale galanat, un sale assassin, je la comprends.

— Je n'en ai jamais douté, répondit Lijank.

— La mort prive ces gamins de leurs expériences, de leurs joies, de leurs malheurs, d'un futur...

— Le futur n'existe pas en dehors de notre imagination, coupa Lijank. Tout ce que tu décris n'existe pas en dehors de ton esprit. Comment priver quelqu'un de choses qui n'existent pas ?

Àrdan s'employa pour garder son calme. En vain :

— Quand l'enfant vit, la vie continue. Quand un enfant meurt, c'est un cycle qui se rompt ! explosa-t-il.

Sa voix avait résonné jusque dans les couloirs de Tòrrfang. Lijank laissa une courte pause avant de demander, d'une voix douce et calme :

— As-tu déjà brisé ce cycle, Àrdan ?

Ce dernier fut transpercé par chacun de ces mots. Il resta interdit. La question, amplifiée par le silence sinistre de Tòrrfang, le terrorisait, parce qu'il en connaissait la réponse. Il ne pouvait plus parler. De toute façon, il valait mieux ne rien dire. Le vieux n'ajouta pas un mot, sa question suffisait.

Il fallut deux jours à Àrdan pour retrouver l'usage de la parole.

— Pourquoi me poser la question, puisque tu connais déjà la vérité, vieux fou ?

— Que s'est-il passé ? demanda Lijank.

— Je suis un galanat, que...

— Tu étais.

— D'accord ! *J'étais* un galanat. Que crois-tu qu'on tramait ?

— Eh bien, raconte-moi.

C'était le seul moyen pour l'aider : expulser par les mots ce qu'il gardait au fond de sa conscience et de son cœur. Àrdan souffla.

— J'ai reçu l'ordre d'exécuter un couple. Lui était historien et remettait en cause l'histoire officielle, la Remontée, l'histoire des tollanyrs, tout ça. Il était tollanyr lui-même. Sa femme s'occupait de faire connaitre ses thèses, de faire circuler ses ouvrages, en sous-main. Ils avaient déjà reçu des menaces et vivaient depuis dans la clandestinité.

Il s'arrêta.

— Ensuite ? demanda Lijank. Comment les as-tu trouvés ?

— J'avais des contacts, répondit Àrdan en haussant les épaules. C'était un peu ma marque de fabrique. On ne s'imagine pas le nombre de gens prêts à moucharder par jalousie, cupidité ou haine. Les petites mains de l'ombre. Enfin bref, j'ai fait mon travail. Ils avaient quelqu'un pour les protéger. Il est mort aussi.

— Tu les as tués tous les quatre ?

La mâchoire d'Àrdan se crispa.

— Oui. La gamine s'était cachée dans une armoire. Je l'ai fait sortir et elle a entrevu les pieds de l'un des cadavres. Elle était terrorisée. (Il déglutit.) Je me souviens avoir pensé lui offrir une mort rapide, sans douleur. Une mort somme toute honorable. Je me souviens de la lame de mon *krin* qui s'enfonce lentement dans sa gorge frêle, comme si l'univers avait ralenti pour me laisser le temps de changer d'avis. Ou bien pour mieux me punir.

Sa voix était faible, usée.

— C'est quoi un *krin* ? demanda Lijank pour faire diversion.

— Un gant qui couvre tout l'avant-bras, équipé d'un bocle, un petit bouclier, sur le poing. Il est fendu, parce que dans le gant se cache une longue lame, comme celle d'une rapière qui peut jaillir d'un coup à travers le bocle, avec assez de force pour transpercer un gambison et une cage thoracique. Les victimes ne s'y attendent jamais.

— C'est diablement ingénieux. Pourquoi n'en ai-je jamais entendu parler ?

— Seuls les galanats en possèdent. Et en dehors du Cercle, ceux qui voient un *krin* meurent l'instant d'après. (Àrdan marqua une pause.) Bref, j'ai emporté avec moi des livres. Je les ai lus. J'ai posé des questions que je n'aurais pas dû poser. Puis, sur la mission suivante, j'ai en partie désobéi. Ils ont trouvé les livres. Et voilà.

Lijank lui offrit un sourire miséricordieux.

— Quand j'étais encore dehors, j'aimais beaucoup les automates, dit le vieux. (Àrdan fut surpris par ce changement de sujet et de ton.) J'en construisais. C'était mon passe-temps préféré. J'essayais de reproduire avec du bois et du fer les mécanismes de nos merveilleux corps. Et un jour, je me suis demandé : et si je construis un automate si parfait que personne ne fait la différence avec une « vraie » personne.

— Cela ne restera qu'un tas de bois et de métal, répondit Àrdan anticipant la question.

— Si cet automate apprenait de nos comportements, comme le font les enfants, et qu'il se mettait à penser...

— C'est impossible, coupa Àrdan.

— Tu n'en sais rien. De toute façon, ce n'est qu'une supposition. Admettons que les mécanismes internes de l'automate lui permettent de faire des erreurs et d'hésiter, d'aimer, de détester, de souffrir, de créer... Comme nous. En fin de compte, quelle différence y aurait-il entre mon automate et un être pensant ?

L'expérience de pensée que lui proposait Lijank mettait Àrdan mal à l'aise. Il refusait qu'un automate puisse devenir l'égal d'un être pensant :

— Nous serions quand même d'essence différente, car nous avons une âme, un esprit, répondit-il.

— Peut-être. Mais nous n'en avons pas la preuve. Moi aussi je me suis posé cette question et mes réponses ont été comme la tienne : l'esprit, la conscience, l'âme, nous sommes issus des dieux ou du dieu. Un ensemble de concepts qui restent abstraits, sans réalité extérieure ni preuve. Je me suis trouvé dans un profond désarroi, car tous ces concepts abstraits que nous avons créés et qui sont censés nous rassurer ne me rassuraient plus : qui suis-je, si je n'ai pas d'âme ? Qui suis-je sans une essence divine ? Une peur existentielle m'a alors envahi : j'étais seul et l'univers autour de moi était vide. Puis, un peu par hasard, j'ai réalisé la différence entre cet automate imaginaire et moi, une différence à la fois immense et infime, qui se tenait devant le bout de mon nez, sans que je la voie.

— Laquelle ? Si l'automate vit en tout point comme un être pensant et si les concepts abstraits comme l'âme ne sont pas réels, alors il n'y a pas de différence.

— Et pourtant, il y en a une. Cherche et si tu n'as pas trouvé, je te donnerai la réponse. Dans une décade.

— Dix jours ?!

Àrdan pesta contre le vieux et s'embarqua dans une réflexion quotidienne. Très vite, il tourna en rond sans trouver de solution. *Pourquoi m'a-t-il parlé de son automate à ce moment-là ? Le vieux fou ne faisait jamais les choses au hasard. Je lui parlais du couple et de la fille.*

Après cinq jours, alors qu'il terminait son maigre repas et qu'il avait abandonné l'espoir de trouver, il s'exclama :

— J'ai trouvé ! Il reste une différence. L'automate peut être la réplique parfaite d'un être pensant, mais il ne grandit pas, il ne vieillit pas non plus. En fait, il n'est pas vivant au sens où nous l'entendons : la vie ne l'habite pas comme elle nous habite.

Plus que satisfait, Lijank se montra un brin soulagé. Il conclut le raisonnement :

— Ce qui signifie que parmi tous ces concepts censés nous rassurer, le seul dont on a la certitude qu'il existe, c'est le « principe de vie ». On a tendance à l'oublier parce que nous en sommes l'expression même. Et pourtant, ce miracle est tout autour de nous... jusque dans nos couches infestées de puces ! s'exclama le vieux en se grattant.

Son rire dérida même Àrdan.

— C'est vrai que la vie a quelque chose de miraculeux, dit-il. Ce n'est pas étonnant que l'on ait inventé des dieux pour l'expliquer. (Soudain, il réalisa ce que cela impliquait pour lui, qui avait été un assassin.) Pourquoi me faire cette révélation ? Si chaque être vivant porte en lui un éclat de vie, un éclat de divinité, comment puis-je continuer à vivre, moi qui ai moissonné la vie avec tant de froideur et de zèle ?

— Ce que tu as fait restera en toi. Les vies que tu as prises, personne ne peut les rendre. Ce que tu ne vois pas encore, c'est que toi-même, tu *es* un éclat de vie, tu *es* une part de ce miracle.

— Tu as raison. Je ne le vois pas.

La voix d'Àrdan s'était brisée. Il avait le visage plus marqué que d'ordinaire, ses épaules ployant sous le poids d'une culpabilité implacable. Pour une fois, Lijank n'avait pas anticipé cette situation. Il ne regrettait pas de lui avoir fait faire cette expérience de pensée, mais se trouvait contraint d'enchaîner sans tarder jusqu'à l'étape suivante.

— Àrdan, tu restes figé sur ce que tu as fait. Mais le passé n'existe pas. (L'ancien galanat gardait le regard fixe.) Tu ne te trouves ni devant un juge ni devant un tribunal, et pourtant ta culpabilité est réelle : elle est la preuve de ta repentance sincère.

— Ça ne les fera pas revenir.

— Bien sûr que non. Tu voudrais éteindre la souffrance de ceux que tu as blessés ? Mais ce n'est pas en ton pouvoir. Le seul sur qui tu as un pouvoir, à Tòrrfang, c'est toi-même.

Àrdan secoua la tête :

— J'ai moissonné la vie, comme d'autres moissonnent les champs Lijank. Rien ne peut changer ça. Rien ne peut changer ce que je suis.

Le vieux eut l'un de ses petits rires au timing agaçant.

— Rien ne peut changer qui tu es ? Ou les souvenirs de ce que tu as fait ?

— Quoi ?

— Non seulement tu ne vois pas que tu es une part du miracle, mais tu crois être la seule entité de l'univers qui ne change pas, dit Lijank avec son humeur légère.

Àrdan ne répondit pas de suite.

— Je ne te suis plus.

— Tu comprendras un jour.

— J'en doute.

— Tu doutes toujours, objecta Lijank.

— C'est vrai, admit Àrdan après une pause.

— Ce n'était pas un reproche.

Cette nuit-là, il s'allongea sur sa couche infestée de vie avec l'esprit pris dans un tourbillon de réflexion. Sans savoir pourquoi ni comment – à part que le vieux y était pour quelque chose, il eut une épiphanie. Il comprit que tout était transitoire, par essence. *Ce que nous appelons « temps » n'est en fait que la mesure d'un changement perpétuel. Notre réalité est mouvante : tout change, à chaque instant. Par conséquent, rien ne dure vraiment, ni nos joies ni nos peines. Alors pourquoi ce que j'ai été définirait ce que je suis ? Il n'y a rien d'immuable en moi. Dans ce flux de réalité mouvante où rien n'est permanent, chaque jour nouveau est une nouvelle occasion d'agir en accord avec mes principes.*

Le lendemain, il évoqua son épiphanie avec Lijank et les deux échangèrent un long moment. Pourtant, dans les jours qui suivirent, une nouvelle frustration prit forme en lui :

— Je comprends que je peux changer, que je peux devenir une meilleure personne... mais je n'y arrive pas, constata Àrdan. Quand je repense à ceux qui m'ont jeté ici, la colère et le désir de violence montent en moi comme quand j'étais galanat. Pourquoi est-ce si dur de se changer ?

— Ce n'est pas facile parce que l'on reste accroché à nos habitudes. On s'y accroche parce qu'elles nous rassurent, parce qu'on pense qu'elles nous définissent. Change tes habitudes, tes manières quotidiennes de faire et de penser. Fais-le petit à petit, quelques minutes par jour, mais tous les jours : il est temps de prendre de bonnes habitudes.

Lijank avait son sourire édenté jusqu'aux oreilles.

— Ce sont nos habitudes qu'il faut changer, résuma Àrdan en bon élève.

Il prit une profonde inspiration.

Meddwyl

Les séances finirent par s'arrêter, car le sujet ne répondait plus à la torture : il ne hurlait plus sur la table, il ne suffoquait plus pendant les simulacres de noyades. Il était brisé. Ses tortionnaires se désintéressèrent de lui.

— Peut-être faudrait-il changer ton nom, lui dit un jour Lijank.

Chez les elfes noirs, dvahsyrs ou tollanyrs, il n'était pas rare de changer de nom, comme on change de période dans la vie.

— Vraiment ?

— Tu ne crois pas ? Tu ne penses pas avoir changé ?

Àrdan fit une moue dubitative et le vieux lui offrit son éternel sourire édenté. Il se gratta les côtes avec son air guilleret.

— Je ne sais pas. J'aurais l'impression de porter le prénom d'un autre.

— Tu n'as qu'à inventer un prénom, répondit Lijank en haussant les épaules. (Àrdan fronça les sourcils.) Avant tu réagissais de manière violente à chaque contrariété, maintenant tu prends le temps de penser, de réfléchir. Penser se dit « meddwl » en langue ancienne. Tu pourrais prendre le nom de « Meddwyl ».

— « Le penseur » ? Tu devrais avoir honte de te moquer de moi de la sorte, vieille bique.

Les épaules de Lijank furent secouées par son rire.

Des années s'égrenèrent, au même rythme imperturbable.

Le prisonnier devait avoir quelqu'un qui veillait sur lui depuis l'extérieur, car il fut emmené dans une autre cellule, un peu moins sombre, avec un conduit d'air sur l'extérieur, une table, une chaise et une couche décente. Il réclama des livres, du papier et de quoi écrire, qui lui furent accordés sans avoir à négocier.

Des années s'égrenèrent, au même rythme imperturbable.

D'autres prisonniers croisèrent le chemin étriqué de sa cellule.

Un matin, il entendit une voix de femme lui demander, dans la langue dvahsyre :

— Est-ce que vous m'entendez ?

Arc V

Mage

Alasdair ramenait les deux chèvres à l'enclos lorsque son regard croisa celui d'un étranger qui empruntait le principal chemin montant à Teilan. C'était assez rare de croiser un étranger à cette heure. Il attacha ses chèvres et regarda de nouveau : l'étranger était toujours là. Alie plissa les yeux, puis se transforma lui aussi en statue de sel. Il le reconnaissait à peine, mais n'avait pas de doute.

Une tempête de sentiments contradictoires fit rage sous son crâne : l'étonnement de voir ce visage surgir du passé, l'allégresse de retrouver celui qui lui avait tant manqué et la colère née de cet abandon. Finalement, il choisit l'indifférence : il tourna les talons et tira sur les deux cordes pour faire avancer les chèvres.

Il se dirigeait vers la ferme de Macsen lorsqu'une paire de bras l'enlaça avec tendresse. « Pardonne-moi. », entendit-il. Alie aurait voulu résister et fulminer, mais sa colère, qui avait pourtant eu le temps de s'enraciner au cours des quatre dernières années, était moins forte que son affection et son besoin d'affection. Sa main se posa sur l'avant-bras autour de son cou. Il se retourna et allait demander ce qu'il avait fait pendant toutes ces années sur le ton du reproche, mais resta muet : le visage d'Arwylo avait changé. Il était émacié, son regard cerné et dur. Quelques cicatrices avaient fait leur apparition.

— Je crois que vous auriez mieux fait de rester, conclut Alie.

— Peut-être bien, oui.

— Annwyl est avec toi ? demanda le jeune homme en jetant un coup d'œil par-dessus l'épaule d'Arwylo.

— Non, répondit ce dernier en se mordant la lèvre inférieure. (Alie était déçu.) Elle devrait être au couvent d'Angana. Je ne l'ai pas vue depuis plus de trois ans.

— Ah bon, pourquoi ? demanda Alie.

— J'ai beaucoup de choses à te raconter.

— Viens, on rentre, Macsen sera content de te voir.

— Je ne crois pas que ce soit une bonne idée, objecta Arwylo. Je ne suis pas parti en bons termes avec le village.

— Pff, dis pas de bêtise, tout le monde a oublié, répondit Alie en haussant les épaules.

Macsen, comme ses parents, fut surpris et heureux de revoir un vieux camarade. La soirée fut plus longue que d'ordinaire. Arwylo avait bien des histoires à raconter, mais il fit un tri drastique et se limita à ce qui était audible par une famille de Teilan. La soirée fut chaleureuse, car la famille de Macsen ne voyait en Arwylo qu'un gars du village, ordinaire et malchanceux : il n'y avait aucun jugement à porter et le diner fut un repas de joyeuses retrouvailles, rien de plus. Pourtant, cette sensation de normalité parut étrange pour Arwylo, qui n'avait plus connu cela depuis l'attaque de la ferme.

— Par contre, je te déconseille d'aller au village, prévint Macsen. Il y en a encore qui pensent que tu as tué tes parents.

La douce sensation prit fin d'un coup. Le village n'avait pas oublié. Arwylo jeta un regard de travers à Alie : ce dernier lui avait menti. Il aurait dit n'importe quoi pour faire rester son grand frère. Arwylo le comprit et le prit par l'épaule en le serrant contre lui.

— Très bien, je vais dormir dans la grange. Je repartirai demain matin.

— Non ! s'écria Alie. Ou alors je viens avec toi.

— Tu sais que ce n'est pas possible.

— Pourquoi ?

Arwylo était embarrassé, il ne pouvait pas parler de certaines choses devant Macsen et ses parents.

— On en reparlera demain.

Alie ne contesta pas, car il était persuadé que rien ne l'empêcherait de le suivre. Pour le convaincre d'aller enfin se coucher, Arwylo lui fit une modeste démonstration de magie : il fit apparaitre quelques flammèches de lumière et joua avec.

Le visage tout entier d'Alie s'illumina. Pour un mage raté, il était toujours surprenant de constater l'effet que pouvait avoir la magie la plus simple sur le profane. Tout le monde finit par regagner ses pénates et Arwylo parvint à trouver le sommeil sur la paille de la grange.

Ils étaient dans une forêt. Il y avait Anka et Bad. Des corps, orcs, elfes et humains jonchaient le sol. Ils avaient du sang sur les mains. Puis tout à coup, un piège s'actionna quelque part et il se retrouva mourant, au pied d'un arbre, l'abdomen transpercé. Il se vidait de son sang. Anka restait auprès de lui ; Bad n'avait pas survécu. En regardant parmi les cadavres, il découvrit la tête de la jeune fille qu'il avait décapitée, à Merthyr : elle le fixait, l'air indifférent, et clignait parfois des yeux. Lorsqu'il baissa le regard pour voir sa blessure à l'abdomen, il se réveilla.

Le soleil se levait. Il s'étira ; son dos le faisait souffrir. Il était heureux d'avoir revu Alie, mais dans le même temps il avait la confirmation que sa vie à Teilan était révolue. Que ferait-il à présent ? Il irait sans doute chercher du travail à Leinhelion. Anghewyr était trop risquée pour lui. Il sortit de la grange et tomba nez à nez avec Alie.

— Tu n'as pas dormi, n'est-ce pas ?

— Si, répondit Alie. (Arwylo le fixa d'un regard inquisiteur.) Non, c'est vrai, j'ai pas réussi à dormir.

— Je repars pour Leinhelion, je...

— Je t'accompagne !

— Hors de question.

— Pourquoi ?

— Parce que je suis toujours... *malade*. C'est trop dangereux pour toi.

— Mais pourquoi ?

— Je viens de te l'expliquer.

— Je m'en fous, je te suivrai quand même.

Arwylo soupira de fatigue. Il allait chercher à le convaincre lorsqu'il plissa les yeux :

— C'est quoi encore ce bordel ?

Alie se retourna : une foule de villageois descendait le chemin et se dirigeait vers eux. Arwylo avait sans doute été repéré en arrivant et la nouvelle était arrivée au village. Les contadins, courageux, mais pas téméraires, avaient préféré attendre l'aube pour venir s'en prendre à lui.

— Ça fait plaisir de te revoir.

Arwylo tourna la tête : Rewan était là, avec Macsen. Ils échangèrent une franche poignée de main.

— Toi, t'as pas grossi, plaisanta Rewan avec un sens de la litote.

— J'en ai pas vraiment eu l'occasion, admit Arwylo.

— Je suis venu te prévenir, j'ai fait le plus vite possible, mais pas assez vite...

Rewan montra du doigt la foule qui approchait.

— Je pars tout de suite, dit Arwylo.

— On y va ! enchaîna Alie.

— Non, toi, tu restes là. Je te promets de revenir bientôt. Je ne partirai plus jamais comme ça, pendant des années.

Alie ne répondit rien. Depuis qu'il avait revu son grand frère d'adoption, sa fierté et sa raison avaient travaillé dur pour que son cœur ne s'emballe pas. En vain. Ses yeux rougirent et il détourna le regard.

— Alie, ce ne sont pas des paroles en l'air, déclara Arwylo d'un ton solennel. C'est une promesse que je te fais. Je reviendrai dans une quinzaine de jours, vingt jours maximum, d'accord ?

Alie acquiesça sans mot dire et se jeta dans ses bras.

— Allez, merci pour tout, dit Arwylo en s'adressant à Macsen et Rewan. Je reviendrais bientôt.

Il coupa à travers champs pour regagner le chemin descendant vers la vallée. Quelqu'un parmi la foule le pointa du doigt et les villageois accélérèrent à leur tour : ils n'étaient qu'à une vingtaine de pas d'Arwylo lorsque celui-ci fit volte-face. La foule s'arrêta net. Macsen, Rewan et Alie étaient accourus eux aussi pour tenter de désamorcer la situation, mais dans le vacarme, on les entendait à peine : « assassin ! », « monstre ! ».

Certains villageois étaient venus équipés de fourches et de gourdins. Dorrin, la mère de Mata, haranguait la foule, tandis que Gilno, son père, menaçait de lâcher son énorme molosse. Néanmoins, nombre de contadins n'étaient pas là pour voir un lynchage, mais plutôt pour le divertissement. Arwylo recula pas à pas pour tenter une fuite progressive. Plusieurs villageois essayaient, à l'instar de Macsen et Rewan, de ramener les plus exaltés à la raison. La situation semblait s'apaiser lorsque Gilno, encouragé par Dorrin, lâcha son molosse, qui se rua aussitôt sur le fugitif.

Un grondement retentit : le chien freina des quatre pattes avant de reculer en couinant. Arwylo poussa un second cri de rage et la foule se tut tout à coup. Passé le moment de surprise, les murmures se multiplièrent. Le mot « démon » revint plusieurs fois.

— Vous ne comprenez pas, s'insurgea une voix. (Tous les regards se tournèrent vers Alie.) Arwylo n'est pas un démon. C'est un mage ! N'est-ce pas ?

Il semblait tout à fait convaincu de son fait et implorait son frère du regard pour qu'il révèle la vérité aux villageois. Arwylo eut la sensation de mentir lorsqu'il répondit :

— Il a raison, je suis un mage.

Pour le prouver, il souffla dans son poing, la lumière apparut, et il la lança dans les airs. Alors qu'il fuyait, il entendait les crépitements derrière lui.

Il atteint l'embranchement en bas de la colline et prit sans réfléchir le chemin de gauche, qui menait à Leinhelion. *Ce n'est pas si loin de Teilan. Je pourrais voir Alie de temps en temps. Je trouverais bien un emploi d'intendant chez un commerçant.* Son pas ralentit. *C'était ce qu'on avait envisagé avec Annwyl.* Les regrets l'assaillirent. *Mais je n'ai pas voulu de cette vie*, se rappela-t-il. *J'avais besoin de retrouver mon passé et de revoir Amargein.* Il arrêta sa marche et se mit sur le bas-côté : les charrettes étaient courantes sur la grand-route. *Peut-être qu'Alie a raison.* Les commerçants, depuis leur perchoir, le dévisageaient d'un œil suspicieux. *Peut-être que je suis un mage.*

Il reprit sa marche d'un pas résolu, en rebroussant chemin.

Eithne

Il arriva de bon matin à la lisière d'Endwin. La première fois, il avait été guidé jusqu'à Amargein, alors il attendit. Rien ne se passa. Il contourna la forêt en longeant sa lisière, avec le même résultat. *Il était déjà âgé, il est peut-être mort*, pensa-t-il. L'appréhension et les regrets se faisaient déjà sentir. *Il y a tant de choses que je ne lui ai pas dites.*

Alors qu'il se faisait cette réflexion, des chevaux sauvages approchèrent au loin. L'un d'entre eux s'arrêta à deux pas de lui. Il n'était pas grand ni très bien proportionné. Avec sa couleur grise, il ressemblait un peu à un grand âne ou à une mule. L'animal baissa son encolure pour inviter Arwylo à le monter. Alors que celui-ci prenait appui sur son dos, le cheval se déroba. Il invita une seconde fois l'humain à monter et se déroba de nouveau, à la dernière seconde. Le cavalier se cassa la figure. Cela semblait beaucoup amuser le cheval qui secoua sa crinière. Vexé, Arwylo fit demi-tour et reprit sa marche. Il n'avait pas fait trois pas qu'il sentit qu'on le poussait dans le dos.

— Crétin, lança-t-il.

Le cheval ne prit pas ombrage de l'invective et au contraire, se laissa enfin monter. Plutôt que de s'enfoncer dans la forêt, il se mit tout à coup à galoper vers le nord-ouest. Dans un premier temps, Arwylo essaya de l'arrêter, mais sa monture ne voulait rien entendre. *J'espère que ce canasson sait où il va*, pensa-t-il. *De toute façon, si je saute à cette vitesse, je risque de me casser le cou.* Ledit canasson galopa sur le même rythme toute la journée ; il ne s'arrêtait que pour boire.

Le ciel avait pris une belle teinte orange lorsque le cheval ralentit aux abords d'un bois. Arwylo sentait une intense aura magique qui en émanait. Il estimait qu'il se trouvait au nord-est de la seigneurie de Radnor – Anvarwol ne devait pas être loin. Comme la première fois qu'il avait traversé Endwin, un chemin rectiligne s'enfonçait dans le bois. De son propre gré, le cheval s'y engagea au petit trot, mais après une centaine de pas, il s'arrêta.

— Quoi encore ? demanda Arwylo

Il joua des talons pour le faire repartir, en vain. Il avait la désagréable impression que sa monture le comprenait, mais qu'il choisissait de l'ignorer. Le cheval sortit du chemin rectiligne en virant sur la gauche et reprit son trot, en serpentant entre les arbres. Au point où il en était, Arwylo n'avait pas d'autre choix que de lui faire confiance. Par ailleurs, il sentait l'aura magique se faire de plus en plus intense. Elle était complexe et il n'arrivait pas à savoir à quel type de mage elle appartenait. Si c'était Amargein, il n'était assurément pas seul.

Ils progressèrent à travers une forêt dense et hostile, qui déchira la chemise d'Arwylo à plusieurs endroits, et finirent par déboucher sur une clairière artificielle, à l'herbe courte et verte. Au milieu avaient été tracés des cercles concentriques à même la terre, entourés par des mégalithes hauts de trois pas. Un peu plus loin, une dizaine de personnes était installée sur des fauteuils portatifs en bois et en cuir bordeaux, qui semblaient confortables.

Elestren redressa la tête à peine Arwylo eut pénétré la clairière ; elle n'eut pas besoin de se retourner pour le reconnaitre. En revanche, elle ne comprenait pas comment il était parvenu jusqu'ici : elle jeta un coup d'œil en coin et aperçut le cheval. Son expression froide se fit glaciale. *Elle avait modifié le chemin à travers le bois pour qu'il n'arrive jamais*, pensa Amargein assis sur l'un des sièges. *Et je n'avais rien senti.* Arwylo comprit à son tour, alors qu'il mettait pied à terre. Il frotta le chanfrein de sa monture et glissa à son oreille :

— T'es un malin, toi.

Par politesse, Arwylo demeura à bonne distance pour ne pas importuner les participants du conseil qui semblait se tenir. La réunion touchait à sa fin. En plus des deux mages, il y avait là des représentants d'Anvarwol et des humains. *Ce sont sans doute des émissaires des seigneuries*, supposa Arwylo en se basant sur leur accoutrement. *Mais ils pourraient être envoyés par les cités humaines du nord et du nord-est. Ce serait un peu tard.* Les divers participants se saluèrent avec courtoisie et quittèrent peu après la clairière. Seule une anvawyr d'un âge avancé demeura : elle était élégante et portait une longue robe blanche aux liserés bleu pâle. Elle avait demandé à être entendue par Elestren.

Amargein n'eut pas la patience d'attendre plus longtemps et fit signe à Arwylo d'approcher. Son large sourire s'évanouit en voyant le visage de son ancien élève : il avait vieilli et s'était endurci en quelques années. Le jeune guerrier courroucé avait laissé place à un vétéran désabusé. En se levant de son siège, Amargein ne put cacher son émotion. Il n'osa rien lui demander et tendit la main vers ce visage devenu si austère, si dur, avant de la retirer.

— Vous aviez raison, dit Arwylo. (Le mage sembla émerger d'un mauvais rêve et le dévisagea.) « La colère est un terrible maître. »

Le regard d'Amargein rougit alors qu'il hochait la tête. Il déglutit avec difficulté et le serra avec soulagement dans ses bras.

— Pardonnez-moi, maître, chuchota Arwylo.

Il savait qu'Ethelnor n'existait plus et qu'il n'était plus son élève. Mais Amargein resterait à jamais son maître. Le mage lui tapota le dos avec affection.

— Pourquoi tu ne m'écoutes pas ? demanda ce dernier la gorge serrée.

— Mieux vaut tard que jamais, non ?

— Bien sûr, bien sûr.

Le sourire d'Amargein ressemblait à celui d'un grand-père regardant son petit-fils.

— Où avez-vous passé ces trois dernières années ?

Les mots, secs, avaient claqué dans l'air. Elestren n'avait pas pris la peine de se retourner pour poser la question. Même sans voir son visage, Arwylo avait la sensation qu'elle connaissait la réponse à sa question.

— Pourquoi demander ce que vous savez déjà ?

Le ton de sa voix surprit Elestren comme Amargein. Il n'était pas agressif, mais grave et posé.

— Pour confirmer mes sources, répondit la Principale sans se démonter. Alors, que faisiez-vous à Merthyr, *K'thral* ?

Arwylo savait très bien ce que faisait Elestren – ce n'était pas la première fois. Il devait lui reconnaître une admirable constance. En entendant la question, Amargein tourna son regard vers son ancien élève ; la nouvelle des massacres de Merthyr avait atteint toutes les oreilles averties. Arwylo prit une profonde inspiration et confirma d'un petit signe de la tête. Elestren continua son interrogatoire :

— Pouvez-vous...

— Si ce que vous pensez de moi est vrai, coupa Arwylo, vous devriez éviter de me tourner le dos.

Les mouvements de la Principale se figèrent et elle leva les yeux du courrier qu'elle tenait en main. Elle tourna sans empressement sur son siège. En découvrant le visage d'Arwylo, elle ne chercha pas à cacher son étonnement et haussa les sourcils. Amargein prit son ancien élève par l'épaule pour désamorcer le conflit et ils s'assirent à quelques pas de la Principale. Celle-ci se désintéressa d'eux et fit signe à l'anvawyr qui attendait d'approcher.

— Je vous écoute. Soyez concise.

L'elfe s'exécuta :

— Mon nom est Eithne. Il y a des années de cela, j'ai eu un enfant avec un diplomate dvahsyr.

— Cela n'existe pas, coupa Elestren.

— Disons qu'il était chargé de négocier certains accords secrets. C'est pour cette raison que je l'appelle « diplomate ». Je n'en sais pas plus.

— Très bien, continuez.

— Lorsqu'il a été rappelé dans les Tua Tìren, il a enlevé mon fils. Il n'avait que cinq ans. Je n'ai, depuis lors, que des nouvelles indirectes. D'après mes informations, il est détenu en prison depuis trop longtemps. Je ne sais pas ce qu'il s'est passé. Mais il n'a pas eu de véritable procès. Et je sais, en tant que mère, qu'il est injustement enfermé.

Elestren était sceptique :

— Je suis désolé, mais je n'ai pas le pouvoir de faire libérer votre fils. Je n'aurais pas ce pouvoir s'il était détenu dans une seigneurie alors, pensez-vous, avec les dvahsyrs...

— Mais vous pouvez sans aucun doute intercéder en sa faveur, n'est-ce pas ?

— Honnêtement, même cela me semble difficile.
— Quel est son nom ? demanda Arwylo.

Elestren le fixa pour lui montrer à quel point il était grossier de s'immiscer dans la conversation.

— Je pense qu'il utilise le nom que son père lui avait donné, Àrdan.
— Où est-il emprisonné ?
— À Tòrrfang, répondit Eithne.
— Tòrrfang ? s'exclama Elestren.

Arwylo se tourna vers Amargein pour lui demander des explications :

— Tòrrfang est une prison-montagne qui se situe dans un endroit reculé des Terres du Nord, expliqua le vieux mage. On raconte que personne ne s'en est jamais échappé.

— Même chez les dvahsyrs, tous les prisonniers ne sont pas injustement enfermés. En particulier à Tòrrfang, insista Elestren.

Arwylo trouva la remarque insensible :

— Pourquoi ne pas admettre votre impuissance, plutôt que vous justifier en faisant des insinuations sur la culpabilité de son fils ?

— Notre « impuissance » ? Notre impuissance à faire sortir un prisonnier de Tòrrfang ?! Vous perdez la tête mon pauvre, quoique je doute que vous ne l'ayez jamais eu posée sur les épaules. Si vous voulez prouver votre « puissance », allez-y, libérez-le.

Arwylo était embarrassé. Il soupira :

— Vous avez peut-être raison, mais cela ne justifie en rien de cancaner comme vous le faites sur son fils emprisonné depuis... Depuis combien de temps ? demanda-t-il en s'adressant à Eithne.

— Vingt-sept ans, répondit l'anvawyr.

Arwylo écarquilla les yeux :

— Vingt-sept ans ?

D'ordinaire impassible, Elestren haussa pour la seconde fois les sourcils d'étonnement. Eithne avait l'air tout à coup épuisée :

— La plupart des elfes qui ont des responsabilités à Anvarwol me méprisent en raison de ma relation avec un dvahsyr. Ils pensent que je n'ai que ce que je mérite. Les rares qui ont accepté de m'aider n'ont rien pu faire. L'un d'entre eux m'a appris la tenue de cette réunion discrète et j'ai demandé à accompagner nos émissaires pour vous présenter ma requête. Vous êtes mon dernier espoir.

— Ethelnor avait une épreuve de fin de cycle si je ne m'abuse, répondit Elestren. Cela ferait une belle épreuve, qu'en pensez-vous Shanahan ?

— Ethelnor n'existe plus, répondit le vieux mage. Et même s...

— J'accepte, coupa Arwylo.

— Quoi ?! s'exclama Amargein exaspéré.

Il se leva et prit son ancien élève à part par le bras. Il frappa le sol de son bâton et un voile d'énergie blanche aux reflets indigo les entoura. Ils tournèrent le dos à Elestren pour l'empêcher de lire sur leurs lèvres.

— Je sais qu'Elestren cherchait à me manipuler, ma décision est réfléchie, se justifia aussitôt Arwylo.

— On ne dirait pas. Elle te mène par le bout du nez. S'attaquer à Tòrrfang, enfin ! Rien que pour approcher, tu devras passer par la for...

— Amargein, faites-moi confiance pour une fois.

Il ne l'avait pas appelé « maître ». Le mage souffla.

— Tu n'as rien à prouver, finit-il.

— J'ai tout à prouver, rétorqua Arwylo. (Il se retourna pour qu'Elestren puisse lire sur ses lèvres.) Et je lui prouverai qu'elle a tort.

— À propos de quoi ? s'énerva Amargein. (Comme son ancien élève ne répondait pas, il secoua la tête.) As-tu la moindre idée de ce qui t'attend ?

— J'ai ma petite idée. N'avez-vous jamais entendu parler d'un nécromancien appelé Zwr ? Zwrkrn ?

Le regard d'Amargein se fixa.

— Cela faisait longtemps que je n'avais pas entendu ce nom, admit-il.

— Eh bien, il m'a appris deux ou trois choses.

Le mage resta bouche bée et n'eut pas le temps d'en savoir plus, qu'Arwylo passa au travers du voile d'énergie qui se désagrégea. Il retourna s'asseoir, suivi par Amargein, et essaya d'obtenir des informations supplémentaires de la part d'Eithne, mais l'anvawyr ne savait rien d'utile. Comme elle le voyait en pleine réflexion, elle s'imaginait qu'il hésitait encore :

— J'ai en ma possession une ancienne épée elfique d'une valeur inestimable. Nous l'avons dans notre famille depuis quatorze générations. Je vous l'offre si vous libérez mon fils.

Arwylo fronça les sourcils ; il se sentait vexé.

— Je n'ai pas accepté pour obtenir une récompense, répondit-il.

— Non, dit Elestren, il a accepté par orgueil. Peut-être aussi pour impressionner son *ancien* maître.

Le ton distingué de ses remarques et son sourire narquois avaient le don de mettre Arwylo hors de lui. Mais si la sorcière savait mieux que quiconque le faire sortir de ses gonds, c'était parce qu'il y avait toujours un fond de vérité dans ses piques. Il prit une profonde inspiration.

— Qu'on puisse risquer sa vie pour sauver quelqu'un d'injustement emprisonné ne vous a même pas traversé l'esprit, dit-il.

— Vous pouvez me mentir, à moi, mais ne vous mentez pas à vous-même, rétorqua Elestren.

Arwylo la fixa :

— Vous avez raison. J'accepte d'y aller parce que si je réussis, ce sera une humiliation totale pour Epharlion.

Le sourire narquois de la sœur Principale laissa place à sa morgue.

Shiriel

Arwylo passa la nuit dans la clairière et se leva au petit matin. Depuis la veille, il se sentait soulagé d'un poids ; dans le même temps, il avait l'esprit préoccupé par sa future mission. Le canasson s'était reposé et accepta de nouveau de se laisser monter, ce qui était une aubaine. Comme Arwylo voulait repasser par Teilan pour voir Alie avant de se diriger vers les Tua Tìren, Amargein lui proposa de faire une partie du chemin ensemble.

Le vieux mage chevauchait lui aussi un cheval sauvage et était d'humeur enjouée. Dès le début du voyage, il se mit à siffler quelques airs populaires. Lorsqu'il tourna la tête pour échanger un regard complice avec son ancien élève, le masque d'Arwylo était sombre. Il suait un peu.

— Que se passe-t-il ? demanda Amargein.

— Rien. Rien d'important.

— Quelque chose ne va pas, constata le mage.

Arwylo se mordit la lèvre :

— Les humains des cités du nord-est ont développé une arme. Un projectile qui explose et envoie une myriade de petits bouts de métal, avec un bruit de sifflement. (Il toucha la cicatrice sur son bras gauche.) On ne s'en rend pas compte, mais on est terrifié par ce bruit. On l'entend même pendant ses rêves, ou ce qu'il en reste. (Son regard se durcit un peu plus.) Vous savez, malgré tout, s'engager dans l'armée de Keus a été la bonne voie pour moi... (Le vieux mage ne put contenir un mouvement de stupeur.) Car c'était la seule manière de me faire comprendre que ce n'était pas la bonne voie.

Amargein se détendit :

— Celui qui n'apprend pas de ses erreurs est condamné à les répéter. Toi, tu as appris. Je n'avais pas de doute à ce sujet. Tu as toujours été un bon élève.

L'élève en question pouffa : il n'en croyait pas un mot. Le mage profita de leur voyage pour lui poser de nombreuses questions : Arwylo ne rentra pas toujours dans les détails, mais ne lui cacha rien, ni sur Merthyr ni sur le journal de Zwr.

— Je m'en veux encore d'avoir dû abandonner ce journal en fuyant. Si seulement je l'avais pris avec moi en montant à l'étage... J'avais encore tant de choses à y apprendre.

— Ce n'est pas grave, répondit Amargein. Tu as la vie sauve, c'est tout ce qui importe. Et puis, je suis vieux et rouillé, mais je peux encore t'apprendre deux ou trois choses.

Ils arrivèrent au petit trot à la lisière d'Endwin. Les nuages gris s'étaient amoncelés dans le ciel et l'orage menaçait d'éclater. Soudain, dans un terrible craquement, la foudre tomba à une centaine de pas d'eux : par la peur, le cheval d'Amargein se cabra, fit tomber son cavalier et s'enfuit. Arwylo mit aussitôt pied à terre et aida son ancien maître à se relever. Le vieux mage n'avait rien de cassé et préféra rire de sa chute.

— Ton cheval à toi n'a pas bronché, remarqua-t-il.

— En effet. Soit il est courageux, soit il est inconscient.

— Soit il est sourd, suggéra Amargein.

Arwylo n'avait pas envisagé cette possibilité :

— Comment dit-on « foudre » dans le langage des anciens ? demanda-t-il.

— Tu devrais le savoir, reprocha le mage. « Taran », ajouta-t-il.

Arwylo cria « Taran » et le cheval tourna la tête.

— Ah, il n'est pas sourd, conclut Amargein amusé.

Ils se saluèrent et le mage fit promettre à son ancien élève de revenir prendre quelques leçons informelles. Avant de le laisser partir, il demanda :

— As-tu de quoi payer pour tes voyages ?

— Pas vraiment, admit Arwylo. Jusqu'à présent, j'ai fait confiance au sens de l'hospitalité des contadins.

Amargein ouvrit sa besace et en sortit une bourse rondelette qu'il lui tendit. Arwylo s'attendait à voir des pièces de cuivres et quelques pièces d'argent, ce qui aurait été suffisant pour son voyage. Il ouvrit la bourse et écarquilla les yeux :

— Mais ce sont des pièces d'or... et pas rognées ! Il y a une fortune, je ne peux pas accepter.

— Et pourquoi ça ? J'en ai beaucoup d'autres, répondit le mage en pointant le pouce vers Endwin.

— Mais vous êtes riche ! s'exclama Arwylo.

— Oui, je suppose. À Anghewyr, je m'occupais des pauvres, mais je n'ai jamais prétendu *être* pauvre.

— Comment avez-vous obtenu tout cet or ? demanda Arwylo intrigué.

— Malric a toujours mis un point d'orgue à payer mes émoluments. Et comme je ne dépensais pas grand-chose...

Arwylo ne put s'empêcher d'imaginer qu'Amargein était en fait un peu radin. Cela dit, il faisait là preuve d'une générosité indéniable :

— Garde cette bourse, ce sera ton viatique. (Arwylo n'eut pas le temps de le remercier :) Je crois qu'il t'attend, ajouta le vieux mage en montrant Taran.

La chance tourne, pensa Arwylo. Il fit sauter la bourse rondelette dans sa main et salua son ancien maître, avant de grimper sur sa monture, direction Teilan. Plutôt que de les voler, il acheta un harnais et une selle, qu'il essaya au préalable : Taran s'agita un peu, mais finit par se laisser faire. *Ce n'est pas vraiment un cheval sauvage. Il a dû échapper à un ancien propriétaire acariâtre.* Même s'il ne pouvait en être certain, cette idée lui plaisait bien et il lui caressa le chanfrein.

Arwylo fit en sorte d'arriver à la tombée de la nuit à Teilan, afin de minimiser les risques d'être repéré. Alie était heureux de le voir tenir sa promesse et se jeta dans ses bras en le voyant arriver. Arwylo devait le persuader de rester une fois de plus à Teilan – une formalité, pensait-il. Comme il se trompait ! Le jeune garçon était encore plus impatient : du haut de ses quinze ans, il se considérait déjà comme un homme et n'acceptait pas de voir son grand frère repartir sans lui. Arwylo fut intraitable : il était hors de question qu'Alie l'accompagne dans son expédition pour Tòrrfang, dont il n'avait parlé à personne. En revanche, il lui promit de réfléchir à une solution à son retour.

Il repartit à l'aube – les villageois dormaient encore – et prit la route des Montagnes Éternelles en évitant les seigneuries. Sur le chemin, il en profita pour s'acheter de nouveaux vêtements, car les siens étaient dans un état lamentable. Il aurait très bien pu les faire repriser, mais il ne s'était jamais octroyé ce luxe auparavant. Ces nouveaux vêtements étaient le symbole d'un nouveau départ : il portait à présent de hautes chausses en cuir, un pantalon noir, couvert en partie par une tunique à manche longue, noire aussi. À sa taille, il serra une ceinture de cuir et enfila par-dessus un long manteau adapté au voyage. Par la suite, les gens qu'il croisa avaient tendance à ne pas fixer son regard : avec un tel accoutrement et ses armes à la taille, il avait tout l'air d'un spadassin et d'une certaine manière, ce n'était pas loin de la vérité.

Il avait voyagé une dizaine de jours lorsqu'il arriva dans le petit bourg le plus proche de Tòrrfang en dehors du territoire dvahsyr, appelé Kvodor. Le paysage était blanc et gris : blanc comme la neige qui tenait encore et gris comme les montagnes qui encerclait la bourgade. Comme la nuit tombait, il s'arrêta à la première auberge qu'il trouva. Autour de tables en bois, faiblement éclairées par une paire de lampes à huile, des gueules sombres posèrent leur regard sur lui. La région vivait de l'immense mine de fer à ciel ouvert que l'on pouvait apercevoir depuis le bourg. Elfes noirs, humains, nains et orcs venaient ici trouver du travail, qui leur permettait de survivre. La mine faisait la richesse de ses propriétaires, la richesse des royaumes et la misère de ses travailleurs. Parmi ces gueules noires, Arwylo repéra aussi quelques regards obliques. Quand on a grandi à Anghewyr dans le quartier des fourchons, on les reconnait d'instinct. Le nouvel arrivant ressemblait à un spadassin qui venait de faire un mauvais coup : ses vêtements étaient trop neufs et de trop bonne qualité. Et puis, il était seul. Il est parfois dangereux de voyager seul. Arwylo regrettait ses vieilles hardes.

Il s'installa à une table dans un coin pour se faire discret, commanda à manger, à boire, réserva une chambre et demanda à l'aubergiste s'il connaissait quelqu'un qui pouvait repriser ses vieux vêtements qu'il n'avait pas eu le courage de jeter.

— Bien sûr, ma fille va s'en charger, répondit l'homme d'une cinquantaine d'années. Vous les aurez demain matin de bonne heure.

— Parfait. J'aurais également besoin de quelqu'un capable d'ouvrir une serrure, j'ai une malle dont j'ai perdu la clé.

Le ton cordial de leur échange avait incité Arwylo à poser sa question aux implications louches. L'expression de l'aubergiste changea du tout au tout :

— On ne veut pas d'ennuis par ici, lança-t-il d'un ton mal aimable.

Il tourna les talons aussi sec. Des regards se tournèrent vers Arwylo qui fit mine de rien. Sa pinte venait d'être servie lorsqu'un type s'approcha. Il était assez grand, mince, mais voûté ; il avait un visage allongé avec un menton carré, une barbe mal rasée, le cheveu long et gras et un cure-dent dans la bouche.

— Oi ! Je peux m'asseoir mon gars ? demanda-t-il en s'asseyant.

Arwylo accepta d'un geste de la main alors qu'il était déjà en face de lui. Il salua d'un léger mouvement de tête les compagnons du drôle par-dessus l'épaule de ce dernier.

— T'es nouveau dans l'coin, pas vrai ?

Arwylo avait peur, mais ce n'était pas la première fois qu'il se trouvait dans cette situation. Les bas-fonds d'Anghewyr n'avaient sans doute rien à envier à ceux de Kvodor. Il employa la stratégie qu'il savait la meilleure : ne montrer ni mépris ni peur. C'est sur ce fil qu'il fallait danser.

— Ça se voit tant que ça ? plaisanta-t-il en prenant une première gorgée de bière.

Le type fit une grimace qui se voulait l'esquisse d'un sourire.

— Parfois, on a besoin d'aide quand on connait personne, dit-il.

— Parfois, répondit laconiquement Arwylo.

Il n'aimait pas que l'on tournât autour du pot.

— J'ai entendu c'que t'as d'mandé à l'aubergiste.

— Je me doute.

— On peut t'aider. On est bon avec les serrures, chuchota-t-il en s'approchant trop près.

Son haleine sentait le mauvais alcool et il dégageait une odeur d'ail à en donner la nausée. Arwylo hocha la tête en pinçant les lèvres alors qu'il avalait une nouvelle gorgée de bière. Comme il ne répondait rien, l'autre relança :

— Mais faut nous aider en retour.

— Dans la malle dont j'ai parlé, il n'y a rien qui aurait autre chose qu'une valeur sentimentale.

— Bien sûr ! répondit le drôle. Une part de cette valeur sentimentale, ça nous ira très bien.

— Bien sûr, répondit Arwylo. La malle n'est pas encore là en ce moment. Comment puis-je vous trouver ?

— On est souvent dans le coin.

— Quel est ton nom ?

Le drôle se frotta le menton et répondit :

— Logan. Je m'appelle Logan.

C'était sans doute un message.

— Je vous retrouverai dans cette auberge, d'ici deux ou trois jours, répondit Arwylo.

En quittant la table, le drôle croisa l'aubergiste qui amenait du pain et une assiette bien remplie d'une sorte de goulasch. Le plat semblait délicieux et Arwylo avait faim, si bien qu'il racla son écuelle en bois. Quand il eut terminé, « Logan » et ses camarades avaient déserté l'auberge. Avant de monter dans sa chambre, il paya l'aubergiste.

— À votre place, je ne leur ferais pas confiance, dit ce dernier, pas trop fort pour que personne d'autre n'entende.

Je ne dois pas encore avoir une tête de meurtrier pour qu'il me conseille de la sorte. Et je n'ai sûrement pas l'air innocent. Peut-être ai-je l'air naïf ? Ou benêt ! Arwylo ne prit pas offense et remercia l'aubergiste pour le conseil.

Il ne dormit pas cette nuit-là ; il ne dormait plus beaucoup. De toute façon, quand le sommeil s'emparait de lui, les réveils étaient douloureux. Les cernes creusaient son visage et ses yeux étaient injectés de sang. Peu après l'aube, il récupéra ses vieilles hardes rapiécées et parcourut les tristes rues à la recherche d'un relais où passer les nuits suivantes. Le bourg était assez grand pour que le « Logan » qu'il avait rencontré la veille ne le retrouvât pas. Il vagabonda dans les environs, observa plusieurs gargotes et finit par pénétrer dans l'une d'entre elles.

Elle était petite et plus modeste que l'auberge de la veille : le sol était de terre et le mobilier rudimentaire. Arwylo demanda une chambre en particulier, qui lui fut donnée.

— Vous avez une remise abandonnée. Je voudrais pouvoir l'utiliser tant que je suis dans la chambre.

L'aubergiste était un dvahsyr. D'une soixantaine d'années, peut-être plus, il était petit et fluet. Son regard était suspicieux, mais il ne refusa pas le supplément offert. Arwylo retourna ensuite dans le bourg et fit la tournée des tavernes et des gargotes, dans ses beaux vêtements neufs. En fin de journée, il remit ses vieilles hardes et échangea ses habits contre un vieux cadenas rouillé, mais qui fonctionnait encore. Il retourna à son auberge et ferma la remise avec ledit cadenas. La nuit tombait. Il monta dans sa chambre, à l'étage, s'assit à la fenêtre et attendit.

La première nuit, il resta éveillé ; il ne se passa rien. La deuxième nuit, il somnola à peine : un bruit le fit bondir sur ses pieds. Deux ombres tentaient de forcer la porte. Depuis la fenêtre de sa chambre, il cria une insulte : les deux têtes encapuchonnées se retournèrent et s'enfuirent. Il fit mine de les poursuivre. La troisième nuit fut humide. Il ferma l'œil un instant et lorsqu'il le rouvrit, la porte de la remise était grande ouverte. Il descendit à toute vitesse et déboula dans la rue, sous une pluie fine : il vit une longue cape noire et un capuchon s'éloigner d'un pas déterminé.

— Oi ! s'exclama-t-il pour attirer son attention.

L'ombre hésita un instant, puis accéléra le pas ; Arwylo s'élança aussitôt à sa poursuite. Il était sur ses talons et en un éclair se retrouva avec une dague aiguisée pointée sous sa gorge. Il leva ses mains vides pour montrer qu'il n'était pas armé.

— J'ai du travail à vous proposer, dit-il.

— Je ne cherche pas de travail, rétorqua une voix féminine.

— Je cherche quelqu'un qui sait s'y prendre avec les serrures.

— Si vous me suivez encore, je vous tue.

L'ombre recula avec prudence, puis lui tourna le dos et reprit sa marche sous la pluie.

— J'ai besoin d'aide. (Sa voix avait faibli.) S'il vous plait.

L'ombre s'arrêta.
— Pourquoi ? demanda-t-elle sans se retourner.
— Pour faire sortir quelqu'un de prison.
L'ombre resta silencieuse. Arwylo supposa qu'elle hésitait :
— Venez, nous pouvons en discuter au sec dans ma chambre, ajouta-t-il en montrant du pouce l'auberge derrière lui.
La pluie fine n'avait pas cessé. L'ombre se retourna finalement :
— Cinq minutes, dit-elle.
La petite chandelle peinait à éclairer la chambre et sa lumière chaude contrastait avec celle, froide, de la lune, qui passait par la fenêtre.
— Mon nom est Arwylo. Et vous êtes… ?
— Où est enfermé votre ami ? demanda la jeune femme.
Elle rejeta sa capuche en arrière et enleva son manteau humide. Elle était plutôt petite et semblait avoir entre vingt et trente ans – bien que l'âge fût toujours difficile à évaluer chez les elfes. Elle avait le visage rond, un joli nez – rond lui aussi – et les yeux en amande. Ses cheveux étaient noirs, mais Arwylo soupçonnait qu'ils fussent teints, car sa peau hâlée indiquait qu'elle était dvahsyre. Ses yeux étaient d'un bleu si foncé qu'ils semblaient noirs de prime abord.
— Tòrrfang.
La jeune elfe le fixa : l'humain ne plaisantait pas. Elle laissa échapper un sourire qui dévoila une canine proéminente.
— Soit vous êtes amoureux, soit vous êtes stupide.
La boutade se voulait anodine ; Arwylo baissa les yeux. Elle avait mis à nu ses contradictions.
— Je ne suis pas amoureux, répondit-il le regard rivé au plancher. Pour être honnête, je ne connais pas cette personne.
Les yeux en amande de la jeune dvahsyre s'arrondirent un peu : l'invraisemblance de la situation aurait pu la mettre en garde contre un stratagème sournois, mais l'humain semblait plus perdu que machiavélique.
— Je n'y comprends rien, avoua-t-elle. Il va falloir m'expliquer tout ça si vous voulez que je vous aide.

Arwylo hocha la tête, le regard fixe toujours rivé au plancher. Son expression était vide. Il fit tourner dans ses mains le vieux cadenas. Le silence dura. Puis il leva les yeux :

— Vous avez raison. Je suis stupide. Je vous ai fait déplacer pour rien.

Il regarda par la fenêtre. La pluie redoublait dehors. Il pensa au jour où il avait trouvé le journal de Zwr. *Pourquoi la branche a-t-elle cédé ?*

— Arwylo ?

Il sortit de sa rêverie et tourna la tête :

— Vous pouvez dormir ici. Vous êtes trempée et dehors il tombe des hallebardes.

Elle jeta un œil dehors pour s'en assurer.

— Mais il n'y a qu'une couche, remarqua-t-elle.

Arwylo s'assit sur la chaise près de la fenêtre, celle-là même qui lui avait servi à épier les allées et venues devant la remise.

— Je ne dors pas, répondit-il en perdant son regard dans la pluie drue.

Elle avait observé son visage et n'eut pas de mal à le croire.

— Pourquoi ?

Sa question était indiscrète, mais elle se sentait préoccupée par le sort de cet étrange humain qu'elle venait de rencontrer. À défaut de le comprendre, elle avait l'impression de le connaitre.

— J'ai peur des fantômes, avoua Arwylo à mi-voix.

Une fois de plus, la dvahsyre mit un certain temps à comprendre s'il était sérieux ou non.

— Les fantômes existent ? demanda-t-elle.

— Quand on passe ses nuits à en voir, oui.

Il avait tourné la tête vers elle un instant, mais sans la voir. Son expression était hagarde. Elle laissa le silence faire son office avant de demander :

— Vous semblez avoir beaucoup vécu pour un homme de votre âge.

J'aurais préféré vivre moins. J'étais jeune et stupide. Je le suis sans doute encore. Il n'exprima pas sa pensée à haute voix, il n'en avait pas la force.

— Demain, vous m'expliquerez le prisonnier et les fantômes ? continua la dvahsyre.

Arwylo parvint à arracher son regard du vide qu'il fixait et tourna la tête, surpris par l'intérêt qu'elle lui portait. Il observa son visage rond.

— Si vous voulez, dit-il. Mais ça n'a pas grand intérêt.

Elle haussa les épaules et s'allongea sur la couche. Avant de souffler sur la chandelle, elle lui dit :

— Je m'appelle Shiriel.

Sentiment

Elle se leva avec le soleil et vérifia qu'Arwylo était encore là. Elle n'en aurait pas mis sa main à couper, car peu d'hommes ont le courage de se laisser aider. Il était toujours sur sa chaise. *Depuis combien de temps dort-il ?* À sa taille, une bourse rondelette était attachée. La tentation se fit sentir. Elle posa son manteau sur ses épaules ; il était encore humide. *Je pourrais partir de suite. Avec ou sans sa bourse.* Elle s'approcha de lui ; il continuait de dormir. Elle regarda par la fenêtre : le sol était détrempé, mais la pluie avait cessé. Sa main s'approcha de l'homme assoupi, puis se ravisa. *Je ferais mieux de le laisser tranquille.* Elle avait posé la main sur la poignée de la porte, quand Arwylo l'interpella :

— Tu pars ?

Elle eut la sensation qu'il avait fait semblant de dormir pour la mettre à l'épreuve.

— Non, sauf si tu me le demandes. J'allais prendre un petit-déjeuner. Je ne suis plus une enfant, mais j'ai faim.

Chez les dvahsyrs, seuls les enfants prenaient un repas le matin. Arwylo n'avait envie de rien. Il serait bien resté sur cette chaise jusqu'à la fin des temps.

— Tu viens ? demanda-t-elle.

La voix légère détonnait dans son humeur noire. Il s'accrocha à ce son joyeux et se leva. Ils se retrouvèrent assis au milieu de l'auberge vide.

— Tu devrais manger, dit-elle. Tu n'as pas l'air bien.

On leur servit un bol de seigle avec du lait de brebis et une petite tranche de pain chacun.

— Alors, explique-moi.

Arwylo mangeait avec lenteur, sans faim.

— Que veux-tu savoir ? demanda-t-il.

— Comment fais-tu pour voir des fantômes ?

Le ton par trop enjoué de la question avait sonné faux. *Elle essaie de m'aider, me sauver de moi-même. Elle ignore que c'est peine perdue.*

— Ce sont des choses qui arrivent quand on s'engage dans une guerre de conquête.

— Tu as servi dans l'armée de Keus ? devina Shiriel.

— Plus de trois ans, confirma Arwylo. Je connais bien la région entre Eòlas et Merthyr.

— Tu étais à Merthyr..., murmura Shiriel.

Les cités humaines n'étaient pas si éloignées des Terres du Nord et à Kvodor, tout le monde avait eu vent des terribles exactions qui avaient eu lieu.

— Amis, ennemis, assassins et innocents... maintenant, ils habitent tous ici.

De son index, il tapota son front. Pendant un instant, son regard injecté de sang sembla celui d'un dément.

— Connais-tu cette chanson ? demanda-t-il.

Il en fredonna le refrain sans attendre de réponse :

Car être en vie, mon ami, suffit à souffrir
Dans cette mascarade où tout devra mourir,
Ne voudrais-tu pas redevenir un enfant,
Juste pour une heure, juste pour un instant.

Shiriel découvrait la chanson. Elle la trouvait belle, mais trop pessimiste. *Cet humain est brisé*, pensa-t-elle.

— Parle-moi de ce prisonnier, dit-elle comme une ultime tentative de le sauver de sa noirceur d'âme.

— Je te l'ai dit hier, je connais à peine son nom. Toute cette histoire est ridicule. Tu ferais mieux de partir. Je payerai pour le petit-déjeuner.

Shiriel pinça les lèvres et acquiesça sans dire un mot. Elle s'était résignée. La fin du petit-déjeuner se déroula dans un silence complet. Deux clients entrèrent dans l'auberge et s'installèrent à une table. Ils parlaient fort et avaient envie de se faire remarquer. Shiriel avait terminé et se leva.

— Alors, je te dis adieu.

— Adieu, répondit Arwylo les yeux rivés sur son bol de lait.

Les deux clients, des humains, réalisèrent que Shiriel était une femme dvahsyre. La première remarque ne se fit pas attendre.

— Salut, toi. (Elle les ignora.) Hé, j't'parle !

Alors qu'elle passait devant la table des deux clients, l'un d'eux lui saisit la main :

— Quand on te parle, tu réponds. Je vais t'apprendre le respect, salope.

Shiriel libéra sa main d'un geste sec et recula. Les deux clients se levèrent et se placèrent entre elle et la porte. Ils la scrutèrent de la tête au pied, en s'attardant sur ses hanches et sur ses seins :

— On pourrait s'amuser un peu, hein ?

Arwylo avait entendu l'altercation, mais gardait le regard fixé sur son bol. Le reste de l'auberge était vide. L'aubergiste tenta, lui, de désamorcer la situation :

— S'il vous plaît, je...

Il s'interrompit en voyant l'un des deux humains dégainer sa dague. Arwylo reconnut le bruit caractéristique ; il leva les yeux sans bouger un muscle. *En fin de compte, cette saynète n'est pas inintéressante. Avec un peu de chance, ces deux-là savent se battre et me mettront un mauvais coup.*

— On va prendre une chambre pour la journée, dit l'une des deux crapules.

Une pièce vola et atterrit dans la paume de l'aubergiste qui retourna derrière son comptoir, l'oreille basse.

— Foutez-moi la paix, répliqua Shiriel en empoignant le manche de sa dague.

Elle faisait preuve de sang-froid, mais contre deux adversaires, ses chances étaient minces. Le second dégaina à son tour son arme :

— Ne fais pas de bêtise et éloigne ta...

Il s'interrompit. Arwylo s'était levé et avait posé une main calme sur l'épaule de Shiriel. Il s'interposa entre elles et les deux hommes. En les observant, sa pulsion morbide s'évanouit. Le noir laissa place au rouge : sa rage avait réanimé son corps sans vie. Shiriel l'observa : la transformation était totale. *J'aurais juré que cet humain était brisé, il y a quelques instants de cela.*

— Joue pas les héros, sale bouffon, dit l'un des deux hommes avec un sourire. Retourne t'asseoir et finis ton repas en vie.

Alors qu'il lui indiquait la table derrière Arwylo, l'autre crapule lui envoya un coup de dague traîtreux dans les côtes. Seule la pointe s'enfonça dans son flanc : avec une vivacité et une précision inhumaines, Arwylo arrêta la lame à pleine main. La vermine tira aussitôt d'un coup sec pour lui trancher les doigts et la paume. Arwylo resta immobile et silencieux face à eux. Pas une goutte de sang ne s'échappait de sa main. La crapule fronça les sourcils sans comprendre et leva les yeux : il eut un mouvement instinctif de recul.

— C'est quoi ce truc ? demanda-t-il avec une appréhension dans la voix.

— Je sais pas, répondit son compagnon.

Deux yeux rouges les fixaient. Des crépitements se firent entendre.

— Le vainqueur boit le sang du perdant ? Enfin, des perdants.

La voix avait été un grondement rauque. L'une des deux crapules montra à l'autre les dents trop longues, dans ce sourire qui n'était plus tout à fait humain. Ils inventèrent une excuse et lancèrent une insulte avant de déguerpir. La tension retomba d'un coup.

Dès qu'ils eurent vidé les lieux, l'aubergiste poussa un soupir de soulagement et Shiriel saisit la main blessée d'Arwylo : ce dernier n'avait qu'une éraflure sur la paume et ses ongles étaient devenus des griffes acérées de quelque prédateur sauvage. Il fut pris des habituels spasmes et saigna du nez. Elle le fit monter à l'étage et l'installa sur la couche. Quand les spasmes prirent fin, il s'endormit.

Le soleil était couché lorsqu'il se réveilla. Ses rêves l'avaient laissé en paix, mais son dos le faisait toujours souffrir. Il vérifia sa blessure au flanc : elle était superficielle et s'était déjà refermée. Shiriel avait pris sa place sur la chaise près de la fenêtre.

— Tu as des choses à m'expliquer, dit-elle l'air déterminé.

Arwylo souffla, ennuyé.

— Je suis possédé, répondit-il de manière laconique.

Ses mots étaient empreints de la détestation profonde qu'il éprouvait pour ce qu'il était. Il enviait les orcs chamans qui suivaient le bersherksleidd : ils avaient accepté leur voie dans son entièreté. Lui ne pouvait s'y résoudre et subissait les aléas, les hauts et les bas, d'une situation qui le dépassait.

— Dans certains cas, ta... *maladie* peut être utile, remarqua Shiriel. Merci de m'avoir aidée.

— C'est bien le seul cas où ma possession sert à quelque chose.

— Vraiment ?

— Vraiment. Quand la présence m'envahit, la rage devient telle que je perds le contrôle de mes faits et gestes. Et puis, je dois me cacher, car les gens me craignent et veulent me voir brûler. C'est en partie pour ça que je me suis engagé : je me suis dit que dans une guerre, mon état serait un avantage.

— Laisse-moi deviner, tu t'es trompé ?

Il la regarda, plus qu'il ne l'avait regardée depuis la veille.

— Sur un champ de bataille, non seulement la possession n'est jamais très forte, mais même si elle l'était, elle est insignifiante face à une armée.

— Pourtant, ta peau durcit comme le cuir d'un animal.

— C'est vrai, mais le trait d'une bonne arbalète ou d'un arc long peut transpercer n'importe quel cuir animal, et même certaines cottes de mailles. Non, le seul réel avantage, c'est que je suis devenu exécuteur rapidement et que j'ai eu droit à ma propre tente pour dormir.

Arwylo eut un haussement de sourcil ironique qui arracha un léger sourire à Shiriel.

— Si tu es ici, à présent, c'est que tu as déserté. Je me trompe ? (Arwylo secoua la tête.) Ça n'a pas dû être facile.

Il se remémora le couple de paysans à qui l'on avait arraché les filles, le berserker qu'il avait affronté et Redab le faucheur, le frère de Bader.

— Non, en effet. Et maintenant, je suis haï par toutes les races pensantes foulant cette terre.

— Qu'est-ce qui t'a fait déserter ?

Les souvenirs d'Arwylo poursuivirent leur cheminement. *Pourquoi ai-je oublié si vite ce qui m'a donné la force de partir ? Je suis stupide. Je me retrouve plus agonisant que vivant.*

— Je ne voulais pas mourir avant de revoir Alie, synthétisa-t-il.

— Oh, je vois, dit Shiriel.

Elle ne parvint pas à cacher une pointe de déception dans sa voix.

— Il est comme un petit frère pour moi. (Elle ne parvint pas à retenir un léger sourire.) Et toi, que fais-tu ici ? demanda Arwylo. Tu n'es pas de Kvodor, c'est évident.

— C'est vrai. Je viens dans ce bourg pour soulager les marchands de passage de leur or et faire quelques achats. Le reste du temps, je vis dans une petite communauté dans la forêt. J'ai appris à aimer la vie sauvage.

— En territoire dvahsyr ?

— Oui, mais en marge de la société.

— Pourquoi ?

Shiriel fit la moue.

— Tu ne connais pas la société dvahsyre, n'est-ce pas ?

— Non. On raconte que les elfes noirs sont renfermés sur eux-mêmes. En dehors des Tua Tìren, les dvahsyrs, ça ne court pas les champs.

Shiriel lissait les plis de sa cape sans y penser. Ses vêtements étaient chauds, mais de piètre qualité, la laine grossièrement tissée.

— Mes parents se sont opposés aux Immortels et à leur despotisme. Ils en ont payé le prix. (Elle plissa les lèvres et soupira.) Ils ont été assassinés quand j'avais une douzaine d'années. Je me suis cachée, puis j'ai réussi à m'enfuir. Un oncle m'a récupérée et conduite à l'abri dans la forêt. Depuis, je vis dans la communauté dont je t'ai parlé. (Elle marqua une nouvelle pause.) Ils me manquent souvent. Est-ce que tes parents sont encore vivants ?

— Peut-être. Je ne les ai jamais connus. J'ai grandi à Melangell, le principal orphelinat d'Anghewyr. C'est étrange de manquer de quelque chose, mais de ne pas savoir de quoi.

Un silence feutré s'installa. Arwylo regardait par la fenêtre le soleil couchant qui projetait ses rayons orange au-dessus des montagnes. Son humeur s'était transformée, une fois de plus. Il en connaissait la cause.

— J'ai faim, finit-il par dire. Allons dîner, dans une autre auberge.

— Pourquoi ? Celle-ci ne te plait pas ?

— Non, mais je me méfie des petites frappes rancunières, répondit-il en faisant allusion à l'altercation du matin.

Il paya l'aubergiste et ils trouvèrent un autre endroit où manger et dormir, plus cossu, deux rues plus loin. Ils dînèrent autour d'un autre ragoût, d'une épaisse tranche de pain noir et d'un verre de vin un peu aigre. Un client qui n'avait pas les moyens de payer pour son repas négocia avec le patron et commua son addition en une soirée à jouer de son luth. C'était une manière comme une autre pour le barde de forcer l'aubergiste à l'employer pour la soirée.

— Pour quelle raison ce type a-t-il été enfermé à Tòrrfang ? demanda Shiriel.

— Je ne sais pas. Personne n'en sait rien, je crois, pas même sa mère. Mais ça fait bien vingt-sept ans qu'il y est.

Elle eut un léger mouvement de tête pour signifier sa surprise :

— Tu es certain qu'il est encore vivant ?

— Si je me fie à ce que m'a dit sa mère, oui.

— Peut-être que lui aussi est un opposant politique, supposa Shiriel. Les Immortels ne tolèrent aucune critique, leur emprise sur la société dvahsyre est totale. Par contre, je me demande pourquoi ils ne l'ont pas liquidé. Je trouve étrange qu'il soit encore prisonnier.

— Son père est un diplomate ou un négociateur, je ne sais plus. Une huile, en tout cas. Il a sans doute manœuvré pour que son fils reste en vie.

— Probable. Mais la mort n'est pas un châtiment pire qu'un emprisonnement à vie dans Tòrrfang.

C'était aussi une évidence pour Arwylo qui arracha un bout de pain imbibé dans le ragoût. Il avait retrouvé un certain appétit.

— Tu ne m'as toujours pas expliqué pourquoi tu voulais le faire évader de Tòrrfang.

L'expression d'Arwylo s'assombrit.

— C'est compliqué, répondit-il pour ne pas répondre.

— Je ne suis attendue nulle part, rétorqua Shiriel.

Arwylo soupira. Il finissait son écuelle.

— J'ai raté tout ce que j'ai entrepris dans ma vie. J'ai été un fourchon raté.

— Un « fourchon » ?

— C'est un terme péjoratif qui désigne les gens du quartier très pauvre d'Anghewyr. Un peu comme « orcaille » pour les orcs. (Shiriel hocha la tête.) J'ai été un mage raté. Un combattant raté. Puis un homme de guerre raté. Un ami raté aussi. (Sa mâchoire se crispa comme il repensait à Bad.) La sorcière avait raison. (Shiriel fit mine de ne pas comprendre.) Elestren, la Sœur Principale d'Epharlion.

— Oh, j'ai déjà entendu parler d'elle.

— Vraiment ? Alors, tu connais peut-être aussi Shanahan ? Il a été mon maître. Il dirigeait l'Ordre d'Ethelnor.

— Non, ça ne me dit rien, répondit Shiriel.

Arwylo lui jeta un regard faussement agacé.

— Quoi qu'il en soit, continua-t-il, quand j'ai vu cette mère éplorée, j'ai pensé qu'il était juste de tenter de sauver son fils. Mais ce n'est pas la vraie raison qui m'a poussé à accepter. (Il marqua une pause et se mordit la lèvre inférieure.) Elestren a refusé d'emblée et je voulais montrer à cette sorcière de quoi j'étais capable.

— Tu la détestes tant que ça ? remarqua Shiriel.

— Pas autant qu'elle me hait.

— Que s'est-il passé entre vous deux pour que vous en arriviez là ?

— Ce serait trop long à expliquer. (Arwylo hésita.) J'ai fait... des conneries. Et elle... Bref, je voulais prouver ma valeur, à la sorcière et à Shanahan, mon ancien maître.

Shiriel chercha le moment propice pour lui demander :

— Et peut-être aussi à toi-même ?

Son ton et son expression se voulaient les plus délicats possibles, ce qui n'avait pas échappé à Arwylo. Il baissa les yeux sur son écuelle vide.

— Je sais, c'est pathétique, admit-il.

— Pas du tout.

— Tu dis ça parce que tu me vois avec les yeux de l'amour, rétorqua-t-il d'un ton ironique.

— Crétin ! répondit Shiriel en riant.

Arwylo hocha la tête, convaincu. La musique du luth et la belle voix du barde n'avaient pas cessé et donnaient à leur dîner une touche romantique inattendue.

— Tu sais, quand tu as parlé de cette évasion, poursuivit-elle, j'ai aussitôt pensé que tu avais un plan. Mais à vrai dire, je n'en suis plus si sûre.

De nouveau, son ton trahissait sa pensée. Pour Arwylo, elle était transparente, au sens où elle ne portait pas de masque – ce qui n'avait rien à voir avec de la candeur, voire de la naïveté. Il lui suffisait de lire son expression pour savoir ce qu'elle pensait réellement. *Annwyl avait cette même sincérité instinctive.* Quand il discutait avec elle, il ne craignait pas les non-dits ou les euphémismes. Contrairement aux délires possessifs des mâles en mal de virilité fantasmant sur la virginité de leur compagne, cette sincérité était la seule forme de pureté qui importait à Arwylo. En échange de cette sincérité, il était prêt à tout donner.

Est-elle capable de lire en moi comme moi en elle ?

— Tu veux savoir si j'ai accepté d'organiser une évasion, sur un coup de tête, sans avoir la moindre idée de comment m'y prendre ? Ce serait stupide, n'est-ce pas ?

Shiriel hésita. *Bien sûr qu'elle ne peut pas. Je ne suis pas comme elle, je dois cacher en permanence ma nature profonde.*

— Pour être honnête, oui, répondit-elle.

Ce fut la première fois qu'elle entendit rire Arwylo.

— Rassure-toi, dit-il, j'avais quelques idées en tête en acceptant.

Shiriel ne savait pas s'il avait abandonné son projet d'évasion, mais elle attendait qu'il lui révèle les détails de son « plan ».

— On en parlera demain, dit Arwylo qui ne voulait pas s'encombrer l'esprit de pensées pesantes. Peut-être.

Il observa le barde : c'était un humain d'une vingtaine d'années, brun, beau garçon, avec un bouc de quelques jours. Il chantait juste et sa voix était profonde et suave. Il chantait une ballade aux accents doux-amers. Shiriel la reconnut dès les premiers arpèges.

— Tu connais cette chanson ? demanda-t-elle. C'est une ballade écrite par un humain.

— Vraiment ? Je ne crois pas l'avoir déjà entendue, admit-il.

Il tendit l'oreille pour en entendre les paroles, mais les bruits dans l'auberge l'empêchaient de tout saisir.

— As-tu déjà vu la mer ? (Arwylo secoua la tête.) Eh bien, c'est l'histoire de quelqu'un qui retourne, seul, à la mer : les rayons du soleil inondent ses cheveux, il voit les goélands voler dans le ciel, la magie s'agiter avec le vent... Et il trouve ça très injuste.

— Pourquoi ? demanda Arwylo en fronçant les sourcils.

— Tu ne devines pas ? (Il fit une moue.) La chanson décrit ensuite les rêves qui flottent dans l'air, la lumière dans les yeux du conteur et la chaleur dans ses cheveux. Il a pourtant l'impression que les éléments le haïssent. Il a besoin d'un ami, pour ne pas rester seul face au soleil.

— Il a perdu un être cher, c'est ça ? devina Arwylo.

Shiriel hocha la tête et lui fit signe d'écouter le barde qui chantait le refrain :

— Ne cours pas, ne t'enfuie pas, la vie est belle. Les rires et les pleurs sont superflus, la vie est belle.

Arwylo esquissa un sourire :

— J'aime cette forme d'ironie. Beaucoup.

— Toi aussi, tu trouves malgré tout que la vie est belle ? demanda-t-elle.

Le sourire d'Arwylo s'évanouit et il allait répondre de manière évasive et sombre, lorsqu'il s'aperçut qu'elle le fixait en minaudant. Sa lâcheté fut moins forte que son envie de lui rendre son regard et il la dévisagea un moment, sans rien dire. La confiance de Shiriel était sublime, parce qu'elle ne mentait pas, parce qu'elle était teintée de ses faiblesses, parce qu'il pouvait toucher du doigt les cicatrices de son âme. Un sourire mélancolique apparut sur le visage marqué d'Arwylo. Il avait envie de pleurer.

— Ça n'a pas vraiment été ma devise jusqu'à maintenant, admit-il. Je devrais essayer pour voir. Histoire de ne pas mourir idiot.

— Tu dis ça pour me faire plaisir, répondit Shiriel. Promets-moi d'essayer, quoi qu'il arrive.

— Très bien, j'essaierai.

— Promis ?

— Promis.

Ils finirent leur repas et sortirent de l'auberge. Sur le chemin, Arwylo lâcha une pièce d'argent au jeune barde :

c'était plus que ce qu'il avait l'habitude de recevoir.

— Merci bien, dit ce dernier en faisant sauter la pièce dans sa main. Je m'appelle Neirin, vous entendrez parler de moi !

— J'en suis sûre.

Shiriel et Arwylo se promenèrent au crépuscule. Ils foulaient un chemin de montagne. Il faisait froid et de la condensation s'échappait de leur bouche à chaque expiration.

— Alors, comment avais-tu prévu de prendre d'assaut Tòrrfang ? demanda-t-elle.

— Je t'ai dit qu'on en parlerait demain, répondit-il.

— Je suis têtue comme une fleur des montagnes, rétorqua-t-elle.

— Je vois ça.

Il s'arrêta, ajusta le manteau de la fleur des montagnes et couvrit sa tête du capuchon pour qu'elle n'ait pas froid.

Ils passèrent les jours suivants à deviser. Ils furent surpris d'apprendre que tous deux étaient lettrés. Arwylo lui parla de certains ouvrages qui l'avaient marqué comme le journal de Zwr. Shiriel quant à elle préférait les promenades en forêt – elle était en guerre avec les trappeurs – et le dessin. Sa mère avait été artiste et lui avait transmis sa passion. Il lui faisait la lecture d'un livre de conte qu'il était parvenu à dégoter ; elle le dessinait, au pied d'un arbre ou assis à sa fenêtre. Les heures défilaient à toute vitesse. Un matin, ils prenaient leur petit-déjeuner quand Arwylo lui demanda de but en blanc :

— Tu veux savoir pourquoi je pensais pouvoir le faire ?

Le regard de Shiriel, encore endormi, s'éclaira d'un coup :

— Bien sûr. Surprends-moi.

— De mémoire d'homme, ou d'elfe, personne ne s'est échappé de Tòrrfang, n'est-ce pas ? (Shiriel hocha la tête.) Quand quelque chose d'improbable ne se produit pas pendant longtemps, nous avons tendance à penser que cela continuera à ne pas se produire.

— Où veux-tu en venir ?

— Si vraiment personne ne s'est jamais échappé de Tòrrfang, la surveillance y sera forcément relâchée : la première évasion ne devrait pas être si difficile.

— Si l'on suit ton raisonnement, la seconde évasion deviendrait presque impossible.

— Exactement.
— C'est malin. Mais ça ne me dit pas grand-chose sur la manière dont tu comptes t'y prendre. Tòrrfang est un vrai labyrinthe. Même si tu pouvais y pénétrer, encore faudrait-il que tu trouves ton prisonnier.
— Je pense pouvoir créer une carte de Tòrrfang.
Shiriel avala son gruau de travers :
— Comment ? s'étouffa-t-elle.
— J'ai découvert un sort dans le journal de Zwr.
— Tu disais être un mage raté, coupa-t-elle.
— C'est vrai, je pratique à peine la magie et je ne suis pas certain de pouvoir incanter ce sort.
— En quoi consiste-t-il ?
— C'est une technique d'emprunt sensoriel. Je le trouvais étrange et n'en voyais pas l'utilité. En fait, c'est une forme de possession légère. (Elle le regarda l'air sévère.) Ne t'emballe pas, dit-il en levant la main. Le sort consiste à voir à travers les yeux... d'un rat.
La sévérité dans le regard de Shiriel laissa place à la surprise :
— Tòrrfang doit être infesté de rats. Et ça marche ?
— J'en sais trop rien. Il faut essayer. Mais si le sort est efficace, j'aurai le plan et peut-être aussi l'emplacement exact de la cellule que je cherche.
— D'accord, mais tout ça ne te suffira pas. Comment comptes-tu rentrer et sortir sans te faire remarquer ?
— Quand j'étudiais la magie, on pratiquait tous la calligraphie. Amargein trouvait ça important.
— Qui ?
— Mon maître, Shanahan, on l'appelait ainsi. Bref, très vite, je me suis essayé à la falsification de documents officiels. (Shiriel ne put s'empêcher de rire.) Je ne suis qu'un faussaire amateur, mais en m'y reprenant à plusieurs fois, je pense pouvoir faire un faux convaincant.
Elle fit une moue impressionnée :
— Et pour recruter quelqu'un pouvant t'apprendre à ouvrir les serrures, tu as monté ton petit traquenard dans l'autre auberge. Je me suis demandé pourquoi tu avais mis un tel cadenas sur la porte d'une remise vide.

— J'ai aussi fait le tour des tavernes avec des vêtements neufs, la bourse pleine, pour que le bruit se répande, précisa Arwylo fier de lui.

— Ça a fonctionné : j'ai entendu cette rumeur en surprenant une conversation au « choucas », la taverne à l'entrée de Kvodor.

— Il faudrait que tu m'apprennes à crocheter les serrures. Tu veux bien m'accepter comme élève ?

— Je crains d'être une piètre enseignante, avoua-t-elle. Mais soit.

— Quand est-ce qu'on commence ? demanda Arwylo impatient.

Leur petit-déjeuner englouti, ils montèrent dans la chambre et s'assirent sur la couche. Shiriel sortit de sa poche une clé rabotée et une tige en fer coudée, plate d'un côté et formant un cercle de l'autre.

— Voilà de quoi tu auras besoin.

— C'est tout ?

— Oui. Tu t'attendais à quoi ?

— À une ribambelle de clés diverses et variées.

Shiriel secoua la tête :

— Tu peux toujours tomber sur une serrure que tu ne peux pas ouvrir. Avec ces outils, aucun verrou ne me résiste. Donne-moi le cadenas. Il a l'air impressionnant comme ça, mais on peut le crocheter très facilement. Je vais te montrer et tu essaieras après. Arwylo, l'air dubitatif, lui tendit le cadenas. Elle inséra la clé rabotée dans la serrure et la tourna au maximum :

— Ça, c'est pour mettre les leviers en tension, précisa-t-elle. (De l'autre main, elle inséra son crochet.) Et avec ça, tu déplaces les leviers, un à un. (Elle s'exécuta.) Le premier ne bouge pas. Le deuxième frotte : quand ça frotte, tu accentues la pression avec ton crochet. (Elle le tourna et ils entendirent un petit clic.) Voilà, le deuxième levier est en place. Un crochetage consiste à aligner tous les leviers dans la bonne position. Le troisième frotte aussi. (Un autre clic se fit entendre.) Et enfin, on retourne au premier qui devrait frotter maintenant.

Il y eut un troisième clic et le cadenas s'ouvrit sous le regard tout ébaubi d'Arwylo. Il scruta les outils et l'intérieur de la serrure, mais n'y vit pas grand-chose.

— Comment sais-tu tout ça ?
— Mon père était serrurier à Duvahsa, répondit Shiriel. J'ai grandi au milieu des cadenas et des serrures. Allez, à ton tour.

Elle lui tendit les outils. Arwylo se mit dans la même position et tenta de l'imiter, mais il n'avait aucune idée de ce qu'il se passait à l'intérieur du cadenas et ses gestes étaient maladroits. Après quelques conseils qui ne trouvèrent pas preneur, elle lui dit de se placer derrière elle et de passer ses bras par-dessus ses épaules. Elle saisit ses mains et commença à les guider ; il se serra contre elle et colla sa joue contre la sienne. Elle répétait la même explication en faisant bouger les mains d'Arwylo qui n'écoutait pas. Elle venait d'ouvrir le cadenas quand il lui embrassa le cou.

— Tu es un mauvais étudiant, dit-elle sérieuse.
— Je sais, répondit-il.

Il lui embrassa le cou une nouvelle fois, puis se dirigea vers ses lèvres. Elle recula la tête :

— Très mauvais, précisa-t-elle, ses outils à la main.

Elle ne recula pas devant la deuxième tentative d'Arwylo et mêla sa langue à la sienne. Ils s'embrassèrent un long moment.

— Eh bien, je ne sais toujours pas comment ouvrir ce truc, finit par dire Arwylo. Je n'arrive pas à me concentrer, dit-il. Je crois que c'est de ta faute.

Leur esprit était le lieu d'un joyeux tremblement de terre. Ils se sentaient déphasés et la réalité ne parvenait plus à les rattraper. Ils marchèrent dans les chemins de montagne, s'embrassèrent, parlèrent de ballades et de souvenirs d'Anghewyr et de Duvahsa, s'embrassèrent, et lorsqu'ils prirent le temps d'une respiration, le soleil était déjà couché.

Ils prirent un bain, chacun de son côté, et se retrouvèrent dans la chambre.

— Tu n'es pas censée rentrer dans la forêt ? demanda-t-il.
— Quoi, tu préfères que je parte ?

C'était un jeu d'amoureux idiot : elle connaissait très bien la réponse. Il la saisit par la taille d'une main ferme et l'embrassa avec délicatesse. Puis elle posa son menton contre son torse :

— Tu as raison, je devrais retourner à Falakàn.
— Falakàn ?

— C'est le nom de mon village. Je ne m'absente jamais longtemps. Ils vont s'inquiéter. Je préfère vivre en forêt de toute façon.

— N'importe qui préférerait la forêt à Kvodor.

— Détrompe-toi. Tu veux venir avec moi ?

Arwylo n'avait pas envisagé qu'elle le lui propose. Shiriel elle-même s'étonnait.

— Bien sûr, répondit-il sans même réfléchir.

Elle l'embrassa.

— Je suis fatiguée, dit-elle d'une voix légère.

Elle échappa à son étreinte et s'allongea dans la couche, tandis qu'il s'asseyait sur sa chaise, comme il en avait l'habitude.

— Le sommeil, c'est important, dit-elle. Tu devrais venir t'allonger.

Il s'exécuta sans plus attendre et se glissa sous les draps. Elle se serra contre lui ; il passa ses mains sur ses hanches. Elle était nue.

— Tu seras plus à l'aise pour dormir sans tes vêtements, dit-elle.

Elle l'aida à se déshabiller.

— Tu as raison, répondit-il en bâillant.

Elle s'approcha de son oreille et susurra :

— Si tu t'endors maintenant, je te tue dans ton sommeil.

Arwylo se mit à rire de bon cœur.

Ils dormirent peu cette nuit-là et par intermittence.

Falakàn

Au petit matin, ils se levèrent et pénétrèrent la dense forêt boréale emblématique des Tua Tìren. Ils ne marchèrent pas longtemps, car Falakàn se trouvait assez proche de la lisière. Le hameau était composé d'une douzaine de huttes rudimentaires. La pauvreté du lieu était évidente. La communauté partageait tout ce qui était produit, cueilli, chassé, pêché... ou volé. Comme dans de nombreux villages humains, il y avait un ancien, une ancienne en l'occurrence, qui s'occupait de trancher les éventuels conflits. La hutte de Shiriel, semi-enterrée, n'était pas plus grande que la chambre de l'auberge : la porte d'entrée donnait sur l'unique pièce où étaient installés la couche et le foyer. Elle présenta Arwylo comme un ami – hors de question de se laisser aller à des marques d'affection en dehors de la hutte. Shiriel expliqua qu'il était là pour s'occuper des rats qui rongeaient tout ce qu'ils trouvaient dans le village.

Arwylo voulait pratiquer le sort à l'abri des regards indiscrets, mais certains habitants curieux, en particulier l'ancienne, insistèrent pour être présents. Falakàn avait un petit garde-manger où les provisions étaient mises en commun. Il inspecta les lieux et obtint de pouvoir fermer la porte rudimentaire derrière lui. Quelques rares rayons de lumière du jour passaient à travers les planches assemblées de manière sommaire. La pénombre le rassurait, il s'y sentait à l'abri. Il prit une profonde inspiration et se remémora l'incantation. Il ne l'avait lue qu'une fois ou deux dans le journal de Zwr, mais s'en souvenait avec précision. Le sort s'était inscrit dans sa mémoire, plus qu'il n'avait cherché à l'apprendre. Il plaça ses paumes en vis-à-vis et une volute de lumière sombre apparut.

Depuis quand je suis capable de ça? se demanda-t-il, préoccupé. *Je suppose que c'est nécessaire. La préparation d'un sort est aussi importante que son incantation nous disait Amargein.* Comme il se déconcentrait, la volute disparut. Il recommença et prononça, en articulant chaque syllabe, mais à voix basse : Ma'avorka, meth sulan ar'rotan. Une odeur nauséabonde lui monta au nez, provoquant des haut-le-cœur. Il insista et répéta la formule en resserrant les mains comme s'il concentrait l'énergie vitale des petits animaux environnants. Soudain, il réalisa qu'il pouvait « voir » les rats, sans se servir de ses yeux : ils étaient là, dedans ou dehors, allant, venant, grignotant. Arwylo choisit celui qui était le plus proche de lui et poursuivit l'incantation. L'énergie vitale du rat fut aspirée et un instant plus tard, le monde se transforma : il voyait à travers les yeux du rongeur. Son champ de vision était devenu très large et la faible luminosité du garde-manger ne le dérangeait plus. En revanche, le monde s'était dédoublé et devenait complètement flou au-delà de quelques paumes. Les couleurs étaient devenues très ternes, il ne voyait presque qu'en noir et blanc.

Le rat se trouvait entre deux sacs de grain posés à même le sol et restait parfaitement immobile. La surprise fut immense lorsque Arwylo réalisa qu'il décidait des déplacements du rat. Il le fit venir jusqu'à ses pieds. *Ce n'est pas un sort d'emprunt sensoriel… c'est un sort de possession.* En se faisant cette réflexion, il perdit sa concentration et le flux d'énergie qui maintenait la possession devint instable. Il eut un terrible mal de tête, tomba à genou, se releva, ouvrit la porte et débarrassa sous les yeux surpris des citoyens pour aller vomir derrière un arbre.

Il sentit une main douce sur son épaule.

— Est-ce que ça va ? lui glissa Shiriel à l'oreille.

Arwylo se contenta de hocher la tête, mais une désagréable sensation stagnait en lui. En perdant la possession du rat, il avait eu l'impression de lui arracher sa petite âme. « Ça a fonctionné », entendirent-ils derrière eux. L'un des citoyens tenait le rongeur mort par la queue.

— Mais c'est un sort de nécromancien ! s'exclama l'ancienne qui avait quelques connaissances de magie.

Arwylo et Shiriel échangèrent un regard lourd d'inquiétude. Des discussions s'ouvrirent entre les différents citoyens, qui se conclurent par l'idée que la fin justifiait bien les moyens.

— Es-tu un nécromancien ? demanda Shiriel alors qu'ils venaient de finir leur diner.

La question lui avait sauté au visage.

— Bien sûr que non. Je ne suis même pas un mage. Et puis, ce serait si mal que ça ?

Shiriel sembla meurtrie par cette éventualité. Son regard se réfugia dans la pénombre de la hutte.

— La magie noire est mauvaise, dit-elle à voix basse, y compris pour celui qui la pratique.

— « La magie noire n'existe pas ; seules les âmes noires existent. »

Le visage de Shiriel s'éclaira d'un certain soulagement, qui ne masquait pas sa préoccupation pour celui qu'elle avait choisi d'aimer. Arwylo savait qu'il lui mentait d'une certaine manière : quand son âme n'était pas noire, elle était rouge sang. *Elle n'a pas vu grand-chose de la bête en moi et pense sans doute que ce n'est qu'une humeur capricieuse.* Il passa sur la joue de Shiriel une main douce et coupable.

Dans les jours qui suivirent, il recommença les incantations, de préférence le matin à jeun, car même s'il se perfectionnait, le résultat était toujours le même : il finissait par vomir et tuer son hôte. Shiriel respecta son silence et ne lui posa plus de questions. En parallèle, il s'entraînait à l'ouverture de serrure, mais son niveau restait modeste. Les jours défilaient et à mesure que les préparatifs avançaient, l'exécution de son plan lui apparaissait de moins en moins certaine.

Lorsqu'il eut la certitude de maîtriser le sort de possession des rats, il lui demanda de l'amener près de Tòrrfang. Ils traversèrent la forêt pendant près de deux jours. Arwylo peinait à suivre le rythme de Shiriel qui restait néanmoins prudente : elle se méfiait des animaux sauvages, ours ou pumas, mais moins que des trappeurs. Elle haïssait ces assassins de tout son être et elle avait déjà eu maille à partir avec nombre d'entre eux. Au matin du deuxième jour, ils contournèrent un lac et par-delà la forêt, Arwylo aperçut enfin Tòrrfang, la montagne-prison. En partie couverte de neige, elle trônait là, au milieu de monts de pierre sombre. Creusée à même la roche, l'immense porte de métal se faisait de plus en plus intimidante à mesure qu'ils approchaient.

— Plus qu'une porte de prison, on dirait la porte des enfers, dit-il.

Shiriel marchait devant lui.

— *C'est* la porte d'un enfer, corrigea-t-elle sans s'arrêter. (Elle se retourna et ajouta en murmurant :) Maintenant, on ne parle plus.

Une seule route menait à Tòrrfang, en serpentant à travers la forêt. Ils ne pouvaient pas l'emprunter sans se faire repérer et parcoururent la distance à couvert jusqu'à la lisière de la forêt. En revanche, les dernières centaines de pas se faisaient en montant l'escalier de pierre qui menait à la grande porte.

— On ne peut pas aller plus loin. Tu peux incanter ton sort d'ici ? demanda Shiriel.

Arwylo essaya, par acquit de conscience.

— Non, impossible, je ne ressens rien, conclut-il. Il n'y a pas moyen de se rapprocher ?

— Il y a un chemin qui fait l'ascension de Tòrrfang, mais il doit y avoir des patrouilles.

— Tu te rappelles ce que je t'ai dit sur les évènements improbables ?

L'inquiétude était réelle dans le regard de Shiriel ; elle ne craignait pas seulement pour elle.

— J'espère que tu as raison, chuchota-t-elle.

Ils firent un long détour et trouvèrent un chemin rocailleux qui s'élevait. Ils firent l'ascension de Tòrrfang pendant près d'une heure. Leur souffle se fit d'autant plus court qu'ils craignaient de rencontrer une patrouille dvahsyre à tout instant. La montagne était sauvage, mais des trouées avaient été percées dans la roche à intervalles réguliers. *Des sortes de canalisations pour faire passer l'air,* supposa Arwylo. Au cours de leur marche, ils trouvèrent aussi un trou un peu plus large, de la taille d'une petite fenêtre ronde. Arwylo inspecta aussitôt la cavité : une solide armature en fer avait été scellée dans la pierre et la taille du conduit se réduisait très vite. Shiriel leva les mains pour dire : « à quoi tu t'attendais ? ». Arwylo répondit d'une moue qui signifiait : « ça valait le coup de tenter ».

Ils ne rencontrèrent aucune patrouille et arrivèrent sur une petite avancée à flanc de montagne, en léger surplomb de la route qui menait à Tòrrfang. Shiriel lui fit signe qu'ils pouvaient observer les rares allées et venues, mais qu'il fallait être discret.

— Nous devrions être au-dessus de la prison ici, chuchota-t-elle.

Arwylo se plaça devant une trouée pour faciliter sa capacité de détection et se concentra. Ses mains se murent presque de manière autonome. *Ma'avorka, meth sulan ar'rotan.* Aussitôt, il sentit la vie grouiller sous ses pieds et s'empara d'un premier corps sans forcer. Ils restèrent le temps nécessaire pour qu'Arwylo ait une idée précise du dédale qui se trouvait sous leurs pieds, qu'il retranscrit sur une feuille de papier.

Le soleil rougeoyait juste au-dessus de la forêt lorsqu'ils repartirent. Shiriel était de plus en plus nerveuse et pressa Arwylo : il fallait s'éloigner de Tòrrfang pour atteindre un coin sûr de la forêt avant que l'obscurité ne l'envahît.

Ils alternèrent les tours de garde pendant la nuit et rentrèrent sains et saufs à Falakàn.

— Comment comptes-tu entrer dans Tòrrfang ? demanda Shiriel.

Ils se trouvaient dans sa hutte et étaient allongés, l'un contre l'autre, sous une couverture chaude.

— Je n'en sais rien, répondit Arwylo d'un ton grave.

En observant les allées et venues, ils s'étaient aperçus que seuls les dvahsyrs entraient et sortaient de Tòrrfang. Un humain serait particulièrement suspect.

— Ton faux laissez-passer ne te suffira pas, tu ne parles même pas la langue. Je dois venir avec toi, conclut Shiriel.

— Hors de question, rétorqua-t-il sans hésitation.

— On pourrait te faire passer pour un prisonnier.

— Non.

— Tu ne pourras pas entrer dans Tòrrfang. Et tu n'es toujours pas capable de crocheter les serrures rapidement. Tu as besoin de moi.

— Je ne prendrai pas ce risque.

— Dans ce cas, il vaut mieux abandonner.

Arwylo redoutait de devoir faire ce choix depuis qu'ils

avaient quitté Tòrrfang. Il craignait plus que tout de commettre une erreur qu'il regretterait. Comme elle le sentait préoccupé, Shiriel passa ses mains sur son corps pour réveiller son animalité. Il l'imita ; ils s'embrassèrent. Il la saisit par les hanches et elle le chevaucha jusqu'à la sublimation. Il dormit cette nuit-là.

Les jours suivants furent calmes. Arwylo concentra son énergie à faire un faux convaincant, à partir d'un modèle acheté sous le manteau à Kvodor. Shiriel l'aida pour le texte, qui devait être en gwaeliaith, la langue des dvahsyrs. Il continuait aussi de s'essayer au crochetage, mais ne progressait plus vraiment. Lorsqu'il présenta son faux à Shiriel, celle-ci ne fut pas convaincue :

— Du point de vue de la forme, il a l'air authentique. Mais le contenu n'est pas vraiment crédible. Et puis, que se passera-t-il quand on te posera une question que tu ne comprends pas ?

Arwylo souffla. Il revenait au même point :

— Soit tu n'y vas pas, soit je viens avec toi, conclut Shiriel.

— Mais enfin, pourquoi tu irais risquer ta vie pour sauver ce type ?

— Je pourrais te retourner la question, rétorqua Shiriel.

Arwylo avait peur et était irrité, ce qui affectait son raisonnement. Il prit une grande inspiration.

— Je ne veux pas que tu le fasses pour m'aider.

— Au cas où tu ne l'aurais pas remarqué, nous sommes des marginaux à Falakàn. Certains diraient des opposants, mais je n'ai pas cette prétention. Quoi qu'il en soit, faire sortir quelqu'un de Tòrrfang, n'importe qui, ce serait un formidable coup porté au pouvoir des Immortels.

Arwylo secoua la tête, sortit de la hutte et se promena un moment dans la forêt. Il faisait toujours froid. Il s'assit sur une pierre couverte de lichen. Pouvait-il rester à Falakàn pour le restant de ses jours ? Avec Shiriel, peut-être. Mais la sombre présence finirait par exploser une nouvelle fois en lui. Peut-être même que le vide reviendrait le fixer ; il n'était jamais très loin. Pourtant, le quotidien lui semblait bien différent depuis qu'il vivait avec Shiriel.

Amargein avait raison. Je suis perdu. Il mit la tête dans ses mains. Le bruit de l'eau de la rivière en contrebas berçait ses réflexions.

Il lança en l'air une pièce de cuivre qui trainait dans le fond d'une poche. Il la rattrapa alors qu'elle tournoyait encore en l'air et regarda le résultat : la pièce indiquait de ne pas y aller.

Non. Cette fois, c'est moi qui décide.

Tòrrfang

Ils marchaient sur la principale route qui menait à la montagne-prison. Leur plan avait changé. Elle avait récupéré des vêtements appropriés à son rôle ; il était pieds et mains enserrés dans des menottes reliées par des chaines en acier qui produisaient, à chaque pas, des cliquetis lugubres. Elle saluait d'un geste sobre les dvahsyrs qu'elle croisait. Ces derniers, chasseurs de prime sans doute, saluaient en retour, mais la regardait avec insistance : les femmes n'étaient guère nombreuses dans ce métier.

Un long escalier taillé à même la pierre grise s'élevait devant eux. Ils le gravirent sans croiser qui que ce soit. Ils étaient surpris du peu de surveillance aux abords de la montagne-prison. *Ils n'en ont pas besoin. Il n'existe qu'une entrée et qu'une sortie.* À côté de l'immense double porte de l'enfer se trouvait une autre plus petite, de hauteur d'elfe, devant laquelle étaient postés deux gardes. Shiriel leur adressa la parole en gwaeliaith. L'un des deux dvahsyrs l'inspecta de la tête aux pieds, puis inclina la tête pour faire de même avec le prisonnier derrière elle.

— C'est quoi ça ? demanda-t-il.

Arwylo ne comprenait pas le gwaeliaith, mais devinait la teneur de la question.

— Ma future prime, répondit Shiriel.

Le gardien la jaugea une nouvelle fois et se contenta de taper deux fois du poing contre la porte en fer. Celle-ci s'ouvrit peu après et ils découvrirent un hall assez large, où la lumière du jour peinait à pénétrer. C'était la seule pièce de tout Tòrrfang dont la hauteur de plafond dépassait trois pas. En face se trouvait l'unique entrée vers les cellules, close par une solide grille. À côté, quatre gardes étaient assis à une table. Deux d'entre eux jouaient aux cartes. Ils portaient tous le même uniforme de couleur anthracite. Sur le mur gauche se trouvait une large trouée qui donnait sur le dortoir. Il devait y avoir un cellier, une cuisine et des latrines, car les gardes dormaient sur place. Sur la droite, l'un d'entre eux, assis derrière un bureau, leur fit signe d'approcher.

— C'est pour une livraison ? demanda-t-il en montrant le prisonnier.

— Non, ça, c'est mon gagne-pain.

Elle tira sans ménagement sur la chaine qui entravait Arwylo. Ce dernier grogna et fit mine de résister.

— Je viens pour retirer un colis, précisa-t-elle.

Le garde haussa les sourcils : il était rare que l'on sorte de Tòrrfang. Il se leva et saisit l'ordre de libération que lui tendait la chasseuse de prime. Sa mâchoire se crispa :

— Et depuis quand on fait sortir les proscrits ?

Shiriel fit tout ce qui était en son pouvoir pour rester impassible. Les « proscrits » étaient une catégorie bien particulière de prisonniers : non seulement ils étaient enfermés à perpétuité, mais leur nom était supprimé de tous les registres. Ils étaient frappés d'*abolitio*, jusqu'à leur mort. Évidemment, ils n'étaient jamais libérés, quel que fût le motif.

Le garde rapprocha la lampe et inspecta l'ordre de libération. Entre deux coups d'œil suspicieux vers la chasseuse de prime, il scrutait la page à l'aide d'une loupe, en s'attardant sur le sceau. Shiriel et Arwylo tentaient de jouer leur rôle le mieux possible, mais leur rythme cardiaque s'était soudain emballé. Après une inspection minutieuse, le garde, qui se considérait comme un expert dans le domaine, dut bien admettre que l'ordre semblait authentique.

— Qui vous a donné ça ? demanda-t-il d'un ton mal aimable.

— Seigneur Esahag. C'est un ami du père du prisonnier. Il a intercédé en sa faveur.

Shiriel et Arwylo avaient eu le temps de peaufiner leur histoire : ledit seigneur était un pur produit de leur imagination.

— Intercédé auprès de qui ? demanda le garde impatient.

— Du Haut Conseil, répondit Shiriel sûre d'elle.

— Auprès des Immortels ?!

— Laissez-moi deviner, vous ne savez pas qui est le seigneur Esahag ?

— Eh bien, non, répondit le garde embarrassé. (Il continuait de regarder l'ordre de libération sans comprendre.) Et il a confié cette mission, à *vous* ?

Il cherchait toujours la faille dans cette drôle d'histoire, mais sa voix était moins assurée.

— Cette « mission » ? À vous entendre, on dirait que c'est un travail d'espion. J'accomplis pour le seigneur Esahag toutes sortes de tâches jugées ingrates. Celle-là en fait partie.

Le garde se frotta la barbe naissante en fixant l'ordre. Il le scruta sous tous les angles, sans plus de résultats.

— Admettons. Même si vous dites vrai, j'ai bien peur que votre seigneur Esahag n'ait été abusé d'une manière ou d'une autre.

Ou bien alors ce sont les Immortels eux-mêmes qui ont été abusés. Le garde chassa vite cette idée de crainte que quelqu'un ne lise dans ses pensées. De toute façon, quelque chose ne collait pas dans cette histoire et le garde en arriva à la conclusion qu'il ne libérerait le prisonnier sous aucun prétexte.

— Que voulez-vous dire ? demanda Shiriel en feignant de ne pas comprendre.

— Eh bien, on ne peut pas libérer un *proscrit*. C'est contre la loi des Immortels. Et cette loi est supérieure à votre ordre.

Shiriel joua très bien la contrariété.

— Le seigneur Esahag ne va pas apprécier, murmura-t-elle.

— J'entends bien, répondit le garde dont le ton était presque devenu affable. Mais je ne peux rien faire pour vous.

Il tendit l'ordre à Shiriel, pour clore la discussion. Elle gardait sa moue contrariée.

— Très bien, finit-elle par dire en reprenant le document falsifié. Mais j'ai fait le voyage jusqu'ici, je voudrais voir le prisonnier pour lui annoncer sa prochaine libération.

Le garde reprit aussitôt son air mal aimable :

— Vous n'avez pas entendu ? Votre gars ne sera pas libéré. On est à Tòrrfang ici, pas dans une garderie.

En effet, il n'y avait jamais de visite dans la montagne-prison.

— Vous voulez que je retourne vers le seigneur Esahag, qui est allé jusqu'à intercéder auprès des Immortels, pour lui dire que je n'ai même pas pu parler au prisonnier ?
— Ce n'est pas mon problème.
Avec ça, il se rassit sur sa chaise et fit mine de s'occuper. Shiriel le fixa, excédée.
— C'est *mon* problème ? (Le garde leva les yeux et sourit d'un air narquois.) Ce sera bientôt le vôtre. Donnez-moi votre nom, lâcha-t-elle.
Le sourire s'effaça. Le garde secoua la tête, l'air peu assuré, mais ne décrocha pas un mot. Le regard de Shiriel se fit mauvais, elle se retourna et annonça d'une voix forte :
— Est-ce que l'un d'entre vous peut me donner le n...
Le garde bondit de sa chaise :
— C'est bon, c'est bon, coupa-t-il.
Il fit signe aux autres, qui avaient tourné la tête, de retourner à leur jeu de cartes. Il ouvrit un tiroir et saisit son trousseau de clés.
— Tout ça pour donner de faux espoirs à un proscrit qui mourra ici, grommela-t-il.
— Je fais mon travail, rétorqua Shiriel.
— Votre arme, sur mon bureau, ordonna-t-il en montrant la dague qu'elle portait à sa taille. Vous avez autre chose ?
— Non, vous pouvez vérifier.
Le garde ne s'en priva pas et la palpa avec un sourire sale. Au moment de fouiller Arwylo, il appela un jeune surveillant, qui devait avoir dix-huit ans tout au plus, pour le faire à sa place. Il retourna sur son registre, puis indiqua le numéro de cellule et confia les clés au jeune.
— Lui, il reste là, ordonna-t-il en montrant Arwylo.
Shiriel fit mine d'être surprise :
— Vous êtes sûr ? (Un grognement rauque fit tourner les têtes dans leur direction.) Comme vous voulez...
Elle lui tendit les chaines et le garde eut un mouvement de recul en croisant le regard du prisonnier. Avec une expression de dégoût, il leur fit signe de déguerpir.
— Attendez ! se reprit-il. (Il ouvrit un autre tiroir et en sortit deux sacs en feutre noir.) Mettez ça sur la tête !
Shiriel accepta, impassible ; Arwylo grogna quand on lui

passa le sien. Les sacs avaient une taille bien adaptée à leurs têtes, ce qui laissait imaginer que c'était là leur fonction première. Tòrrfang était un tel labyrinthe de couloirs que c'était une mesure de sécurité simple et efficace. Le jeune surveillant leur fit signe de le suivre et ouvrit la première grille, dont l'acier froid des barreaux perforait la pierre. Il prit soin de refermer la porte derrière eux.

Ils traversèrent une partie de Tòrrfang ; des couloirs et des escaliers étroits, taillés à même la pierre, se succédèrent. La sensation rappela à Arwylo son voyage dans la partie souterraine d'Anghewyr. Le jeune surveillant ouvrit une autre porte, puis la referma derrière eux :

— Vous pouvez retirer les sacs.

Shiriel s'exécuta et enleva celui d'Arwylo. Ils s'aperçurent que le jeune surveillant se trouvait de l'autre côté d'une solide grille, semblable à celle de l'entrée.

— Pourquoi nous avoir enfermés ? demanda Shiriel sans paniquer.

— C'est le protocole, répondit le jeune garde dvahsyr. Le prisonnier que vous cherchez se trouve dans la deuxième cellule à gauche, derrière vous. Pour lui parler, il vous suffit d'ouvrir le judas.

Elle se retourna : ils se trouvaient dans un couloir qui se terminait en cul-de-sac et donnait accès à une dizaine d'ergastules. La lumière du jour leur parvenait à peine à travers les ouvertures dans les parois. Il n'y avait qu'une faible lampe pour le couloir entier.

Shiriel se dirigea vers la cellule indiquée, en tirant Arwylo. Du regard, elle lui indiqua le jeune surveillant derrière eux.

— Reste près de la grille, lui ordonna-t-elle d'une voix forte. Et ne t'approche pas de moi tant que je parle avec le prisonnier.

Arwylo retourna à la grille, prêt à se libérer de ses chaines. Il avait compris l'ordre, mais le jeune garde suivait le protocole à la lettre et se trouvait de l'autre côté de la grille, hors de portée de ses mains. Shiriel jeta un œil à travers l'ouverture de la porte : elle vit une forme noire dans un coin. Elle lui parla en langue dvahsyre :

— Est-ce que vous m'entendez ?

L'ergastule était petit, mais disposait d'une table et d'une chaise, en plus de la couche. La silhouette se leva et approcha.

Depuis l'obscurité, elle la fixait du regard. Shiriel vérifia la situation d'Arwylo d'un coup d'œil rapide par-dessus son épaule et chuchota :

— Vous êtes Àrdan ?

— C'était mon nom, des années de cela, répondit l'ombre.

— Nous allons vous faire sortir d'ici. Faites mine de m'agresser. (La forme ne réagit pas.) Passez votre main à travers l'ouverture de la porte.

La forme restait immobile. Shiriel commença à s'impatienter :

— Saisissez-m...

Soudain, une main jaillit à travers la porte et lui enserra la mâchoire. Shiriel poussa un hurlement. Dans la pénombre, elle ne voyait qu'une paire d'yeux vert d'eau. Arwylo redressa la tête, étonné d'entendre un cri. Du coin de l'œil, il remarqua le pas en avant du surveillant, surpris lui aussi. D'un geste brusque, il le saisit à la gorge de la main droite – ses chaines tombant d'elle-même au sol – puis de la main gauche. Il serra, serra. Le regard du jeune dvahsyr fut habité par la peur : la peur de mourir, la peur du vide. Son regard le supplia.

« Ne le tue pas ! » entendit Arwylo derrière lui. « Ce n'est qu'un gosse. » Lorsqu'il lâcha prise, le corps du surveillant s'effondra au sol. Shiriel accourut :

— Il est mort ?

— Non.

— Étranglement sanguin ?

— Oui.

— Très bien.

— Pas sûr, répondit Arwylo qui fouillait le corps du surveillant à travers les barreaux à la recherche de son trousseau de clés.

— Pourquoi ? demanda Shiriel.

— Je ne trouve pas les clés. (En regardant le mur en face, derrière la grille, il vit un crochet en métal sur lequel était accroché un trousseau.) Ils nous emmerdent avec leur protocole. Tu peux crocheter la serrure ?

Shiriel prit une profonde inspiration :

— Oui, répondit-elle en sortant ses outils cachés dans sa ceinture.

La réponse était moins péremptoire que d'autres fois, car leur liberté et leur vie étaient en jeu. Elle inséra sa clé rabotée, mit la serrure en tension et commença à la crocheter.

— Combien de leviers ? demanda Arwylo.

— J'en sens quatre.

— Des fausses portes ?

— Je ne crois pas.

— Facile alors, non ?

— Tais-toi, je n'entends pas la serrure !

Les petits clics métalliques se succédèrent, jusqu'à ce que la clé rabotée se mette à tourner et déverrouille la grille. Shiriel souffla, soulagée.

— Bien joué, dit Arwylo en saisissant le corps inanimé du surveillant.

Il le tira jusqu'à la cellule, tandis que Shiriel récupérait le trousseau de clés accroché au mur et refermait la grille derrière eux.

— Regarde dans le trousseau, tu devrais avoir une clé ou un passe pour ouvrir les portes des cellules.

Shiriel les essaya toutes, mais rien n'y fit :

— Je pense que par sécurité, ils ne donnent pas les clés des cellules à tous les gardes. Et sûrement pas aux jeunes surveillants.

— Eux et leur putain de protocole ! s'emporta Arwylo.

— Tu voulais qu'ils nous déroulent le tapis rouge ? Laisse-moi faire.

Elle inséra de nouveau ses outils, mais s'arrêta vite :

— C'est une très vieille serrure, avec un seul levier, je crois... Ce devrait être facile de l'ouvrir, mais je n'arrive pas à faire tourner le mécanisme, il y a quelque chose qui bloque.

Elle tenta de regarder l'intérieur de la serrure, tandis qu'Arwylo finissait de déshabiller le surveillant, qui reprenait peu à peu connaissance.

— Je ne vois rien, il fait trop sombre, dit Shiriel.

Les dvahsyrs avaient pourtant une bonne vue dans l'obscurité. Arwylo tendit la main et au creux de sa paume, une lumière bleutée apparut.

— Et maintenant ?

— Parfait... (Elle observa le mécanisme intérieur de la serrure.) J'ai compris.

Elle inséra son crochet avec un angle différent et le remua trois ou quatre fois avant que la serrure ne s'avoue vaincue. La porte de la geôle vacilla sur ses gonds avec un grincement lourd. La silhouette du prisonnier était assise sur la chaise. Elle donnait l'impression de ne pas vouloir sortir.

Arwylo finit de ficeler le surveillant et le déposa sur la couche, dans la cellule. Les quatre murs de pierre brute lui paraissaient déjà oppressants. *Vingt-sept ans ici... Il y a de quoi devenir fou. D'ailleurs, est-ce qu'il a gardé toute sa tête ?*

— Enfile ça, ordonna-t-il en lançant au prisonnier les vêtements récupérés sur le surveillant.

La silhouette resta immobile sur sa chaise. Après ce qui sembla être un temps de réflexion, elle se leva et fit un pas en avant. Arwylo croisa pour la première fois son regard vert d'eau.

— Qui êtes-vous ? demanda le prisonnier.

Le ton n'avait été ni agressif ni misérable.

— Je connais votre mère, Eithne.

— Eithne... ? Je n'avais pas entendu ce nom depuis si longtemps.

Il avait un léger accent dvahsyr, mais parlait une langue châtiée. Son ton continuait d'être posé, en décalage complet avec sa situation.

— Àrdan, nous n'avons pas de temps à perdre, expliqua Shiriel. Enfilez ces vêtements. On va vous faire sortir d'ici.

— Personne ne m'a appelé Àrdan depuis des lustres. Mon nom est Meddwyl.

Arwylo lança un regard à Shiriel et haussa les sourcils.

— Très bien, Meddwyl, répondit-elle avec patience. Nous pouvons vous faire sortir de Tòrrfang en vous faisant passer pour un surveillant. Vous ne pouvez pas garder ces guenilles, précisa-t-elle en montrant ses vêtements.

— Bien sûr, répondit le dvahsyr.

Il s'exécuta et se mit nu devant eux pour se changer. Arwylo haussa une seconde fois les sourcils et se tourna vers le surveillant, qui avait repris connaissance. Il murmura quelque chose à son oreille et le jeune dvahsyr hocha plusieurs fois la tête de manière nerveuse.

— Comment savez-vous sortir d'ici ? demanda Meddwyl. C'est un vrai labyrinthe.

— Je sais, fais-nous confiance, répondit Arwylo d'un ton sec.

Ils refermèrent la cellule derrière eux et il les guida à travers le dédale de couloirs. S'il n'avait pas le sens de l'orientation, il compensait par sa mémoire. Il hésita une paire de fois, mais retrouva assez vite le chemin de l'unique sortie de Tòrrfang. Il remit ses fausses menottes et ses chaines. Alors que la dernière grille approchait, la sueur commença à perler à leur front : ils devaient traverser le grand hall d'entrée, infestée de gardes. Une vingtaine de pas les séparaient de la liberté.

Meddwyl, portant l'uniforme de surveillant, ouvrit la dernière serrure. Ils franchirent la grille. Shiriel et Arwylo se plaçaient de manière à ce que le prisonnier ne croise pas le regard de ses supposés pairs. Ils firent deux pas à peine dans la salle qu'ils se figèrent :

— Tu n'as pas refermé la grille à clé, lança une voix blasée.

Le garde jouait aux cartes et ne daigna pas lever les yeux. Un autre fit une remarque sur la jeunesse en éternelle perdition, sans arrêter de bourrer sa pipe. Meddwyl croisa le regard tendu d'Arwylo en se retournant pour verrouiller la grille. Shiriel secoua la tête en lâchant un « tss » bruyant et désapprobateur. Puis ils reprirent leur marche vers l'ultime porte. Chacun de leurs pas était un peu trop lourd et semblait vouloir les trahir. Pourtant, aucun garde ne s'insurgea ni ne lança l'alerte.

Meddwyl leva le loquet en acier... « Hé vous ! » Ils tressaillirent.

— Vous avez oublié votre dague, dit le garde derrière son bureau.

Shiriel dut s'employer pour esquisser un sourire. Alors qu'elle allait récupérer sa dague, Arwylo fit mine de la suivre et se plaça entre Meddwyl et le garde pour bloquer le champ de vision de ce dernier. Shiriel le remercia et ils franchirent enfin la porte. Le garde s'étonna que son jeune surveillant les accompagne jusqu'à l'extérieur, mais retourna à son travail.

En voyant la lumière du jour, Meddwyl s'immobilisa. Arwylo le bouscula d'un geste discret pour le faire avancer : il y avait encore les deux gardes à l'entrée. Shiriel les salua d'un petit hochement de tête et le trio se dirigea vers le long escalier. En voyant l'un des surveillants s'éloigner, l'un des deux gardes l'interpella :

— Tu vas où toi ?

Shiriel se retourna et répondit du tac au tac :

— Vous permettez qu'il discute avec sa fiancée ?

Les visites étaient presque inexistantes à Tòrrfang, car la prison-montagne se trouvait dans un endroit reculé des Tua Tìren. Le garde fronça les sourcils, puis se dérida :

— Et c'est qui le chanceux ? demanda-t-il.

— C'est moi, répondit Meddwyl en levant la main sans se retourner.

Le trio accéléra le pas de manière à peine perceptible.

— Qui, « toi » ? demanda le garde de nouveau suspicieux.

— Mais enfin, Za'ur, répondit encore Meddwyl en utilisant le premier nom qui lui passait par la tête.

Les deux gardes se regardèrent : ils ne se souvenaient d'aucun « Za'ur » parmi les surveillants de Tòrrfang. Alors que le trio commençait à descendre l'escalier, les deux gardes se mirent à les suivre :

— Tourne-toi, qu'on voit ton visage, ordonna le premier.

Il n'y avait plus rien à répondre.

— Préparez-vous à courir, murmura Shiriel.

— J'ai dit, retourne-toi ! menaça le garde en accélérant le pas.

Au signal, Arwylo se débarrassa de ses chaines et ils se mirent à dévaler les escaliers, le cœur battant. Derrière eux, les gardes hurlèrent l'alarme et se lancèrent à leurs trousses. Les marches défilaient, deux à deux ; très vite, Shiriel et Arwylo comprirent que Meddwyl ne pourrait pas suivre leur rythme. Les muscles de ses jambes étaient atrophiés par des décennies de détention. Sans lui demander son avis, Arwylo le prit sur son dos et bondit de marche en marche. Les deux gardes n'étaient pas loin, il pouvait entendre leurs pas. Et d'autres sortaient de Tòrrfang, comme des frelons dont on aurait frappé le nid.

— On fait comme on a décidé, dit Shiriel peu avant d'atteindre le bas des marches.

— Non, j'ai changé d'avis, répondit Arwylo. On reste ensemble.

— On en a déjà discuté !

Ils se trouvaient à présent sur la route montagneuse qui menait à la prison. L'anxiété pouvait se lire sur le visage d'Arwylo. Ils pénétrèrent ensemble dans la forêt.

— On se retrouve à l'endroit prévu, dit Shiriel sûre d'elle.

Comme Arwylo hésitait, elle le poussa dans la direction en question et le regarda s'éloigner. Elle n'eut pas à attendre longtemps pour attirer les gardes sur elle et s'élança de son pas véloce à travers la forêt. Elle était certaine de pouvoir les semer sans grande difficulté. Les arbres défilaient à toute vitesse ; peu à peu, le terrain s'élevait. Elle se retourna pour vérifier que les gardes étaient loin. *Merde.* Deux d'entre eux s'accrochaient. Le doute et la peur s'immiscèrent dans son esprit ; elle accéléra encore le rythme. La forêt était moins dense et la protégeait de moins en moins. Alors qu'elle arrivait au sommet d'une colline, elle sentit une présence sur sa gauche et tourna le regard. *Il y a quelque chose. Ou quelqu'un. Si c'est un animal, il ne me suivra pas quand je quitterai son territoire.* Ce pouvait être aussi un trappeur qui se trouvait dans les parages et avait entendu la chasse. La cadence de sa course commença à ralentir ; son souffle était bruyant. Elle se retourna et aperçut les gardes à plus de deux cents pas. *Ils n'ont pas de chiens. Ils ne me retrouveront jamais.* Comme elle se faisait cette réflexion, une flèche siffla dans l'air et vint se ficher dans un arbre, à quelques pouces de sa tête. *Un sale trappeur.* Elle le repéra : il était en train d'encocher une seconde flèche. À bout de souffle, elle s'élança avec toutes les forces qui lui restaient en direction de leur point de rencontre. Elle entendit le sifflement.

Elle poussa un cri en s'effondrant sur la terre humide.

La flèche s'était plantée dans son mollet droit. Elle laissa échapper un second cri de douleur lorsqu'elle la retira d'un coup sec. Elle tenta de reprendre sa fuite, mais pouvait à peine s'appuyer sur sa jambe blessée. La flèche suivante vint se planter dans l'arbre derrière lequel elle s'était abritée. *Arwylo, où es-tu ?* Elle le chercha dans la forêt autour d'elle, puis reprit sa fuite sur une jambe.

Une douleur épouvantable lui transperça le dos.

Elle s'effondra.

Son visage reposa sur la terre.

Arwylo

Il poussait sur ses jambes ; ses cuisses brûlaient. Le prisonnier était une charge supplémentaire, mais il ne pesait pas bien lourd. Leur point de rencontre était encore loin lorsqu'il s'arrêta derrière un arbre pour poser son colis et observer ses éventuels poursuivants. Le souffle court, le visage dégoulinant de sueur, il pencha la tête sur le côté. *Personne.* Il entendait pourtant des voix au loin. D'un mouvement instinctif, son regard se tourna vers la gauche, dans l'espoir de voir Shiriel.

— Je peux marcher, chuchota Meddwyl.

Àrdan aurait trouvé humiliant au dernier degré d'être ainsi transporté.

— On ne marche pas, rétorqua Arwylo en lui faisant signe de monter sur son dos.

Ils repartirent au trot et après quelques minutes, s'arrêtèrent de nouveau. Arwylo repéra un arbre et sauta pour attraper sa branche la plus basse : un paquet tomba au sol. Il en tira une épée et un arc.

— Tu sais t'en servir ? demanda-t-il en montrant l'arc.

— Disons que j'ai su.

— Ça ne s'oublie pas, répondit Arwylo en lui lançant l'arme puis un carquois.

Meddwyl s'équipa, lui aussi aux aguets. Il montra des traces au loin :

— Il y a un chemin qui passe par la montagne dans cette direction, dit-il. Ils pourraient venir nous couper la route par l'est.

— Qu'est-ce que tu en sais ? répondit Arwylo qui continuait à guetter. Tu n'étais pas une sorte d'opposant politique ?

L'expression de l'elfe resta un court instant interdite.

— Non, pas vraiment, répondit-il.

— Bon, je crois qu'on les a semés, dit Arwylo. Tu peux marcher ? (Il repartit sans attendre de réponse.) Tu faisais quoi alors ?

Meddwyl lui emboita le pas. Il se passa une poignée de secondes avant qu'il réponde :

— J'étais un galanat.

Arwylo ignorait ce que cela représentait et son esprit, comme son regard, était occupé à observer les alentours. Meddwyl n'insista pas et l'imita. Il plissa les yeux et tapota sur le bras de son libérateur. Il pointa l'index : deux gardes, bien équipés, descendaient les pentes arborées de la montagne, comme il l'avait anticipé.

— Tu as une bonne vue, admit Arwylo. Tu es certain de savoir te servir d'un arc ?

Meddwyl se contenta de lui indiquer un arbre derrière lequel se cacher et s'abrita lui-même un peu plus loin. Les deux gardes, qui ne les avaient pas vus, progressaient avec prudence. Ils passèrent devant l'arbre d'Arwylo et alors qu'ils approchaient de celui de Meddwyl, l'elfe jaillit en bandant son arc. Ils n'eurent pas le temps de penser à une quelconque stratégie qu'Arwylo surgit derrière eux et les désarma. Il leur attacha les mains et les pieds, en leur laissant juste assez d'amplitude pour marcher à petits pas, mais pas assez pour courir.

— On les emmène, dit-il. Ils pourraient nous servir.

— Vous êtes morts, dit l'un des deux gardes dans une langue humaine approximative. Vous croyez peut-être...

— Ferme-la et marche.

Arwylo avait parlé à moins d'une paume du visage de son prisonnier. Depuis qu'il avait rencontré Shiriel, il n'avait pas eu de crise. Mais il sentait que la bête s'éveillait à la moindre occasion, qu'elle s'agitait à la moindre provocation. De son épée, il poussa le garde, qui ouvrit la voie.

— Si vous émettez le moindre son, si vous tentez quoi que ce soit, je vous tranche la gorge, menaça-t-il encore. À tous les deux.

Ils parcoururent en silence le chemin jusqu'au point de rencontre, près d'une petite cascade alimentée par un ruisseau. Taran, qu'ils avaient laissé dans les parages, vint à leur rencontre. Arwylo ne l'avait pas attaché pour qu'il puisse s'enfuir si une meute de loups approchait. Il lui flatta l'encolure, mais son regard parcourait la forêt à la recherche de Shiriel. Comme il ne la voyait pas, il se mit à l'appeler.

— Elle est morte, dit le même garde.
— *Feiyu !* s'écria l'autre.

Arwylo fixa le premier, le regard bas.

— Si elle est morte, vous êtes morts, gronda-t-il entre ses dents. (Il essuya la sueur de son front sans parvenir à calmer ses craintes.) On va l'attendre, elle ne devrait pas tarder. Tu as faim ? demanda-t-il à Meddwyl.

Ils s'assirent au pied d'un arbre et l'elfe mangea un bol de gruau, les deux gardes toujours attachés et bien en vue. L'humain ne put avaler que deux gorgées d'eau.

La luminosité commençait à décliner et Shiriel n'était toujours pas là. Arwylo arpentait la terre meuble en crispant la mâchoire. De temps en temps, il regardait le cœur de la forêt en espérant voir apparaitre une silhouette.

— Excuse-moi, puis-je te poser des questions ? demanda Meddwyl.

Il en avait plus d'une qui se bousculaient dans sa tête depuis qu'ils s'étaient posés.

— Je t'écoute, répondit Arwylo l'esprit toujours ailleurs.
— Pourquoi êtes-vous venus me libérer ?

Arwylo fronça les sourcils :

— Je te l'ai dit, je connais ta mère, Eithne, répondit-il en replongeant son regard dans la forêt.

Cela n'expliquait rien, mais Meddwyl comprit qu'il n'aurait pas de réponse plus précise pour l'instant.

— Où irons-nous... après ?
— Voir mon maître. Et sans doute ta mère. J'aimerais bien voir la tête de la sorcière aussi.

Les informations étaient confuses pour Meddwyl, qui acquiesça néanmoins.

— J'ai oublié de te demander ton nom, dit-il.
— Quand je servais dans l'armée de Keus, on m'appelait « K'thral ».
— « Démon », traduit Meddwyl.
— Oui. Mais mon vrai nom est Arwylo.

Ce « vrai nom » lui parut plus étonnant encore, mais l'humain, concentré sur Shiriel, ne remarqua pas son expression. Il observa le ciel : la nuit était presque tombée. Il jura.

— On prend des tours de garde, ordonna-t-il d'un ton sec. On part à sa rencontre à l'aube.

Ils n'eurent pas à s'alterner : Arwylo ne trouva pas le sommeil. Il fit lever tout le monde avant les premières lueurs du jour et la troupe se mit en marche en direction inverse du chemin qu'aurait dû emprunter Shiriel. Ils progressaient avec prudence, les deux gardes ouvrant toujours la voie à portée d'épée, lorsque Meddwyl fit signe de s'arrêter. Il plissa les yeux, tandis que les deux gardes échangeaient quelques mots.

— Je vais aller voir, dit-il. Restez ici.

Ses pas furent silencieux. Ses yeux s'arrondirent.

— Il ne faut pas aller dans cette direction, dit-il en retournant sur ses pas.

— Pourquoi ? Qu'est-ce que tu as vu ? demanda Arwylo.

L'humain s'efforçait lui aussi de découvrir ce qu'il se tramait, mais sa vue n'était pas assez perçante. Tout à coup, profitant de cette diversion, l'un des deux gardes prit ses jambes à son cou : Arwylo le rattrapa en deux enjambées, le fit tomber au sol et lui asséna un violent coup de pied dans le ventre. Quand il tourna la tête, l'autre garde était pris de panique et semblait négocier avec Meddwyl en gwaeliaith.

— Qu'est-ce que vous racontez ? Qu'est-ce qu'il y a, là-bas ? cria Arwylo.

Meddwyl ouvrit la bouche, mais les mots se refusèrent à sortir.

— N'y va pas, finit-il par dire.

Le désespoir et la rage envahirent l'esprit d'Arwylo. Sa respiration s'accéléra. Il secoua la tête de manière mécanique, en répétant « non, non, non... ».

— Ne bougez pas ! hurla-t-il en pointant les trois dvahsyrs.

Il fit un pas, puis un autre. Il marchait vers son abîme.

— Vous restez là ! répéta-t-il en se retournant. S'il y en a un qui bouge, je le rattrape et je l'égorge, c'est clair ?

Les derniers mots furent étouffés par un mélange de rage et de désespoir. Les trois elfes ne répondirent rien.

Arwylo approcha, péniblement, et la forme, d'abord floue, se fit plus claire. Une silhouette. Une silhouette inversée. Il s'arrêta. La force dans ses jambes l'abandonna et il tomba à genoux. Ses mains couvrirent sa bouche. Il poussa un cri silencieux, comme la douleur le transperçait. Puis un autre. Des larmes jaillirent.

Le corps sans vie de Shiriel était suspendu par les pieds à une branche. Elle avait été écorchée vive.

Il tendit ses mains tremblantes vers ce qu'il restait de son visage. Puis la rage finit de consumer son esprit.

Il se redressa, se tenant bien droit, et tourna son regard vide vers les trois elfes. Il avait une lueur rouge dans les yeux. L'un des gardes, blême, se mit à bafouiller quelques mots en gwaeliaith à Meddwyl :

— Détache-nous, vite ! Je t'en supplie...

— Calme-toi, répondit l'ancien galanat sans s'affoler.

L'autre garde, celui qui avait déjà cherché à s'échapper, s'enfuit sans demander son reste. Meddwyl banda son arc et malgré ses bras tremblants, il avait le dos du dvahsyr en point de mire. Au moment de relâcher la corde, il se ravisa.

— Où il est passé ? demanda le garde qui était resté.

Il regardait à droite et à gauche : le *k'thral* avait disparu. Meddwyl leva les yeux :

— Dans les arbres, murmura-t-il.

Le garde qui s'était enfui avait profité de la nuit pour défaire en partie ses liens. Essoufflé, il s'adossa à un arbre et enleva les cordes qui entravaient encore ses mains. Il jeta un coup d'œil furtif derrière l'arbre. *Parfait. Ils ne m'ont pas suivi.* Alors qu'il reprenait sa fuite, une ombre tomba du ciel devant lui, le saisit à la gorge et le plaqua contre l'arbre.

— Je n'y suis pour rien, balbutia-t-il la voix écrasée.

Le démon le fixa de son regard froid. Pour Shiriel, Arwylo l'avait ignoré, repoussé, méprisé. Il avait résisté à toutes ses tentations pendant des mois. Cette sobriété n'avait plus raison d'être. De ses griffes acérées, il transperça l'abdomen du garde qui se mit à hurler de douleur. Il sentait la chaleur douce des entrailles sur sa main. Il lui saisit les viscères et tira un coup sec.

Lorsque Meddwyl et le second garde arrivèrent, ils virent une créature, mi-humain mi-démon, accroupie sur un cadavre mutilé : le corps du garde était éventré et n'avait plus de visage, sa mâchoire inférieure avait été arrachée, de même que l'un de ses bras dont se repaissait la créature. Cette dernière était couverte de sang de la tête au pied, comme si elle avait voulu s'en faire un bain. En voyant les deux autres arriver, elle eut un sourire glaçant, qui s'adressa en particulier au garde encore vivant qui se mit à implorer Meddwyl.

— Arwylo, connais-tu la signification de ton nom ? demanda ce dernier.

Le démon l'ignora et saisit le second garde à la gorge avec une force et une vitesse qui n'avaient rien d'humain. Des cris de terreur emplirent la forêt. L'elfe tenta de s'interposer entre la bête et sa proie et répéta la question, sans plus de réponse. Le démon leva alors ses griffes acérées pour éventrer le garde, lorsque Meddwyl lâcha :

— Ton nom, il signifie « celui qui pleure ses morts ».

Les mots eurent l'effet de la foudre sur le démon, qui sembla un instant perdre le contrôle. Sans lâcher sa proie, il fixa l'elfe du coin des yeux.

— Tu mens ! gronda-t-il.

— Je ne mens pas, rétorqua Meddwyl. C'est un mot de langue anci...

— Tu mens ! cria Arwylo dont la voix avait tout à coup retrouvé ses accents naturels.

— Tu as ma parole. « Celui qui pleure...

En un éclair, la main du démon lâcha le garde qui s'effondra au sol et se saisit du cou de Meddwyl.

— Qui... qui appellerait un garçon comme ça ? s'exclama l'humain dont la voix était submergée par la peine.

— « Celui qui pleure ses morts », cela signifie peut-être « Arwylo, celui qui ne se venge pas ».

La prise de sa main se desserrait à mesure que le désespoir prenait le pas sur sa rage. Il lâcha enfin prise et recula d'un pas, puis d'un autre. Il tenta d'articuler des mots, mais la présence refluait en lui : il perdit connaissance et s'effondra au sol en convulsant.

Promesse

Quand Arwylo reprit connaissance, il était adossé à un arbre dans la forêt. Son corps tout entier le faisait souffrir ; la cicatrice à son cou saignait encore ; sa mémoire était confuse. *Shiriel est morte.* « *Celui qui pleure ses morts* ». Ça, il s'en souvenait. Le corps mutilé du garde aussi.

Et le gout de sa chair.

Pris d'un haut-le-cœur, il pencha la tête sur le côté pour vomir. L'idée d'avoir en lui des restes humains lui passa par la tête : il mit deux doigts dans sa bouche et finit de se vider l'estomac. Il se sentait sale comme jamais. Plus encore qu'à Merthyr. Là-bas, il avait été un témoin impuissant de l'enfer, mais n'y avait pas participé. *Enfin, pas directement.*

Meddwyl lui apporta une gourde d'eau. Il se rinça la bouche et but une gorgée. L'elfe avait commencé à creuser une tombe pour le premier garde et utilisé les vêtements de ce dernier pour envelopper la dépouille de Shiriel. Il lui glissa d'une voix calme :

— Nous devrions laisser repartir l'autre garde. Il ne nous est plus d'aucune utilité.

Un brin surpris, Arwylo acquiesça d'un léger mouvement de tête :

— Bien sûr.

Le garde les remercia à l'excès, jura de ne pas les dénoncer, les remercia encore et prit la direction de Tòrrfang au trot, craignant que le démon ne change d'avis. En plus de se sentir sale, Arwylo se sentait minable. Il se leva avec difficulté et dit d'une voix faible :

— Nous devons ramener le corps de Shiriel à son village.

Meddwyl finit de mettre en terre le cadavre du premier garde et ils se mirent en route. Ils posèrent le camp au coucher du soleil.

La nuit d'Arwylo fut agitée. Il avait peur de s'endormir : il risquait d'oublier la mort de Shiriel pendant son sommeil et d'avoir le cœur broyé à l'aube. Il n'avait rien avalé depuis un jour et le froid pénétrait jusqu'à ses os, malgré sa couverture. Ils avaient partagé cette couverture. Ils s'étaient allongés tous les deux, sous les conifères aux branches chargées de neige, la toile de nuages sur fond bleu se modifiant avec lenteur. Le soleil de l'hiver avait baigné son visage. Il lui avait annoncé qu'il voulait rester à Falakàn ; elle n'avait pas caché sa joie. Ils s'étaient promis une vie à deux. Bien qu'étranger en Terres du Nord, il se sentait chez lui auprès d'elle. Il inspira ; la couverture était encore imprégnée de son odeur. Avec le temps, elle disparaitrait aussi. Il aurait fait n'importe quoi pour revenir en arrière.

Tu disais que ce qui doit être fini par trouver son chemin, mais ça ne devait pas se terminer ainsi. Nos défauts s'entremêlaient au point de nous lier l'un à l'autre. Pourquoi l'univers a-t-il repris ce qu'il venait tout juste de nous donner ?

Ledit univers suivait son cours, inexorablement, et la lumière du soleil commençait à blanchir l'horizon. Le visage marqué, Arwylo se leva et alla réveiller Meddwyl. À sa surprise, celui-ci ne dormait pas. Ils reprirent la route et arrivèrent peu avant midi à Falakàn.

La nouvelle se diffusa vite dans le petit village peuplé de récalcitrants. Ces derniers remercièrent Arwylo d'avoir ramené le corps et saluaient avec une certaine chaleur Meddwyl. Ils demandaient certains détails, mais l'humain restait évasif et l'elfe muet. Pour les villageois, le sacrifice de Shiriel n'avait pas été vain : elle avait participé à la première évasion de Tòrrfang et avait permis de libérer un prisonnier de longue date. L'ancienne approcha à son tour et posa une main fraternelle sur le bras de Meddwyl :

— Shiriel serait fière de ce que vous avez accompli. Elle aussi a souffert de la terreur des Immortels depuis son enfance. Ses parents contestaient leur pouvoir comme leurs méthodes et ont payé de leur vie cet affront. Elle est parvenue à s'enfuir...

— Qu'avez-vous dit ? coupa Meddwyl dont c'était les premiers mots.

— Ses parents ont été assassinés, il y a une trentaine d'années.
— Savez-vous s'ils vivaient à Duvahsa ? Dans quel quartier ?

La soudaine curiosité de Meddwyl prit de cours l'ancienne. Un autre villageois répondit à sa place :

— Oui, ils vivaient dans le quartier de Kùl Gavon. (Les yeux de Meddwyl s'arrondirent un peu.) Vous connaissez ?

Le prisonnier évadé marqua une pause.

— Oui, finit-il par répondre d'un ton affable. J'ai déjà... travaillé dans ce quartier.

Il préféra baisser les yeux pour ne pas croiser de regard. L'ancienne reprit son panégyrique et conclut :

— Et je suis persuadée que vous vivrez à la hauteur de son sacrifice.

Arwylo ne remarqua rien dans l'attitude de l'elfe, car il s'était éloigné de l'attroupement. L'enterrement eut lieu dans l'après-midi. Les villageois de Falakàn vinrent rendre un dernier hommage à Shiriel. Arwylo refusa de dormir dans la hutte qu'ils avaient partagée et s'allongea près de sa tombe malgré le froid. Meddwyl l'imita.

La nuit était avancée lorsque l'elfe entendit des plaintes étouffées : il lui sembla entendre sangloter. Peu après, la plainte s'arrêta et laissa place à un grognement sourd et inquiétant. La respiration d'Arwylo était plus difficile et plus bruyante. La colère avait fait son office et lui dévorait de nouveau l'esprit. Puis plus rien. Meddwyl tendit l'oreille. Rien. Tout à coup, il remarqua dans la pénombre le corps d'Arwylo se contorsionner et il accourut. Les convulsions étaient violentes. Il le mit sur un côté pour ne pas qu'il s'étouffe et essuya le sang qui sortait de sa bouche.

Les oiseaux d'augure s'envolèrent au-dessus du désert, vers un morne château. Là se tenait un homme, dont on ne voyait que l'ombre. Autour de lui, la couleur des fleurs se flétrissait et le marbre des tours virait au gris. C'était l'inconnu gravé sur la tombe. Il était infiniment seul, corps et âme abandonnés, perdu dans le silence, avalé par l'immensité, noyé dans les profondeurs d'une vie dénuée de sens.

Quand Arwylo se réveilla, Meddwyl était à ses côtés.

— Que s'est-il passé ? demanda l'humain.

Il était surpris d'avoir dormi. Son rêve avait été aussi étrange que sombre.

— Tu as fait une... crise, répondit l'elfe.

La réponse ne surprit pas Arwylo. Il se rinça la bouche pour enlever le gout du sang, puis prépara ses maigres affaires. Le soleil pointait à l'horizon.

— Je pars maintenant, dit-il. Je devrais t'emmener comme preuve de la réussite de ma mission, mais au point où j'en suis, c'est inutile. Tu peux rester si tu le veux. Fais comme bon te semble.

Meddwyl regarda autour de lui. À Tòrrfang, il s'était senti tour à tour aliéné, maudit, brisé. Mais pour la première fois depuis une éternité, il se sentait... perdu. Dans les Tua Tìren, sa vie avait été effacée, ses amis – si jamais il en avait eus – ne le reconnaitraient plus. Peut-être même qu'ils le dénonceraient.

— Je crois que je vais t'accompagner pendant un bout de chemin. Après tout, c'est ma mère qui t'envoie.

Il ne l'avait pas vu depuis sa tendre enfance. Pour toute réponse, Arwylo lança une paire de sacoches sur le dos de Taran et demanda à l'elfe de le laisser seul un instant. Il s'agenouilla une dernière fois sur la tombe de Shiriel.

Il toucha la terre de son front pendant un long moment.

Peu après, ils partirent.

Arwylo tenait Taran par la bride pour faire le trajet à pied avec Meddwyl. Leur marche était silencieuse. Ils longeaient un cours d'eau, lorsque l'elfe s'adressa à l'humain :

— J'ai oublié de te donner quelque chose. Quand j'ai décroché son corps, j'ai pensé que tu aimerais conserver un souvenir d'elle.

Il fouilla l'une des poches de son uniforme de surveillant et en sortit une feuille d'arbre pliée en deux, dans laquelle il avait déposé une large mèche de cheveux. Le regard d'Arwylo s'arrondit :

— Merci ! Je dois trouver quelque chose pour la conserver.

Il fouilla dans la sacoche sur le dos de Taran et en sortit une poche d'herbes aromatiques qu'il vida de son contenu. Il y plaça la mèche de cheveux et porta la poche de cuir en pendentif, à l'intérieur de sa chemise, à même la peau.

— Merci, répéta-t-il.

Avant qu'ils ne repartent, Meddwyl souffla et lança :

— Je dois t'avouer quelque chose. Quelque chose d'important.

— Quoi ?

L'esprit perdu dans son deuil, Arwylo était persuadé que tout ce que pourrait dire l'elfe serait dérisoire. Il se trompait.

— Avant d'être emprisonné à Tòrrfang, j'étais un *galanat*.

Arwylo plissa les yeux :

— Tu veux dire que tu n'étais pas un opposant politique ?

— J'ai été emprisonné pour des motifs qui y ressemblaient, mais... non, je n'étais pas un opposant. Sais-tu ce que signifie *galanat* ? (Arwylo secoua la tête.) C'est du *gwaeliaith*, cela signifie *assassin*. Les galanats appartiennent au Cercle des Assassins.

Arwylo eut un mouvement de recul : il avait entendu parler de ce Cercle. Son regard devint vide alors que son esprit aboutissait à la conclusion inévitable : Shiriel était morte pour faire sortir un assassin de prison.

— Il y a autre chose, ajouta Meddwyl.

— Quoi encore ? s'exclama Arwylo qui pensait avoir tout entendu.

— Tu te souviens de ce que l'ancienne a raconté à propos des parents de Shiriel ?

— Oui, et alors ?

L'instant d'après, les yeux d'Arwylo s'arrondirent comme deux billes :

— Non, non... Impossible ! Tu étais en prison à l'époque. Ta mère m'a affirmé que tu étais enfermé à Tòrrfang depuis vingt-sept ans.

— Elle n'a pas menti. Shiriel avait une douzaine d'années à l'époque. Moi-même, j'en aurais bientôt cinquante, répondit Meddwyl. Les elfes ne vieillissent pas comme les humains.

— Non, c'est impossible, répétait-il incrédule.

Arwylo était devenu un automate qui reproduisait en boucle le même mouvement de tête et les mêmes mots. Il sentit la colère monter en lui.

— Je devrais te tuer, lança-t-il d'une voix plus grave.

Il poussa un grognement ; la flamme rouge était apparue dans ses yeux. L'image de Shiriel s'imposa alors à lui : il ne voyait plus sa propre rage, alimentée par sa douleur, il la voyait, elle. Les signes de possession, comme son désir de vengeance, disparurent aussitôt. Les spasmes furent légers. Il cracha un peu de sang, s'essuya avec sa manche et prit une profonde inspiration.

— Tu pourrais me tuer, sans difficulté, admit Meddwyl.

— Vraiment ? Vous n'êtes pas surentraînés au Cercle, non ?

— Je l'ai été. À présent, mes bras tremblent quand je dois bander un arc, reconnut Meddwyl en référence à son évasion. Et avec mon dos, je suis plus raide qu'un piquet.

— Ton dos ?

Meddwyl enleva sa chemise et se retourna. Arwylo eut un mouvement de recul : la chair de l'elfe avait été sculptée avec une précision morbide et un sens artistique certain.

— La fleur d'hanebane, dit l'elfe. On ne trahit pas le Cercle impunément. (Sa voix avait faibli.) Le tissu cicatrisé est si raide que certains mouvements me sont impossibles.

Arwylo observa de près la fleur de chair à la beauté monstrueuse.

— Je ne suis pas sûr de pouvoir faire quelque chose, finit-il par dire.

— Que veux-tu dire ? demanda Meddwyl en remettant sa chemise.

— J'ai un pouvoir de guérison, modeste. J'essaierai ce soir.

Arwylo regretta aussitôt sa proposition : à bien y réfléchir, il ne voulait pas soigner ce galanat.

Ils ne s'arrêtèrent plus jusqu'à ce que le soleil eût disparu derrière les arbres et posèrent le camp près d'un point d'eau. Ils partagèrent un maigre repas, sans échanger un mot. Arwylo mangeait à peine ; ses joues étaient creusées. Il n'avait pas été aussi maigre depuis qu'il avait dormi dans les rues d'Anghewyr. Il passa sa soirée à attendre que Meddwyl lui demande de le soigner. La nuit était avancée quand il réalisa que l'elfe ne lui demanderait rien. Alors, Arwylo lui fit signe d'enlever sa chemise et de s'allonger à plat ventre. Il s'assit en tailleur et maintint la paume de ses mains à un pouce du dos meurtri. Une lumière douce apparut.

— Ça chauffe, dit l'elfe.

— C'est normal.

Il passa ses mains plusieurs fois sur les cicatrices les plus profondes.

— Depuis quand as-tu ce pouvoir ?

— Depuis que je suis gosse. (Arwylo plissa les yeux comme sa mémoire se mettait en branle.) Depuis qu'on a tué mon rat, en fait. J'ai essayé de le sauver – j'ai échoué. (Sa mâchoire se crispa et il mit les mains sur ses genoux.) Alors, tu sens une différence ?

Meddwyl se redressa et fit quelques mouvements.

— Oui ! s'exclama-t-il. (Il se leva et toucha ses genoux avec son front.) Je n'ai pas fait ça depuis plus de vingt ans.

Arwylo était aussi surpris que l'elfe.

— Il faudra sans doute recommencer une ou deux fois pour que ta peau retrouve toute son élasticité.

Meddwyl continuait ses mouvements : son corps, qui avait autrefois été façonné avec minutie, avait gardé la mémoire de son ancienne vie. Il posa les yeux sur sa main gauche et, sans y réfléchir, serra le poing : une fois équipé du krin, il avait répété ce geste tant de fois au début de sa vie. *Une autre vie.*

— Je ne t'ai pas remercié, dit-il.

— Ce n'est rien, répondit Arwylo en haussant les épaules.

— Je parle de l'évasion.

— Oh. Je ne vais pas te mentir, je n'ai pas fait ça pour toi.

— Je sais. Mais tu l'as fait. (L'elfe hésita un instant.) Et tu en as payé le prix.

Arwylo haussa les sourcils et acquiesça sans croiser le regard fixe. Il préparait sa couche pour la nuit pour tenter de faire diversion et tromper son esprit.

— Y a-t-il quelque chose que je peux faire ? demanda Meddwyl.

Malgré sa douleur, Arwylo sentit l'empathie chez l'elfe.

— Tu connais un moyen de ressusciter les morts ? demanda-t-il. (Il esquissa un sourire amer.) Alors, il n'y a rien que tu puisses faire.

Il passa encore sa nuit à somnoler, tandis que l'elfe occupa la sienne à remettre son corps en action. Il en retrouvait la propriété et la maîtrise. Il avait pu en rêver, entre deux discussions avec Lijank, mais jamais il n'aurait pensé ce jour possible. Après son entraînement, il s'assit en tailleur et médita. Alors qu'il écoutait sa respiration, il remarqua un petit geste d'Arwylo : ce dernier essuyait ses larmes.

Qui suis-je à présent ? pensait le dvahsyr. *Je m'entraîne à nouveau, c'est un miracle. Mais je ne suis plus un galanat. Ma vie m'a été rendue, mais je ne sais quoi en faire. Je n'ai nulle part où aller, je ne peux vivre ni en Terres du Nord ni en Anvarwol. Je n'ai nulle direction pour guider mon chemin. Lijank, vieux fou, tu n'avais pas pensé à ça !*

Il se leva et marcha dans la forêt. La lumière de la lune gibbeuse éclairait à peine ses pas. La mort de Shiriel s'était passée si vite après son évasion, qu'il n'avait pas encore réalisé qu'il était libre. Son regard avait perçu un trop plein de couleurs, habitué qu'il avait été à la grisaille et la pénombre, mais guère plus. Alors, il parcourut des yeux les alentours : il ne savait pas précisément où il se trouvait et ce simple constat le mettait en joie. Il passa doucement la main sur l'écorce d'un arbre : le contact de ses doigts sur le tronc l'émerveillait. Il prit une lente et profonde inspiration : l'odeur musquée de la végétation le transportait. Il tendit l'oreille : la mélodie nocturne de la forêt emplissait son âme. Les larmes lui montèrent aux yeux. Il était libre.

Le « principe de vie » de Lijank lui sauta alors à l'esprit : la vie était là, présente, luxuriante, vigoureuse, dangereuse parfois, mais aussi rassurante. Et lui qui l'avait moissonné avec zèle pendant toutes ses années, il avait de nouveau la possibilité de l'apprécier. *Personne n'est jamais sorti vivant de Tòrrfang.* Il se sentait si chanceux que c'en était presque injuste.

Mais si ce chemin existe aujourd'hui, si je ne suis plus enfermé au cœur de cette terrible montagne, c'est grâce à cet humain. Arwylo ne voyait pas qu'il était observé dans la pénombre de la nuit. *Il est jeune et souffre d'un bien mauvais mal. J'ai cru comprendre que sa vie n'a pas toujours été facile. Je ne serais sans doute pas d'une grande utilité, mais je dois pouvoir le servir dans la mesure de mes modestes moyens et l'aider dans son chemin de guérison. Il m'a offert ce que personne ne m'avait offert : une seconde chance, un chemin vers la rédemption. Quel ingrat je serais, si je ne consacrais pas ma vie à l'aider ?*

Il se délecta un peu plus de la mélodie nocturne de la forêt pour faire reposer sa réflexion. Le temps aide à la réflexion : il l'avait vite appris à Tòrrfang. L'aube qui se levait était un peu moins terne. *Une aube de printemps.*

Meddwyl n'eut pas à attendre longtemps. *C'est la voie juste. Je le sais.* Il s'assit en tailleur et prépara son esprit à la nouvelle vie qu'il venait de choisir. Il écouta son souffle puis prononça en son for intérieur les phrases rituelles qui devaient le lier pour toujours à l'humain. *Kaeshin agu meijin. Son chemin sera mon chemin. J'en fais le serment.*

Arc VI

Partance

Le lendemain matin, ils partirent à l'aube, selon un rituel qu'ils répéteraient pour les années à venir. La douceur du printemps commençait à se faire sentir dans la forêt.

— Depuis quand as-tu ce mal en toi ?

Arwylo fut surpris par la question – jusqu'à présent l'elfe avait été peu bavard – mais guère par son contenu :

— Depuis que j'ai quitté Anghewyr. Enfin, depuis que j'ai été exilé.

— Que s'est-il passé ?

Arwylo prit l'air renfrogné et expliqua à grands traits son histoire, comme ses souvenirs en pièces.

— Il doit y avoir une solution. Tu ne dois pas être le premier à être dans cette situation. Nous devrions visiter les vieilles bibliothèques et les monastères.

— Tu as sans doute raison, répondit Arwylo. Mais ça n'a plus d'importance à présent.

— Comment ça ?

— Avec Shiriel, j'avais à la fois une raison de combattre mon mal et la volonté de le faire. Maintenant...

Il se contenta de hausser les épaules et ne remarqua pas le regard sévère de Meddwyl. L'elfe laissa défiler les arbres de la forêt avant de demander :

— Est-ce que ton mal t'a déjà brisé ?

— Trop de fois. J'ai arrêté de compter.

Meddwyl se pinça les lèvres et pesa ses mots avant de demander :

— Connais-tu la fable du chêne et du roseau ?

Arwylo fronça un peu le regard :

— Le roseau qui plie et le chêne qui finit par casser ? demanda-t-il. (Meddwyl hocha la tête.) Je la connais.

— Alors, relança l'elfe, ton mal t'a-t-il déjà fait plier ?
— Trop de fois pour les compter, je te l'ai dit.
— Et est-ce qu'il t'a déjà brisé ?

Arwylo était lui-même surpris de la réponse. Malgré tout ce qu'il avait subi – les peines, les défaites, les fuites, il tenait encore sur ses deux jambes et cherchait tant bien que mal à avancer. L'elfe jouait certes sur les mots, mais leur signification était profonde.

— Non, finit par admettre l'humain avec un regard en coin.

Il n'a pas cherché un instant à me sermonner, ni même à m'expliquer de grands principes. Pas seulement parce qu'il se doutait que je l'enverrais promener. J'ai l'impression qu'il est préoccupé par mon sort. Pourtant, dans le même temps, j'entrevois le galanat qu'il était. Et il est effrayant.

— Par conséquent, la force de combattre ton mal, tu l'as déjà. Et la raison aussi, ajouta Meddwyl.

— Laisse-moi deviner, je devrais me battre pour moi-même ? anticipa Arwylo avec une pointe de dérision.

L'elfe n'avait pas anticipé cette réplique et leva les yeux pour observer le bleu du ciel printanier.

— Tu ne crois pas que c'est ce qu'aurait voulu Shiriel ? (L'expression moqueuse d'Arwylo se décomposa et il se mordit la lèvre inférieure.) Peut-être même que combattre ton mal est un moyen d'honorer sa mémoire. Qu'en penses-tu ?

Le regard de l'humain était devenu fixe.

— Oui, admit-il à mi-voix. Oui, bien sûr.

Il voulut montrer de la gratitude pour l'empathie de Meddwyl – *l'ingratitude est une forme de misère de l'âme*, lui avait dit et répété Amargein. Les mots ne lui vinrent pas, mais il avait le pressentiment que l'elfe resterait encore quelque temps à voyager avec lui et que d'autres occasions se présenteraient.

— Est-ce que ton dos va mieux ? demanda-t-il.

— Beaucoup mieux. J'ai repris l'exercice et je retrouve des sensations que j'avais oubliées.

— Ils ne t'ont pas loupé, dit Arwylo d'un ton grave. Alors... est-ce qu'ils t'ont fait plier ?

Il y avait toute l'amertume du monde dans l'esquisse de sourire de l'elfe.

— Trop de fois pour les compter, dit-il en reprenant l'exacte formulation d'Arwylo. (Sa voix baissa d'un ton, comme s'il craignait, en parlant trop fort, de réveiller ses geôliers.) J'ai pleuré, j'ai hurlé, j'ai gémi, j'ai supplié. Et puis, ils se sont arrêtés. Sans doute que je ne les divertissais plus.

— Ils t'ont cassé ?

— Je le pensais, oui. Je ne pouvais plus dormir, j'ai développé des angoisses... Mais quand on n'enfouit pas ses problèmes au tréfonds de son âme, on peut affronter presque n'importe quoi. (Il soupira.) Et puis après une vie enfermée dans la roche, je suis ici, ajouta-t-il en écartant les bras. Je ne sais pas comment, mais je suis ici.

— On t'a fait sortir. Voilà comment ! rétorqua Arwylo en feignant d'être mal aimable.

En fin de journée, ils s'arrêtèrent près d'une petite cascade pour camper. Ils n'avaient pas choisi le lieu par hasard : un des serviteurs de Meddwyl avait promis de l'y retrouver, si un jour ce dernier parvenait à s'échapper.

— Je ne veux pas faire l'oiseau de mauvais augure, mais c'était il y a vingt-sept ans, remarqua Arwylo. Même si la nouvelle de ton évasion arrive aux oreilles de ton serviteur, je ne pense pas qu'il se souvienne de sa promesse, à supposer qu'il soit encore en vie.

— Pour un elfe noir, la loyauté n'est pas un vain mot.

— Je ne le mets pas en doute. Mais enfin... s'il est mort, il restera mort.

Meddwyl fronça les sourcils :

— Un kaeshin digne de ce nom ne meurt que lorsque son meijin le lui permet.

Ignorant tout du serment que l'elfe avait prêté, Arwylo ne saisissait pas le double sens de son discours.

— C'est quoi un « kaeshin » ? demanda-t-il.

— Un homme lige, répondit Meddwyl. Une personne dévouée de manière inconditionnelle à une autre.

La voix de l'elfe avait pris des intonations exaltées. Arwylo haussa les sourcils. Lui trouvait cela inquiétant, mais préféra le garder pour lui et éviter un possible conflit. Ils s'endormirent près du feu de camp.

Au petit matin, le serviteur était là. Il devait avoir soixante-dix ans au moins. Ses vêtements étaient d'un gris commun, il avait les cheveux blancs, de grands yeux tout noirs et une peau si pâle qu'on aurait pu voir à travers. Il avait amené une jument appelée Belariel, ainsi que des objets chers à Meddwyl. Ils échangèrent quelques mots et le serviteur jeta un coup d'œil discret à Arwylo. Peu après, il approcha et se prosterna devant lui en prononçant des mots en gwaeliaith.

— Lève-toi, dit l'humain d'un ton sec.

Meddwyl relaya l'ordre et le serviteur s'exécuta.

— Il te remercie d'avoir sauvé son maitre, expliqua l'elfe.

— J'avais compris, répondit Arwylo en tendant la main.

Après avoir consulté du regard son maitre, le serviteur saisit la main tendue. Meddwyl annonça à son serviteur qu'il quittait les Terres du Nord et qu'il lui rendait sa liberté. Celui-ci sembla perdu ; ses yeux brillèrent. Ils se saluèrent une dernière fois.

Arwylo et Meddwyl reprirent le voyage, chacun à cheval. À mesure que le temps passait, les discussions germaient avec plus de facilité.

— Ton serviteur, il était dvahsyr ?

— Non, c'est un tollanyr.

— Un autre type d'elfe noir ?

— Oui. Ils sont considérés comme... une sous-race. Et traités comme tels. On raconte qu'ils sont restés vivre sous terre au moment de la Remontée et qu'ils ne supportent pas le soleil, pour justifier l'injustifiable : le fait que nous, dvahsyrs, les avons réduits en esclavage.

L'honnêteté de Meddwyl avait quelque chose de brutal. *Je suppose qu'après vingt-sept ans dans une cellule troglodyte, les faux-semblants deviennent superflus.*

— Je l'ai libéré de ses obligations, lui et les autres, ajouta l'elfe.

— C'est juste ainsi.

Meddwyl mit la main à sa taille et prit un poignard, rangé dans un joli fourreau de bois gravé. Il le tendit à Arwylo.

— C'est un *kelmo*. L'une des armes rituelles des galanats. (Il n'évoqua pas l'autre arme, le *krin* en bon état de fonctionnement qui se trouvait dans l'une des sacoches de sa selle.) Je te l'offre.

Arwylo sortit le poignard de son fourreau, dont l'intérieur était en velours : la lame, en parfait état, était lustrée et gravée.

— « Àrdan », lut-il. (Arwylo fronça les sourcils.) C'est cette lame qui a pris la vie des parents de Shiriel ?

— Non, assura Meddwyl. C'est un poignard rituel, je ne l'ai jamais utilisé quand j'avais un travail.
— Comment tu t'y es pris ? demanda Arwylo.
Rechignant, l'elfe tourna la tête :
— Tu tiens vraiment à le savoir ?
— Non, pas vraiment, répondit l'humain après une pause
Ils arrivèrent à la lisière de la forêt. Une large étendue verte s'étendait devant eux : ils quittaient les Tua Tìren. Ils firent une courte halte.
— Tu es sûr de toi ? demanda Arwylo.
Meddwyl se contenta d'un de ses sourires discrets pour toute réponse. Le doute ne l'effleura pas.
— On devrait se rendre à l'abbaye d'Angana, dit l'elfe. Leur bibliothèque est réputée.
Arwylo fit une grimace et lui expliqua ses mésaventures.
— Je vois, répondit l'elfe qui sembla amusé. De toute façon, je ne pense pas que les Sœurs d'Epharlion laissent des mâles entrer dans leur bibliothèque. (Il leva les yeux au ciel, comme il réfléchissait.) Radnor a des archives, mi-humaines, mi-elfiques.
— Très bien, allons-y. Mais il faudra ensuite que je retourne voir quelqu'un.
— Le mage ?
— Non, mon petit frère. (Meddwyl fronça les sourcils.) Je t'expliquerai.
Sans le savoir, ils avaient planifié en quelques mots leurs pérégrinations pour les années à venir. Ils vivraient comme des vagabonds et des ascètes.
Les Montagnes Éternelles pointaient au loin. Ils avaient passé la dernière nuit dans une petite auberge. Il restait encore à Arwylo un peu de l'argent que lui avait remis Amargein. Leur voyage était silencieux la plupart du temps, mais pas désagréable. Ils traversaient un champ marécageux. Les sabots des chevaux s'enfonçaient dans les hautes herbes avec un bruit d'eau plaisant.
— Peut-être que je mérite ce qu'il m'arrive, dit Arwylo sans prévenir.
Meddwyl ne sembla pas surpris par la remarque.
— Pourquoi ? demanda-t-il.
— Soyons honnêtes. Toi et moi, on est des monstres.

L'expression de l'elfe se figea. Puis il s'humecta les lèvres et déglutit.

— Excuse-moi, dit Arwylo hésitant. Je pense surtout à moi quand je dis ça.

— Nous avons fait des choses monstrueuses, admit l'elfe.

— C'est ce que j'ai dit.

— Non.

— Je ne comprends pas.

Meddwyl aurait voulu lui raconter son épiphanie, des années auparavant, dans les murs de Tòrrfang sur la vraie nature du temps, le changement permanent et ce que cela signifiait. Mais comment expliquer en quelques mots ce qu'il avait mis des années à comprendre ? Comme l'elfe ne disait rien, Arwylo reprit :

— Quand on a vécu certaines choses, on se demande comment vivre avec, n'est-ce pas ? Ça reste gravé en vous. (Sa voix était à peine plus qu'un murmure.) On voudrait se laver de ces impuretés, les faire disparaitre. Mais on n'y arrive pas.

— Le processus peut être long, c'est vrai. Il faut accepter le passé, en tirer les leçons et agir en conséquence.

Arwylo ne dit rien, mais il n'avait pas besoin de mots pour exprimer son scepticisme et sa culpabilité. Comment le convaincre, comment lui faire comprendre ? L'esprit de Meddwyl cherchait une solution, tandis que les sabots des chevaux continuaient de s'enfoncer dans le champ marécageux, en jouant leur drôle de mélodie.

— Il est encore temps, finit par dire l'elfe avec simplicité.

Arwylo redressa la tête : les quatre mots avaient percé sa coquille. *Il est encore temps.* Un débat intérieur fit rage ; pendant un instant, une partie de lui voulut contester, mépriser, se mettre en colère. Puis il se rendit à l'évidence : il ne pouvait nier cette réalité.

— C'est vrai. Il est encore temps, répéta-t-il.

Quand on comprenait leur signification profonde, ces mots avaient une puissance inimaginable. C'était toute son âme qui respirait à nouveau, après des années d'apnée.

— Il est encore temps, répéta-t-il comme une litanie. (Comme il soupirait, le doute, implacable, s'empara de lui.) Même avec le temps, j'ai peur de ne pas y arriver. J'ai peur d'être lâche, de me morfondre, de refaire les mêmes erreurs, de revenir en arrière et...

— Il y aura des hauts et des bas, coupa Meddwyl, c'est évident. Mais quand on entreprend cette voie avec sincérité, il n'y a pas de retour possible.

La voix de l'elfe avait l'assurance de ceux qui parlent de ce qu'ils ont vécu. En quelques mots, il était devenu un phare dans la tempête. Arwylo hocha la tête en silence et le regarda chevaucher du coin de l'œil.

Chamane

Neala arriva au soleil couchant dans un petit camp de nomades. Au bourg d'à-côté, on lui avait refusé l'hospitalité et elle n'avait pas les moyens de passer ses nuits en auberge. Comme elle dépassait les premières roulottes, les nomades la dévisagèrent.

— Vous cherchez quelque chose ?

La langue était celle des seigneuries, mais l'accent était à trancher au couteau. D'ailleurs, elle n'aurait su dire si elle avait affaire à des humains, des orcs ou à tout autre mélange. Les gens ici avaient la peau basanée, les cheveux bruns et raides, les traits tantôt fins tantôt épais, et aimaient s'orner de babioles bariolées – pierres bleues ou rouges, plumes d'oiseaux et autres talismans en os – qu'elle trouvait jolies.

— Un endroit où passer la nuit, répondit-elle.

Elle était grande, élancée, armée et sa voix avait été ferme, mais certaines intonations devaient dévoiler quelque fragilité, car ce fut une femme, derrière elle, qui répondit :

— Tout va bien ?

Tuwa avait une cinquantaine d'années au moins et avait gardé une beauté sauvage. Elle fit signe aux hommes qu'elle se chargeait de la nouvelle venue et les deux femmes s'installèrent dans sa roulotte. Elle lui servit une concoction amère, à base de plantes, qu'elle préparait elle-même et l'observa en silence.

— Des hommes t'ont fait souffrir, remarqua-t-elle.

La jeune femme toucha la cicatrice fraîche qu'elle portait sous l'œil droit.

— Oh, ça ? Ce n'est rien, minimisa-t-elle.

— Je ne parlais pas de la cicatrice, Neala.

Du regard, Tuwa montra le bas ventre de la jeune femme, qui grimaça un sourire.

— Comment avez-vous deviné ? Vous êtes une sorte de chamane ? demanda-t-elle.

— Pas « une sorte ». Je suis une chamane. Étant donné ce qu'il s'est passé, veux-tu un breuvage pour ne pas tomber enceinte ?

— Oui, répondit Neala sans hésiter. Merci.

Tuwa lui prépara son breuvage – il était plus amer encore que le premier. Alors qu'elle vidait en plusieurs fois son godet : elle continuait de scruter la jeune femme. La posture de Neala était droite et sévère. Elle portait une épée de bonne facture à la taille et un équipement en bon état : elle servait ou avait déjà servi dans une armée régulière. À première vue, rien ne laissait paraître une quelconque fragilité.

— Tu es forte, Neala. Mais seule, tout devient plus difficile. Nous avons tous besoin des autres.

— J'ai déjà choisi de faire confiance... Voilà où ça m'a menée.

Tuwa fronça les sourcils.

— Tu es aussi indépendante. De nombreux hommes n'aiment pas ça. Pire, ils ont peur de toi. Et quand les hommes ont peur, ils deviennent violents.

— Je l'ai appris à mes dépens.

— Seule, tu seras d'autant plus vulnérable. Il faudra que tu fasses confiance de nouveau.

— Je ne crois pas que ce sera facile, euphémisa Neala.

— Je peux observer les chemins futurs. Veux-tu que je regarde pour toi ?

Neala hésita.

— Je n'y crois pas trop. Je n'y connais rien, pour être honnête.

D'un geste de la main, Tuwa lui montra qu'elle s'occupait de tout. Elle fit brûler des plantes sèches, dont elle inspira la fumée, et vint s'asseoir à ses côtés. Son regard était mi-clos. Elle lança les osselets puis les fit lancer à Neala. Elle resta silencieuse. Elle recommença l'opération à l'identique, puis une troisième fois.

— Quelque chose ne va pas ? demanda Neala.

Tuwa prit une profonde inspiration.

— Ce n'est pas facile à dire.

La chamane sortit un paquet de cartes, mélangea le paquet et fit tirer à Neala trois cartes. Elle respira une autre bouffée de fumée, ses yeux se révulsèrent et elle poussa un grognement rauque.

— Je vois... une paire d'yeux... Ils semblent venir des enfers. Du sang. Un démon.

— Quoi ?!

En transe, Tuwa ne réagit pas à l'exclamation de Neala.

— Le démon est fou de rage, continua la chamane. Dans sa furie, il se dévore lui-même ! Je vois aussi un homme, plus âgé. Il veut t'aimer, il veut prendre soin de toi. Mais il doit mourir. (Tuwa écarquilla les yeux, le regard pourtant absent.) Le démon est furieux, il saigne sans fin... mais il va l'arracher à la mort. Encore. Et encore.

La chamane perdit connaissance.

Bijoux

Le lendemain matin, Neala partit à l'aube. Elle devait se rendre au nord de la seigneurie de Radnor. Elle avait entendu dire que ses compétences de femme d'armes trouveraient preneur là-bas. Elle connaissait quelqu'un qui pouvait l'aider. Et puis Radnor, c'était loin.

Elle avait quitté un petit bourg et foulait une route de terre humide qui longeait une forêt. Les chemins secondaires n'étaient pas pavés, mais il n'avait pas assez plu pour transformer la route en bourbier. La capitale n'était plus très loin, lorsque l'oreille de Neala fut attirée par le bruit d'une discussion vive, en provenance de la forêt. Elle plissa les yeux, méfiante : il lui sembla apercevoir des hommes et des chevaux. Elle approcha avec prudence : trois humains, sans doute des chasseurs de prime, protégeaient leur butin – deux nains en l'occurrence – de deux cavaliers.

— Que se passe-t-il ? demanda-t-elle d'un ton ferme.

Faire régner l'ordre avait été son gagne-pain depuis assez d'années pour qu'elle en oublie qu'elle ne représentait aucune autorité en Radnor. Pourtant, son ton et sa posture furent assez fermes pour que les discussions s'arrêtent et que les regards se tournent vers elle :

— Ces deux-là ont un contrat sur leur tête dans le Miolaràn, dit l'un des trois hommes en montrant les deux nains étendus au sol.

— De quoi sont-ils accusés ?

— Ils ont volé les bijoux que Sire Kendrick avait fait fabriquer pour le mariage de sa fille.

— On n'a rien volé !

Les deux nains avaient le visage ensanglanté et difforme. Ils avaient du mal à articuler tellement les trois hommes les avaient frappés.

— Ils ont la tête dure, ils ne veulent pas nous dire où ils les ont planqués, s'esclaffa un autre des chasseurs de prime.

— Alors, vous leur tapez dessus ? demanda celui des deux cavaliers qui était dvahsyr.

— Le contrat précise mort ou vif, répondit l'homme qui semblait amusé. Et premier arrivé, premier servi. C'est clair ?

L'avertissement n'était pas sous-entendu. Arwylo se tourna vers Meddwyl :

— Ces trois-là ne sont pas des enfants de chœur, on pourrait prendre une bonne rossée.

Les chasseurs de prime étaient en effet de solides gaillards, le crâne rasé et tatoué, les muscles saillants.

— Possible, répondit Meddwyl avec une moue qui équivalait à un haussement d'épaules.

Neala s'interposa entre les deux groupes pour tenter de les raisonner :

— Vous n'êtes pas dans le Miolaràn, objecta-t-elle. Vous ne pouvez pas vous en prendre aux habitants de Radnor comme ça.

— De Radnor ? s'exclama le premier homme. Regardez-les, ces deux-là viennent des Montagnes Éternelles. Alors, reste en dehors de ça, femme.

— De toute façon, les lions n'abandonnent pas leur repas aux charognards, ironisa le deuxième.

— Ça dépend du charognard, sourit Arwylo en posant la main sur la fusée de son épée.

Il fut imité par les chasseurs de prime. Neala cherchait toujours à calmer les esprits, mais le combat pouvait éclater d'un instant à l'autre.

— Choisis ton camp, lui dit Arwylo de sa voix rauque.

En voulant lui répondre, Neala croisa son regard et se figea. *Ces deux yeux rouges. Le regard venu des enfers.* La tension continuait de monter, mais elle ne voyait que le regard brûlant. Puis elle dégaina son épée, se mit en garde et fit volte-face :

— Messieurs, il va falloir partir maintenant.

Les crânes rasés l'insultèrent : le rapport de force s'était tout à coup équilibré. L'un des trois, celui qui n'avait encore rien dit, saisit son arc et aussitôt une flèche transperça son carquois. L'elfe avait encoché sa flèche, bandé son arc et lancé son trait à une telle vitesse que le son de la corde en tension avait à peine eu le temps d'atteindre les oreilles des chasseurs de prime. Contraints et forcés, ces derniers finirent par lâcher leurs proies, non sans promettre de violentes représailles. Alors qu'ils battaient en retraite, Meddwyl ne les quittait pas des yeux, l'arc à la main.

— Z'auriez pu arriver plus tôt.

Le trait d'humour forcé du nain ne fit rire personne, car on le comprenait à peine et son état faisait peur à voir. Il tenta de se relever et tituba, si bien qu'Arwylo vint le soutenir, puis le fit s'asseoir à même le sol.

— Ils ne vous ont pas raté, murmura l'humain en frottant ses paumes l'une contre l'autre. Ferme les yeux.

— Hein ? s'écria le nain.

— Ferme les yeux et arrête de remuer, répondit Arwylo en retenant un rire.

Le nain obtempéra et l'humain apposa ses mains sur son visage. De la lumière jaillit.

— Alors, pourquoi aviez-vous ces trois-là aux trousses ? demanda Arwylo tout en le soignant.

— Ah ! C'est une longue histoire, répondit le nain. Pour faire court, Kendrick, le seigneur du Miolaràn, voulait marier sa fille en grande pompe avec le fils d'un sang bleu de je ne sais quelle famille. Pour son mariage, il a voulu la plus belle parure. Alors, il a passé commande auprès de grands joailliers, en l'occurrence, mon frère et moi. Et nous l'avons réalisée, aussi vite que possible.

— Tu ne dis pas toute la vérité, mon frère, dit l'autre nain.

— Quoi ? Forcément qu'on a eu du retard, ils nous ont pas livré les pierres à temps !

Arwylo en avait fini avec lui :

— Tu te sens mieux ?

— Et comment ! Regarde Kairo ! s'écria le nain en montrant son visage. On va pouvoir aller les choper, les trois salopards ! Ils nous ont pris par surprise, ces enfoirés. Ils auraient pas approché à moins de dix pas sinon.

— Calme-toi, Dairo, répondit Kairo. (Arwylo frotta les paumes de ses mains et les apposa sur ce dernier.) Il y avait autre chose, de plus important. Ces pierres... c'étaient des pierres de sang.

— Que veux-tu dire ? demanda Neala.

— J'en ai entendu parler, répondit Arwylo à la place du nain. C'est une expression pour désigner des pierres précieuses volées à des mineurs. Dans le sang.

— Vous êtes sûrs de ce que vous avancez ? demanda Neala.

— Certains, répondit Kairo.

— Vous savez donc reconnaitre l'origine des pierres précieuses ?

— Celles-là, oui, sans aucun doute. On connaissait aussi les nains qui les avaient minées.

— Kendrick a acheté les pierres à leurs assassins, reprit Dairo dont le visage encore meurtri s'empourpra. Et pour faire bonne mesure, il n'a payé qu'à moitié notre travail sous prétexte qu'on était en retard. On a eu à peine de quoi rembourser l'or qu'on a dû acheter.

Les hématomes et les œdèmes sur le visage de Kairo s'étaient réduits eux aussi.

— C'est un don précieux que tu possèdes, dit le nain. (Arwylo sembla ne pas entendre.) Je te remercie.

— Quelqu'un a volé la parure de sa fille et Kendrick vous accuse, étant donné que vous aviez un mobile, conclut Neala.

— Cette ordure ne nous accuse pas, s'exclama Dairo, il nous condamne sans savoir, en mettant un contrat sur nos têtes.

— Mais vous n'avez pas volé les bijoux... n'est-ce pas ? demanda la guerrière.

Dairo prit l'air offusqué :

— Nous ne sommes pas des voleurs.

Il cracha par terre, du sang, pour montrer son mépris.

— Nous devrions partir tout de suite, annonça Meddwyl dont le regard restait fixé sur la route derrière eux. Ils vont nous suivre. Il va falloir les semer.

— Tu t'en charges ? demanda Arwylo.

Sur le chemin menant à la capitale, l'elfe trouva un endroit où se cacher.

Radnor

Ils n'atteignirent Radnor que le lendemain, par une des nombreuses routes secondaires qui y menaient. La cité avait été construite sur plusieurs îles qui émergeaient d'un grand lac d'eau douce. La pierre rouge la colorait et lui donnait un charme particulier. Ils franchirent le large pont qui menait sur l'île de Radssön. La nuit précédente avait été courte, car ils avaient monté la garde autour de leur campement de fortune.

— Je vous parie que l'on se fera arrêter à la porte, assura Arwylo.

— Deux humains accompagnés par un elfe noir et deux nains amochés... Tu aimes gagner facilement, rétorqua Dairo.

Sans aucune surprise, Arwylo gagna son pari. S'ils n'étaient pas agressifs, les gardes étaient suspicieux devant l'étrange coterie : pourquoi diable ces gens de races et de sexes différents se retrouvaient-il ensemble ?

— Vous connaissez la fable de l'orc et du semi-homme ? demanda Kairo en s'adressant aux gardes. On la raconte dans les Montagnes Éternelles, mais elle vient de chez vous, de Radnor, précisa-t-il en les pointant du doigt.

Les gardes prirent un air ennuyé et finirent par les laisser passer.

— Jamais entendu parler de cette fable, répondit Arwylo alors qu'ils passaient la porte. Je suis tout ouïe.

Kairo s'éclaircit la voix avant de commencer, l'air grave :

— Dans une forêt du nord, un semi-homme avait pour voisin un immense orc. Les deux, qui n'avaient rien en commun, étaient pourtant devenus les meilleurs amis du monde et aimaient faire les quatre cents coups aux quatre coins de ladite forêt. Aussi, à la mort de son ami, l'orc décida de ne pas s'éloigner de sa tombe pour pouvoir le rejoindre plus facilement dans l'Autre Monde. Et depuis, on raconte qu'il existe, dans les forêts du nord, un endroit perdu, non loin d'une rivière, où l'on trouve un immense crâne qui repose à côté d'une minuscule tombe.

En ce jour de marché, les effluves d'épices exotiques parfumaient la rue principale. Les commerçants et les clients allaient et venaient, traversant de jolies arcades. Par le passé, Radnor avait été une seigneurie célèbre pour ses guerriers féroces et avait prêté allégeance à Iudhael de Lirioden, roi d'Anghewyr au cours des Guerres d'Unification. Depuis que la paix s'était installée, elle bénéficiait d'une certaine autonomie et produisait des charpentiers, des forgerons, des mineurs, des commerçants au long cours et des artistes. Les relations avec l'ordre d'Epharlion, dont l'abbaye d'Angana jouxtait les frontières, étaient bonnes, à tel point que les seigneurs de Radnor choisissaient parfois leur compagne parmi les Sœurs.

À présent qu'ils étaient dans la capitale et que le temps avait viré au beau fixe, les langues se déliaient.

— On ne vous laissera pas partir avant d'avoir vidé une chopine, clama Dairo. C'est valable pour toi aussi, Neala, ajouta-t-il à l'attention de la guerrière qui ouvrait la marche.

Cette dernière se retourna, l'air sévère :

— Je ne serais pas partie sans m'être fait payer mon dû, maitre nain.

La bouche de Dairo s'arrondit et il lança un regard complice à ses compagnons de voyage.

— Écoutez-la, elle parle comme une vraie naine, lança Kairo.

La réplique fit mouche et secoua les épaules de Neala.

— Je choisis la taverne, dit-elle en se retournant une seconde fois. J'espère que vous avez de quoi payer.

En effet, la taverne était cossue et les prix en conséquence. Avec ses larges fenêtres, l'endroit était lumineux. S'élevant sur trois étages, la belle charpente en bois et ses gargouilles en forme de dragon étaient caractéristiques de la région. À l'intérieur, l'atmosphère était douce et les tables propres.

— Alors, que faisiez-vous, tous les trois, sur cette route ? demanda Kairo en portant sa chopine aux lèvres.

— Je venais chercher du travail ici, répondit Neala. J'ai travaillé pour la garde dans une seigneurie au sud. Je connais quelqu'un qui devrait m'aider ici.

Elle resta évasive sur les raisons qui l'avaient poussée à migrer vers Radnor.

— Nous, on vient du nord, dit Arwylo.

Les sourcils se froncèrent : au-delà de Radnor, il y avait Anvarwol et puisque l'elfe était un dvahsyr, il était improbable que les deux proviennent de l'antique cité elfique.

— J'étais à Tòrrfang, précisa Meddwyl.

Neala et les deux nains ne cachèrent pas leur surprise.

— Tu travaillais là-bas ? demanda la guerrière.

— Non, j'étais prisonnier.

— Tu as été libéré ?

— Non...

Neala le fixa, incrédule.

— Tu t'es évadé... de Tòrrfang ? demanda Kairo d'une diction lente pour être sûr d'avoir bien compris.

— Oui. Enfin, il m'a fait sortir, précisa Meddwyl en montrant Arwylo.

Il y eut un instant de silence autour de la table.

— Et comment vous vous y êtes pris ? demanda Neala qui ne cachait pas son scepticisme.

Arwylo expliqua en quelques mots son plan et son exécution.

— Où est ce troisième homme si habile avec les serrures ? demanda Dairo. J'aimerais bien faire sa connaissance.

— C'était une femme. Elle est morte.

Le regard d'Arwylo resta rivé à sa chopine.

— Oh, fit le nain tout à coup embarrassé. Désolé. Et où alliez-vous quand on s'est croisé ? ajouta-t-il pour changer de sujet.

— Voir mon ancien maitre de magie et sa mère, répondit l'humain en indiquant Meddwyl. Mais avant, nous irons dans mon ancien village rendre visite à quelqu'un qui m'est cher.

— Je parie que c'est une jolie bergère, tenta de deviner Dairo pour égayer l'ambiance.

Son frère, Kairo, secoua la tête.

— Non. Un gamin que j'aime comme un petit frère.

— Ah, certes. Mais un gars comme toi ça doit avoir une fille dans chaque port, renchérit Dairo.

— Non, pas vraiment. En fait, j'avais quelqu'un...

— Vous voyez ! fit le nain.

— C'est elle qui nous a permis de fuir Tòrrfang. Elle est toujours morte.

Dairo fit une grimace et plongea les yeux dans sa bière.

— Mon frère, tu parles trop, dit Kairo.

À ce moment, l'aubergiste leva la voix : il semblait en avoir après un client, un jeune homme. Les compagnons tournèrent le regard dans leur direction.

— Je crois que je le reconnais, remarqua Arwylo. C'est un barde.

Il tendit l'oreille :

— Je n'ai pas besoin d'un saltimbanque. Si tu n'as pas de quoi payer, tu ne t'en tireras pas avec quelques chansonnettes. Tu vas rester toute la soirée. Et si tu veux dormir ici, c'est tout le lendemain qu'il te faudra rester pour payer ton dû.

L'aubergiste, un solide gaillard d'une cinquantaine d'années aux cheveux châtain clair, n'avait pas l'air commode. Arwylo mit la main dans sa poche et vérifia ce qu'il lui restait. Il leva le bras pour faire signe :

— Je paie pour lui.

L'aubergiste pencha la tête pour mettre un visage sur la voix :

— Vous ne devriez pas, mais si vous insistez... dit-il en haussant les épaules. C'est ton jour de chance, conclut-il à l'attention du barde.

— On dirait bien, répondit ce dernier en se dirigeant vers la tablée de son bienfaiteur.

La surprise se lut dans son regard : il avait déjà vu ce visage.

— Je me souviens ! Kvodor, c'est ça ? (Arwylo acquiesça.) Vous étiez avec une jeune femme, une dvahsyre. Vous sembliez proches... où est-elle ? demanda-t-il en observant les alentours.

Les regards gênés se croisèrent. Comme personne ne répondait, Dairo finit par lâcher :

— Mmh... Je crois bien qu'elle est morte, mon gars.

Un rire nerveux s'empara d'Arwylo, bientôt imité par ses compagnons. Malgré l'étrangeté de leur comportement, le barde s'excusa.

— Rappelle-moi ton nom, dit Arwylo

— Aneirin. Tu peux m'appeler Neirin.

— Neirin, chante quelque chose pour moi.

Le barde accorda son luth et entonna la même ballade qu'il

avait jouée à l'auberge de Kvodor. Les paroles prenaient tout à coup une autre dimension et la gorge d'Arwylo se serra. La promesse qu'il avait faite à Shiriel lui revint à l'esprit. Les discussions dans l'auberge s'étaient arrêtées ; tous, même l'aubergiste, écoutaient la voix du barde. À la fin de la ballade, les applaudissements furent nourris.

Lorsqu'ils quittèrent l'auberge, l'après-midi commençait sous un soleil printanier. Le marché était terminé et les derniers commerçants repliaient leurs étals. L'heure était aux adieux.

— Puisque certains d'entre vous quittent Radnor, je crois que je vais vous accompagner, dit Neirin. Je préfère faire la route en compagnie.

Alors que les mains se serraient, le regard d'Arwylo fut attiré par un long manteau noir à une dizaine de pas derrière Neala. Il pencha la tête. L'homme était de dos, une besace à ses pieds, mais sa posture et ses bottes de cuir déclenchèrent une appréhension qui fit bondir son cœur. Son regard devait avoir l'air inquiet :

— Est-ce que tout va bien ? demanda Meddwyl. Arwylo ?

— Je crois que je connais cet homme.

Sa voix n'avait été qu'un murmure et Arwylo enfouit sa tête dans le capuchon de son manteau.

— Neirin, demanda-t-il, tu pourrais chanter quelque chose, assez fort pour que les hommes derrière toi se retournent ?

Neala et les frères nains avaient compris qu'il se tramait quelque chose. Le barde prit son luth et entonna un chant populaire en accentuant les deux premiers accords. L'homme se retourna un instant : Arwylo reconnut la rapière à sa taille et une douleur, mélange de peur et de rage, secoua son ventre. *C'est lui.* D'instinct, il mit la main sur ses côtes, là où la dague l'avait transpercé.

— Tu saignes, remarqua Neala en montrant son cou.

Il sentait déjà ses canines pousser, ses muscles se tendre et sa conscience l'abandonner. Deux lumières rouges finirent par poindre dans l'ombre de son capuchon.

Peut-être était-ce la mort de Shiriel ; peut-être étaient-ce les mots de Meddwyl ; ou bien un simple hasard, le fruit des circonstances. Quoi qu'il en fût, il prit trois grandes inspirations, souffla jusqu'à vider ses poumons et la bête retourna dans son antre. Il fut pris de légers spasmes. Meddwyl tenta de le soutenir, mais Arwylo refusa son aide. Il essuya le sang avec sa manche et se redressa. L'esprit tout entier tourné vers l'assassin, il ne réalisa même pas sa victoire sur la sombre présence.

— C'est lui, dit-il. Le mercenaire.

Il expliqua aux autres ce qu'il entendait par là : le raid sur la ferme de Teilan et l'assassinat de cette famille adoptive qui l'avait accueilli comme un fils. Les regards se tournèrent avec plus ou moins de discrétion vers l'homme de dos.

— Es-tu certain ? demanda Kairo à voix basse. (Arwylo hocha la tête.) Alors, on doit faire quelque chose.

— Je connais ce genre d'homme, dit Neirin. À moins de vouloir avoir du sang sur les mains, il n'y a pas grand-chose à faire.

Meddwyl lui glissa à l'oreille, d'une voix posée :

— Donne-m'en l'ordre et il est mort.

Les mots auraient pu sonner faux, voire risible, dans la bouche d'un hâbleur ; dans celle d'un ancien galanat, ils faisaient peur. La posture de l'elfe, les jambes légèrement fléchies, sa main à la taille et son regard froid, presque vide, ne laissaient aucun doute. Arwylo le dévisagea, sourcils froncés. Puis il lança, du ton que l'on emploie pour sermonner un gosse :

— J'ai compris, « Arwylo », ça ne veut plus dire « celui qui ne se venge pas », mais « celui qui envoie un ami pour se venger ». C'est ça ?

L'expression de Meddwyl se décomposa. Il ne fut pas froissé par la leçon, car elle méritait d'être apprise, d'autant plus qu'elle venait de son *meijin*. Pourtant, le doute qui assaillait l'elfe était plus profond qu'une simple vexation : il réalisait que les scories de son éducation de galanat étaient encore bien présentes dans son attitude et sa posture mentale. La première solution à laquelle il avait pensé était la violence. *Toutes ces années à Tòrrfang ne m'ont donc rien appris ?* Ses épaules s'affaissèrent un peu et son regard erra sur le pavé de la cité. *Suis-je le même dvahsyr qu'il y a vingt-sept ans ?* Il se rappela son nom – Meddwyl – et le doute s'évanouit. Il prit une profonde inspiration. *Est-ce que Lijank avait anticipé tout cela ?*

— De toute façon, tu n'échapperais pas à la garde de Radnor ou à ses compagnons, ajouta Arwylo le sortant de ses pensées. Et je te préfère vivant.

Meddwyl salua sa remarque comme on salue un meijin, d'un hochement de tête respectueux, ce qui eut pour effet d'agacer un peu plus l'humain. La saynète parut étrange à Neala et Neirin ; les deux nains l'ignorèrent, car ils étaient plongés dans une discussion sérieuse.

— Je ne veux pas me venger, dit Arwylo, mais le savoir libre de commettre de nouvelles atrocités me rend malade.

Les frères conclurent leur accord d'un regard complice et Kairo avança d'un pas dans le cercle d'amis pour prendre les choses en main.

— Arwylo, tu ne devrais pas rester là, dit-il à mi-voix. Il risque de te reconnaitre. (L'humain le regarda sans comprendre.) Neala, tu disais connaître un capitaine de la garde de Radnor ? (La guerrière acquiesça.) Alors, va le chercher et dis-lui qu'il va avoir de l'avancement. Meddwyl, guette le retour de Neala. Neirin, tiens-toi prêt à jouer un morceau festif.

— Qu'est-ce qu'il se passe ? demanda le barde perdu.

L'expression radieuse, Dairo vint à la hauteur de son frère :

— Laissez-faire les frères Tremain, répondit-il en haussant deux fois les sourcils.

La Meute

Sur un signe de Kairo, Neala avait décampé en hâte : il fallait qu'elle revienne avant que le mercenaire n'ait lui aussi levé le camp. Elle ne s'économisa pas, si bien qu'il ne fallut pas longtemps avant que Meddwyl signale la garde en approche. En s'accompagnant de son luth, Neirin entonna alors un chant grivois et les deux nains l'accompagnèrent d'une danse dont ils avaient le secret. Avec les quelques bières qu'ils avaient bues, leur jeu d'acteur était on ne peut plus naturel. Ils se rapprochèrent du groupe du mercenaire et finirent par lui prendre les mains pour le forcer à danser. Le spadassin se dégagea d'un geste violent.

— Foutez le camp ! s'écria-t-il.

Les nains firent mine de ne pas entendre et le mercenaire empoigna sa rapière, sans la sortir du fourreau :

— J'ai dit : dégagez !

Les nains levèrent les mains en signe de reddition et s'éloignèrent sans insister. Ils rejoignirent leur groupe et en chemin Kairo glissa un mot à l'oreille du capitaine de la garde. Les mercenaires remarquèrent les soldats et cherchèrent à s'éloigner discrètement, mais furent vite encerclés. Il y avait là une douzaine de gardes en armure et armés de hallebardes.

— Je peux regarder dans vos sacs ? demanda le capitaine.

— C'est demandé si gentiment, rétorqua le mercenaire en montrant les lames de hallebardes autour de lui.

Les deux hommes qui l'accompagnaient furent fouillés et libérés, puis déguerpirent sans demander leur reste. Le capitaine se pencha et saisit la besace du spadassin, sans le quitter des yeux. Son regard plongea alors dans l'obscurité du sac de jute et il s'immobilisa.

— Quoi, vous aimez pas l'odeur ? lança le mercenaire sûr de

lui.

La main du capitaine disparut dans la besace et en sortit une parure de bijoux d'une valeur inestimable. Le sourire en coin du mercenaire s'évanouit en voyant les joyaux.

— Est-ce que ce sont là les bijoux disparus du Miolaràn ? fit mine de s'étonner le capitaine qui n'était pas très bon acteur.

— D'où vous sortez ça ?! J'ai jamais vu ces bijoux auparavant, s'écria le mercenaire. (Par réflexe, il posa la main sur la poignée de sa rapière, mais il n'avait aucune chance, encerclé par les gardes.) C'est *vous* qui avez mis ça dans mon s... Les nains ! réalisa-t-il tout à coup.

Son regard parcourut frénétiquement les alentours jusqu'à se poser sur deux petites silhouettes de dos, qui s'éloignaient. Entre celles-ci, l'humain qui les accompagnait se retourna et enleva son capuchon. Le mercenaire plissa les yeux : le visage était familier. Malgré la distance et les années écoulées, il finit par le reconnaitre.

— C'est ce fils de p...

Des hurlements de rage se perdirent au loin, tandis que l'étrange coterie en devenir s'éloignait à un train de sénateur. Profitant de la belle journée printanière, ils s'arrêtèrent près de l'une des grandes portes de la ville.

— Vous aviez affirmé ne pas avoir volé les bijoux, ne put s'empêcher de faire remarquer Neala.

— Et nous n'avons pas menti, répondit Kairo d'un ton un brin solennel. Nous n'avons pas volé ces bijoux parce que Kendrick ne les a jamais possédés.

— C'est un peu facile, objecta Neala.

— Non, c'est cohérent, expliqua Kairo avec calme. Si vous volez pour survivre, je vous comprends. Si vous volez parce que vous pensez que la propriété doit être abolie et que vous ne possédez rien, je ne serai peut-être pas d'accord avec vous, mais vous êtes cohérent et je vous respecte. Si vous volez pour avoir toujours plus...

— Vous allez gouter à ma hache ! coupa Dairo.

Kairo ne put s'empêcher de sourire.

— Mon frère est par trop impétueux. Bien sûr, nous n'avions aucune chance contre Kendrick et ses hommes. C'est pour cela que nous avons utilisé notre tête, dit-il en tapotant son index contre son crâne.

— Oui, je sais, ça semble peu crédible, admit Dairo. Moi-même j'ai du mal à y croire.

Ce fut la première fois qu'ils entendirent Neala rire.

— Vous auriez pu garder la parure pour vous, remarqua Neirin. Elle doit valoir une fortune.

— Tu parles ! Elle est invendable, répondit Dairo.

— Pour s'en débarrasser, il aurait fallu désenchâsser chaque pierre et les vendre séparément, précisa Kairo. Je pouvais le faire, mais contrebandier est un métier dangereux.

Les précisions apportées par le nain montraient que les deux frères avaient déjà réfléchi à cette possibilité.

— Et puis, ce sont des pierres de sang, des pierres maudites, lâcha Dairo d'un ton grave. Il fallait s'en séparer. Non vraiment, elles ne pouvaient servir qu'à une chose.

— À quoi ? demanda Arwylo.

Le nain eut l'air surpris, puis un sourire apparut derrière sa barbe :

— À aider un ami, répondit-il avec un clin d'œil.

La gorge d'Arwylo se serra, comme il pensait à sa famille adoptive, Tevis, Orla, Parlan et Ahern. La douleur n'avait pas disparu, mais grâce aux jumeaux, un cercle venait de se boucler. Ses yeux rougirent – il se sentait un peu ridicule. Il ne remercia pas les nains de vive voix, l'intensité de son regard fut suffisante.

— Vous pensez qu'il sera condamné à mort ? demanda-t-il en se retournant.

— S'il est livré à Kendrick, la mort n'est pas le pire de ce qui l'attend, répondit Kairo.

Le nain avait parlé à mi-voix. Il croisa le regard absent de Meddwyl.

— Toi qui as passé toutes ces années à Tòrrfang, tu dois savoir de quoi je parle.

L'elfe noir redressa la tête et se contenta d'acquiescer. Son expression se voulait hermétique, mais on n'avait guère de mal à deviner ses cicatrices.

— Son sort n'est plus entre nos mains, répondit Arwylo en parlant du mercenaire. L'important, c'est qu'il soit hors d'état de nuire.

Il se racla la gorge, l'air penseur. *Le ressentiment et la vengeance peuvent donner un sens à la vie. Mais ce n'est pas la voix que j'ai choisie.* Il réalisa qu'il n'avait pas fait ce choix seul : les deux nains et Meddwyl l'avaient guidé, chacun à leur manière. Pour une raison qu'il ignorait, son cœur en fut apaisé.

— Mon maitre avait l'habitude de dire que la meilleure façon de se venger d'un ennemi, c'est de ne pas lui ressembler, dit-il.

— Ton maitre était un sage, répondit Kairo.

Arwylo soupira.

— Enfin, mon *ancien* maitre. J'ai fait mon lot de bêtises, précisa-t-il pour couper court à d'éventuelles questions indiscrètes.

— Eh bien, tant qu'on est vivant, répondit Dairo, il est encore temps de bien faire.

Arwylo et Meddwyl échangèrent un regard. Les discussions suivantes furent plus légères, puis vint le moment de se séparer. Les mains se serrèrent. Comme personne ne semblait décider à partir en premier, Neirin fit une proposition sensée :

— On devrait faire la route ensemble, c'est plus sûr.

— Je voudrais passer par la forêt d'Endwin, puis par l'abbaye d'Angana, avertit Arwylo.

Il n'avait pas perdu l'espoir de redevenir l'élève d'Amargein et voulait tenter une nouvelle fois sa chance, plus pacifiquement, auprès des sœurs d'Epharlion.

— Ce n'est qu'un petit détour, répondit Kairo en balayant le tout d'un revers de la main.

— Pas de problème pour moi non plus, dit Neirin. Je ne trouverais pas de meilleurs gardes du corps, même si je cherchais.

— Je dois aussi aller voir Alie, prévint Arwylo. Mais notre village n'est pas très loin des Montagnes Éternelles.

— Très bien, on passe voir ton frère, et ensuite, on va tous ensemble à la maison, s'exclama Dairo. Je vous présenterai notre grande sœur, Leina.

Personne ne trouva rien à redire : le voyage s'annonçait sous les meilleurs hospices.

— Dans ce cas, je vous souhaite un bon voyage.

Les regards se tournèrent vers Neala.

— Tu es la bienvenue... et vu ce que nous a coûté ton auberge, je ne suis pas rancunier, plaisanta Dairo.

— Nous avons fait nos plans sans te consulter, reconnut Kairo.

Neala se contenta d'un air dubitatif et narquois.

— L'itinéraire n'a rien de définitif, dit Arwylo. Nous pouvons le changer à notre guise.

Les autres acquiescèrent. La guerrière esquissa un sourire :

— Merci, mais j'avais déjà prévu de rester travailler à Radnor.

— Tu peux toujours changer d'avis et venir avec nous, répondit Arwylo.

— Je te préviens, je parle trop, intervint Dairo. Mais mon frangin, lui, il ne parle pas assez, alors en moyenne ça devrait aller.

Neala inspira pour exprimer son refus et fut surprise par sa propre hésitation, mais elle balaya vite cette pensée :

— Je dois décliner l'invitation. Peut-être qu'un jour, nous nous croiserons de nouveau.

Elle les salua d'une franche poignée de main et tourna les talons en direction de la garde de Radnor. Sur le chemin, le doute dont elle avait pensé se débarrasser l'assaillit de nouveau. Les mots de Tuwa, la chamane, lui revinrent à l'esprit. *Ce n'était qu'une vieille sorcière*, tenta de se convaincre Neala. *Et puis, je les aurais suivis pour faire quoi ? Une vie sur la route ? Une vie de saltimbanques ?* Un changement d'une telle ampleur pouvait être effrayant.

Elle arriva dans les quartiers de la garde, dans la vieille ville, et demanda après le capitaine. Pendant qu'elle l'attendait, elle entendait des hommes en arme parler de leur équipement : l'un d'entre eux voulait faire graver le fuseau et la garde de son épée, un autre sa dague, un autre convoitait une ceinture en cuir, un quatrième quelque chose d'autre encore. Le doute en elle n'avait pas disparu et à mesure que les secondes s'égrenaient, il prit racine. Elle se mit à imaginer le chemin que la joyeuse troupe empruntait, pour éventuellement les retrouver.

L'un des gardes vint lui parler. L'homme n'était pas – encore – agressif, mais son langage corporel était clair : il se présentait comme partenaire sexuel. La confiance en lui qu'il affichait avait quelque chose de pathétique. Elle se souvint d'une leçon de son instructeur, qui était par ailleurs un guerrier réputé : le paradoxe de la confiance en soi. « Plus on a confiance en soi, moins on ressent le besoin de le démontrer. » Évidemment, la réciproque était vraie.

Ils avaient à peine échangé quelques banalités que l'homme fit une première allusion, pleine de finesse, à propos de la dextérité de ses doigts. Neala savait se défendre, mais elle avait aussi appris, à ses dépens, que ce n'était pas toujours suffisant. C'est ce qui l'avait poussé si loin au nord des seigneuries. Elle réalisa que le temps qu'elle avait passé avec Arwylo, Meddwyl et les nains, à aucun moment elle ne s'était sentie sur la défensive. À aucun moment, elle n'avait eu besoin de prévoir, d'anticiper ou de pressentir leurs actions ou les situations dans lesquelles elle se trouverait. Cette liberté n'avait pas de prix. Alors que l'homme continuait son minable numéro, elle le coupa d'un « Excuse-moi » et partit en courant, sous le regard étonné de la garde.

Elle sortit de la vieille ville, traversa la place du marché et passa la grande porte où elle avait quitté le groupe. Malgré son équipement, elle courait à grandes enjambées. Sur son chemin, les passants se retournaient, regardaient derrière elle, pour voir par quel diable elle était poursuivie, puis fronçaient les sourcils sans comprendre.

Très vite, elle passa le pont et se trouva hors de la ville, en nage. *Est-ce qu'ils ont décidé d'aller d'abord en Endwin ou Angana ? Je ne m'en souviens plus. La route finit par se séparer. Je ne vais quand même pas jouer ça à pile ou face.* Alors que la fourche approchait, elle remarqua au loin une sorte de caravane arrêtée et reconnut le groupe. Elle ralentit pour reprendre son souffle et leur fit signe. Ils furent surpris de la voir débarquer :

— T'as oublié tes clefs ? demanda Dairo d'un air sérieux.

Le rire de Neala s'étouffa comme elle reprenait son souffle.

— Tu as de la chance, dit Arwylo. Taran a décidé de faire une pause. (Le cheval broutait l'herbe sur le bas-côté.) Je crois qu'il n'aime pas être chargé comme une mule.

Neirin lui offrit une gourde d'eau pour qu'elle se désaltère.

— Tu arrives à point, lui dit Kairo. Arwylo nous expliquait son expérience avec le culte d'Aergat.

— Je ne les supporte plus ces culs bénis ! s'emporta aussitôt Arwylo. (Les nains étaient hilares.) Avec leur prétention de vous expliquer la vie et de vous la changer. Ils sont ignorants, suffisants, arrogants, imbéciles... Et je m'arrête là pour ne pas devenir désobligeant.

Neala n'avait pas l'habitude de faire de grands débats et se contenta d'écouter, amusée. Comme elle ne disait rien, Arwylo s'inquiéta :

— Je t'ai offensée ?

— Pas du tout, répondit la guerrière. Je suis croyante – mes parents l'étaient. Mais croire en Dieu et être un bondieusard sont deux choses différentes.

— C'est vrai, admit Arwylo.

— Moi, je crois aux dieux de mes ancêtres, dit Neirin. Pour eux, chaque forêt, chaque rivière, chaque montagne est une divinité. Et je me contente de chanter leurs louanges. Et toi, Dairo, qu'offres-tu aux dieux et aux saints ?

Le nain avait esquissé quelques pas de danse sur les paroles du barde.

— Je renverse quelques pintes en leur honneur pendant les fêtes votives, répondit-il. En échange, je reçois leur bénédiction : j'ai une chance dans la vie que n'importe quel humain m'envierait.

Kairo, quant à lui, était absorbé dans ses pensées, mais finit par en sortir :

— Je pense que si un ou des dieux existent, ils n'ont de toute façon aucune influence sur nous et notre vie. Par conséquent, la question de croire ou pas en Dieu me semble superflue.

— Pourtant nombreux sont les gens qui croient, objecta Meddwyl.

— Parce qu'ils ont peur de la mort, répondit Arwylo en haussant les épaules. Il faut bien se rassurer d'une manière ou d'une autre.

Il avait répondu de manière un peu brutale, comme si c'était une évidence.

— Tu n'as pas peur de mourir ? demanda Neala d'un ton dubitatif.

— Si, bien sûr. Mais seulement quand je n'en ai pas envie.

Son air guilleret contrasta singulièrement avec son propos.

— D'une certaine manière, je suis d'accord avec Kairo, reprit Meddwyl. Si les dieux n'existent pas, la dévotion n'a pas de sens. S'ils existent et qu'ils sont injustes, il ne faut pas les vénérer.

— Et s'ils existent et qu'ils sont justes ? demanda Neirin.

— Dans ce cas, ils ne se soucieront pas d'être adulés, car ils ne sont pas vaniteux. Ils nous jugeront sur la base des vertus que nous avons mises en œuvre.

Les autres approuvèrent ; même Taran semblait d'accord, car il était prêt à repartir. Les sujets de discussion furent plus légers, mais non moins sérieux. Ils avaient l'impression d'avoir bien des choses à se dire et bien des débats à avoir. Le ton pouvait parfois monter, mais la rancune leur était toujours étrangère.

Le lendemain, ils passèrent par l'un des derniers villages de Radnor, à quelques lieues de la forêt d'Endwin. À première vue, rien ne le différenciait d'autres petits bourgs de la seigneurie, à cela près que c'était un village de mineurs. Sur la place principale, l'agitation était inhabituelle.

— Hier, l'une des grandes galeries de la mine s'est effondrée, répondit une femme à Dairo qui la questionnait. Des hommes du village sont encore piégés sous terre.

Sans se poser de questions, la caravane posa ses maigres bagages et tous mirent leur force à contribution. Les gens du village n'étaient pas mécontents de ce renfort improvisé. Ils passèrent les deux jours suivants à déblayer les galeries. Les connaissances des nains furent précieuses et personne ne s'économisa. Plusieurs hommes finirent par sortir vivants de leur prison ; quelques autres restèrent à jamais ensevelis dans les entrailles de la Terre.

Le soir de l'arrêt des recherches, un repas commun fut organisé sur la place du village, pour fêter les survivants et rendre hommage aux morts. Avec Meddwyl, Arwylo s'était posé un peu à l'écart, au pied d'un arbre. Un petit garçon et sa sœur approchèrent afin de leur apporter une assiette d'un ragoût parfumé. L'elfe et l'humain les remercièrent, mais les deux bambins restèrent plantés là. Ils avaient les larmes aux yeux et les lèvres tremblantes.

— Merci, lâchèrent-ils de manière presque synchrone.

La fillette finit par se jeter dans les bras d'Arwylo en sanglotant et ce dernier lui tapota le dos avec une certaine froideur. Meddwyl passa affectueusement sa main dans les cheveux blonds du garçon. Puis les enfants s'éloignèrent. L'elfe gouta au ragoût et une expression de satisfaction illumina son visage.

— Tu ne manges pas ? demanda-t-il.
Arwylo avait posé son assiette à même le sol.
— Je leur mens. Ils me voient comme un sauveteur, un sauveur peut-être même, une aide providentielle. Je sais que je leur mens.
— Pourquoi ?
— Tu sais pourquoi.
— Parce que nous sommes des « monstres » ? Pourtant, tu n'as pas agi comme un monstre aujourd'hui. Tu les as vraiment aidés.

Ils avaient déjà eu cette conversation et Meddwyl se doutait qu'ils l'auraient encore à l'avenir. Comme Arwylo ne répondait rien, l'elfe poursuivit :
— Je sais que c'est difficile à réaliser, mais le passé n'existe pas. Il n'a que l'importance qu'on lui accorde.
— C'est faux. Le passé existe, il est là, dit-il en pointant son crâne de l'index.
— Ce n'est pas le passé, c'est ta perception du passé.
— Quelle différence !
— La différence, c'est que tu peux changer ta perception du passé, rétorqua l'elfe.

Arwylo souffla – il n'aimait pas avoir tort. Il se mordilla la lèvre inférieure.
— Je sais ce que tu vas dire : ce qui compte, c'est d'agir en faisant ce qui est juste, d'agir avec compassion, mais sans faiblesse, chaque jour. C'est la seule voie. Évident à comprendre ; moins facile à faire.
— Ce n'est pas si difficile non plus : c'est ce qu'on a fait ces deux derniers jours.
— Certes, répondit Arwylo. Cela ne veut pas dire que l'on peut obtenir ce que l'on veut, par la seule force de la volonté.
— Bien sûr que non : je ne serai jamais roi, parce que cela dépend de facteurs qui me sont extérieurs et ne dépendent pas de moi. Mais nous ne sommes pas ce que nous possédons, notre titre ou notre succès en affaires, nous sommes définis par la manière dont nous agissons et réagissons, en particulier dans des circonstances difficiles. C'est entièrement ce que nous sommes et cela vient exclusivement de l'intérieur.

Cette manière de penser dérangeait Arwylo, car même si elle était tout à fait rationnelle, elle aboutissait à une conclusion qui lui apparaissait contre-intuitive :

— Cela veut quand même dire que nous pouvons être qui nous voulons. Il suffit de le décider, il suffit... « d'être ».

Meddwyl haussa les épaules : c'était pour lui une évidence. Il y avait quelque chose de magique dans cette pensée. Arwylo appuya sa tête contre l'arbre derrière lui et regarda le feuillage se détacher du ciel.

— Ce ne doit pas être si facile au quotidien, dit-il.

— Les habitudes sont têtues, confirma l'elfe. Mais on peut décider d'en changer.

Après un moment de réflexion, l'humain se redressa et saisit son assiette. La faim se faisait tout à coup sentir. Il engloutit une première cuillérée de ragoût et la même expression de satisfaction illumina son visage. Il déglutit et regarda Meddwyl avec un sourire en coin :

— Alors, qui on est ?

TABLE

ARC I	8
ARC II	108
ARC III	149
ARC IV	216
ARC V	261
ARC VI	331

Profonds remerciements aux inspirations diverses et variées qui ont accompagné ce roman, depuis Fates Warning, Iron Maiden et Kamelot en passant par Sting, Dire Straits et d'autres.

Dépôt Légal :

Novembre 2024